河出文庫

少年愛の美学

A感覚とV感覚

稲垣足穂

kawade bunko

河出書房新社

目次

Ⅰ　A感覚とV感覚

Ⅱ『少年愛の美学』

少年愛の美学

A感覚とV感覚

Ⅰ　A感覚とV感覚

澄江堂河童談義

「あの二階は、奥の方からも段梯子がついていたのでないか？」

百鬼園内田氏は、こんな注目から、あのむしょうに暑かった七月末の澄江堂の上に、彼のペンを移している。亀啼くやという短編の中でだ。

その日、百鬼園先生は用があって田端まで出向いた。ところが先方の言葉はべろべろで、さっぱり意味が判じられない。というのも、澄江堂その人は、その春先に義兄の鉄道自殺事件があって以来、レインコートを着た幽霊を見たり、絶えず眼前にくるくる重り合って廻っている半透明の歯車を感じたりして、夜分はまるで眠れなくなっていた。それに、主治医下島先生への睡眠薬のおねだりは、底なしに輪をかけていた。

用件はあきらめて帰ることにして、内田さんは、電車賃の小銭がなかったことに気がついた。

「ちょっと待ちたまえ」主人は云いすてて階下へ降りた。間もなく、奥にいま一つあるらしい階段の方から、ひたいに被いかかる髪を振り上げ振り上げ姿を現わした。立っておられないくらい蹌踉めいていた。そして書斎にはってくるなり、重ねていた両の掌を、机の上であけると、ニッケルと銀貨がこぼれ散った。「あるッたけ掻き集めてきた。僕にはとうてい選べない。この中から入用なだけ持って行きたまえ」——この数日後、昭和二年七月二十四日の未明に、銀色の羽毛が鱗のようについた翼ある客が、澄江堂の枕辺に立ったのである。

ボクは、田端のポプラ倶楽部わきの魚眠洞へは時々出かけていたが、我鬼窟澄江堂には未だ縁が無かった。ところがあの年の桜が散ってしまった頃、雨降りの夕方だったが、玄関の三和土の上に落ちている白い角封筒を見つけた。取上げると、——Gペンを用いたらしい針金細工みたいな署名で、そのインクの痕がにじんでいる。判読すると、芥川龍之介の五字だった。

「——君のような文学を理解する者が此国にいないのは残念ですが、どうか書ける間にどしどしお書きなさい。僕などはもう第三半球の方から見離されてしまった形です云々」とペーパーにある。ボクが最近単行した童話風の小冊子を贈ったのに対する礼状だった。二、三日目のおひる過ぎ、ボクは滝ノ川の奥から田端に出て、長い陸橋を渡り、向って左方へ足を向けた。

わが一期一会の澄江堂の印象は、級長の感じである。又、「君看双眼色、不語似無愁」——彼の晩年の作品集の扉に引かれている詩句だが、この連想があったせいか、四月半ばに置火燵がある二階書斎で見た人は、なにか明治末小学校の白皙の子を想わせた。

凡そべそをかくとか取乱すとかいうことに縁がなく、その名は他校に聞え、しかも自校の女生徒間にだって人気があるというような、そんな少年がそのまま大きくなったもののように、ボクには受取られた。のみならず（これは澄江堂の慣用語だが）――のみならず、そのどこやらには、「両国の空も遥けき夕花火はしけき子らの今日も見るかな」この久米三汀の句を偲ばすものが、ほのめいていた。ただし、級長的特徴は、たとえば通信簿とか、祝辞とか、同輩へのちょっとした親切とかによって表われるが、此処ではそれが、一杯のココア、マニラ葉巻、より屢々一本のゴオルデンバットに入れ換っていたことは、断る迄もない。「何事ぞ、澄江堂が職工煙草を嗜むとは……」など云われていたようだが、凡そ専売局の紙巻の中でも、金色蝙蝠十本入ほどにかっちりしたものは無い。そしてあの緑と金のロココ趣味は、小さな紙きれを鬢附油で蝶形にひねって机上に置き並べるに似た澄江堂アフォリズムと何処か共通している。ココアだの、マニラ巻だの、胃痛にそなえての一杯のブランディだの、紙細工の胡蝶だの、こんな小道具類に、更にリイプクネヒトとマイレンデルが加わるに及んで、空廻りの大家は自己清算に迫られた。彼は、「永遠に超えんとするもの」である聖霊が、頭の上を歩いているのを見た。ここに紙細工のエルサレム模型を作る手を休めて、彼は架空線のまま地平の彼方へ遠去かってしまう自らの宿命を悟ったのである。

　話を交しながらボクは、澄江堂の前歯がどれもこれも茄子色に変色して、ぼろぼろになりかかっていることに気付いて、なにか痛ましさに打たれた。もっともボクの師匠なんかお午まえに床を抜けるなり縁側に出て、オキシフルの壜口にじかに口をつけて中味を啜い取ると、あとは二、三回の嗽いですませる習いである。紫色の歯並びはあるいは文士気質の見栄でもあろうが、然し佐藤慵斎では田舎貴族の不精さを、芥川澄江堂のそれは、もともとの宗匠か通人かが文学社会に紛れ込んで回収が付かなくなってしまったことを感じさせた。一体、カフェーの椅子にさも疲れたというふうに凭れかかって、取りあえずコップの水を持ってこさせたり、客と対談中に仔細ありげに粉薬を嚥んだり、編輯所へ顔を出して、二、三言交えるなり誰それが待っているだの、汽車の時間がどうだの云ってそそくさと出て行ったり……つまりひと頃、文学青年間を風靡した文士気取りの張本人は、澄江堂であるまいか？　たとえば、（これも彼の文章上の口癖である。佐佐木茂索が或る時、澄江堂から行文上の秘訣について長々と聞かされたが、それは抽象に過ぎたので、たとえばとこちらから口に出してみたところ——ボクの耳にした所では——澄江堂は実に妙な顔をした！）

で、たとえば、午前のがら空きの山手線の中へ、多分駒込駅辺りから着流しの澄江堂が数冊の原書を小脇にして、少し急がしそうに、然し又颯爽と乗込んできて、疲れたという風に腰をおろし、首を窓枠に凭せた。この途端、斜め前方の席から何人かの慌てたふうな会釈を受けたので、ヤァーとばかり気軽にかしらを下げた……この光景が何かしら良かったので、別に見ていた者がそれを真似た……これが他の者に模倣され、こうして尾鰭がついて、広く行き亙ったのではないのだろうか？　——大正八年頃の文章倶楽部の葉書問い合せに、彼が只一人ジャン＝クリストフを挙げているのを見たことがある。彼は漱石山房で、其処のあるじから、「君、それは本当かね」と云われた。それは戦争と平和を数日間で読み上げたと自ら口に出したことに出ている。僕も夏目漱石に倣って、「君、本当かね」と云いたいものを、今のアンケートの返答の上に感じた。「吾人はこれを読むとき、トルストイ、ドストエフスキーよりも遥かに進みたる時代にあるを覚ゆ」エドモンド・ゴッスだったか、こんな広告文を彼は知っていても、本文は到底読んではいまい、僕は未だ中学生だったが、そう思わずにおられなかった。——然し、それが澄江堂の取得なのである。若い連中を前に、「誰がえらいと思うかね」と問うてみて、先方の返事を待たないで、ちゃんと準備していたかのように、「ゲーテだね」と持ち出して、我と我が言葉に感心した様子を見せるのも、龍之介好みであろう。

　紫檀の机に向って、ペンを片手に一方を睨みながらかまえ込んだり、温泉宿の庭で松葉杖に倚りかかって嘯いたり、こんな口絵写真も元々云えば澄江堂の功罪である。何故なら、粋はあったが、瀟洒は未だ日本文壇に存しなかった。そして明治大正と受け継がれてきた書生風は、芥川龍之介によっておしのけられたのであるからだ。彼の上には森鷗外の真似が相当見受けられる。然し観潮楼主人に止揚されなかった牛肉屋趣味を追っ払ったのは、澄江堂その人である。書生は然しまだあとを曳いた。長髪は横光利一によって成就されたが、この居合抜きのような文学の神様を見送った時に、初めて書生にとどめが刺された。ところが、入れ代って、いま一人の張孔堂が文壇の片隅に居坐ることになった。由井正雪先生を引っぱり出したのは澄江堂である。

ボクは、澄江堂が両脇に手を突いて、垂れ下った髪の先が畳に触れるほど、かしらを下げたのに、驚いた。然し武田麟太郎がやはりこの式のお辞儀を、「大阪今宮の庶民にござんす」というふうにやってのけることが、ずっと後日に判った。だんだん調べてみたら、この本家は断腸亭荷風散人でないか。更にボクは、慵斎先生が時々自らを第三人称に扱って、仙台訛りの云い方をすることをへんに思っていた。ところが、倚松庵谷崎にも同じような癖があることに気が付いた。そしてこの大本が上山草人であることを突き止めた。あの四月中旬の、空が紫ばんだ悩ましいコバルト色だった日の午後二時すぎ、裏階段から二階書斎へ、やや颯爽と登ってきた澄江堂は、少し鼻にかかった声でボクに云いかけた——。

「人を待たせるには春画に限るね」

☽

十分間も待たされはしない。そんな彩色画が其処にあったわけでもない。それに主人はまだ突立ったままだった。——初対面の挨拶を終えてから、幾分しみじみしたふうに、澄江堂はあとを続けた。

「君とはもっと夙くから逢うべきだった……いったい、年はいくつなの？」——返事をきくなり、「若いな。そうすると僕がちょうど支那へ行く前に当る……」いかにも感慨ありげで、だから君などこれからいくらでも仕事が出来ると詠嘆するかのようだったが、言葉は別に出なかった。

「君はよく美少年の話を書くが、ありゃ水揚げの面白味だね」

　こうきたので、ボクは再び面くらった。

「そうでしょうか知ら」

「そうに決っているじゃないか」

　でもどうもしっくりこない。よくよく考え直して、成程こちらは「しとどにぬれる」という筋合では無い、と気がついたのは、極く近頃のことである。ボクは魚眠洞室生犀星からも一度、「鋤焼鍋をやって燗酒を飲む連中の気が知れんね」と云われたのに、「そうでしょうか」とやり、「そうだとも！　あんな下等な話があるもんか」と受けられた。この次第に漸く納得が行ったのは、殆んど十年も経ってからだった。

「――あれには君、ネリギというものがあるが、僕の中学時代に紙シャボンというのを耳にしたことがある」

　これも又唐突だった。で、ボクは長いあいだ、ズイキと取り違えていたほどだ。里芋の茎がどんな関係から入用なのかについては、別に考えもしないで。

　でも、こうして芥川龍之介が自分の作品に意を払ってくれていると知ったことは、悪い気持でなかった。それに他の先輩の場合ならばこうまでスムーズに行くまい。もっとも話が此処へ来る迄には、「前髪もまだ若草の匂ひかな」の句があるじから持出され、松尾桃青について、二、三言の遣り取りがあり、澄江堂は改めて、「君も一つ、永遠に美少年なるもの、我を率いて往かしむを書くことだね」と云ったのである。——たとえば倚松庵では決してこんなふうでない。谷崎入道は、あの岡本の土蔵造りの二階で、ボクに散々しゃべらせておいて、「——じゃ、これから一杯飲ませる。女子供が居るから階下ではY談は一切ならんぞ」と云い渡すついでに、「ありゃ君、余り大きいのは駄目だろうね」と一言念をおした丈である。魚眠洞主人の方は、初期の短篇、稚児と妹の中に、「美少年は総じて骨盤が大きいものだ」などと玄《くろ》いことを書き入れて、ボクをして先方へ怒鳴り込んでやろうかとさせた程なのに、いざ面を合わせると白《しら》を切って、「美少年なんか、僕は近頃は往来で見かけてもぶん殴ってやりたくなるね」と、さも忌々しげに、口元をゆがめてボクの方を睨み返しながら云い放った。そうかと思うと、気が付いたように、「君、美少年は繃帯をするものだよ」と眼を細めて云い添えたり、指を一本立てて、「あれがこうなっているのは哀しいね」と詠嘆したりする。慵斎先生は、「おや、この廓《くるわ》に裏門はありンせん」で、いったん話が搦手に移行するとてんで受けつけない。片手でおしりを叩いて、木下杢太郎作詞とやらいうのを、〽君と呼ばれて顔を赤め、音羽路上の語らいや……と一高寮歌の節廻しで声高らかにうたい出すのが落ちである。

　さて魚眠洞大人はいつか玉子の白味のことを持ち出した。初耳の紙シャボンは、これはいかにも澄江堂らしかった。そもそもネリギとは煉木の意であろう。植物である点はズイキと同様だが、こちらは黄蜀葵《とろろあおい》の茎を乾燥させたもの、それが薬研で細粉にされて絹漉しに掛けられ、四角い奉書紙に包んで山茶花の版をおしたのが、一組の箱入りになって、表に「往生必定」など書かれて、河原町四条とか湯島天神下とかの暖簾の奥で売られていた。山坊などへの贈物としても喜ばれた。そういうことがやがてボクには明らかにされてきたが、澄江堂側の出典は、西鶴の五人女（恋の山源五兵衛物語の四）だと察しられる。天神のうら門で売る通知散。

煉木は又、各人の自由製造に任じてもよかった。使用法はこの黄蜀葵のじくを噛みほぐし、掌の上で煉るだけでよい。ところで、幻影城主人江戸川乱歩の説では、語源的には何かの植物そのものを噛んだのかも知れぬが、江戸期の文献には、紙にその汁を塗ったものを噛み、この唾を利用した様子である。他に和紙を適当に切ったものに玉子の白味を何度も塗って乾したものを、幾板も持っていて、これをしがみ、どろどろにして用いるということを記したのもある。思うに澄江堂とやらの紙シャボンは白味ペーパーの一種か？　と云うのである。僕はこうだ。——澄江堂のお父さんは成功した牛乳屋だと云うが、なかなかのハイカラー党だったらしい。息子を養家から取戻そうとして、バナナだのパイナップルだのアイスクリームだのを以て歓心を買ったことが、点鬼簿の中に書いてある。ところで別に聞いた処では、彼は化粧用石鹼を製造して一時白木屋から売出したことがあると。その頃は洗濯用しかなかったので、この品と区別して顔石鹼と呼ばれたものが「花王」の始まりなのだそうである。で、京橋入船町、新原敏三氏製造の新石鹼は紙シャボンであったろう、とボクは云うのでない。アフォリズムの紙の胡蝶やゴオルデンバットの十本入りが澄江堂に似合ったように、紙シャボンにも共通点が見出される、などと云うつもりもない。

――「僕は或風の無い深夜、僕の養母と人力車に乗り、本所から芝（実母の許）まで駈けつけて行った。僕はまだ今日でも襟巻と云ふものを用ひたことはない。が、特にこの夜だけは南画の山水か何かを描いた、薄い絹の手巾をまきつけてゐたことを覚えてゐる。それからその手巾にはアヤメ香水と云ふ香水の匂のしたことも覚えてゐる」このように点鬼簿中に述べられている明治時代に、紙シャボンは、アヤメ香水と同様にようく似合う。紙シャボンはたぶん手洗と洗顔用をかねていたのであろう、とボクは云いたいのだ。

ボクが澄江堂に逢った頃、すなわち昭和初期には、――先の幻影城考証に依ると――メンソレが使用されていた。そして同十年頃になって女子化粧用のコールドクリームが注目され、特に玄人仲間は後者を愛用した。が、これはあとの話だから、対紙シャボン的持駒に役立ったわけでない。只、曾て両色優劣論が戦わされていた時に、慵斎先生が傍えから、「ポマード組が何を云うか！」と茶々を入れたことがある。それに気が付いてボクは、ポマードが有効ならば靴墨だって差支えないわけだ、と突嗟に思いついて、口に出した。

「何、靴墨？　そりゃひどい――」

こんどは澄江堂が、驚いた。然し彼の顔が顰められたのも少時で、級長は、クラス内の混乱を見て取っていち早く鋒先を躱した。

「それよか、君がさっき話した Doppergaenger は面白いよ。少年をうしろから掻き抱いて……何だったかな……そう、先方の顔をひょいと覗いたら、それは自分だったと云うのは……これはいい。これは田中貢太郎に是非聞かせたい……」

これは然し澄江堂自身の即席の創作である。ボクが伝えた復聞きは次のような話だ。或る田舎中学の寄宿舎の若い舎監が、夜中すぎに一人の下級生によび起されて、軽い嫉妬を覚えた。それはきれいな姉を持っていることで知られている少年であったが、それよりも、弟自身がいつも悲し相に見開いている黒目がちの瞳とすべすべした狐色の肌の持主で、その裸体が何彼につけて見られるという愉しみの為に、その舎監をして風呂の立つ日をひそかに待望させていた当人であった。ところで夜半の事故はなにも上級生の悪戯なんかでなかった。今しがた便所へ行くと自分がしゃがんでいたと云うのだ。連れ立って其処へ行ってみると、もう自分はいなかった。美少年は程なく病気の為に休校し、やがて亡くなった。——この話と、臀呫《トナメ》の件とがコクテルされている。さて神武天皇が大和の国見した時に、「蜻蛉のトナメせるが如し」と云ったので、蜻蛉洲の名が生れた、トナメはそのまま若契の形をなすと、西鶴は本朝若風俗の序文で述べている。澄江堂は、蜻蛉が二匹つながっているさまをボクの前に示そうとした。右足を座布団からずらし、からだを前に屈めて、「こういう姿勢になっているのだがね、この若衆が実に艶に、可憐に描かれているんだ」——彼がいつか見たという古い彩色画の話である。ボクは帰りぎわにそのことを思い出して、もう一ぺん問い返した。「野上君の蒐集の中にあったんだよ。あ、そう……今もあるかどうか、この次に逢ったらたずねておこう。じゃ、さようなら！」澄江堂の髪が前に垂れて、敷居ぎわの畳のおもてに触れそうになった。

「久しぶりで冷房装置の歌舞伎座へまいりました。夏祭浪花鑑。団七九郎兵衛。義父を殺《あや》めて祭の夜のザワメキに紛れ入る花道。くりからもんもん。真紅の褌がオシリに喰い入る後姿……過日のお言葉を思い出しました……」

　高津のX夫人からの便りにあった。このあいだ大阪から女客があった時、ボクは、宇治山の上にのしかかった、真白い水蒸気製の摩天楼を眺めて、——メゾンラフィットの夏、ウィリアムスバーク橋の夏、オランの夏、淀の夏、……先日貰った谷川俊太郎君の詩集中の文句を呟いてみた。そしてこんな永劫回帰の夏休みに、曾てやり切れなかったのはいったい何事だったかなと考えた。それは、或る朝の香水の匂でも、おひる過ぎの白光を反射している日傘のロバチェフスキー面でも、青に薔薇色が入雑ったメンデルスゾーンの夕べでも、ラフォルグ張りの可惜《あたら》夜でもなくて、実に、海水浴に焦げて、其処だけが真白に取残されている臀部だった、と気がついた。こんな「白」は全身に亙っていても差支えないが、腰周りだけの白さにはいっそう胸迫るものがあった。——同時に、二十五年昔の春の日の芥川龍之介とのやり取りが喚び起された。ボクは傍えの香水臭いレディに向き直った——

奥さん、お尻とは人体の中でも、最も愛嬌のある、福々しい、同時にいつまでも齢を取らないような部分だとはお思いになりませんか？　女性にあってはいっそうその通りですが、相撲取のおしり、水兵のおしり、ホテルのギャルソンのおしり、角帯を締めた船場の丁稚のおしり、ヒップの左側にボールの瘤が出ているトレパンのおしり、マシン油にまみれた真黒な服に包まれているために、その白さと木目の細かさがいっそう想像されるような少年工のおしり、自転車のサドルの上に重みを支えている、久留米絣のもんぺを穿いた女中さんのおしり、太鼓の囃子につれて右に左に打振られる花田植の早乙女の揃いのまんまるいおしり、更に又、ラグビーの選手のおしり、六日競争の自転車乗りのおしり、タータンチェックのスカートを付けたスコットランド儀仗兵が廻れ右をする時のおしり、外人部隊のイレズミに蔽われた毛だらけのおしり、メッカの方に一斉に土下座している回教徒のおしり、大名行列の奴さんのおしり、祭太鼓を担いでいる若い衆のおしり……みんなそれぞれに捨て難いものです。もっとも中には膏薬張りの皺くちゃのおしりがあります。疥癬《ひぜん》に罹ったおしり、汚点《しみ》入りのおしり、阿部川餅くらいもあるお灸の痕を左右に侍らした黄色く萎びたおしり、出来そくねの蕪のようなおしり、割目に沿うて隈のついたおしり、アーチ形に刳《えぐ》られたおしり、尾骶骨が突出たおしり、——貴女は、作家の毎号のカットをいやらしいとか何とか云っておられましたね。ボクも当初は貴女と感を同じくしていました。そもそもこれは朱と黄の画家ロートレックの系譜を引くものだが、モンマルトルの貴族画人が自ら工夫してまで新らしいアルコール飲料を調合して飲み耽ったのに較べて、亀山氏は決してそうでない。何故って、酒盃を友としていてはこんな外科手術は為し能わない筈だから。ここには人間の哀れさがよく出ている。この解体は現代人に課せられた洗礼でなければならない。やがてボクはこのように気がつきました。で、前に戻って、ボクが、若し葡萄色の血管の網目に蔽われたおしりを挙げるとしたならば、亀山的世界ではないでしょうか？　ところで亀山氏は、彼の独自なエッセーの中で、三角形のお尻を持ち出しています。遣られた！　とボクは思いましたよ。幼少の頃、餓鬼草子だの絵馬堂奉納の額だので記憶があります。なるほど、十界図の餓鬼のおしりは、青をまぜた胡粉で塗られ、（垂れ下るのとは反対に）痩せ衰えて坐骨にへばりついて、W字形にとがっていました。

——膏薬張りお尻以下は、例外といたします。ついでに赤ちゃんのマシマロウのようなおしりも除外させて貰います。「小児は人間ではない」とパスカルが云っています。幾歳くらいまでそうなのか？　十二、三歳までだとボクは考えます。こうしてあとに残ったもの、桃型、栗型、林檎型、ナツメ型、いちじく型、ラッキョウ型、南瓜型、餅型、饅頭型、団子型、ゴム風船型、……いろいろあるが、男女共に平均して、このおしりとは、やはり、ふくよかでもあれば、弾んでもおり、キメ細やかに色白で、さっきも云ったように、人間のからだにあって最も造型的な、且つエーセティシュな箇所だと云わねばなりません。お猿が固い固い渋柿を、可哀相な蟹の背中に投げつけたとたん枝から滑り落ちた、以来猿のおしりはあんなに二つに割れた……これは然し、得手公のおしりが真赤で目につき易い処に生れた寓話であって、むしろ蛙の方が、人間のその部分に似かよっています。蛙に尻尾はありませんからね。でも、これだって、お尻というよりは太股の感じがそうだと云う迄の話で、うつ伏せにしたら蛙だっておしりは平板的です。hip は臀部で、hippo は馬。そう云えば、五月のレーストラックの緑草の上へ跳上りながら出てくる若駒の、ピチピチした、天鵞絨張りのおしりを見ると或る種の衝動を身内に覚える……そんな馬好きがボクの友人にいました。これには根拠があるのでしょうが、些か悪趣味だし、それに相手が馬では大きすぎて使いものにはなりません。只こんな事共を顧みても、人間の臀部のようなものは他の動物中に見当らないということが判ります。fondement は、基台及び根本の意ですが、俗には後門を云います。つまり「釜」です。お釜とはやはりその箇所が体軀を支え、どっしりと坐っている処に出たものに相違ありませんが、或る特種な用途に利用されるお尻の為には、別に「菊」という言葉が昔あったようです。裏門へ廻って菊の根分哉。

註——「後門のひだめは四十八本あるよし、ふるくいひ伝へたれど、ものしるせることはなきや……後門の一名を菊とよぶことも此ひだめその花ぶさに似たる故の名なるべけれど、ある人の抄には、菊花紫紅色なるもの、おほくは四十八ひらなりとも見えたれば、これはしもさるよしにもとづきていふにや」（あなをかし・上巻第二）

——「字数四十八文字に定めしは後門の菊座四十八ひだにかたどる、京の一字は女色にかはり一興なりとて膝とも談合のうへにて後に加へしとぞ」(実娯数絵抄)

「菊」がすたれて、甚だ散文的ではあるが、総括的な「釜」に入れ代ったのは、取りも直さず、この万代の蓬萊国に、女人は神道の秘密、少人は仏法の方便というわけで、共々に愛ずらるべき全感触を重んじたからで、こうしてギリシアの賢人らは生徒のおしりを愛撫しながら真理を説いたのでしょうし、工匠らは又、この部分の盛上りや線条の仕上げの為にこそかれらの鑿先に精根をこめたのであろうことは、夙にヴィーナスのcallipygeという言葉があることによっても察しられます。若し日本の河太郎に到っては、非合法的手段によって、誰彼の見さかいもなしに、この要衝をアタックしようと狙っているかのようです。お臍だって愛嬌者です。けれどもこれが人体のかなめ所だというのは、人間も未だ蔓つきのあいだの話で、いったんお母さんのお腹の外へ出てしまうと、お臍は単なるヘタになってしまいます。愛の受け場所は当然余所へ引越さねばなりません。いわゆるサルマタは猿股のことで、これをパンティー式に簡略化したのがキャルマタすなわち蛙股でしょう。総てこういう股ふたぎは、それが人間のおしりに嵌め込まれてこそ成立するので、そうでない場合は、ひとかさねにして簞笥の抽斗にほうりこまれる布きれに過ぎないことは、他の股引や、襯衣類と同じであります。で、噂に聞くところの半羊神にも人魚にも、共にお臍はあり、四十八ひだも具えていることでしょうが、角の生地も色柄も線条も活かせることは出来ません。――ここに来てボクは、日本の褌について何か一席云えそうな気がした。

遺憾ながら彼らは尻すぼりです。褌《ふんどし》は勿論、どんなパンツもパンティーも、其処では折

奥さんは、牢名主についてお聞きになったことがあるでしょう。これは、たとえば江戸伝馬町などで、同室者の畳をみんな取上げて積かさね、己れ一人がその上に胡座をかいて威張っている大先輩のことです。このかしらを仰いで、周りには、後輩が、階級順に、股倉に両手を差しこみ、両膝をそろえて神妙にへいつくばっています。そんな版画をどこかで御覧になったことがおありでしょう。さて新入があります。これが皆の衆を掻き分けて罷り出て、名主の前に挨拶を済ませると、こんどは引退って、目立たない隅の方で、一同に背を向け、妙な恰好をしてしゃがみ込むという段取になります。

壜口のコルクに糸の付いたのがあります。あんな具合に、彼の股の合間から、二、三寸、緒が垂れているのだろう、とボクは想像しています。というのは、彼は其処にうずくまって徐ろにお土産をひっ張り出さねばならないのに、若しも誘導紐がなかったとすれば……換言すると、うっかり其場で力みでもしようものなら、たいへんな結果を招くやも測りがたいからです。お土産は少々手のこんだ包装物です。孔明き銭なら緒を通し、幾十枚も重ねて円筒状にまとめるのに都合よろしいが、子供じゃあるまいし、青銅銭なんかに用はなかったと見るべきです。で、実際は銀の小つぶか何かでしょう。このものを若干、筒形にならべて真綿でくるみ、油紙の中にかたく巻き込んで、更にその上から

糸で以てぐるぐる巻きにして、これに鬢附油が塗布されて、入牢者の体内に隠される。このことは大目に見られていたのだそうです。そこで、検察のまなこを免れて、首尾よく牢屋まで持ち込まれた黄白は、一隅で取出され、名主をはじめ先輩一同に、場合によっては役人のあいだへも、程々に分配されます。――ねえ。これはおしりに、それもフンドシを緊めたお尻に甚だ似つかわしいお話でありませんか？　そのフンドシをずらせて、手土産を取出すのであろう、などとボクは云うのでありません。身につける最後の細布くらいは許されていた筈だと思いますが、たとえ仲間喧嘩の首締めや自発的首くりを用心してフンドシが禁止されていたにしても、その前あき、吹き流しすッぽんぽんのおしりだって、普段はフンドシによってたてよこに緊め括られていたという実績があるからこそ、ああ痛てて、痛てェとか何とか云って、彼がその中央部の割目から油紙包みを引っぱり出すのにふさわしいでないか。この日本のおしりは、又、天地間をふんまえるにも似た、あの厠の長方形の孔を跨ぐのにも甚だ頃合いなものだ。――と、僕は云うのです。

厠の場合ならば、なにも褐色のお尻とは限らず、真赤な蹴出しに包まれた雪のおしりだって、何ら差支えはない筈です。ボクの友人がいつだったか、進行中の列車のステップの上から離れ業を演じて、折からトイレット中に展開した緋牡丹を覗きました。――陶製腰で、どうなのか？　彼は危く転落しかけたのですが、然し、日本花嫁の下裾が、陶製腰掛にまるで調和しなかったことは、眩暈中にも拘らず認め得た事実だ、と彼は語りました。というのも、一つに先方が素足だからでしょう。日本の雪隠は、汲取口からカメラを差し向けたい気を喚び起します。それに反して、黒絹のストッキングを両のふとももの処まで引上げた西洋のお尻は、それがぴったりと硝子張の床にでもおしつけられているのを、その下方からガラス越しに仰ぎたい気持を起させるのでありませんか？

フンドシもずっと昔には、犢鼻《とんび》褌《こん》というのが用いられた。「男根如犢鼻故云犢鼻褌也」（下学集）――そもそも「褌」とは袴の小なるもの、すなわち、袴であってしかも跨がる部分のないものを云う。相撲取もこのトンビコンを着用した。「河津かしこまり候とて直垂を脱ぎすて、小袖一つの上を手綱二筋四重に廻して強くしめ」――曾我物語にあるように、単なる手がかりの為に、馬の手づなが利用されていた。こんなものは裸の上にまとうマワシとは云えない。では女子はどうかと云うに、前を蔽うフタノ（二布）があった。即ち「裾」であるが、現今のフンドシに対する湯もじほどの差異は無かった。二布の短かく、膝に届くほどのものを用い、この下裾が二布、表裾は腰巻、ひっくるめて「一腰」と呼ばれ、赤、青、浅葱など色がついていた。犢鼻褌がどの時代からフンドシに変ったかは不明だが、ともかく勧進相撲が行われるようになった頃には、力士らは今のマワシ様のものをつけていた。フンドシは天正以前は長さ四、五尺。あとで六尺となった。六尺を初めて身にするには赤布を用いた。幼年者がフンドシをつけるさいには、ちょうど烏帽子親のように下帯の親がついて、その人から赤い褌を台上に据えて、遣わした。女の子では二幅を以てし、これを縫合せて八歳から身につける。フンドシは、上流社会では白絹及び羽二重。町家では男女とも晒木綿で、浅葱、茶染め等があった。山鳥の尾の下帯を略式にしたのが細川三斎であり、越中とは、松平越中守が長さ三尺にちぢめたから、そのように呼ばれる。更に略化して簀褌すなわち畚式となった。明治になると、監獄褌、病院褌などが併用され、やがてサルマタ時代を迎えるに及んで、マワシ型、柔道型、キャルマタが考案されて売出されるが、ボクらの子供の頃にあったヤワラというのは、柔道型の一種であったろう。

当時、ボクは両親の故郷の明石に移っていたが、或る朝登校の途で、学校仲間の住いから洩れてくる喚き声に聞耳を立てた。表戸があいていた。通りながら首を向けると、友は彼の大柄な母親の為に上り框の向う側におさえつけられて、お灸を据えられていた。特に珍らしい光景でもなかった。いったん行き過ぎたボクが五、六歩引返してみないで納らなかったのは、うつ伏せになった男の子の、白い、まんまるいおしりの上方から細い煙が立昇っていたことでない。明らかに彼のふとももの処まで引きおろされた、黒色のサルマタを見たように思ったからだ。――もう一度次のようなことがあった。ボクは、人丸神社の山へ団栗拾いに行って、別な級友に依頼され、彼が用達しをするあいだこちらで見張役をつとめた。もうよかろうと瞳を返したとき、ちょうど白いふとももの辺から引き上げられようとしているサルマタを見た。これは白い横縞のついた緑色の猿股だった。ヤワラは、大工さんや車夫が穿いている股引パッチをほんの腰周りだけに縮めたような代物で、晒木綿一式だった。サルマタはおしりの部分が分れていないもので、そのつどに脱ぐとか、下方へずらせるとかしなければならぬし、腰緒がともするとトンネル内へ引きこまれてしまったりするが、この厄介さが又、もはや子供ではなく、お兄さんの貫禄を示す所以にもなっていた。このハイカラーなミシン縫いの股ふたぎは、いま云った黒、緑、縞柄、其他にいろいろあって、洋品店の窓に出されていた。そして長屋の子も、駄菓子を上り框の処にならべているしもた屋の息子も、既にそれを使用しているのに、自分だけは未だ野暮ったい手縫のヤワラなのであった。サルマタとヤワラの差違は、正規の靴下と先の割れた靴足袋との違いだと云えよう。長い毛糸のクツタビの先に草履をひっかけているのは、左官の弟子のようである。これに反して、先の分れていない本当のクツシタ——すなわちサルマタであるが、色と柄はお好み次第。これをはいてちょっと裾をまくり上げて見せたら、粋《いき》やないか。別品が惚れるぞ。そこな哥《にい》さん、こんな機会はまたと無い、奮発せんか——など云って、見切品のサルマタを積上げて路傍で売っている男もいた。

白いすじ入りのサルマタもそうであろうが、兄《あ》んちゃん好みはむしろキャルマタの方だ。あれは嵩がないから、湿っていたりよごれたりしているものは、握り拳の中にもつかみこめることが出来そうである。そんなよれよれになったのが、いわゆる犢鼻を包んで、浴衣がけの、映画館の楽士のヨードフォルム臭い股間によくうかがわれたものだ。

幻影城江戸川乱歩が、幼年期の一つの真実について注意している。彼は小学校へはいる前年まで、祖母に添寝して貰っていた。夜明けになっておばあさんが起きて行ってしまったあと、又しばしば病気になって昼間ひとりで寝かされていた時など、布団から首を出して眺める襖や障子の向う側には、いつも物ノ怪がひそんでいた。「あいつがあそこに居る。若し、屏風のあちら側へ一歩でも出たら、そいつが見えるに相違ない」考えまいとするほど、相手の怖ろしさがいや増してくる。一人で寝ている折の、そういう恐怖と織りまざって、いま一つ、怕さはそれほどでもないけれど、奥底の知れぬ、一種甘美な慄きに襲われることがあった。それは床にいて自分の、両方の腿の内側と内側が触れ合うのに奇異な快感があったということだ。その擽ったいような、総毛立つような、それでいてひどく懐しいような感触は、その感覚自体が、たとえば天体のように遥かなものを象徴するかに覚えられた。それは大人の言葉で云うならば、カントの物自爾、ショーペンハウエルの意志、ライプニッツの単子にも相応するであろうと。――これを読んだ時ボクは、幻影城主の追憶に結びつけられそうな或る事が、自分の幼時にもあったことに気付いた。

未だ大阪船場の生家にいた頃だ。或る時、すじ向いの御園白粉本舗の軒下に、自転車が立てかけてあった。たった五、六分間で終ってしまうフィルムに、「泰西自転車乗の大失敗」などが観られた時代である。然し、大輪の軸にペダルが付いて、うしろに添えられた小輪上に腰掛がある車なんかは、父の話に聞かされるばかりで、そんなものは既に何処にも見られなかった。現今あるような、菱形のフレームに同形二輪を取付けたサイクルであったが、このものだってどの店にも備えられているわけでなかった。で、ボクは、あの厚ツぼったい革製のサドルを珍らしげにギューギュー圧してみたり、そのまんなかにある一連の小孔へ順次に指先を突込んだりしながら、考えた。それは、此処は人が腰かけて両足を交互に動かさねばならぬ箇所だから、まるで山伏の法螺貝を伸ばしたような、こんな形のものでよいのであろう……それにしても、おしりを載っける場所に、何故、おしりを真似たかのように、こんな孔がしかもいくつもあけてあるのだろう？　孔々は只の飾りのようでもあった。然し此処は股倉に囲まれてしまう部分でないか。自転車が走っている時間中は、余所からは見えないのだ。たとえ装飾にしたところで、ふちにぎざぎざを付けるとか、全面に花模様を焼判で押すとか、何かもっと別な工夫があり相なものだ。そんならこの孔は空気抜きであろうか？　いつか白い、夏季用学生帽の上方に、真鍮の小さい環をはめた孔が、左右二ツ宛にあいているのを何の為かとたずねたときに、友だちは「あれは空気抜きだ」と教えた。ところで自転車乗のおしりに空気を供給しなければならぬとは何のことだろう？――これから十年以上経過して中学生だった頃、夏のカンカン帽について、――このものにも上縁に近く、左右に、それぞれ二ツあてに真鍮の小環が嵌っていたけれど、こんな通風装置でなく、全体としてのカンカン帽の愚劣さについて、友人が注意した。金盥にひさしを取付けたような、あの糊で固めた麦藁ハットをかむったさいには、当然として、内部上方に鉢巻状の空所が生じる。で、たとえば古新聞をねじった棒のようなもので、その空隙を充塡しないことには、自分は大人になってもあんな不安な帽子をかむる気には到底なれないであろう、と彼は説いた。この見解に依ると、自転車のサドルの孔々にはあらかじめゴムテープか何かを貼って塞ぐのでなければ、不安のためにペダルは踏めないということになる。然し我が少年文明批評家は、次のようにもつけ加えたのである。「此処に一つの制作画があって、その画面のどこかが物足りないように思われる。節穴を見つけるとそこへ指先を突っこんでみたくなり、紙をしがんでその穴へ詰めたりせずにおられない、あの心理だよ。これが真空の恐怖だが、この *Horror vacui* にたえ得ず、ヘッポコ絵かきは余計な埋立をやって、全体を台なしにしてしまう。けれども大家にあってはそうじゃないね。空地は其儘にほったらかしてあるもんだよ」——なら、自転車のサドルは只あんなもので あってよいわけだ。然し、風景画の空所は元の自然界からきているのに、こちらは云わばサドルに対してずんべら坊主の表面に恐怖を感じて、わざとあんな加工を、一連の穿孔という形式に依って与えたのでなかろうか？　そのままでよいというのは、孔なんかあけないことを意味する。でもあんな大小の孔だって、実は何処かに原型があるのでなかろうか……

或る夕方、薄暗い、狭苦しい診察室で、ボクの父が、小さいボクを傍へ置いて、彼の友人のお医者と語っていた。先生は磨硝子がはまった戸を示し、その向うの台所に関するけったいな話を、ボクの父につたえているように受取れた。夕刻になって用事がひと通りすむと、うちの女中は妙な仕ぐさに耽る癖がある。お勝手の板ノ間に踏台を持ち出して、水に濡らした雑巾を、その上におき、おしりを捲って、(先生は確かにそう口に出した。その真似をしてみせたから)踏台に腰をかけてじっとしている。雑巾が体温で暖かくなると又、バケツの水にひたして、先と同じことをやり続けて、うすら明りの中でいつまでも動こうとしない……そして先生は、「これは君、どういうんかね」と妙な、困った、半分笑った顔をして、相談事のように持ちかけていた。ボクの父には何とも返答の仕様がなかったらしかったが、まだ七、八歳の子供だてらに、大人連の対話から以上の意味を盗み聴いたボクは、暫くのあいだ、糸口のつかめぬ懊悩の中へほうり出された。いまでは、既に幻影城の随筆を読んだ現今では、思い切って次のような解明がつけられる。いわく、台所の薄明中に於ける濡雑巾のシートは、そのまま無限の天空を翔るプラトーンの二頭立戦車だ。その搭乗席に、彼女は若々しく弾んだ、それとも未だ子供子供した固いおしりを据えて、現象界のかなたに乗り入れようとしていたのだ。あるいは、遠い遠い或物を一つのフワフワした雲と受取って、全身をそれにゆだねる女性的陶酔の境地にあったのである。——これに依ると、自分の曾ての自転車のサドルも、ああいう形をしたアンテナだと云うことで解釈される。今日ではもはや幼年期にしか覚えられないところの原始感覚、既に遥かな人類の祖先が、天体に対しておぼえた底知れぬ恐怖と訴え所のないスィートな郷愁を、体軀中に於ける最も安定した、享受的基台によって呼び醒まそうとする為のアンテナなのだ。あの小さな内科医院は、しょっちゅう下駄の音が喧ましい、千日前通りの法善寺の隣りにあったが、若し何処か郊外で、そして先生が人力車ではなく、自ら自転車のハンドルを執って往診廻りをしているのであったなら、閨秀形而上学的冒険者は、踏台の代りに、先生の自転車をひそかに引張り出すことであろう。そしてあの孔があいたサドルの上に濡雑巾を置いて、素股のままそこに跨り、なるべく路面の凸凹を選んで走り廻る……きっとサドルを台にした何らかの宇宙的実験が、そこに試みられることに相違ない。

どこかの芸者衆が夏の午後、畳の上で死んでいた。それは、彼女がおしりに扇風機をかけッ放しで昼寝をしたからである。こんな話をきいたことがあるが、なんだか滑稽だ。それは、扇風機とおしりとの連結からくるのであろう。ではもう一つ、やはり子供の頃に耳にした事件がある。朝日館のボックスで西洋人がおしりから血を出してぶッ倒れたと云うのだ。これにも何か可笑味がある。先ず分析してみよう。——その現場は最近に完成した洋画専門館の二階正面のどんづまりにある。其処に四ツか五ツならんでいる箱形特等席はいつ見ても人影が無く、青い電球が、両側に垂れたカーテンを照らしているだけであった。この場所に、(ボクが生憎とその小屋のどこにも居合せなかった時に)ひかえていたのが山ノ手の異人さんだと云うこと。次に、その性別年齢不明の彼がたぶん矢庭にぶッ倒れたということ。しかも（報告者は特にその点にアクセントを置いたが）その西洋人のおしりから血が出たということ。極めてバカバカしい事柄でありながら、先の扇風機椿事と同様に、どこか本当らしくもある。何故であろう？　由来、ご婦人とお子供衆は下半身の専門家である。だから、かれらの腰周りに関して何事が突発しようとあらかじめ覚悟していなければならない。そういう事情が根拠になって、仲介者としてそこに扇風機の置かれていることが、芸者の場合ではなかろうか。では西洋人の方は、これは、「西洋人にはもともとそんな処がある」からであろう。西欧婦人は特におしりが大きいし、又おしりをなるべく大きく見せようと彼女らはつとめているかのようだ。従ってこの場合にも、おしりに関して何事が起ろうと、それは常に考慮に入れて置かねばならないのである。更に西洋の男性はフンドシなんかつけない。まして廁の太虚の上に打ち跨るわけで無い。かれらの腰掛式便器は、ボクは映画で初めて知らされた。あちらの小学校が映り、自分と同じ年恰好の少年らが怪訝な顔をして、一列にならんで腰を掛けていた。何をしているのか見当が付かなかった。判ったとたんに場面が変った。かれらは総て多分サルマタ様の、然し幾分ゆったりした股ふたぎを身につけていることと思われる。それならばおしりから血を出してぶッ倒れる次第だって、十分に起り得る筈である。それは何故にか？　そして又その血はいったいどうしたわけか？

この点はいまは考察の限りでないが、ともかく西洋人には、そういう処が本来的に存して、従って、かれらがともすると婦人の前に跪いて、両手を合わして何事かを嘆願するというようなことに対しても、われわれには合点が行くというものだ。あちらの紳士が女の人を拝んで、片手で我が胸を打ち、自らの頭髪をかき捲って一事を訴え、謝る仕ぐさを見せることは、ボクはやはりフィルムを通して知った。又、子供用の下剤を間違えて噛んだ太ッちょのお父さんが、あっちこっちで大失敗を演じる喜劇があった。その父は、なにもお母さんの前で両手を差し伸べて謝ったりなどしなかったけれど、行く先々で便意を催して、公園の茂みやオフィス内や河岸の船中にホコホコのおみやげを残しながら、お巡さんや人々に追っかけられるのだった。然しボクは、――自分の為のクスリをお父さんに取られてしまったので相変らず通じがないのであろう、乳母に附添われ侍医に脈を取られたりしながら、家に居残っている男の子の方に、心を惹かれたものだ。幅広のカラーのついた、黒天鵞絨らしい子供服すがたが、小公子に似ていた。それはまた、姉が聞かせてくれた「Yの坊っちゃん」のようでもあった。姉は扁桃腺炎治療にかよっていた東《アズマ》先生の診察室で、その光景を見たというのだった。ボクが豌豆の甘煮を食べすぎぬように、彼女が注意した折である。東先生は、あの坊ちゃんを寝台の上にねかせて、ズボンをおろし、永いあいだおしりを覗いて心配そうに考えておられたと。その少年患者が何処の誰なのか。何か赤筋入の半ズボン服にランドセルを負うた偕行社の生徒らしいふしがあった以外は、グリーンピースとお尻の繋りと同時に、ボクには判らずじまいになっている。こんなものはすでに西洋風おしりの部類にはいる。あちらのしつけに、子供をうしろ向きに抱き上げてお尻を打つ。これも西洋人らしいやり方である。鷗外漁史訳「ファウスト」第一部、ワルプルギスの夜の場面に、臀見鬼人《いさらいのおにみびと》というのが登場する。あそこの台詞だけでは判じがたいが、子供らの戯れに見かける「おいど覗き」「お尻捲り」のたぐいでなかろうか。中世紀のドイツ医学書などに、魚形の大きなまなこを剝いた西洋の東先生が、大きな浣腸器を携えて、半裸の女患者に対しているエッチングが見られる。これだって、一種のいさらいの鬼見人でなかろうか？　同じ生理学の本をひらいても、おたまじゃくしの拡大図などには何の関心もない年頃では、生殖器よりは消化器系統の方に気を惹かれがちだし、生物学では、かものはしや腔腸動物への奇妙な同意が存する。

　メロンのようなおしりを水色縮緬のマワシで緊めくくって、祭太鼓のめちゃくちゃな動揺にゆだね、太鼓の枹《ばち》を打ち続ける襷がけ鉢巻すがたの少年も、サーカスの円形板敷で、底無し樽の中に腰部をおし込んでヤドカリ式に歩き廻る肉襦袢の子らも、登場させねばならない。こうしてボクは、こんど書くつもりの、「おしり考」のペンを、河童にまで持ってくる。河童にやられた友が河中から上げられて、草の褥の上にうつ伏せに寝かされ、ついで両股がおしひろげられた。いち早く煙管が集められ、介抱者はその火皿の方をかれの口中に銜んで……つまり莨の煙を、おしりを通して男の子の体内へ矢継早に吹きこみ出したのである。ずっと前、誰かに聞かされた幼年期の記憶だった。おしまいに面倒臭くなったのか、他端に火のついたキセルの吸口が、五、六本もひとまとめにおしりにおし込まれたので、アレアレと口に出したら、何とか云って叱られた云々。

そのエッセーの枕としては、あの日、澄江堂で見たナポレオンの絵が取ってある。ボクは話の行きがかり上、或る仮想の原書を持ち出す破目に追いやられたのである。ややしばらく考えるふうをして、「あ、その本は僕も見たことがあるようだ」と澄江堂は頷いた。それから、「此処にこんなのが……」と云って立上った。小暗い一隅から画集めく大型本を取ってきて、ページを繰った。ボナパルトが、ガウンの裾を長く曳いて王座の上に突立っている。この背後に一人の将官が恭々しげにひざまずいて、そこだけが剝き出しになった、ナポレオン皇帝の子供子供したおしりに接吻している処であった。題名はフランス語で「ソドムの恥」とある。

二十五年前の陽春、永日もいつか暮れて、障子の外が真暗になっていることを知ったボクは、気がついたように申し出て、後架へ案内して貰った。このみちがやはり奥の階段だった。それは途中で左右に分れていた。一つは書斎下の廊下、すなわち雪隠がある方で、他は近ごろ造作されたとかいう仕事部屋へ通じていたのだろう。このTの字になった階段の岐れ目に、――ボクは宛ら幽冥界へのしるべだと云いたい、あんな陰気な光を放つ電球があったことを、その時初めて知った。それはなんだか黄色っぽい、暗い光だった。足許が読めるばかりの夕月夜よりも更に覚束なく、消なば消ぬべき寂滅的かそけさに置かれていた。だから殆んど用を為さない。ただし其処が真の闇でないことを示す為に取付けられているのでないとすれば、である。思うに、玄鶴山房、蜃気楼、河童と相継いで発表され、或阿呆の一生が、更に模型エルサレムの橄欖や無花果を作る為に、針金のきれはしに捲りほぐしたモールがせっせとくッつけられつつあったと推察されるこの頃、語らざれば愁いなきに似た人は、彼が創作に扱い、又絵筆を執っても得意だった、あの芦間の、蚊のように痩せ細った先生に、我れ自ら近づいていたのでないか？　彼の手足に水掻きはついてないが、それでも手を拡げて、「ごらん、鶏の足みたいだよ」と示したと云う。そのことは誰かにあとから伝えられた。澄江堂描くところの河童は我鬼でもあった。けれども同時に、火葬場の丘上に立って街の方に向って何事かを呼ばわっている隠亡の姿でもある。自分を招いている自分の影法師《シルウエット》？　見給え、靄の底に灯影をばら蒔いた都会の向うの海の水平線からは、今しも昇りかかった *Alfred Cubin* の満月の、赤い背が覗いている。

A感覚とV感覚

万の虫迄も若契の形をあらはすがゆへに日本を蜻蛉国ともいへり――本朝若風俗

その一

昭和二年四月某日、一期一会の澄江堂先生は、私と面を合わした時、「君も一つ、永遠に美少年なるもの我をひきて往かしむ、を書くことだね」と云ったのです。何もいきなり、ねりぎだの紙シャボンだのを持ち出したわけではありません。――こんなぐあいに、私は、『澄江堂河童談義』について訂正増補しながら、今回の主題にはいって行きたいと思う。ところで読者があの作を読んでいてくれたら好都合であるけれども、そうでなくても差支えないように、筆を進めるつもりだ。

いまの、「美少年なるもの云々」のあとを受けて、澄江堂主人が、曾て野上君とやらの許で見たという古い彩色画のことを聞かせる所がある。彼は田端の、あの薄暗い二階書斎で、身体を前方にかがめてお辞儀の恰好を示し、ついで右足を座布団から側方にずらした。実はそのようにすると同時に、畳の上に突ッ立てた刀の鞘に取りすがっているふうをも彼は見せたのである。すなわち、その画中の二人物中の一方の若衆は、このようにして緒のついた朱鞘を両手に握りしめているが、そこに何とも云えぬ可憐な風情があって、あれなら自分だって心を動かさぬとも限らない……そんな感想がそこにつけ加えられた。――この一事は省かれてはならない。何故って、この種の版画に見る女性はえてして懐紙などを口に咥えているけれど、そんなことより刀の鞘につかまっている方がずっとおもしろいからだ。『好色五人女』第五話に出てくるおまんが、中剃をして、若衆姿に身をやつし、道に迷った振りをして山中の源五兵衛入道の庵を訪れる。経机の上の一冊、待宵諸袖というのをおまんが眼にとめて、「立派に物はおっしゃっても、それ、その本が承知せぬ。それを常住読まれるからにはまだその色、棄てぬにきまった！」と脅迫されて、入道は余儀なくなり、「念者になろう」「懇《ねんご》ろしよう」とばかり抱き合って、次に源五兵衛入道が紙入から何やら取出して口中に入れて嚙みしめるのを、何したまうと問うたら、入道は赤面してそのまま隠してしまった。この当の品物が、前の黄蜀葵根《ネリギ》であるが、この興味ある場面には、『情はあちらこちらの違ひ』との見出しがついている。ところであちらとは、私によると小倉百人一首で、こちらとは弓矢の道、及して茶ノ湯、能楽の世界にも通じる。――このような理論をこれから持ち出そうとする。だから、暫くついてきてくれるところの忍耐と、若干の想像力の振興を、私はいま読者諸兄姉に約束してほしい。

次に、私が、宇治山の上に立つ白い夏雲を眺めながら、X夫人に向っておしりの哲学を、――つまり、そもそも臀部とは人体にあって最も愛嬌のある、福々しい、いつついつまでも齢を重ねないような部分であると説きはじめるが、この両山のめでたさについて、私はあそこに次のような引例をするはずであった。

曾て南太平洋のクラカトー火山が大爆発したさい、噴出した灰が空気の上層にあがって、そのために地球上に数週間に亙って、世にもない妖美な夕映が織出されたと云う。私がさる年、神奈川県鶴見の海岸で経験したもの、それは人為の災禍であったけれど、やはり天象の美が伴った。四辺が晦冥になって、足許は夕月夜の覚束なさになり、わずか西方に透いている茜《あかね》色の地平線上に、富士山の裾が見え、それから左方へ九十度の所に、この世ならぬかそけさで藍色に浮き出した上総の山々があった。真暗な空の奥から無尽蔵に降りこぼれてくる何物か見当のつかない、無数の大葉のもえがらは、もしダンテが『地獄篇』の中に描いているとしたらちょうどそれに当るとも受取れる、そんな怪異な雪片として眼に映じた。しかし以上は、ひと息ついたとき初めて気がついたので、そのはじめ、ダークエンゼルの羽搏きが穹窿をおおい、隊伍を組んだ黒いつばさがあとからあとへ繰出されてきたとたん、これは何とかせねばならんとさすがの私もあわてないでおられなかった。お祈りなんかリアルでない。この上はなにか最も生命的な、若々しいものを頭に浮べて、それに取りすがっているより他はないと考えたのであるが、これと符牒を合わしたように、壕の奥に腰をおろしている私の鼻先に、寸の詰った紺木綿のズボンに包まれ、それゆえ桃のようなわれ目を見せたおしりがあった。丸く軟らかに、しかも弾んだ部分が小刻みに顫えている。女の子があっち向きに、そこに突立って泣きじゃくっているのだった。こんな学徒は自動車会社お手のものの大型車に乗せていち早く総持寺方面の山林へ避難させたはずであったが、そのトラックに乗りそくねた連中の一人であった。ただッぴろい機械工場の屋根一面に固形の雨の降りそそぐ轟々の音がひびき、壕の入口に立っていた同僚の手首からはいましも血がふき出した。破片が当ったのである。……そして私は一生懸命に、くっきりとすじのついた顫える桃の実に顔を差寄せていたあいだに、最も恐ろしい最初の十五分間が打ち過ぎた。――戦争が終って、『酒客早晨嘔吐症』がまたしても我身を襲うようになった。この、空へドの発作にたいしては、何でもいい、手近にある香りの強いもの、たとえば石鹼函を取って嗅ぐより他に手はないのであるが、そんな応急措置をとる時には、いつしかそこに、桃のようなすじのついた臀部の幻想が伴っている一事に、私は気がついた。いや、そうでない。同じシャボンの匂いであっても、風呂上りの桜色のおしりの肌にいったん移されているそれだと想像する時に、効果百パーセントであることを、私は知ったのである。

――さて、傾聴者X夫人は、その後われわれが岡崎公園を抜けていた時、動物園の看板を見てプッと噴き出した。で、この件も彼女の口から先廻りして吐かせることにしよう。動物のおしりは人間のそれのようにふっくらとしていない、私がそう云ったのにたいする彼女の抗議である。

「じゃ縞馬はどうですの。しま馬のおしりはすてきじゃありませんか？」

私は徐ろに云い続ける――

「口の中から煙を吐き出すのだって、爪をとがらせて紅をつけて磨くのだって、共にアクマの趣味ですね。かんざし代りに金色のツノを髪に挿し、キバ形の金冠を両方の犬歯にかぶせたらどうでしょうか？　縞馬といえば、僕はいつか婦人用縞馬パンツを考えたことがありますよ。この薄いパンツの裏側にはYの字にゴムテープが縫い付けられていて、これによってパンツを太股のつけ根にそうて密着させ、同時に縞柄を肌のおもてにぴったりまんべんなくおし拡げることになりますが、紋様は後方の、両岸が密着している谷底から放射さるべきです。これがシャツの場合ならばおへそが中心でしょうけれど、でも、このおへそはつまりヘタですから、人間もまだ蔓つきのうちのことで、いったんお母さんのお腹の中から外へ出てしまえば、人体のかなめは他の場所へ移動するのが至当でしょう。口では不可です。口唇にはしょッちゅう忙しい用があります。口とは反対側、そここそわりかた暇であり、したがってわれわれの『内部』への関心の門戸だとしなければなりません。——で、縞馬のすじは、そのかなめ所が存在する谷間から出て、二箇の円丘をこえて恰も旭日旗の光条のように腰まわりにひろがります。ところで貴女が、こんな風変りなパンツを百貨店の売店でお見かけになり、くるりと裏返して、Y字形ゴムの柄の部分にくッついているラムネの玉のようなものを、そうです、ホオズキの萼を裂いて内部から丸坊主を出すように、そのラムネの玉をお出しになって、これはいったい何なのとおたずねになったら、売子は説明することでしょう。つまり、縞模様がズレないように、肉体のボタン孔へはめこむ丸ボタンですとね。——縞馬に限りません。

パンツ乃至パンティを正しく身につけようというには、今云ったホオズキをつけたらよい。先日、丹波橋駅のプラットホームで見たのですが、それは近江舞子だかマイアミだかの広告ポスターで、紅い水着姿の少女が白砂の浜べに佇んでいる所でした。こんな人物のおへその下方に小さな凸起があったらどんなものだろう……と思いましたよ。戦場で肉体中のかんじんなものを失った兵士らのために、非常に精巧な素肌用のベルトが発案されていると聞いたことがありますが、つまりそのやり方を倣った、じかにつけるゴムバンド、しかもこちらはどこまでも一つのアクセサリーを出ません。――或るしかめつらの謹厳な紳士が、某日、何のつもりか相好を崩して僕に云いかけましたっけ、『何しろ日本には陰間なんていう優美なものがあるんですからね』――この江戸時代のやさしき連中は、ひとしく羽二重をしめつけて、以て男性のいやらしい特徴をおさえ隠していたと伝えられますが、これとはあべこべの効果を、そのゴム・ベルトによって出してみよう、と僕は云うのです。酔払うと屋根の上に登って、おどろいたことに鶏卵を、四箇も、立て続けに生むくせがあるというバレーダンサーのことが、三島由紀夫さんの『禁色』の中にちょっと紹介されています。彼はむろん男性で、そんな芸当を、たぶん彼の師匠でもあれば同時に愛人らしい某フランス紳士から教わったものに相違ありません。何故なら、むかし伝馬町の牢屋では、新入者がお土産の金子を例の所へ隠匿して持ってはいったなどという話を僕は聞いていますが、玉子云々はまた余りに日本人離れしていて、ダンサー当人が思い付いたことだとは到底考えられないからです。もっとも歌舞伎の暫や菅原伝授の舞台に出てくるような人物が、大仰な写楽式の身振りでそんな「玉子生み」をやってのけたらどんな効果が出るか、それは保証の限りではありませんがね。——僕はこれによって考えましたが、舞台に立った美女がうしろ向きになって、尻無しパンツの合間から、金だの、銀だの、紅や紫や緑のイースターエッグを生むというのはどうですか？　縞馬パンツにしたって、そこに短かい尻尾が工夫出来ませんか知ら？　むろん前のタマゴの演技には燕尾服の介添役がいて、この男の手品らしいのだが、どうも見抜かれない。色玉子は籠の中にうず高く積上げられるのですから。パンツの尻尾だって例のホオズキと関係があるらしい。それにしてもどうしてあんなにぴんこぴんこ自由自在に動くのであろう？

『引緊った、偉大なおしりをがっちり引受けるサドルのついた強馬力のオートバイへの憧れ』——ジャン＝ジュネの『泥棒日記』の中に書き入れてあります。こんな、巨きな貝殻をひき伸したような革製の鞍がついたモーターサイクルにしろ、鰐皮のガマ口みたいにきゃしゃな股挟みのついたレイサーにしろ、四本脚の毒蜘蛛のような競走自動車にしろ、消防車にしろ、ブルドーザーにしろ、ジェット機にしろ、機関車にしろ、すべて冒険的な乗物の魅力は、ひとえに搭乗席における危険感と冷酷性に正比例しています。云いかえると、おしりを載っける台が冷ややかにいかつく、いかにそれが当方の臀部に対してつれないかという度合にあるようです。たとい座席が贅沢に快適に出来ている場合であっても、却ってそんな慰安が与えられているだけ、当方には責任と決意が期待されていることになるのですから、依然として冷酷性に変りはありません。そして一般女性はこの辺の事情について了解があるはずです。というのは彼女らにはV感覚があって、これが仲介になるからですが、僕に云わせると、そのV感覚とは実はA感覚から分岐したものに他なりません。だから、あの人のおしりは恰好がよいとか、あの汽船の後部の曲面は何とも云えない、スクルーの白浪が盛上っているあたりが豪奢だねとか云うのは、すべてA感覚を根拠にしているのです。広く椅子や腰掛類への関心だってその通りで、それが何であってもともかくそこに在るものの上におしりを置いてみたいというのは、A感覚が自己証明としてそのように唆かすからに他なりません。僕はいつの頃からか、或る種の男性の相貌中に、それがV感覚への顧慮でもなければP感覚の悩みでもないような、翳《かげ》りを読み取っています。たぶん子供の時分よく出入したお医者さん、それは僕の父の友人でしたが、その玄関でたびたび顔を合せたコウジ屋の、――酒、しょうゆう、味噌を作るのに用いるあれですが、その古い麴屋の若主人の表情にしばしば注意した……あの時以来のことのように自分では思っています。先方が厚司姿のままクスリ臭い場所にやってくるのは痔の治療のためだということがよく判っていたので、僕は、この人があの冷々した黒革張の診察台の上に横たわって、それからいったいどんなことをされるのだろうと、彼の面を盗み見ながら、あれこれと想像を逞しくしたものですが、相手の眼の周りにいつでも見かけられた黒ずんだ隈……これは、夕方など芸者と連れ立った彼を街角に見ることがありましたから、あるいはそんな関係かも知れぬ、と思いました。でもそれとは別なものが、たしかに、彼の相貌の中にあったのです。それは痔に直接につながったものでなく、痔につながりのある消息に関係しているところの或る物だと云うべきでしょう。いったい女の人の顔や子供たちの面貌は、A感覚的だと云えます。女性にあってはA感覚とV感覚が並存していますが、たいていの人はそこにV感覚しか読み取りません。しかし見逃がされているA感覚は、いったん注意を西洋婦人の顔面に向けた時に、より容易に判じられるでしょう。西洋人は総体に、容貌もそうですが、おしりなんかも堂々としていて、加うるに露出症の傾きがあって、A感覚的存在だと云えるようです。彼らが椅子族だからでしょうか、それとも子供の頃から懲罰としてのお臀打ちを持っているからでしょうか。からだの線にそうて仕立てた洋服のせいでしょうか？ それに西洋人は大柄で鬼に似ています。ゲーテの『ファウスト』前篇の終りにあるヨハネ節前夜の魔の宴には、臀見鬼人《いさらいのおにみびと》というのが出てきます。『聖アントワンの誘惑』の絵にあるアクマの中にも、お尻から火焔を吐いたり、他の者の上に跨ってそのおしりに矛の柄を突き込んで拍車代りに駆立てているのが見つかります。――よくドイツの医学書に、べらぼうに大きな浣腸器を片手にした中世風のドクターが、半裸の女患者を前にしてひかえている銅版画がついていますが、この先生なんか明らかに臀見鬼人ではないでしょうか……西洋人の顔に窺われるA感覚には、陰獣めく光が隠されていて、ひょっとして偶像姦《ビグマリズム》でないか、あるいは死屍愛好《ネクロフィリー》もやりかねないと思われるようなものすら、僕は時たまに見受けます。翻訳して云うならば、浪人が孤独の住いで唯一の相手である若衆人形の髪を結ってやる……それから秋成の『青頭巾』……でも僕に興味があるのは、政治家とか、軍人とか、学者とか、そういう最も男らしい男性の面貌に表われている抑圧されたA感覚です。児童及び婦人の相貌中のA感覚は、只完成されない快感を感じさせるだけですが、こちらはそうでなく、いずれも、例えばより多く忍耐を必要とするいとなみ、あるいは成果おぼつかなき底の事業への打ち込みのために、等しく絶望的に圧し潰されひんまげられています。西洋人は物質的だと云われます。物質とは、そこに滞ろうとする、あるいは滞ってしまった精神に他なりませんから、こんなものは、絶えずおし進められねばならぬという条件が加わります。葛藤軋轢の姿は、東洋人よりは西洋人の上に常に興味深くうかがわれるものです。そして彼らのこのような苦吟と、彼らの道徳的節制、犠牲的行為、抽象的思考、独創的芸術とのあいだには、たしかに或る関連がなければならないことをおもわせるのです。……便所もあちらは腰掛ですが、日本は、恰も天地間に跨るように、黒暗々とした長方形の空隙の両辺をふんまえて跨ります。ここにお聞かせしたいことがありました。僕は先日、『正法眼蔵』中にこれを見つけました――。」

「樹下とか吹通しの場所で修行する時は、近くの谷間か河水かによらねばならんが、先ず衣を脱いでたたんでおいて、黒でない、黄色い土をえらび取って、大豆くらいの大きさに丸めたのを、石上とか樹根とかに、七箇ずつ二列に、都合十四箇ならべる。次に磨き石を一つ。さて用を足し、ヘラなり紙なりを用いてから、水辺で洗うが、先に用意した十四丸のうちの三箇を取って、これを用いて洗う。一丸を掌にのせ、水を加え、泥よりは薄目に、上澄《うわずみ》ほどにしてまず小便した方をきよめる。次の一丸も同様に溶いて……寺にはトイレがある。この時は手巾を左ひじに掛けて行き、そこにある竹竿に掛ける。手巾は長さ一丈二尺、白色は不可。竹竿へは二重に折ってかける。若し袈裟をつけていたらやはりそれを脱いで、手巾にならべてかける。落ちたりせぬように。また投げかけたりなどしてはならぬ。

番号の紙片が環形になって竿に付いている。どこに自分の衣をかけたかをよく憶えておく。人数の多いときは竿の順序を乱してはいけない。立ちつらなるようなことがあったら他の者にたいして礼をするが、なにも向い合って軀を曲げねばならぬことはない。差し交した両手を胸の前に当てて会釈するだけでよろしい。別に法衣をつけていなくても、便所では互いに会釈するものである。若し、両手ともに未だ触れない前で、しかも物を携えていなかったならば、両手を交叉して、また既に片手を触れた場合で、他の手に物を持っていなかったら、一手をあおむけにして指先をかがめて水をすくう恰好を示し、頭を下げる。先方がそのようにしたらこちらも同様に返す。当方がこのようにやれば向うも同様。――上衣を竿にかけるには、法衣を脱いで両袖をうしろに合し……袖だたみにして、袖の方を向うに投げこす。すでにかけられた手巾の両はしを互い違いにして衣を越して、こちら側でまたちがえて、しっかり結ぶ。衣に向って合掌し、タスキを取って両肘にかけ、桶が並べてある所へ行き、一つの手桶に水を盛って廁へはいるが、水は九分にする。廁の戸の前で木履に履きかえるが、この場合、脱いだ履物は爪先を揃えて、自分から見て先方へ向けておく。便所へ夙くから行っているのは不可ない。といって、さあとなって駈け込むのも不可。廁に入って左手で門扉をおす。ついで手桶の水をほんの少し、下方のたんごの中へこぼすが、手桶を眼前において、立ったまま槽に向って、三度指をはじく。指先で音を立てるのは不浄除去のためである。このさい、左手はこぶしに握って左腰につけていること。次に下袴の口、衣のかどを取りひろげ、くつろげて、入口に向って両足で槽の両辺をふんまえて、しゃがむ。前後にかけてはならぬ。ふちをよごすべからず。この間、壁越しに談笑したり、うたを唄ったり、鼻汁を啜ったり、唾を吐いたり、壁面に字をかいたり、ヘラで床上にいたずらがきをしたりしてはいけない。——用足しが終ったらヘラを使う。紙でも差支えないが、反古紙は不可。文字の書いてある紙も用いてはならぬ。更に、未使用のヘラと使用ずみのヘラとを取違えないこと。——ヘラは長さ八寸で、三角形に作ってある。太さは親指くらい。漆塗りがあり、素地のままのもある。未使用のヘラは槽の前のヘラ掛にかけられてある。ヘラ乃至紙を使用してから、右手に手桶を取って左手をよく濡らし、柄杓で掬する要領で水を受け、まず小便の方を洗う。これが三度。ついで大便の方をきよめ濯ぐが、その間、手荒に桶を傾けて手のひらの外へ水を零し、溢れ散らせて、水を早々に費してしまうことがないように。——洗浄を終えて手桶をその場所におき、ヘラを取ってぬぐい乾かせる。次に右手で袴口と衣のかどを引きつくろって、右手に桶をさげて廁の門を出るついでに、専用の木履を自分の麻裏草履とはきかえる。手桶を元に返し、手を洗うが、これには先ず右手に灰匙を取り、灰をすくってそこにある瓦あるいは平らな石のおもてにおき、右手にたらした水を受取って、砥石に当てて研ぐように、触れた手を洗う。灰を以て三度、土に換え、水洗いがやはり三度。終るとさいかちを取って小桶の水の中へ浸し、両手をていねいに揉み洗う。腕の辺りまでよくよく洗うのである。誠心を保ち、いんぎんに、灰三、土三、さいかち一、都合七度を以て適当とする。次には大桶による洗浄である。水でも湯でもかまわない。一回洗ってその水を小桶に移し、更に新規の水と取換えて両手を洗う。杓子を取るには必ず右手でなければならないが、桶にぶッつかって音を立てたりしないように。水を零し、さいかちを散らし、四辺を濡してはならぬ。最後に、供えつけの手巾か私用のそれかで手を拭うが、これを終えたのち、衣を懸けた場所へ行き、タスキを外して竿にかけ、合掌してから手巾の結びを解き、法衣を取って身につける。それから手巾を左肘に掛けて塗香する。これは、香木を六角の宝瓶状に作ったもので、拇指大で、長さは指四本ならべた幅。一尺ばかしの細緒が両端から孔に通して、竿にかけてある。この六角柱を両の掌に挟んで揉み合わすと、香気がおのずから両手に移る。タスキを竿に戻すときは、同じものの上にかけて縺れたりしないように。以上のすべては審らかにすべきで、心せわしく早く用を済ませて帰ろうなどいう了見でやってはならぬ。また他の衆がきているのをじろじろ見たりしてはいけない。廁中の洗い水は冷水がよい。熱湯は腸風を引き起す——」

さいかちとは昔のシャボンのことであると判ったが、腸風には見当がつかない。若し以上のあらましをX夫人に聞かせてきたとすれば、「どうも下痢とも違うようですし、痔を引起すというのでもないらしいですね」とコトバを入れるべきだろう。

「それは……あの、百日の説法何とやらの、あれではないのでしょうか」

このように相手に口を挟ませる。

「でも、熱いお湯で洗ったらおならが出るものでしょうかね。――まあ何にしても、手を洗うには温湯がよかろうと道元禅師は云うのです。で、廁の入口に釜を一隻すえて火気を絶やさずにおくのは良き心掛である。道場の規則にも、湯水を絶やさぬようにするのは衆をして動念せしめぬためだと記されていると。――なお、廁の中がよごれているようなことがあったら、門扉をあけて触牌を掛ける。若し誤って桶を落したら、やはり入口に落桶の札をかける。これらの掛札が出ている小室へはいるべからず。若し先にはいっているのに他の者がきて指をはじいたら、暫くしてから出よ云々」

その二

いったん注進があると、たといどんな遊びに夢中になっている時でも、一同はそれッ！と、ひたいが土につくほど前のめりに街を走って、路地を抜け、ヒーちゃんの家の裏へ廻ると、めいめいに板塀の隙間や節孔に眼を当てた。

これも『河童談義』の中に差挟むべきであった。即ち、……某日学校友だちが彼の母親の大きな図体の下に組しかれて、おしりの上へお灸を据えられているのを、通りかかったしもたやの門口から覗いたが、そのとたん、友の真白いふとももの方へおし下げられている黒い（それとも純白であったか）サルマタに気がついて、自分は動顛した、というのは、あのミシン縫いの西洋風股ふたぎは、当時、黒無地の兵児帯や通学用の黒じゅすの書生袋やケンブリッジ帽にも勝るおしゃれな代物であったから。――このように書いてある箇所の前に、いまのヒーちゃん云々を書き入れるのである。この同年輩の小さい女の子の親戚にコンブ屋さんがあった。しかもその店は眼と鼻のあいだにあったので、ヒーちゃんは何にかにつけて、短冊形や砂糖びきやトロロ昆布やホイロ昆布をたべすぎて、ふた月に一ぺんは、ヒーちゃんのおしりが詰る。彼女の母親はそのつどに舌打ちし、幼い娘を縁側で四匍いにさせ、やおら頭から珊瑚の玉のついたかんざしを抜き取って逆手に持ちかえ、開口部の障害物を取除こうとする。「ヒー子がまた詰めた！」の報せが飛んで、われわれは塀越しにのぞくのだったが、その日当りのよい所で、たれかが告げたようなことが実際に行なわれていたかどうかは、保証の限りでない。いつだってよく見えなかったのである。やはり同じ頃、ヒーちゃんの兄がどじょうを、――背が濁ったみどり色で腹の白い淡水魚のことであるが、この筒形のうおを両手のあいだでおし揉んでいたことがある。彼はいつか私の前で、蜻蛉の尻尾の先へ、アッというまにムギワラを突ッ込んでそのままに離し、ひらひら落ちそうになりながら向うへ飛んで行かせたことがある。で、こんどはどうするかと見ていたら、男の子は、死んだどじょうを差上げたりおろしたりして、これから演じる手品について喋り続けていたが、そのおしまいに云った。その次には……ええと……このどじょうをもちまして……ええと、どじょうをおしりの中へ入れてみせまあす！

サルマタはその頃、まだ洋品店の窓に現われたばかりだった。新様式の股ふたぎは第一に不便だとの評言をかむせられていた。それに紐がともするとワサの内部へ引きこまれてしまうのである。なるほど、サルマタが普及しはじめたころ、紐通しが夜店で売られていたのを私は憶えている。――でも、サルマタの股の切れていないところが、その不便さが、われわれには魅力を唆った。みんなが一様にはかせられていたのは、手縫い仕事の白木綿で、車夫の股引を腰まわりだけにちぢめたようなヤワラであった。このドメスティックな野暮ったい代物にくらべて、サルマタは正式の機械縫いだったし、好きな色柄があったし、恰も爪先の分れた靴足袋にたいする本式の靴下のようなハイカラーさを持っていた。――これから二、三年経って、われわれにはすでに待望のサルマタが許されていた頃、私は余所の学校の運動会を観に行って、ちょうど自分が立っていた柵の前を通りすぎた少年の上に、かつての黒サルマタに覚えたのと同種類のショックに打たれたことがあった。こんどの相手は仕立おろしのフランネルの運動着をきていた。ネル地があんなに平滑なのは束の間のことで、それはすぐムラになって薄よごれてしまうことを知っていたせいであろうか、そんな新らしいデリケートな、甘い香のした布地が、傷み易い面を外方に向けて惜気もなく使用され、自分より二ツ三ツ年上の瑞々しい男の子の肢体を包んでいる……そうして折から辺りの空気は茜に染って、前面のフィールドには残りのプログラムがあわただしく進められていた。そういう事情にも手伝われて、あの黒いサルマタの場合よりはもっとやる方のない、今まで知らなかったような淋しさに、私は打たれたのだった。——この種の感情が別に稀らしいものでないということを、私はやがて知るようになった。あんなふうな少年が時にはいるものだ。彼と云えば、鏡の前で幾度となく帽子をかむり直したり、風呂屋でもいやに手間取ったりするが、何かの拍子になかなかハイカラーなサルマタをはいていることに、こちらは気付かせられたりもする。白いランニング用パンツの下にもう一枚、派手な色物をサポーター代りにはいていることすらあって、どこかの橋の下に棄てられていたような、また貰い子とも受取れる事情的雰囲気があり、仮に誰かがその両親のことを訊ねたりすれば、「父はキリスト、母はマリヤ」とだけ、しかもなまめく嘲りを含んでさえ、答えて微笑するような色気を夙くから身につけている。「此人七歳の時より形さだまりて嬋娟に、一笑百媚の風情、見し人、男とは思わず」などと西鶴が伝えている消息だが、しかし別にかお形がすぐれていなければならぬとは限っていない。寧ろそうでなかった方が、彼はいっそうダンディであることを附け加えたい。——「そのことによって、師も友も更に君を好くに到るであろう魅力を自分のものとすることが出来る」こんな勧誘文句のことを私はきいていたが、別にその秘密倶楽部とやらに加入しなくっても、ナルシシズムはいち早く君に一種の優雅を賦与してくれる。女の児の上にだっていま云った事柄は十分に有得るわけだが、只女性だというハンディキャップがあって、それが見る者のまなこをも、当人の自意識をも、共に晦ませてしまう。だから、女児におけるおしゃれは、男児の場合のようにやるせなく、目醒ましいものでない。いったい女性がズボンやパンツを身につけると、和服やスカートや袴の場合とはまた異った似あい方をするが、それは、そのような男風の股おおいが云わば彼女の乗馬などを連想させるからであろう。——こういうおんみつな消息について、未だセックスに目醒めぬ年代の者らは意外なほどに敏感である。それはどこから来るのか？

例えば、彼らがいましも玄関の上り框に腰を下し、うつ向いて、新らしい編上靴の緒を結んでいるとすれば、彼らは何事を想うであろうか。なんだか靴をおろすのが惜しいと思う。この惜しいという気持はいつかそんな靴の内部に足先を入れて、しかもこんなにまでぴったりと合っているということを自覚している自分自身の問題にまで移行している。ではこの、底部まで艶出しされた新らしい靴を穿いた自分はどうありたいと云うのか？　綺麗なリノリュームや坦々としたアスファルトの上にのみありたいのか。コトコトと舞台の床を鳴らして、何か芝居の一役をつとめたいのか。絨毯が踏みたいのか。はたまた塵一つない自動車の操縦席に腰をうずめてクラッチの上に載っけてみたいのか？　いっそ、この靴をはいたまま何か手荒に取扱われたいのである。たぶんこのまっさらな、英国生地の、擽られるような甘い匂いのする、そうしてそれは軽々としかもぴったりと身体の線にそうて、殊に腰まわりに密着しているところのパンツをつけたまま、ひらめく万国旗の下を駆け出しているさいちゅうに軽塵をあげてぶッ倒れ――しかし直ぐに立上るのでなくてそのままどうかなってしまい、タバコ臭い先生の両腕に抱き上げられて救護所へ、おそらくみんなの心に或る種の羨望と憧憬をそそって、運ばれて行きたいのだ。しかも先生のかいなの代りに、それが担架であるならいっそう理想的なのだ。――この感情は、前に云ったように、女児にもむろんある。けれども女性の場合はやがてV感覚への移行となるが、男児にあってはA感覚的に固定される。だから、ズボンやパンツにたいする批判力は、少年らの方がより本質的で、犀利である。海水服やニッカーボッカーや、サーカス団の天鵞絨の股ふたぎであっても、単なる見かけよりも一歩進んで、それがいかにあの丸い弾んだ部分を隙間もなく包んでいるか、そしてはち切れそうになっているか、あるいはそこにすじをつけてくい込んでいるかの度合によって、おおむねの男の子らは自らのA感覚の証明として受取ろうとする。少女たちにあっては、未だ全体としての色合いだとか、ゆるやかさだとか、肌ざわりとか、すなわち重点が軟的におかれている。靴の場合だとすれば、彼女らはそれによって甲板のチーク材の上にありたいと願うよりも、むしろ咲き乱れた草花を踏まんことを希望するのである。

幼年ジッドが、テーブル掛を深く垂らせた食卓の下に隠れて耽っていた「悪い習慣」とは、何事であったか？　私にはなんだか、彼が別の所で述べているビイ玉と関係した行為のように思われてならない。若しそうだとすれば、然りその点だけでは、「ボクはみんなと同じでないんだ」ではない。それは、少くも傾向としてはすべての幼少年に共通する事柄である。いつか名の知れぬ同人雑誌で、すべすべした小石をひろわずにおられない……そんな折どこからか神様に見られているような気恥しさと惧れを覚えて、もうこれっ切りでこんなことは止そうと堅く決心するが、やはり丸い小石を見ると手を伸ばさずにおられない……そんな幼年主人公の奇妙な煩悶をテーマにした創作を読んで、私は稀らしいことに思ったが、これだって別に考えてみるまでもなく、至極あたりまえの話である。但し、子供が何かすべすべした小さなものを弄び、おしまいにそれを口の中に入れるということが諸君に頷けるならば、である。ずっと昔、文学好きな一友が少年愛傷詩集なるものを編んで示したことがあるが、この題名が『桃色の卵』――私に云わせると、接吻行為も本来的にはA感覚的魅力である。ましてわが小紳士連は、自身から出たウンコの色合い、固さ、ソフトクリームの度合などについては疾っくに研究済みだし、ついで「お尻の用心、御用心」の遊戯を経て、あらゆる機会にあって、すべておしりを持上げる恰好、おしりを突出す姿勢、おしりを左右に振る動作を、かれらの観察の焦点においている。すでに体格検査と運動会は、彼らの期待と惧れの的であるが、彼らはまた肛門病院の広告にぎょッとし、ひそかに字引をひらいて、直腸、括約筋、浣腸、坐薬、検便、便秘、痔疾、下痢等々の項目を見付けては、そのつどそのつどに新規な興奮と感動をひき出している。だから、若し、徴兵検査の話でも聞かされようものなら、気もそぞろになってしまう。P感覚は未だ目ざめず、肉体的興味の中心は、自他のA感覚をめぐって徘徊しているからである。――ジッドは、『コリドン』の終りの方で、二

十二、三歳までには女に、殊に美しい娘でありたいと願っていた男性の知人があったことに注意している。これなんか、幼年期における臀部フェティシズムが折あって女性の肉体的構造の上に覚えられたものに結びついて、そのまま取り止められているのである。往時ならば元服拒否である。即ち、「前髪のままにありたい」ということだ。何故なら、「脇塞げば雨ふり、角《すみ》入るれば風立ち、元服すれば落花よりつれなし」は只かたえの者の歎きのみに限らない。より本質的な意味において常に当人の問題であるからだ。

——ズボンも、パンツも、靴も、自分が女であった方がいっそう都合がよかろう、と思うまでのことである。おしりをサドルの表面にぴったりとおしつけて劇しく揺られることばかりでない。クスリを嚥み、注射をされ、担いで行かれる場合にさえ、女であった方が快楽的だろう、と想像されるからだ。ここに少女羨望が生じる。でも、「女性としての女性」が願望されるのでなく、只、A感覚に手頼って、「より大仕掛なA感覚としてのV感覚」に彼らは憧れるに過ぎない。こうして腰周わりにそうて仕立てられた股ふたぎが、殊に股下がこの部位の極端なロバチェフスキイ構造（背面と下腹部を下廻りにつなぐカーヴと、両股間のカーヴが、そこでは直角に交っているということ）に合致しておればそれだけ、少年らにあってA感覚の補充性として該パンツが解釈される。男装女性の魅力もこの点に存する。即ちそこにはA感覚がほのめかされているからである。男成人のあいだにおける独居癖や便所への関心も、やはり受けつがれた幼少年期臀部フェティシズムに根拠を持っている。

そもそもA感覚とは、いまだセックスとして展開されぬものの自己限定で、云わば見当のつかぬ痒所に似たものである。これによる、そこはかとない牽引のために、トイレがわれわれの二次的故郷となっている。幼少時にそうであったように、成人後もまた、あの外部と隔離された小室は、人間がそこに本来的自己を取り戻すべきような場所なのである。だから、唯一所にあって彼が何事に耽ろうと自由なわけだ。それが瞑想であろうと、妄想であろうと、くつろぎであろうと、なんということもない自己沈潜であろうと、下半身の放恣な駆使であろうと、はたまた屎尿心酔《スカトロジー》の境地であろうと、たれにも遠慮はいらぬわけだが、却ってそうであるだけに余りにしばしばそこに出入りしたり、意外に長時間をそこに費したりすることをうしろめたく思わせるものがある。何故なら、このような愉悦こそ、人に明かされないばかりか、感付かれてもいけない秘事に属するからだ。――前の児童期のそれにしても、女性がその肉体の構造上、より多く孤独にして充実した内的愉悦を持つであろうことを、子供らは自らの排便時の期待や緊張、及び解放感を元にしていち早く想像するものに相違ない。更にまた、彼らの或る者が、排便を頑強に拒みつづけてそのため全身が痙攣するにいたるのを待つということなどにしても、やはり彼がA感覚の秘密に感付いていることによって説明されるのでなかろうか？そしてそのような事柄であればあるだけ、いっそうそこには羞恥が伴わざるを得ない。――ところが、女性がそれ以上に（用足し以外に）便所につながりのあることは万人に了解されている。しかし、それと同じことは成年男性の上には云えない。何故であるか？　人間はたれでも「それ以上の用事」を便所内に持っている。しかしそうであれば、このことを他者の上に感付き云いあてるとは取りも直さず当方自身のことになるから、その点をあべこべに、先方に感付かれたり指摘されたりしたくはないのである。便所附近における成人男性のうさん臭さはここに出るが、実にそれほどA感覚は内的なもの、感覚の感覚であるということが、そこには表明されている。女性の場合、V感覚というものが常に擁護の任にあたっているので、どんなに便所で暇取ったところで、少しも挙動不審でないばかりか、却って色っぽさの所以になる。でもこのような特権は一面において、彼女らをして、彼女ら自身のA感覚の重大性を看過せしめることにもなっている。

＝青紙をかむせた電灯の月光下にうつ伏せになっているボーイスカウト服の少年の許へ、隣りの部屋からヘルメット帽に附髭の独逸兵《フリッツ》がそろそろと匍い寄って行く……そんな場面で終りになるところの短篇を、曾て私は書いた。その作中の男の子は、映画で、インディアンの包囲を受けた守備隊が星条旗の下に全滅するシーンを観て以来、それをすてきだと思っていた。特におどろいたのは、引裂かれなぎ倒された天幕とひっくり返された梱包のあいだに、真裸の白い死体がるいるいと積上っていたことだ。それらの手足が、胴体が、そして頭部が、どこでどうなっているのかも判じられぬ混乱におかれていたが、その右端にあった形だけがようやく読み取られて、少年の脳裡にいつまでも残っていた。どういう恰好であったかというと、それはおしりを持上げて恰も窮屈におじぎしているようになって、頭部を他の体軀の中におし込んでいたのである。或る時そんな恰好を自分で真似しながら、壁にはまった姿見によってたしかめようとしたら、階段の上からこちらを見ている人があった。それはたとえようのない狼狽と恥かしさの瞬間だったが、でも、先方はそれが何事であるかは知っていないはずである。にもかかわらず、家人が留守だった夜に、その目撃者によって仮装道具が持ち出され、いつかのように、あんな姿勢を採ってそこに転がることを求められたのだった。――このテーマは、実は遠いむかし、私は十二、三歳の頃に見た日露戦争の活動写真の記憶から生れている。

シカゴのそれがし技師の作品だと云われているシリーズの一つで、『蛤蟆塘《ハモタン》の会戦』と題された、ほんの五、六分間でおしまいになってしまうフィルムだった。それは、雪の斜面の上方にあるロシア陣地へ、こちらから一団の日本兵が、中腰になった折敷姿勢で発砲しながら次第に迫って行く所だ。日本歩兵は途中からきびすを返して総くずれに退却するが、この時あっちこっちに倒れた兵士がそのまま雪の中に黒く取り残される……そこに何とも云えない好ましい感覚があった。この画面の右端に、ひざを立てたまま臥さって両手を前方に投げ出しているのがあって、その腰の部分がなにか綿でも詰めたかのようにふくれ上っていたことが、奇妙な気分を唆り立てた。常設館などどこにもない時代で、地方巡業隊が持ってくるフィルムの中には同一のものがしばしば見られたから、そのつどに私はハモタン雪景の感動を新らたにして、教室の机に向っている時でも、「あの姿勢はどういうわけかな」と思い巡らしながら、雪上の、右端に倒れている兵士のすがたを幾通りともなくノートブックの余白に描きならべた。やや分厚い手帳のページ毎に、その隅っこに、線片としての日本軍をえがくこともあった。鉛筆の痕は下方の紙面に印されるので、こんどはその型によって線片を心持ち移動させる……こうして数十回重ねてえがいてから、指先で手帳のはしをパチパチはぐると、揺れ動く線片の日本兵は不器用に前進し、ついで総くずれになって敗走するが、線片のいくつかは横倒しになったまま取残されるのでなければならない。——洋服紳士がどこかウンコ臭いのは……と私はまた考えたりする。洋服を着た人がウンコ臭いのは、そのつどに厄介な、つまり下方へ引き下さなければならぬズボンを下半身に纏うているからに相違ない。——にもかかわらず大人というものはいつだって取乱したりなんかせずに、体面をつくろっていなければならぬから、いっそうそこにウンコのけはいが感じられるのであろう。しかしこれを革臭い兵隊の上に及ぼすと、事はいっそうウンコ臭くなる。それは兵隊が行軍などで、洋服紳士よりも辛抱を強いられることが多い所からくるのだろうか？……でも水兵はそうでない。短衣《ジャケット》の下にお尻は丸出しで、先のひろがった水兵ズボンは、下からちょっと引けば直ぐに落ちてしまいそうだから。こんな水兵服のおしりはちょうど鞭や棒キレでひっぱたくのに適している。総体に兵隊はお尻出しだ。彼らには人形のような所があり、機関銃の前にパタパタ倒れたり、傾いた軍艦の甲板から海の中へこぼれ落ちるのにふさわしいように出来ている……

　同じ頃の記憶であったが、毛糸の玉のついた帽に虎縞の服を身につけた囚人の一団が、荒地の向うから、層になった崖を次々に飛降り、飛び下り、こちらへ走ってくる場面があった。そのあとを追うて、立現われた数名の人影から発砲を受けて、彼らはハモタンの日本軍のように、あっちこっちに倒れた仲間を遺棄して逃げてしまうのだったが、あの時だって、彼らの荒い横縞のだぶだぶ服は、ピューッと飛んでくるタマを受けるのに妙に似合っていた。では、その小さな銃弾はからだの何処へ中《あた》ればよいのか？　それは、あの折の感情からいえば臀部に命中するのが一等ふさわしいのである。おしりのどの部分なのか？　かなめでなければならない。かなめとは何を意味する？　そんな隠れた要所へどんな狙いのタマが射ちこまれようか？　だって理窟上、そうでなければならぬ。

——その、最もこたえる部分、最も敏鋭な箇所へのアタックとは、なにも美しい相手にたいする場合に限っていない。「春の目ざめ」前の者共にあって、肛門科が心を唆る所以はこれだ。私はある時、高い棚から塵まみれの医学概論を取りおろして、留守事に耽っていて、やにわにうしろに「何をしらべている」と声が掛ったので、慌ててページを次へ返したことがある。「なんだ、生殖器かい」「違う！　脳のことを見ていたんだ」「じゃそこでないよ、ちょっと貸してみな」——私はしかし生殖器とはなんであるか未だ知らなかった。「消化器かい」と先方に云われるところを辛うじて免がれたことが、倖せだった。私は人体縦断図の下腹部に見入っていたのであるから。

——兄は映画へ出かけた、だからここ数時間内には絶対に戻ってこない、そういうことをくり返し自身に云い含めて、Aは梯子段を登った。上ってからそこの板敷に頬をくッつけるようにして、階下のけはいに耳を澄ました。どの程度の物音なら大丈夫であろうか、すなわち下へ聞こえないだろうとの吟味であるが、そのくせ、自分がこれから何事をしようとするのかについては、てんで見当がついていない。只それは人に見られたらたいへん、万事休す！　なのだ……

このテーマも、虎服の囚人群とハモタン会戦に由来しているが、しかし或る諷刺画がなかったならば、そんな形にまでまとめられなかったはずだ。——畏友Nは自ら小メフィストフェレスを標榜していた。そして常に芯をとがらせた五、六本の鉛筆を用意して、大型スケッチブックのページに、あたかもダヴィンチの見取図とでも云いたい題目を描きならべていた。時にそれが連続漫画に発展する。滑車だの綱だのブランコだのハネ返し板だのが次から次へ出てきて、断崖険所をめぐって主人公の上に拷問をいや増しに加えてゆくたぐいで、いつも取巻く一同を当惑させたり失笑させたりするのだったが、でもあの絵ばかりは私より他に知る者はなかろう。そこには、ドアに十分用心をそなえた洋風の室内が示されていたが、天井から模型飛行機が二ツ三ツぶら下っていた。これは当然私にたいする当こすりでなければならない。ところで、そこには実験器具や標本類がうず高く積まれていたから、この方はN自身の居間を表わしていることになる。この西洋室の床の上で、われわれと同年配の少年がひとり、両足を前に投げ出し、うつ向いて何事かに耽っている所である。いや、女の人が湯屋の流し場で顔をうしろにねじ向けて、足のきびすを洗っている時のような恰好だと云えばよいのかも知れない。実は少しずつ姿勢を変えて、同種類の絵が四、五枚あったようだ。Nはともかくこのように、体操家とかハンドルを握った運転手とかが、片足を上げたり両股をひらいたり、腰をひねったりしている……そんな部分部分を描き分けて、それぞれに精緻な陰影をつけることを得手としていた。このたびの人物はシャツ一枚で、あとは素裸だった。それに身の周りに、ゴム玉のついたパイプだの、ガラス管だの、奇妙な道具類をごちゃごちゃならべて、おまけに鏡まであるので、私は面くらった。Nは面白がって、ますます意地わるげにその鉛筆画を私の眼前におしつけるのだった。――ずっとあとの日、この話を佐藤春夫先生に聞かせたら、師匠はこちらがあわてたほどに可笑しがった。先生は笑って笑って笑いぬいた。彼はそのとき、万年床からうつ向けに首を出し、原稿用紙のうらに何か本の装釘めく唐草模様をいたずらがきしていたが、なお笑い止めずに、堀口大學のスペイン土産だとかいう陶器のインク壺の中へ改めてペンを浸すと、郵便スタンプの棒だの、ゴム管のついたひょうたんだの、栓抜きのネジのようなものだの……よくもこんなに思い付かれるものだと呆れるくらいいろんな奇妙な、いやらしい器械類を、興にのって描き続けて行った。そしてそのあいだに私に喋べらせたこと、――たとえばNのお父さんは博士であるのに、まだ専攻しない題目があって、そのため九州の大学の聴講生になっていたとか、彼ら父子の作ったおびただしい標本類の非常時搬出演習が、家人の分担でおこなわれていたとか、こんな話がいっそうの興味を佐藤先生に起させて、そのうち彼の頭の中に何か創作が出来かかったようだ。先生の反古中にそれらしい書き損じを見つけたことがあるから。私も実は旧友物語に手をつけた。そして持てあましてほうり出してしまった。辛うじてそのなかの一情景が、『Aと円筒』になった。題目に困ったあげくの仮題であるが、今日になってみると、そのまま何かしらを語っているようだ。

さて話のすじは次のように――

兄は間違いなく映画行きだということを、もう一ぺん内心に納得させてから、兄の居間にはいって、机上の置電燈のスイッチをひねり、机の、向って左側の抽斗をひいた。奥の方に舶来タバコの角鑵があって、その内部に果して品物が匿くまわれていたけれど、さてそれが何物やらいっこう判らない。長さ十センチばかりの、何か機械の部分品だと受取れる真鍮製の円筒だった。――先立っての日曜の午後、Aは所在なさに、植込の中へ突っ込んであった竹竿を改めてひろい上げた。竿の先端には懐中鏡が針金で取付けられていた。このやり方によって塀越しに人家の内部が覗けようかとの考え方の下に製作したペリスコープだったが、成績はよくなかった。鏡の位置を変えていま一度実験しようとAは思った。ひっそりした二時過ぎで、兄は二階で昼寝をしているはずだった。Aは丸鏡をつけ直して……しかし別に上方を覗こうとしたのでない。鏡はもっと大形にしなければならぬことが判ったので、その仕事は次回にしようと思いながら、竿を何気なく二階の縁側の方にもたせかけたのだった。バタバタという音ともろとも、落ちるように梯子段を降りてきた兄が、ハダシのまま飛出してくるなり、ペリスコープをひったくってそれで以てAのおしりの辺りをいやというほど、ひっぱたいた。竹を二つにへシ折って向うへ投げつけるなり、ぷいと二階へ引上げてしまった。この晩方、未だ燈をつけていない薄暗がりの中で何やらやっていたらしい兄が、階段の上に弟のけはいを感じたとたん、うろたえたように机の抽斗へ何かをほうりこんだ。それが昼間の件とのあいだにつながりのあることが、Ａに直観されたのだった。――でも、この円筒が、兄があわてていたこととどのような点で関係があるのか。真鍮のおもてには三ケ所すじがついて、都合四箇に外されるものらしかった。で、どうなるのかなと弄っていると、コポッ！　一つのすじから割れ、中から恐ろしく強力な螺旋がはみ出した。――Ｎがいつも絵筆の運びにつれて口先で表現した生理と物理の混血児のような擬音を片仮名ではどう表わせばよいか。ともかく、コポッ！　コクッ！　ピチッ！　こんな音々が次第に高く続けさまに起って、おしまいにギボン！　隣近所に響く音がした。終り。

――いったい、前立腺マッサージ器、番号つきのヘーカル氏拡張器、アルツベルゲル式冷却器等々、このたぐいの魅力は、それらの冷たい、また温暖な金属の感触が肉体内において知覚されるという点に存する。つまりそれらが内部的医療器具であることに依る。しかもＡ感覚乃至Ｖ感覚への関連において考えられる時、それはあの蜻蛉のおしりに対するムギワラ、友だちの肛門にたいするどじょうの場合と同じになって、いっそうスリルを唆る。というのも、ひっきょうこの両感覚が共に「自己感覚的」感覚であるところからくるのであろう。ところで実は、Ｖの方はセックスとしての自己限定であるが、Ａの方はそうでない。ここに生殖の重荷を負わされたＶ感覚の本来的苦悩と、排便時以外はいっこうに顧みられないＡ感覚の宿命的不幸性がある。そんならＰ感覚とは何であるか？ そんなものはもともと存在しない。何故なら、V感覚はA感覚から分離したものであり、このV感覚の更に裏返しになったのがP感覚に他ならないからだ。そしてVには種の保持の大任が托され、Aはあとで述べるように、インテリジェンスへの関心があって、学芸のいとなみにまで展開するに反し、Pはいつにあってもあわただしいタネ蒔き器械、肉体の外部に暫定的に取付けられた道具でしかない。しかも彼はいったん目醒めるなりV感覚の奴隷として急き立てられて、それ自身ではにっちもさっちも行けない破目に陥っている。こうして彼は、VA両者の始源性（例えば緩慢に作用してあとを引く点）に憧れ、せめてもの腹癒せとして、転換によって自らを持続的享受の位置にまで持って行こうと焦慮する。

そもそも金属のつめたさや、ガラスに伝導された温熱を、医療目的外に、単独に、内部的に取扱おうという場合、そこに鏡が必要であることは申す迄もない。何故なら、そのような行為こそ典型的なナルシシズムでなければならないからだ。自らの本来的すがたを鏡面に読み取ろうとすることは、むろんV感覚にも存する。たぶんそのことによって彼女らは普遍に到達しようとするのだろうが、そこにはナマな生殖というものが道を阻んでいる。——あの日の芥川龍之介に即興の創作があった。初めにあげた朱鞘云々のシーンであるが、そのような場合にうしろから相手の顔を差し覗いたら、それは自分自身だったと。偸桃家の多くが、女性愛撫のさいにもなお少年の姿を描くというのはもっともな話である。ところで対象が各自の嗜好につれて、あるいはたくましい青年に、あるいは兵士に、水夫に、投機師に、沖仲仕に、犯罪者に、そして老いたる浮浪人にさえも移行したところで、そこには実は、そのような相手からあべこべに愛撫されている自分自身の想像が必ず伴うている。してみると、事のはじめの相手である「若くしてしなやかなるもの」は、そのまま自分でなければならない。——だから、実際問題としての同性愛行為には交代形式が多いと聞くところも、そうでもあろうと頷けるのである。事実、ローマの貴族中には一人で両役をかねている者が少くなかった。たとえばネロは、シーザーの家系だけあって二種の同性の愛人を身辺に持っていた。彼が盛大な結婚式を挙げたことによって知られていたピタゴラスは、実はネロの良人であった。そして若くして亡くなった妻ポッペア＝サビナに生写しのスポルスがつまり妃で、ネロはこの少年を輿に載せて方々へつれ廻った。映画『クオ・ヴァディス』にも出てくるガルバ将軍は七十三歳の老武人で、スペイン遠征に赴いていたが、ネロ自殺の情報がはいった時、喜びのあまり、イセロスというお気入りを抱き緊めて劇しく接吻し帷幕の奥へ伴って行った、とシュトニウスが記載している。ガルバの相手はいつも壮年のつわものであった。その同じ年内に、老皇帝の首が、彼の曾てのペットであるサルピァス＝オトーの槍先に刺されて、衆目に晒されることになるが、この髯なしオトーは以前はネロの夜の友であった。——一方、妖童スポルスはネロと共に宮廷を逃れたが、結局オトーへのおつとめを強いられ、すでに去勢されていた上に、こんどは少女に扮装せしめられたりしたので、自殺する。——ネロの先祖シーザーは若いころ非常なおしゃれで、「すべての婦人の良人であり、総ての男子の妻である」と云われていた。

澄江堂主人は、「これは是非とも田中貢太郎に聞かせねばならん」などと即興の怪談に頻りに悦に入っていたが、彼はドッペルゲンガーによって、同性愛の秘密を衝いたつもりだったに相違ない。ジャン＝ジュネの『泥棒日記』に、黄昏時、ジル＝ドレー男爵の居城の廃趾をさまようて、実説青髯騎士の淫楽のいけにえにされた数知れぬ若うどの骨と血に肥えた此地に根をおろしたえにしだの花の上に、自身を読み取る……ひょっとしたら自分はこの花々の精かも知れないと感じるくだりがある。これだってしかし、彼が別の箇所で述べているように、――暗夜の国境の鉄条網を越える時に、衛兵らが自分をとらえて銃殺する前に愛撫することを希うのであってみれば、何もおかしくはない。――ティフォージュ城のあるじは、ペロールの童話『青髯』のモデルである。しかし彼の妻ではなく、人を傭って遠国から拐かしてきた幼少年数百人を殺している。串刺しにし、切りこまざかれて、眼や耳や手や首を玻璃器に盛られ、智識と黄金を与えてくれる魔王への供物とされたのは、しかしそのつどつどにおけるジル＝ドレーその人だったとも云える。彼がついに宗教裁判に廻され焚刑に処せられた朝、彼の見事な青髯は赤色に変じていたと云うが、遺骸はただちに一族の貴婦人たちによっておさめられ鄭重に葬られたと。けだしすべての婦人らは先の機微について了解する。何故なら、この、V感覚のどんづまり、「無機界への還元」こそ、あらゆる女性的存在の拠り所であり、同時に、V感覚がそこから派生されたA感覚の帰趨点でもあるからである。いつか江戸川乱歩が

J＝A＝シモンズのことを論じていた時に、私に洩した。「彼らには抽象化の傾向がある。別に隠すわけでないが、同性愛者というものは総体に物事をそのままでは取扱わない。常盤の山の岩つつじ、いわねばこそあれ恋しきものを、というわけでもあるまいがね」と。――この抽象化が、私に云わせると転換に相応する。そしてこれには客観化の意味も含まれているのである。人はよろしく、能舞台上にうごく子方の後張大口袴の律動に、「少年嗜好《ペドフイリアエロテイカ》」様式化を読むべきである。幼年期エロティシズムの場合は、そこにはまだ何の同性愛的幻影もないけれど、たとい彼が外部に存するそんなたわむれを知ったところで、A感覚は依然として内的である。事の外形化を極力に惧れる。

その三

岡崎動物園の入口に出ている数頭の縞馬が戯むれている絵を指して、Yさんが云いかけた――

「先立ってここを通った折、大阪のM夫人があの縞馬を見て、先生の方をかえりみながら噴き出されましたが、……あれ何でしたの？　おたずねしようと思いながらつい忘れていました」

私は、今日こそ例の題目にまともに取組まねばならぬと思った。「――おしりとは人体の中で最も美術的な部分だと僕が主張したのにたいして、M子さんは、でも縞馬の臀部は棄てがたいと抗議されたんです。しかし縞馬のおしりの恰好がよいとは、それが人間のおしりに似かよっているからに他なりません。——他人のおしりにはたれしも興味を持つが、自身のおしりについてもその通りです。このことは余りみんなが気付いていないようです。で、浣腸器、ゴムや金属製の医療器具、自転車のサドル、ぴったり肌にそうたパンティー……こんなものを仲介として、こどもらは自他の肉体のその部分について一方ならぬ関心を懐くようになる。というのも、そこは、それによって彼らが存在を自覚するような唯一所だからです。こうして幼年期には等しくA感覚への陶酔がみとめられる。しかしその初め、彼らはたいてい孤独だから、空想上の、また現実上の鏡を必要とする。この鏡に関与することを以てナルシシズムと称する。——ファウストの、ワルプルギスの夜の場面に臀《いさらい》見鬼人《のおにみびと》というのが出てきます。本来どんな意味を持つお化けかは存じませんが、つまりはお尻のぞきで、これはひっきょう自分のおしりを覗こうとするものに他ならない。僕はそのように考えています。〈恋愛とは他者の内部にもぐり込もうとするものだが、芸術は自己の中へはいろうとするもの〉——ボードレエルが感想私録に書きつけていますが、その恋愛だっていったん同性愛になると、やはり自己の内部へもぐろうとする傾向がある。——フロイトの肛門愛は、口唇愛と対蹠的に持ち出された用語ですが、この云い方に対する解釈は、フロイトの説くところより更に敷衍さるべきです。——膣感覚は、腸管における排出時の快感の変形だ、フロイトがこのように説明する所は僕も賛成します。で、加えて次のように云えるでしょう。そもそもV感覚が成立するのは、それより先にA感覚が存在していたからだ。けれどもいったんV感覚として派生し、独立すると、忽ちそこに安住し、〈みかきもり衛士の焚く火の夜は燃え昼は消えつつ物をこそおもえ〉になってしまう。V感覚に展開したとたん、対象化されて、自身を覗く機能を喪失してしまう――」

Yさんは黙って前方を見詰めたままだ。われわれは黒谷の杜《もり》をひかえた広い路に出た。私はその先を追うた。

「これに反してA感覚にはつばさがある。というのも、それがえたいの知れぬ渇望におかれたものであるからです。V感覚は子宮によって限界づけられているが、こちらは無底である。V感覚にはともかくP感覚という伴侶があるが、A感覚はよりいっそう肉体の辺域に在り、且つそこはオフリミッツで、排泄行為に関する滑稽譚の陰におおわれている。たまたま同性愛的に救出される場合にも、原則的にはフロイトのいわゆる〈前快《フォルルスト》〉であって、いっこうにらちが明かない。――日光みなぎるアルカディアの山野のように、同性愛にはもともと悲劇的要素はない、とジッドは云っていますが、これは、総て牧歌的な人々には只漠然とした接触慾があるだけで、先ずA感覚が利用されたというほどの意味でしょう。〈排泄口に隣合っているためにあれが恥かしいものになった〉したがって、〈こちらまでが性器の一種として間違えられた〉のでは決してなく、A感覚はセックスの原始形態で、単孔類時代のまま取残されているのだ、ということです。我国でも最初の女神男神が鶺鴒から夫婦の道を教わるまでは同性愛ばかしだった、と云いますからね。それからまた、古代ギリシアでは、そういう風習について一般的了解があった、ということもジッドは含めて云っているのでしょうよ。マックス＝ウェーバーは、『宗教の経済倫理』の中に挟んだ小論文で云っています。プラトンのエロスは、その歓喜は認めるとしても元々微温的感情であって、この関係からしてディオニソス的情熱はそれ自身としては古典ギリシアでは公認されていなかったと。――西鶴を借りればこうでしょう。〈若道世の契りとなし女絶えた男嶋、夫婦いさかいきかず悋気おさまる静かなる時〉です。同性愛者は階級制度とか社会的地位とか云う如きものにきわめて淡白である、とヒルシュフェルトも書いています。――こういうことではなしに、僕は、A感覚そのものの不幸性、すなわち未生への憧れ、進化以前にたいするノスタルジーと云ったものが、よくオリジナルな思想や芸術を醱酵させるタネになるのでなかろうか、と云うんです。便意のたえ切れなさを持ち続けてついに全身に劇しい痙攣を招くことを好む小児がある。フロイトの注目ですが、あの時の、お、し、詰、っ、た、気持は何かに通じていると思いませんか。何かってつまり、暁方を待っているような気持ですよ。そしていつだって独創的ないとなみとは、われわれが一人でいて何かを期待していることの変形のようです。フロイトはうがったことを申します。ウンコを指先につけてそれで以て壁面にぬりたくる癖のある子供は大きくなってから画家になると。なるほど、そういうことは大いに有りそうです――」

「そういう意味では、わたし近ごろ、女性間の同性愛なんかニセモノでないかという気がしはじめています」

「女性同性愛はしかし絵にしたらなかなか優美じゃありませんか」

「見た所は……ね」

「凸起などがないせいでしょうか知ら」

「凸起などは男性の不幸の象徴ですわ。しかし男性同性愛にくらべて、女性間のそれは、その基礎が軽接触的だと云うことは云えそうです。女性同志の同性愛って……そうですね、興味はK感覚（クリトリス）の完全な愛撫という点です。ここから女性特有の世界が展かれ得るかと思います。Vの原始的な荒々しさにくらべて、Kは繊細、複雑で、これは見失われた少女期への郷愁につながるものです。したがって、同じ感覚を持っている女性の愛撫がおそらく完全な目的をとげるのでしょうね。Vとの錯綜を希むなら、すでにその方法については十分に知られているわけですから。――同性愛で問題となり得るのは、同感覚のダブルになるという事ですね。異性的合致は、相手の感覚にたいする盲目感を残します。これにはどんな注意深さも役に立たないでしょう。それにくらべると、同性愛の方は、はるかに同情的、共鳴的な悩しさになる……事は精神的興味に移るわけです。同性感覚の重複する、更に妖しい世界として何事かが展けてくるわけです。つまり複数的興味とでもいったらいいかと思うのですけれど――」

「さっき、あれは男性の不幸性のシンボルだとおっしゃいましたが、なるほどP感覚は、Pそれ自身としては単なるおしべでしかありません。世の男性の大半が胡乱な存在になっているのはそこから出ています。女性は花の全体であって、遥かに深く〈無〉つまり生命の本質が繋がれているので、この点、いかなるドンファンもぺちゃんこです。彼は忠実なる、あるいは思い上った供給者、忙しいポンプ屋さんに他ならないからです。ところでギリシア彫像に見る若うどの若々しい、可愛らしいペニス、あれはいったい何事でしょうか？　審美的要求にそれが生れるとは常識です。それもあるけれど、しかしそればかりではない。あれはそこに、その後方にある丸く軟らかな臀部の存在を、云い換えるとA感覚の所在を指示する標識でしょう。少くとも、事はV感覚の方へ逸脱されてはならぬことを注意しているのだ、と僕は考えます。男装の女性の上にもちょっといまの消息がほのめいていますが、これは、アナスエロテークが男にたいしてそうであれば、女にたいしても同じ意義を持っているということになります。雄性が雌性に比較してより完全だというのも、そんな羽根の色彩や美しい声音によって雌を惹きつけるために他ならぬなどいうことよりむしろ、種の保存の大役を背負わされた雌にあっては晦まされがちのA感覚を、云いかえて単性生殖的なるものを（雄が）より明瞭にそこに保持しているからだ、と云った方が本当ではないでしょうか？　まして人間社会にあって、若くしてしなやかなるもの、即ち、まことに束の間の話ではあるが、永遠的薄明とも喩えたい状態におかれた美少年をもって、プラトン派やスーフィ派が〈美しき理想《ボウイデアル》〉としたのは、頷かれることです。ですから、美少年はあっても美少女はない。美少女とは、常に性欲によって昏まされた男性側の見方に生れたコトバだ、と云えるわけです。何故なら、おおむねの女性は、人間が最も永遠的で賢明なひととき即ち少年期を抜きにして、幼女から一足飛びに大人になってしまうようですから、ね。――したがって、男装女性の謎も、ひとえに、A感覚からV感覚への移行が中途で滞っているか、V感覚のA感覚への偏向かによって解釈されるのではないでしょうか？　永遠の女性とはおのずから美少年的なるものです。これに反して、娼婦とは、V感覚をメカニズムにして普遍に達しようとするものです」

「だって、肉体から逃れるためには、それよりほかの道はありませんもの！」

「しかし、婦人精神の発見者ユーリピデスの〈クリンポス〉のモデルは少年アガトーンだということがありますよ。これをどうお考えになります？――ジッドがそのことを注意しているんです。アンドロマケ、イフィゲニ、アルケヌチス、アンチゴーネ等々、これら驚嘆すべき純粋なる女性が創造された裏には、それらが美少年に原型を採ったものだという事情が存する、そして同じことはシェークスピアの上に及してもそんなに誤っていないと。婦人における精神性とは婦人におけるA感覚的消息に他なりません。またジッドは、現今の青少年間に見られるいちじるしい低調さと曖昧について、それは、彼らが等しく女性のとりことなっているからだと云うのです。なるほど女性は愛については商売人なので、この方から何らかの意志表示があって……というのが本当なのに、いまでは男性の方が、女性を追っかけ廻すに寧日なき有様ですからね。それとはあべこべに、近頃は却って女性の中に、少年が取返されつつあるようにうかがわれます。――話は飛びますが、辞典をひいてみると、チツとは肉が塞がっているという意で、コウは肉が肥え太っているということですね。この二字は解剖学的に云ってもなかなか面白いとは思われませんか知ら……他に姣童・孌童などいう熟語を思い合わすと、中国では夙くからA感覚に気付いていたと受取れるふしがあります。でも歴史的には、臀部の発見者はギリシア人でしょう。彼らはただに感性的対象としてのみか、臀部と形而上学との関係をもそこに読み取っています。それからキリスト教時代にはいって、婦人尊崇の風が興り、絵画が彫刻と入れ代るに及んで、折角のA感覚はV感覚の中へ紛れてしまいました。そして〈演劇の衰退は女形がなくなってから〉とジッドがいみじくも云い当てているように、芸術の堕落はひとえにV感覚への妥協に始まるものではありませんか？　いったいそこには二つの流れがある。曰く父系芸術及び母系芸術ですが、絵画における印象派、文学上の自然主義リアリズム的傾向、共に軟芸術の二大旗がしらだと云うべきです。でも、さしもの絵画もいまはぐらついてきたようです。種の保存の重圧を免れ出て、女性の裡のA感覚的なるものが、今日まで女性の性質だときめられていたものにたいして反抗し、そこに頭角を現わそうとしていないとは決して云えませんね」

「性愛の新領土としてのA感覚的愛……これはわたしにも頭脳的賛成があります。二十世紀的緊張下にあるセックスと、頭脳とが相交って獲得される世界……これはセックスにたいする頭脳の介入だと考えていいと思いますが……前の女性同性愛の場合ですが、わたしにいわせると、女同志の愛では、棄てられた者同志が寄っている、そこからは何事も起らない。男性間のそれにあっては何事かが始まっているはずです。干《かわ》いたエーセティシズムの最上級にあるものとして男性間の同性愛こそ飛躍的です。けれど現実に行なわれている男色の中でも、わたしの意味するのは極く一部、あるいはまだ存在し得ていないという想像が可能です。わたしはいま理想主義的な要素を云うのです。――理想的にということは、友情とか、傾倒とかいう、精神上の最大の合致を考えているからです。当然、構成人員が、独立し得る個性を持つ事を要求してきます。肉体的美質にしても、伝統的選択をくぐり抜けてきた相当度のものを求めてきます。その上での意識的共犯……わたしの想像としては、その辺が快楽の限界となるでしょう」

「ギリシア的エロスの現代化ですね」

「そう！　そしてそれにたいする強烈な陰影さえあれば満足です。――けれども、快楽が人間の裡に、肉体的にまき起す悩みの諸々の相といった事柄になると、わたしはそれほど多く語れません。これは先生の世界なのですから――」

「じゃついでに、もう少し続きを聞いて下さい。――アラビアンナイトの英訳者のリチャード＝バートンは、英訳千一夜の第十巻の終りにつけた論考の中で、いわゆる〈臀部愛好地帯《ソタディックゾーン》〉――これは風土的にしらべたもので、地中海沿岸から、小アジア、メソポタミア、カルデア……インドを包含して、中国、日本などにも及んでいるのですが、こういう地域では、余所には稀れにしかない男性気質と女性気質の入り雑りが身受けられることを述べた章で、よろしいか、――いかなる場合にも緊密に繋っている直腸神経と性器の神経が、……単孔類状態のままに保存されて、以来眠り続けてきて、わずか排便時にのみ余韻を残しているものが、性的行為と結びついた……僕ならば鞭によるひんぱんな臀部攻撃などもつけ加えますが……よろしいか……性的行為にむすびついた継続的刺激を俟って覚醒することは考え得られる――つまり、その部分の神経が同性愛者では非常に発達しているから、オルガスムもあり得る。こうバートンは、イタリアのマンテガッツアの説を引用しながら、書いています。室町時代の稚児物語のワキ役や、西鶴に出てくる脇差をさした愛人たち、〈腰のあたりほけやかに薩摩奴の胆をつぶし〉などあるのは、恐らくいまのように述べられている段階にあるものと察しられます。――醍醐三宝院蔵の『稚児之草子』の中には、男の子の張形あそびを取扱った一章がありますが、これなんかも幼少年間のペニスナイドだと解してみると、別に異とするに当りません。――ついでバートンは、女性同性愛者の型の一つとして、A感覚への要求があることを指摘しています。女性の場合であっても、背部からの異物による工作のないかぎり満足しない者があることが、そこに注意されているのです。――南方熊楠翁の書翰中に見付けたのですが、曾てロンドンの学士会の若い連中が集って、東西の文献にもないようなたわむれ方があるとしたら、それはどんな事だろうか？　こういう論議をしていた時に、――さあ、僕ならばさしずめ八犬伝に倣って、こんどは童子と忠犬とのたわむれでも挙げましょうか、しかしそういう例はすでにエリスでしたか、著書の中に引いていますます。シカゴでそういう事件が起って、十五歳の男児が噛みつかれておしりに大怪我をしたというのです――学士院の若い連中がいまのようなことを論じていた所へ、南方氏がやってきたので、あ、ちょうどよかった、君は両足のあるエンサイクロペディアだから多分知っているはずだと云われたのに、答えて曰く、〈女子が蠟師父《ハリカタ》を以て男子の後庭にたわむれるとはこれ如何？〉――ずっと前、或る女性の冗談でしたが、若し貴郎がじんきょなさったら、あたしは、あのゴムのついたベルトを腰に緊めくくっておつとめしてあげようと。そのように云われたという男から、僕が、笑いばなしとして聞かされたのです。これなんか、V感覚を自ら持ちながら、いや却ってそうであればこそA感覚の存在に気付いているのだと解釈されますし、先の若き日の南方先生のエピソードにしても、そのようなことが十分に有り得ることが当方の脳裡に考えられていたからして、そのように、答え、きいた方もなるほどと感心したのでないでしょうか？――」

いまいましいのは、この疏水べりの道が、やはりたれかといっしょに、桜月夜に辿ってみたいと想わせる一事だったが、いまや左手には、灯入遠見として眺めてみたいような吉田山の裏側の景観が拡げられていた。その昔、まだこの辺りが草深かった大正の前半期、吉田山から真如堂へかけて、村山槐多が、彼の光の王子への思慕と、そしてキリスト教以前の美しき邪念にさいなまれながら、古代ギリシアの土笛を真似たオカリナを吹いてさまようた所だな……私はそんなことをふと思ったが、口に出たのは別なことだった。

「――ねえ、僕がまだ匍いずり廻っていた頃です。一日、大阪から京都まで家族づれで遊びにきて、なんでも銀閣寺への道で、ウサギが杵を搗いている玩具をひろったのだぞうです。そのように聞かされてみると、キッコンキッコンと動く、そして青と黄に塗られた木片細工を手にしていたような憶えがどこかに残っています。このおもちゃを、かたえから僕の姉が取上げようとした、これが癇にさわって僕は木のウサギを投げたのが、欄干を越えて池へ落ちた。先日、貴女がたと銀閣寺へ行ってはじめて見当がつきましたが、僕が匍い廻っていた畳の上とは、あの東求堂ですね。それに、おもちゃは、水からひろい上げられたはずだということも判りましたよ。あのとき、日光をいっぱい浴びた池のおもてに背を出して、浮上ったり沈んだりしていた緋鯉や黒い鯉は、たしかに、茶室を奥にひかえた場所から見下したということが、記憶の底からひっぱり出されたからです。あの庭の入口の唐門……いつかの夢の中に出てきた気がしませんか知ら？　こんど僕は、銀閣寺が総体に見て意外に小づくりな点が気に入りました。それでいいわけです。用もないのに敷地をひろく採るなんて賛成出来ません。銀閣寺はじつは有名すぎていやだったのですが、いざ眼の前にするとさすがです。あの盛砂がいい。支那の西湖とやらを真似たとあるのに、あべこべに砂を高く盛り上げて、そのおもてにプリミティブな波形を描いたりしているから……」

「静謐なるピカソですわ。義政将軍がお月見した趾だって……アブストラクトの富士山です……」

「それから月待山でしたか、眼の前にああいうこんもりと茂った丸い山が立ちはだかっていることが、心の散逸を防禦していますね。月見といっても、すでに東山連峰の裾で、おまけに月待山がそこに盛り上っているのですから、ここでは赤い大きなお月様でなく、もう高く昇った月で、そろそろ南へ廻ってきた銀盤です。〈燭に背いて共に憐れむ深夜の月〉のお月様です。――僕はいつだったか、石膏細工のエルサレムの上に青い電燈の月光を浴せることを考えましたが、銀閣寺も模型みたいです。でも石膏では表現不可能。月待山をどうするかです。針金のきれはしに何か揉みほぐしたものをつけ、これを濃緑色に染めて植えつけることで間に合わすというわけにいきませんもの！　盆栽には相違ないが、こちらには高等曲線がふんだんに使用されています。――いったい西洋人、それもアングロサクソンは円及び曲線を好くようですが、日本では、松の枝でも、石燈籠でも、そり橋でも、カマボコの切口でも、あらゆるものの上に、楕円、抛物線、双曲線、サインカーヴ等が見られます。そして日本婦人の丸髷こそ、こんな高等曲線の聚落だ、即と云った西洋人がありますが、若しそうであるならば、そこには谿谷の予想があり、即ちそれはV感覚的世界でしょう。ところで前髪になると……中世以後のいわゆる若衆髷は、殊にあの青く丸出しになっている中ぞりの部分は、取りも直さず対蹠的にA感覚的曲面を指示していませんか知ら？　それは、少くとも王朝時代の、小舎人、侍童、寺院の稚児に見られる髪のおき方にくらべたら、お小姓らの髪の形はたしかに頽《くず》れているでしょう。それだけにまた、日本唯美主義の三角もこの辺からひょうびょうの趣きを添えてくるようです。〈雪月花の三角形〉とは、能楽、茶の湯、弓矢の道、若道、以上の四要素から形成され、そのうちの三箇がそれぞれ辺を作った場合、残った一箇が三角の内

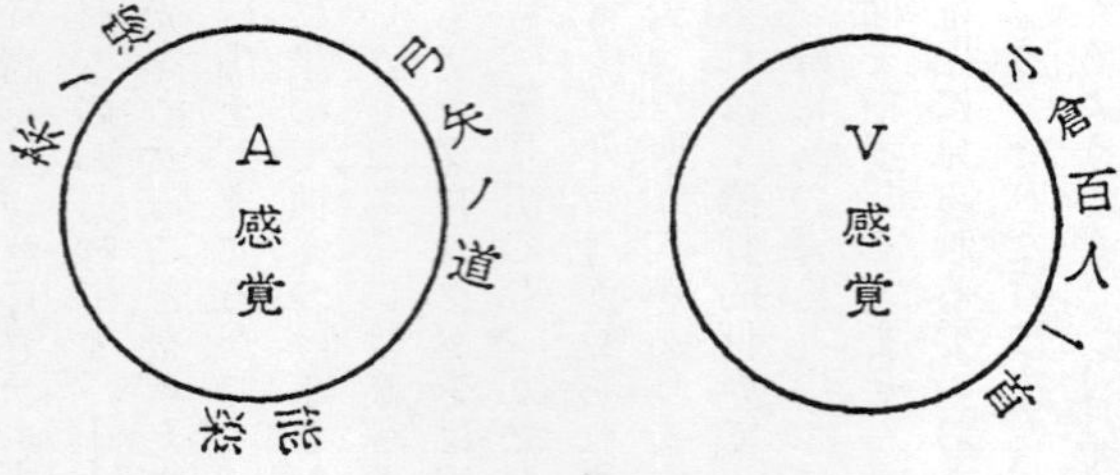

部におかれます。そしてどれがどう入れ代っても差支えない。――僕の考案ですが、若しA感覚を包む円だとすれば、この場合は〈雪月花の円周〉が二箇に分離したのであって、能楽、茶の湯、弓矢の道と繋る一環になり、いま一つの円が、V感覚をかこむ小倉百人一首であることは申し述べるまでもありません。――ところで、円Aにおける一要素、弓矢の道には、その名が示すよりもいっそう広範囲の意義がかぶせられています。けだしV感覚の情緒性にくらべてA感覚は情操的であることに出ているので、例をあげると、V感覚が映画館全体の雰囲気だとしたら、A感覚は映写機でありフィルムだという関係が、そこに働いています。そもそもA感覚は最初から心を高揚する飛行機であり軽気球だった。即ち、少年レオナルド＝ダ＝ヴィンチの脣をくちばしで突ついた禿鷹でそれはあったのですから、新らしい編上靴の紐を結ぶさいにおけるナルシシズムが、パンツ、ニッカーボッカーズ、ソックス、自転車の革サドルを経て、その次には当然アームズに、すなわち、甲冑、刀剣、城塞、航空機、戦艦への憧れに繋がれます。自己への玩具として

のA感覚は、こんどは外部への玩具として展開するわけです。なおそれだけに止らず、延長線はジュネの聖なる売淫にも及んでいる。けだしナルシシズムにあっては、対象への距離がゼロになって、その自己作用は無限大だという点からくるのでしょうか……？

それともこの隠し所は、単に恋愛の懸橋の台だというばかりでなく、そこから深淵が覗いている竅穴であるからなのか？　由来、A感覚と形而上学との連関はギリシア人に気付かれましたが、ジュネの日記にもA感覚の天使的欲情であること、即ちそれが単性生殖的なものであることがほのめかされている。しかもこのようなA感覚の、日本中世の一隅における閃きほど優婉なものは世界歴史にも見られない、と僕は思っていますよ。義政が何宗だったのかは知りませんが、若道の月光界とでも云いたいものがいまだに銀閣寺の庭にたゆとうている……往時の讃美でなく、現に感じられるものが、如何に将来の生活への緊密な包含を許さるべきか、その点を吟味しようということになります」

「そこには夢があるのです。夢の本質は、具体的事実についてはまだ何事も知っているわけではないという点にあります。未踏として残されているものはセックスにもありますね。興味を喚ぶのは当然でしょう。――わたしには、銀閣寺に鶴が一羽まいこんでいるというイメージが濃密になりますの。姉弟間のあれや同性愛は鶴の味だといいますね。つまり淡白だということなのですが、精神性の介入による抑制が気品を誕生させていると考えられるものですから……日本の伝統的感覚の洗練をくぐってきているという点では、銀閣寺も鶴も、雪月花も、最上に置かれねばなりません」

「あの一廓は、月待山をおおう木々の梢を真上から白銀に光らせる夜半の月、それゆえ寂光土的な月を賞翫するように出来ています。失われし面差を直上の月のおもてによむ夜遊の場です」

「三島由紀夫が、ハドリアヌス帝とアンチノースのことを能楽に仕組んだらよかろうと書いておられましたが、謡曲の天鼓って、やはりそんなふうな物語じゃないのでしょうか」

「……ガニメートを掴んでいる大鷲のほとり、銀河が南方へくずれ落ちようとしてひときわ絢爛とした箇所に、アンチノースの星座があります。それはナイルの河遊びに失われた大ローマの美少年、こちらは後漢の皇帝が星の夜の大河の辺りに糸竹呂律で催す亡き少年楽士の魂祭りです。——儀式はようやく進み、河風さむく波立って、夜半楽にも早なりぬ……〽立そうや呂水の堤の月にうそぶき、水に戯れ、波をうがち、袖を返すや夜遊の舞楽の時すぎて……歓楽きわまって哀愁兆す頃おい、樋の音に遠くの滝音がまじる刻限。月待山を離れた月が天心をすぎて西に傾く時、銀燭を受けた誰かの横顔が端厳微妙の相に変っているのでないかしら……」

Yさんが、矢庭に気付いたように云った——

「あら、そんな刻限には月待山のむこう側に地下鉄の入口があって、階段を降りて行ったら『銀河鉄道』の始発駅がありそうよ」

追加　Y嬢からの書翰

——ジャン＝ジュネのことなど——

疏水べりの道で、私は余り店をひろげすぎて、先方の云ったことをよく心にとどめることが出来なかった。それで、改めてYさんにいま少し補って貰うことにした。

sexを常識的、中心的なものとして置きますと、下部に幼年期エロティシズムを置かねばなりませんね。上部に精神的、文化的発達としてのエロティカルな展開部……言葉をかえていったら、例の複数的興味というものですね。そして上部構造と下部構造には、一種の緊密な連絡があると考えられます。男色の場合、この連絡の役をつとめるのは、先生のおっしゃるA感覚となりましょう。つまり夢の懸橋としてのAなのですね。——そして、それへの外延としては、無機質的なものへの憧憬、乃至は相当度の衝動としてのノスタルジーがみいだされるでしょう。これは存在としての個性をおおう処の翳り、見えざる隈です。詩人の直観がそこを捉えないわけがありません。

もっと違った視点からお話をすすめていいのなら、人間の個性的秘密が疼《うず》くとみられるのは、sexの領土に於てなのですが、これはsexの上で個性が交換の欲望を隠していると考え得る根拠になります。私が女性的立場から考えますと、男性に受身への劇しい欲望が隠されているということが面白いのです。それは女性がサディズムを隠しているのと同じく人間原理に立つかと考えていますけれど……

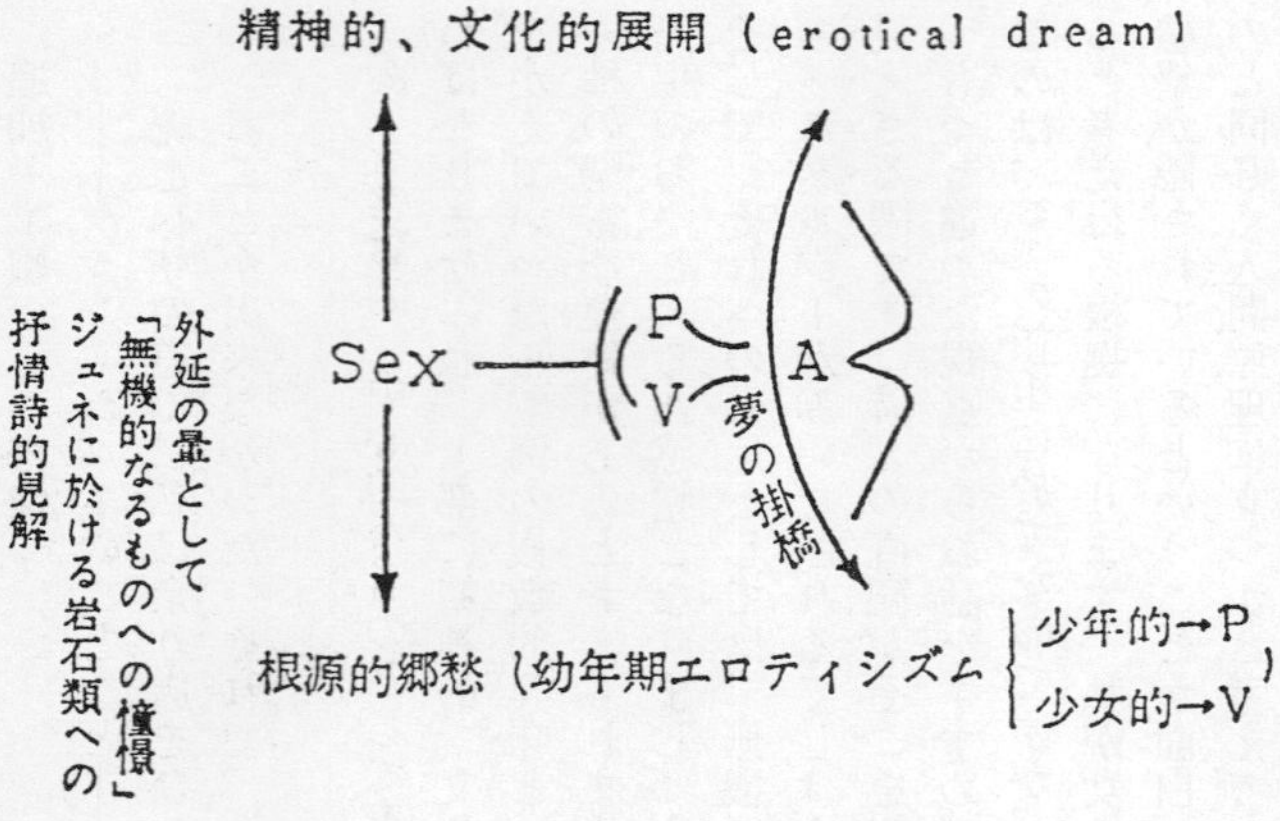

性愛の上で Change がもっと常識的に取扱われていい時期にきていますね。ジュネは成長し、今は能動者となるより仕方のない自分が、可愛いい情夫《おとこ》を愛撫する悲哀を語っていますね。優美さにおいて、自分が重要な要因であった、かつての快楽が半減しているというのですが、それは受動男色家であったジュネが発見した、未発見の一つの真実を意味しています。——私のいうのは、人間の存在学的な核心ともいうべきマゾヒズムの事です。それは受難者であったジュネに体験的に発見されたと考えます。ああいう世界が文学的記述に移されたという事は、十分に尊敬されていいのです。私にいわせると、ジュネは健康そのものです。

　多くの芸術家と等しく、ジュネも又陰影を好みます。ジュネは、自分の多くの情夫たちが一篇の暗黒小説を成し得るから彼等を愛するという事を話します。更に、裏切りによる倫理的孤独とか、自恃の念とか、聖性への到達とかいうのですが、いずれも私には理解的共感をよぶことです。それは erotical dream としての彼の嗜好の世界を語ったものといえます。宗教は先生もご存じのように、最高のエロティシズムです。聖性こそ曲者なわけです。それに、倫理的孤独とか、自恃の念とかいう優れた個性的感覚は、劇しい勢をもって性愛追求へと駆り立てて行く、最も優れた素地といえましょう。徒刑場に対する彼の熾烈な憧憬が、その事を証明します。ジュネの作品中に見られる、無機質への抒情的絡《から》まりにしても、人間の肉体的事象に対するジュネの性的な馴々しさにしても、物品とか、帯皮とか、金属とか、チューブとかに対する性的愛着と注意深さにしても、それは、ジュネが、何かを知っているという事の見事な証明です。陰影即魅力、恍惚即受身というわけで、これは宗教がすでに発見している世界です。もっとも傍系的にでしょうが。

もう一つ、美味としてアクが挙げられます。そしてジュネではありませんが、優美性こそが重要な問題となってくるように思います。女性として口に出してみたい本当の問題はこれから先なのですけれど。だって、それはまだ、女性としては隠されるべきものに属するのですもの！

それでは一つだけ、……だってA感覚は、接触可能と考えられるものの中で、最も滑かではありませんか。それから、常識的にいっても、AにはVのような粘着力がありません。運動として、それは排出です。だから、それへ向っての攻撃の魅力が増加します。

それを逆にしますと、排出の禁止感の興味となるでしょう。蠕動を喚ばないわけがありませんから……だって長時間という事は同性愛の重大な要素になり得る筈です。

ラドクリフ＝ホール女史、――あれは同性愛の外形を書いています。最重要なものが欠けています。つまり、内的領土、肉体裡に対する解明が含まれていません。したがって退屈です。――だって、これもやはり私の内的直観ということになりますが、尖端部に展かれてゆくエロティカルな世界としての同性愛には、結実の遮断からくる痛ましさがあると感じます。それが照りかえしの興奮をそそります。このあたりから人工的色彩の世界へ這入する筈です。同性愛の絶え入るばかりの抒情性はそこからくると考えていますの。それに例えばA感覚を採りますと、感覚としてもそれ自身で完結するものを含まないではありませんか。だからやはり悲劇のいろどりを持つものです。考えられもしないものの一つに、女性が男性のAを犯すことがあるわけですが、私にいわせますと、女性はそういうことに対して、すでに了解を持っていると考えられます。どの男性の中にも受動者たろうとする慾望を発見するには、そう多くの女性的直観を要さないように思います。その時にうける驚愕としては大変文学的なのですが、男性の中に受動をみいだし得るということは、女性の中にその反応が隠されているということですから……そういう事については、技巧的羞恥を持つ必要のなかった、女帝だったような女性が、多分何かの発見を持ち合わしているわけですね。それを意味するような断片的具体は、散見されている筈です。

再びchange の常識化という問題に移りますね。そして女性の側には、先生のおっしゃる感覚の自乗、AとVの混合の常識化……辛いお話です。ええ、とてもつらいことです。感覚の増加は消耗を意味します。そういう点からも快楽の限界はおのずから明瞭になります。銀閣寺ですね。優美こそ獲得された唯一のものといい得ますね。詩人として、それについてこそ語ってみたいのは当然です。

異物と滑翔

1　玉子少年

コバルト色の硝子片に条虫だの蛔虫だのが細い針金でゆいつけられて、壜中のフォルマリン漬になっている。こんなのを見てぎょっとした覚えが何人にもあるだろう。蛔虫は我身にも憶えがないわけでないが、さなだ虫は……現今はいっこうに音沙汰無しだが、私の子供の頃には、半煮えの大形な魚肉及びビーフの上にはいつもさなだ虫の嚇かしがあった。或る地方では家々の便所に必ず短冊形の板きれが備えてあるが、これはお尻からぶら下ったさなだ虫を巻取るためであるとか、或人が時折、身の周りが真黄色になることがあったところ、果して彼の体内から広節裂頭条虫という二十尺をこえるのが引出され、バケツ半杯分あったとか、その虫は、頭部の鉤を腸壁に打ちこんでいるのみか、節から成った長い胴を幾重にも折りまげているので、まず当方のお腹の中を空にして、ニラのようなものを食べて虫が騒ぎ出すのを待ち、然るのちに柘榴根を噛み、それから蓖麻子油を服用すると、真田紐のようなものがお尻からぶら下る。これは切れ易く、頭部が少しでも残ると元通りに長く成長するから、下剤をかけたその都度都度に、機をはからって、静かに板片なりボール紙なりに巻取らねばならぬとか。

注意すべきは、われわれの驚愕の焦点は条虫乃至蛔虫の上にあるのでないということだ。そんないやらしい怖いものが人体内に棲んでいるということでさえなくて、実はそれがお尻から出てくるという点に存する。だから、蟯虫などは微小なので効果は十分でない。どうしても駆除面につながるイルリガートルでも想像しなければ蟯虫的スリルは覚えられない。ところで人々は、ペッサリイやタンポンや婦人用カテーテル等に関するスリルは口に出して語ることがあるけれど、いったん腸内寄生虫や浣腸器や坐薬などが媒介する消息には、いつだって触れようとはしない。幼少期には肉体的にまだ本当の凸起も凹所もないために、事物を口感乃至肛門感によって解そうとする。このようにフロイトが注意している所はよく領けるにもかかわらず、彼らは滑稽譚に関連してしかお尻を語らない。恰も非常に恥しい何事かが、おそらく彼自身もよく真相を知らない秘密が其処にあって、うっかり口出しすることは藪蛇になると惧れているかのようでもある。

私は読者を面白がらせようとしているのでないから、云わねばならぬ。諸君は尾籠の二字で片付けたがるようだが、そのびろうゆえの効果とでも云うべきものが其処にあるでないかと。喩えば、その臭さかげんと云ったら足ゆびの間に溜った垢以外には適当なものがないような黒いかたまりが、削り取られ、適宜に薄められた時に、あの麝香が発散される。いったい優雅とは其処に内部事情が、即ち或る種の行為とか姿態とかの暗示が含まれている度合に応じて効果を増すようなたぐいであって、その際どい裏合せがあるからこそ、このような優美の前には天国も地獄も共に震動するのである。幼年者は無力さのために屈辱の日々を送る余儀なさに到っているが、このみじめさを能く救出しているのは、彼ら生来の優美性とも云うべき無邪気である。ところで世には次のような妖しい優美もある。「そっちの方が本当の魔法使だ。何故と云ってみろ、お前達は男をも女をも迷わすからだ」「あっちへ向いたな、餓鬼奴、旨そうな背後附《うしろつき》をしていやがるな」——ファウスト終幕の埋葬の場で、メフィストフェレスが、彼のいわゆる丁年未満の奴ら即ち少年天使に向って吐くセリフである。

この系統の優美をわれわれの身辺に探してみよう。或る謹厳な紳士あるいはしとやかな婦人がひそかに痔疾になやんでいる、と耳にすることの上には、何か気の効いたものが覚えられる。若しそれが真摯な学徒であった場合には、彼の肉体上の苦呻は、研究室中における学的操作の苦渋にも通じる高踏さに置かれる。既に彼らの常習便秘さえ、彼らをして何か凡庸人とは異った賢さを想わせるに十分である。こんなものは、淋疾だのジフィリスだの場合には決して覚えられない。各種の鉗子や塡塞用護謨球やクスコ氏子宮鏡のたぐいはそれぞれに興味があるが、なにも可笑しくはない。ところが、青ガラスに貼付けられた条虫や、浣腸器や、坐薬の広告や、競走用自転車のサドルなどは洒落ていて、その上になにかしら愛嬌味がある。何故であろう?　『婦人科』の三字にドキッとするのは、最初に住んでいた場所に触れる無気味さであり、『肛門科』にギョッとするのは、別の故郷に直面するからであろうが、そしてこの両者は共に優美のみなもとであるが、只後者には、前者にはないところの純粋性と機械学が含まれているのである。読者はこの文章をよんで行くうちに理解するであろうが、いまは次のように云っておこう。永久変化の立場から周期性を見たならば、疑いもなくそれが一つの滑稽として映じるであろう。又、一方的な自然運動を廻転に変えるような機構があって、これにつまずきがあった場合「そうれ見ろ」——これが肛門科への同情に伴う可笑味の核心であると。

先日、或る年少の女性から私は次のような質問を受けた。彼女が夜遅く、既にひっそりしているお風呂へ出掛けたところ、女湯にはどうかと受取れるような十二、三歳の男の子が母親といっしょに来ていたが、この少年が、鶴の卵のようなシャボンを片手に胸元にかざし、何か考えこむようにじッとしていたのに奇妙に気を惹かれたと。こういう効果は女の子の場合は出ないのでないか？

中日の亀山巌氏は、カメラ趣味に関する随筆中で、自然角度の尊重を力説している。ついでに、雪降りや水のスプラッシュや夜景の燈火等の上に加筆されていること、大新聞にも往々に見受けられる見えすいた写真版修正についても、彼の意見が聞きたかった。ところで亀山氏は、ヌード写真で女体下方の蝙蝠ならびに男性の凸起の描写が国際的にタブーとなっているのは、どうしたことか。それは造物主に対して相済まぬ気がすると云う。私の考えはこうだ。いったん蝙蝠乃至凸起がついたら其処へ向って視線が集中するのは人情である。そうなると自然の有目的性が誇示されることになり、該人体に托された有形無形の審美的可能性が封じられてしまう、その点を警戒する余りにタブーは出ているのだと。

愛らしさとは、おのおの方向を異にする多くの可能性が感じられることに出ている。VひいてPの上に特別な場合を除いては愛らしさが認められないというのも、それらが一種の功利的道具であることに依っている。然しいったん臀部となると、愛嬌の故郷である。もっとも皮癬かきのお尻や、毛むくじゃらのお尻や、十界図の亡者らに見受ける逆さ山形に痩せ衰えたお尻は別であるが、男女にかかわらずたいていのお尻は、たとい「旨そうなうしろつき」でないにしても、先ず以てその福々しい、ゴム風船のように弾んだおもてを平手でピシャリとやりたくさせるものだ。これは臀部とは単に消化器末端の所在地のみではないことを証している。口元だってその通りで、此処は物を食べる用向きだけに備えられたものでない。フェレンツィ博士は夙に『括約筋道徳説』を唱道している。臀部における粗相について躾を受け、自身も相つとめてきたことが取りも直さず道徳的感情の発生を促したと云うのであるが、そんなら私には、『括約筋パルプ論』が持ち出せそうだ。そもそもA感覚は最も一般的な場合は便意として捕捉される。便所へ行きたいのを我慢し、辛抱を続けたあげくついに全身が劇しく痙攣するに到るのを好んで待つような児童がある、とフロイトが云っているが、凡そひとり居の折のひりたき気持には、たとえば午後遅く数日来の陰雨が上って西の地平線から茜色が差覗くに似た、更に、最も真暗な時刻が経過して、しののめと曙のあわいの薔薇が滲むにも似た、何とない愉しい期待感と緊張味がある。このようであれば、他からは隔離されているという自覚にもとづいて催しがちなA的興奮が、即ち蠕動《ぜんどう》が、何かわれわれの創意とのあいだに関係を持っているのであるまいか？　大いに繋りはある！　それは、あらゆるオリジナルな文化的精神的着想への導火線なのだ。パルプは便所の紙のことでない。本である。

ヌード写真にあって、功利的器官が前面におし出されると、全体の調子が攪乱され、多くの可能性がおおわれてしまう。ひとり美術上の問題のみでない。個性的な人々が常にセクシュアルな事柄を避ける傾向があるのは、彼等が自然的勢力の捕虜になりたくはないということの上に出ている。少年像もまた単なる自然性から脱出し、多くの審美的イメージを其処に含ませることに目的を置いている。即ちそれ自体一つの抽象なのである。このA的効果とでも云うべきものが、少女像の場合は自然によって牽制されがちなのである。花束に飾られたヴィナスの愛らしさは存在的《オーンティッシュ》であり、弓矢を携えたエロスの可憐さは存在学的《オーントロギッシュ》である。――だから、聖ヨハネの像にくッついているのは、あんな、小鳩を止らせるに足るとんがりでよいわけだし、闘士像に於ける円筒は、その三分の一の箇所からちょん切られていなければならない。信楽の狸の八畳敷の附根にあるものは、あのようなきびしょの口であってさらに差支えないのに、何事か、摺鉢の連木くらいの大きさのものに取換え、且つ上向きにしなければ承知出来ないとは……そんなのをアメリカ好みと云うのだ。そのように私は質問者に答えたのだった。

さてわれわれは前回のエッセーにおいて、A感覚の、V感覚との差異について述べる所があった。即ち、フロイトにもとづいて、膣感覚を以て腸管排泄時の快感の変形だと見るかぎり、Ｖ感覚以前に、Ａ感覚が、おそらく単孔類状態のまま保存されているのでなければならない。そしてＶ感覚の、開花的、平面的、期待的、乱れがちなのにくらべて、Ａ感覚には、狭窄的、垂直的、拒絶的、抑制的な諸特徴があるとした。で、つけ加えて云おうとする。——Ｖ感覚が、湿潤的、散文的自明性に置かれているのに対して、Ａ感覚は乾燥的で、詩的夢想性をその暈としている。且つ後者は官能的に展かれることがないから、いつしか精神性として蓄積したものを時あって抽象化する作用を持っていると。「世間はＶＰを中心にして廻転している」と云うのは適当でない。これにＡ項が参加してこそわれわれの方程式は満足する。何故なら、後者は空虚なる自家受精の台として古来文化的精神的方面の発達に寄与してきたと観取されるからだ。云おうとするのは、児童期以来、ひそかに保持されてきたＡ感覚に重心を置く自己色情が、抽象能力と結合して、能く個性的な思想や芸術を生み出したというのである。最も純粋な意味に於ける学問や作品が常に幼な心の完成だと云われている所以は、此処に存する。ダリ氏は、コスメチックで捻り上げた口髭の先端に大気中の霊感を受けてそれが頭脳に伝達されると云ったが、こちらは、恰もスカンクの肛門腺に似た特種の精巧な器官が、其処に収斂している各方向を異にした可能性を、目に見えぬ分泌物として脳髄まで送りつつあるようである。これをＡ的効果と呼ぶが、それはセクシュアルシンボリズムに並行するエーナルシンボリズムだ、と云うべきである。

2　塔下の対話

一日、秋晴れに誘い出されてやってきたら、日ごろ電車の窓から、また宇治橋西詰から眺めていた明星山三室戸寺の塔は、まるで玩具のような三重で、相輪から四隅にかけて飾りのクサリが垂れていた。前方には黄色に熟した南山城の野が見下され、遥かに淀競馬場の白い塔が光っていた。右手には、黄檗背後の五雲峰から尾根つづきの、丸味のついた大三角形の山肌があった。この稜線に沿うて、恰も半刈頭のように向う側にひろがっている芝地が覗いて、こちらの赤松に蔽われた部分には、その灰緑色を更に隈取るかのように雲の影が落ちていたから、明暗対峙して宛らワニス引きの東洋的幻想風景画であった。なお頭上の青く透き通った中を並んで辷っている三羽の鳥影が、私をして、月夜の谷から峰へ渡って行く荒々しい黒い影を連想させた。先日、男山の見晴らし台から眼下につらなった杉の梢の上に描いたのは、魔女の箒の投影だったが、こんどはそれと少し異っている。――われわれの対話の舞台はこうして調えられた。林檎図についてはあとから話合いの上で加えたことをお断りしておく。

「ねえ、こんな絵はどうです。それは黒い垂幕の隙間から見えているように描かれるべきです。即ち、ステージの両袖は真黒い衝立《ついたて》で、中央部のたてに長く透けた所には、その下方に月光を浴びた水面だの、それを取巻く丘々だの、斜面にならんだ立木だのが置かれ、上方は代赭のまじった薄ら明りが漲った春の夜ぞらで、焦点には淡い虹色の輪を懸けた月が出ています。――江戸川乱歩さんが、レンズで一人遊びをしたり、おばけ蟋蟀の夢にうなされたり、自分だけが知っている紙製の神様を片すみに祭ったりしたことを述べた随筆中で洩していましたが、まだ小学一、二年の頃、夕暮の小路など滅入るように暗くなってゆく刻限に、不思議な色の空を眺めながら、目に涙をうかべ、芝居の声色めいて、お伽噺のような、詩のような、訳の分らぬひとり言を呟き呟き歩いたことを思い出すと。ちょうどそれに似た気分《ムード》なのです。この月の光に煙った鳥瞰図の地平線は斜めになっていますから、空中からの眺めを表わしている。といって騒々しい旅客機の丸窓ではなし、軽気球の吊籃にこちらがはいっているわけでもない。〽さて京近き山々、愛宕の山の太郎坊、平野の峯の次郎坊……この謡の文句から判じて貰いたいような或る物です」

「花月のように天狗に取られて、雲煙のかなたに行方も知らぬ旅を続けたいというのでしょうか。それともガニメードになって、大鷲のゼウスを待つという憧れなんでしょうか……?」

「そのように適宜に言葉を挟んで下さったら、追々本筋へははいって行けるでしょう。そうです、この絵は『さそわれ行きし夜』と題されます。そもそもフロイトに依ると、本能とは過去へ還ろうとする有機体本来の傾向であって、その行く先は無機界にあります」

「じゃ、人形を志願すればいっそう純粋なわけですね」

「そうです。人形はもはや連れて行かれる者ではありません。只其処に置いてあるのを持って行かれるだけでよいのですから。――つまり生物とはおのおの特有のやり方で死のうとしている意志に他ならない。このようなものは、マゾヒズムを存在学的本質としているわけです。いわゆる愛はこの消滅への捷路《ちかみち》なので、それでみんながあんなに騒ぐのでしょうが、で、とどのつまりは何処に収るのか？　いまはその秘蹟を与えられて花の下蔭に白骨にまじって朽ち果てたい、そんな気持が総ての女性心理の奥に潜んでいるのじゃありませんか？　あらゆる女性的優雅は究極的にこの気分を裏づけとしているからこそ、女の人は何処にあってもあんなに落ちつき払って、びくともしないのです。さて幼少年にとっては？　背こうとするものは既に彼らの肉親嫌悪の傾向に見られます。学芸会や運動会に家人が顔出しするのをいやがることです。何故なら、それは、彼らのせっかくの普遍性への努力を、即ちダンディズムをいちじるしく損ねることになるからです。彼らは時に物語の主人公の不幸な境遇に憧れ、何処か帰ってこられない所へ拐かされて行きたいことを望みます。端的に云えば、河童の犠牲となって河波に揺られて流れて行きたいのです。いっそ初めからいそぎんちゃくでありたいとさえ願います。口とお尻がいっしょになった身体をひらいて、藻屑のまじった冷たい海水を出し入れしていたらどんなだろうと、空想を逞しうするものでないのでしょうか？」

「では、いそぎんちゃくを棒切で突っついてみたいと云うのはどういう気持なんです」

「今の死の本能が生の本能と結びついて、破壊が延期されるだけでは事足りずに、努力が外向きになる……ですから、労役を強いて出来上ったもの、あるいは計画的に造られたものはいつかは破壊の目標になります。個人集団を問わずあらゆる技術的対象は本質的には破壊本能にもとづいて為されるのでしょうから。この互いに矛盾する二種の本能は、半廻転させてから両端を繋ぎ合わしたメービウスの帯のように、表がいつしか裏になり、裏がそのまま表に通じているのだと考えられますね」

「じゃ、河童における特殊な嗜好、一般に伝えられている処を指しますが、これはA感覚とどんな関係にあるのでしょうか？」

「彼らが狙うところの尻子玉とは何であるか、それはともかくとして、フロイトのいわゆる後快《エントルスト》には恵まれず、前快《フォルルスト》のみで立っている箇所が、被虐の場として恰好なものだということは一応頷けるようです。いったい人体のエロティックゾーンに覚えられる懐しさは故郷の感触で、あの一種危険な甘美性は始源的消息に触れるスリルによるのでしょうが、その中にあっても、A感覚は取りとめもないだけいっそう原始的だと云えます。園原や伏屋に生うる帚木のありとは見えて逢わぬ君かな。河童はこれに病つきになっている。つまり懐郷病です。彼らの嗜屎症《コプロラグニア》も其処に出ている。幼年者は、自分の身体から外へ出て行くものによって自分ではないものを知る。幼児にとって、だからあの固いころりとしたものは原始異物で、あらゆる客体が其処に集約されている。こうであれば、究極異物とは自分の死体に他ならず、我身を異物と見立てる所に情死や自殺の可能性がある。人形志願がこれで初めて成就されます。誘拐者とは、誰も自分を拐かしてくれないから自らその役を買って出ようというのです。河童問題はこれくらいにして、さっきの逢魔が時の子供心ですが、そういう生のはかなさ、死の不思議というような極めて抽象的な気分を抱かせられたのは、江戸川氏に依ると、きまってサルマタを穿いていない両方の太股がすれ合うのを覚える折だったのです。これは極めて大切だと思います。その気持は晴れ渡った秋の夕方などの、スーッと胸の中がひらける……あれにも通じて、大人の世界で云うならば、イデア、物自爾、意志だのに相応するのだろうと江戸川さんは云っています。僕にはオスカー゠ベッカーの『被担性《ゲトラーゲンハイト》』という言葉が思い合されます。芸術家的資質の分析に当ってそんな実存範疇を彼は設けているのです。これは『投企』『被投性』などに類しているが、何ら重荷を意味しないで、たとえば眠れる幼児の如く天に住う者は運命無しに呼吸するとでも云うような安定性と運動性に置かれている。A感覚はそんな被担性の一種じゃないかという気がします。Pがポジティヴなものであることは云う迄もありませんが、Vだってその通りです。Aは殆んど完全にネガティヴで、釣糸についている浮子だの、化粧壜の口の円錐塔だの、銀色のあやを作る畝織《ヴェルベット》の半ズボンだの、こんな直接的な玩具の他に、水兵に、騎馬兵に、極上のモロッコ革を張った自動車の運転席に……云いかえると、あらゆる未来派的対象の上に少年の心がそぞろなのは、ちょうど風景や季節や服飾などに事寄せた女性の思い乱れや心の弾みがV感覚から出ているように、こちらはA感覚に依る着色なのだと云ってよいくらいです。僕は十二、三歳の頃のそこはかとないA感覚中に、写生箱との繋りがあったことを思い出します。あの肩に掛けて道を行く時にカタカタとチューブが鳴る絵具函のことです。したがって、白い鞣皮がついた三脚にも、折畳式の写生架の上にも……A感覚は結びつけられていました。飾窓の硝子越しに眺め入る沢山な鍵付きのクラリネットが、やはりそうでした。当時映画館はなかったので、私たちは芝居小屋や寄席に設けられた臨時映写室の小窓を背伸びしながら覗きこむのでしたが、すると其処に据付けられたエルモ映写機にきちんと嵌めこまれ、ハンドルの動きにつれて繰出されるばかりになったフィルムにも、A感覚は連絡していました。蓮根のような孔のついた巻框から伸びて歯車にかけられているのはたいていタイトルの部分で、そんな何十階にも連らなった微小な横文字世界の中に、更に小さな、パテェ会社の赤い雄鶏のマークが向い合っているのが読み取られる時などは、いっそうにその通りでした。

——パテェカラーというのは、一コマずつ丹念に毛筆で色どられていたものですが、そのピンクや橙や青が上品な色だったので、いまのように呼ばれていたのです。そんな着色されたお伽劇で、こんな場面がありました。悪人の弟子の若者が山中で眠ると、枕辺から木が生えてきて、熟睡者の首巻をひっかけたまま大木に成長してしまいます。これとは別に、彼の青いコウトの首すじのうしろに、先に玉のついた弓形が張り出して、最初から妙に僕の気に懸っていましたが、そんなにして木の枝からぶら下げられ、踠いていたのが止んでしまうと、その雉の頸飾りみたいなものも、下方で白リボンのついた沓先が向きを変えるのに応じてピリピリッと痙攣していました……そら、フットボールの皮に目鼻を刳りあけて顔面にゆわいつけ、コルセットを嵌め、片手に鞭を持って、戯曲の拷問の場をひろげ、大鏡を前にして縊れていたという事件があったでしょう」

「具体的な事としては、あれは最も面白いものでありませんか」

「先だっての夕方、グリーンピースの罐詰をあけました。あの時僕が黙りこんでいたのは、なにも今晩のお菜はこれだけだと思ったからでありません。僕はもう二十年以上前に、雉を食べて二階から落こちたことがあるのです。それと、更に二十年前の活動写真で観たお伽劇の雉男と、いまのクラフトエビング氏の報告と、この三つをいっしょに思いうかべていたからに他なりません。僕はこれでたった一ぺん雉を一羽買ったことがありますが、その晩方に階段から落ちて丸一ケ月動けなかったのです。腰髄を梯子段のかどで打つのはひどいことですよ、あれじゃ火事だと云っても逃げられませんものね。その昼間の話ですが、先方に鳥の料理を委して僕は店先で見ていましたが、自分の買った雉の胃袋からちょうどグリーンピースのような、いや、あれよりひと廻り大粒の濃緑色の木ノ実がたくさん出てきたのです」

「殺されて吊られているものの大写しが、私の心にも残っています。大鯉の殺された時に八方へ飛ぶ二センチ程の鱗を見たりすると身が震えましたし、煮魚の眼だって……あの眼に睨まれることとの想像によって食慾を失う事が、子供の頃によくありました」

「雉男がもう一人います。それは学校友達のお父さんでした。その紳士は時々猟に出かけることで夙くから僕の注意をひいていましたが、彼の二匹の洋犬、肩にした猟銃、薬莢がならんでいる革帯、これらと合せて、夕暮など出食わす折に、僕は、彼の腰の網袋に気を奪われていました。袋の中におしこまれている山鳩や雉は気の毒に窺えましたが、それよりも、そんな鳥共と共通するものがその人物の上に覚えられていたからです。彼は神主でしたが、それでいて鳥射ちをしていることについて、僕の父など批評していたようですが、そんなこととは別に、彼の身体つきには角張った箇所がなく、それに天神髭の感じも合わして、最初から鳥の印象がありましたが、そのうちに、或る刻限になると彼の冠が鳥の頭に変り、うしろに曳いている布が尾羽になるように、僕には思われ出したものです。といってそのまま巨きな鳥に変化するのでなく、なにか手頃な鳥に変るように考えられたのでした。本職のかりうどでないから、獲物はたぶん贈物にするか一家で食べてしまうのであろうが、そんなら彼らのウンコには鳥の肉が雑っているに相違ない……これがいつしか、いまは彼らの中身は殆んど鳥に入れ換っているのであるまいか？　になったのです。一度遠足の日に、僕は神主の息子に依頼されて、先方が急用で草叢の中へはいっていた間じゅうこちらで張番をつとめたことがあって、此時その友だちが卵を生んでいるように感じましたが、その父の方も実は人の居ない所では卵を生んでいるように思われ出したのです。或る人物の上に、人間でない者が化けているのだという考えをおしつけてよいならば、鳥を持ってくると不思議に当てはまるようですね。或る人の上に時あってほのめくうさん臭さについても同様です。若し某がもじもじするような、また呻吟する様子を示して、これがV事情にもP関係にも結びつけられない場合、A方面へ持って行けば一応の解釈は付くように思われます。お子供衆と婦人方はもともと下半身の専門家ですから、これにピンク色の玉子や薄緑色の卵の雰囲気があったとて何ら不思議はありませんが、成年男子の上にも同じ消息があって、彼らの挙動不審は、その現品はどんなものか判らないがともかく卵関係に出ているということに、僕は或る時に気付いたのでした。もっともAは鳥的で、つまり忍従的ですから大抵のことは引受ける……こちらが無理におッかぶせてしまうのかも知れませんがね」

「――毛を捲られて毛孔を露出している裸の鳥などに、こちらの方がよほど寒く感じたことが思い出されます。私の父は鉄砲射ちか魚釣かで時間を消しているような人柄で、家中はいつも何処とも知れぬ箇所から空気が洩れているような殺伐な雰囲気に置かれていたからです。それで物心がついてからも、孔雀のしっぽを見たりすると、そんな、死人の眼のような模様のある長い飾りを自身の下腹部に曳きずってみたいと思ったりしましたが、そうすれば尾を振ることも考えねばならず、いったい誰の為にそんな事をするのかと憂鬱な気分に鎖されました。ハイヒールとか、纏足とか、日本女性の結髪腰紐などがそれと並んで、婦人への性的拘束という意味を帯び出し、腰部の発達とかお臀を振るしなやかさとかいう優美への訓練を匿しているとしなければならないので、それで憂愁が結びつくのでしょう。鳥とか羽根とかには確かに原始的な情熱があって、アメリカインディアンなど女性本来の祖先を暗示しているようです。先生の云われる卵を抱いて、いる紳士連というのも、実はこのインディアン的羽根飾りを内部に蔵いこまざるを得なかった文化族の運命でないのでしょうか？　現代では精神の雛なんか育たない。卵はそのまま内部に置かれるの外なく、学問と芸術は男性的排卵の隘路であり、それも只粉砕された殻がちらつくだけなのだと……特に少し糞で汚れた卵は素敵です。あのノートルダムの四隅に坐っている怪獣が鳩の糞だらけになっている事には素晴らしいと思われるものがあります。若し私達がルクサンブルグを歩いていて頭上に牡蛎色の糞を受けたとしたら……東洋の客人の、いまは単に考えつつある質量に外ならぬ塑像性への恰好の贈物だとは云えないでしょうか？

ゴヤのエッチングに、首の細い、腹の膨れ上った老婆が、背に羽を生やしていながら眼鏡を掛けたりフロックコートをつけている小男らを摑えて、そのお臀に木の枝を挿込んでいるのがあります。これは何を表現しようとしたのか、私には俄に見当がつきませんでしたが、ゴヤは女性の上に或る種の畏怖を覚えていたのではないでしょうか？　彼が悶々の想いを抑えていた幻想的な日夜、男性にとってはAを刺されるという事が最も恥辱的であり、これをあえて行うのは女性中で最も厭わしく怖るべき者たる妖婆であろうと直観していたのではありませんか。大体男性の裡には女性に対する反感と惧れが存するはずで、メフィストフェレスに母の国へ行こうと誘われたファウスト博士の戦慄や、ストリンドベルヒの女性呪詛などに裏付けを見ますが、この理由は、彼等が等しく自然的作家であり、最後まで女性そのものから解放されていなかったせいだと私は見ます。

ところで芸術とは唯一の人工的、個性的ないとなみであり、自然的勢力から脱出すべく血みどろの格闘を本来的の性質としているものだと考えますが、したがって現代芸術の抽象化傾向にしても、歴史的必然に追いつめられた観念のあがきなどいう事とは全然別な消息だと思うのです。当面の題目に戻すと、優れた芸術家には例外なく同性愛的要素が見出されるというのは、同性愛が異性愛にくらべて、自然的羈絆の度合が少く、事情がより個性的であるからだと云えば、其処に芸術的秘密の一端を覗かせてくるのではないでしょうか？　鳥類の原始性はAとVがくッついている事にあるという点から、先生の云われるように、林檎の縦断面を藉りる事にしましょう——此場合、対位関係に置かれたP感覚とV感覚は即ち林檎の芯です。核は必ず果肉から取出され、地に落ちて次代の樹木とならねばならないという抵抗し難い自然的勢力を、その内部に秘めています。人体の場合も sex が意味する処は種族的平面的のそれであり、自然の功利性による厳重な監視下に置かれていますから、其処では個性的事情の介入が殆んど許されていない事実に気付かねばなりませんが、一体自然への順応とは人間の唯一の本格的任務ですから、片方に存する人間主体化による自然支配並びに、より陰影的なものとしての個人性を、いまの仕事に併立させねばならない。云い換えると、私達は性慾をも自然的状態から引上げて意識的所有にまで移そうという処までは確かに来ている。性科学という空虚な云い方だってつまりは其処を目指しているのでしょうし、また、幾多の疑念が懸けられるにせよ、益々細密化して行く各分野に於ける資料も一応取上げて含めてみるより外ない

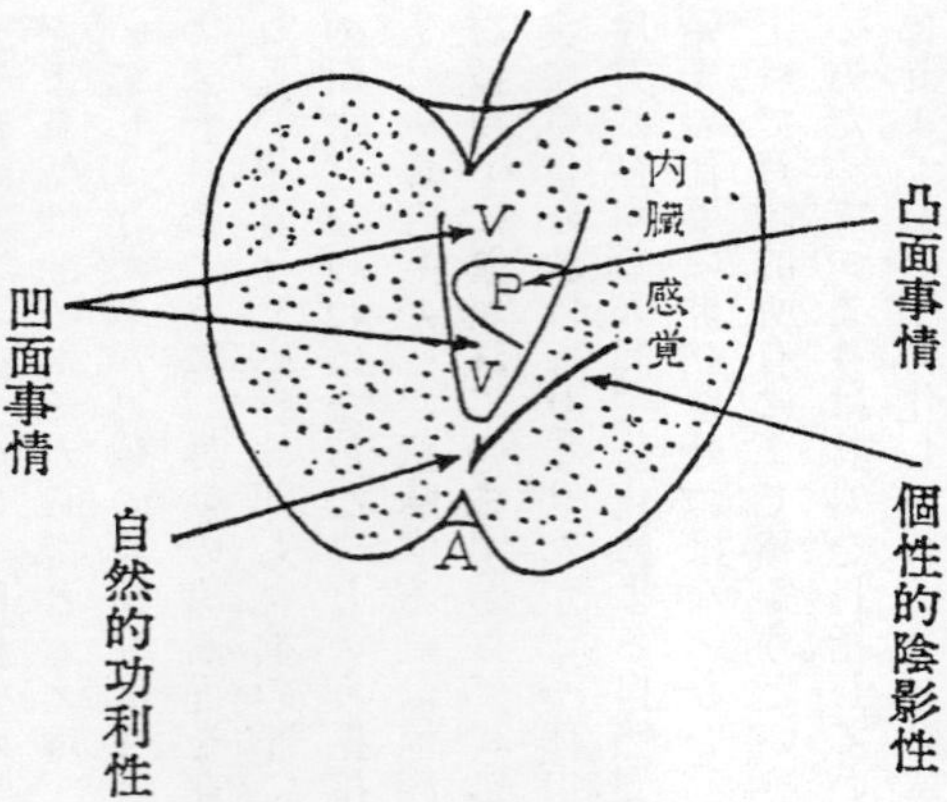

切なさに、私達が置かれている事も本当です。で、此処に初めて、P感覚並びにV感覚の始源としてのA感覚を、更にその奥の方の内臓感覚に結びつけねばならないという事が考えられます。女性のV感覚は凹んでいますけれど、注意すべきは、これは何ら内部的でも個性的でも無い。只Pが凸起として置かれた為に必然的に凹んだまでに過ぎなくて、女性最大の願望とも云うべき、それ自らで既に充足しつつある内部的愉悦を、V感覚は決して与えるものではないという一事にあります。V感覚の上には、必然的に自然を代表する社会の関心が集中している。即ち一箇のPと交渉を生じたVの上には社会的制約が加えられ、子孫の誕生を予想する全注目を引受けねばならないし、未だ何ら交渉を有しないVに対しては、多くの男性の獲得的追跡がかけられるか、あるいは一種の侮蔑を蒙り、恰も該女性の全身がVであるかのような扱いを受けざるを得なくしている……女性がいまだ曾て個性として扱われた事がないのはこれに依るので、彼女達の大多数はV自身の所有す

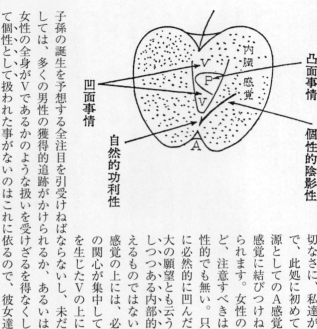

る最も美しいものである官能的倫理にもとづく恋愛、あるいは単なる性愛上の選択にすら決して恵まれてはいないこと、これは二十世紀後半期になってもなお全女性の普遍的悲劇だと云い得ます。V的快感とはこのような女性的窮状に対する余りにもささやかな贈物に過ぎないとすれば、自然的勢力の狡智の程も察しられようと云うもの……で、次のように申上げられます。自分は、何事をも否定して憚らぬイロニーの切っ先が若くして既に老い込んだ早熟児のように屡々我が胸奥でうごく味を知っていると。男性は、意識的であるかどうか、少くとも女性嫌悪の上に立つ男色を発見しているでしょう。これには明らかに自然的勢力からの脱出を目指す側面があることは、それが極めて個性的な人々の間にみとめられるという事実によっても察しられますが、事情を同じくするものとして、個性的女性の中にも或る種の男性嫌悪が存して、これが矢張り女子同性愛的境地を見つけて、等しく自然的分子の排除を計っているという事が云えます。で、この両同性愛を幾分自然的状態に引き戻し、A的男女交渉というような予想が得られますが、此処に来て初めて女性は社会の、いや子宮の監視を脱却して真の性開放を獲得すると共に、より内部な願望に向って進み得ると云えますけれど……もっともそれだけを独立させる事は危険でしょう。けれども同性愛を以て倒錯などと片付けるのは自らの凡庸の度にさえ気付かぬ連中であり、それが一箇の事例、しかも他動物間にも十分の裏づけがある具体性を備えたものである以上、どんなに複雑難解に窺えようとも敢て各自の想像力と解釈は賭けられるべきです。それは容易ならぬ垂直の道ではあろうが、かの相対的諸関係への阿諛迎合とはまた自ら類を異にすると言わねばなりません。フロイトについては、彼が sex に全人類的太古を結びつけて精神の力学を発見した事と、個人的セックスとしてはオーラルエロテーク及びアナスエロテークに気付いた事、この二つの点に私は感心していますが、一体ＶとＡとの共同孔を有つ哺乳動物の暗示によって、Ｖの始源としてのＡを発見し、ひいてＶの対象であるＰとの繋りが考え得られるならば、Ａよりも更に内部的なものとしての臓器感覚（そんな呼び方をしてよいなら）は一体どういう消息に置かれているのか、私は知りたいのです。Ａからの刺激として侵入出来るものに腸感覚が考えられますが、それから奥の内臓との連絡はどういう事になり、何処でその刺激の波紋が見失われるかという事は、女性特有の単なる性的関心からだけでも興味深い問題になってきます。実は私は、解剖学的には、口脣から肛門までを一連の管として外部、つまり皮膚面として取扱うというお話を聞いて、では内部とは何を指すかという疑問を其時から懐かせられ、其処に初めて消化器でも性器官でもない、いっそう隠密な消息にある他臓器という考えに出会っていますが、あの、手術を加えられる事が非常に好きな人々の中には、どうやらこの臓器感覚に触れられたいとの願望が存するのでないのでしょうか？　処でフロイトが若し解剖学的に過去を解釈する事によってＡを発見したのだとすれば、これを延長してＶとＡとＵ（尿道）のくっついた形に気付かねばならないはずですね。古代帝王の悪趣味など別としても、Urolagnia 程度ならわれわれにも判るようですし、それが一歩進んだ形で性的行為の中に取入れられるであろう事についても想像に難くはありませんが、この件を更に奥へ携えて入りこむと、かものはしにお目にかからねばなりません。これは一見極めて単純な状態に置かれているようですが、実はVもAもUも混線したままで発達を止められているところの、またとない複雑な状態にあって、ちょうど女性的悲劇としての存在そのものを示しているようで、可哀相です。この有機体が最大限に存在自身と密接し、その謎を担っているつらい姿に見えます……この考えを推し進めたら、生物的段階の頂上にある人間が発達の苦悩を以て初めて身の存在を証明しながら、何事かをより明らかにするべく宇宙的労務の供託を受けつつあるのだ、という感に打たれないわけにいきません」

「それじゃ、北方の帝を倏、南方の帝を忽、而して中央の帝を混沌と為す、というお話を知っていますか？　或る時、北帝と南帝が相談した。僕達には、眼、耳、鼻、おのおの二つ宛、口を合わして、都合七竅があるのに、中央帝には何にもついていない。ひとつ彼のために世話をしてやろうでないかと云って、混沌帝の上に毎日一ツずつ孔をあけて行ったところが、ちょうど七日目に混沌は死んでしまった！　——荘子に出ているのはこれだけですが、僕なら附加えますね。該事件のあとで、北と南はどうも余計なことをしたと思ったのみか、恐ろしい懊悩に捉われた。てれ臭さに臣下を退けて、ひとり眼を剝いたり舌を出したり、手足を章魚のようにくねらしたりすることで紛わしていたが、気が狂いそうになったので再び相談して、気懸りの一切を混沌帝忌日における奇妙な公開舞踊に托した。これが祭儀の始まりであると。若しもわれわれの上に、いまのような済まなさが出来したらどうするか？　一部始終は屋上から喇叭で衆人に告げられるか、神々に委任してしまわなければ甚だ危険ですね。呪文を唱えたり、塵払いのようなものを左右に打ち振ったりするのは、お互いに胸に蔵していたのでは人格分裂の惧れがある事柄を客観化して、負担を軽減するやり方だと僕は思っています。そこで、ゴヤの妖婆の木の枝ではありませんが、お尻に蠟燭を立てるということを僕は耳にしたことがあります。その蠟燭に火が点じられたら、これはやはり密儀でしょう。近ごろ、円光は、頭部のみでなく、手先にも懸るはずだとの意見がありますが、なるほどバビロン城のベルシャザル王の夜宴に現われて、燭台と相対する塗壁に物を書いて以来、手首から先の部分は少なからず無気味なものです。こんな手とは鳥類のつばさに相当するものでしょうが、手の巧みは頭脳の思考に通じているように思われます。円光を具える資格は十分です。お尻だってそうです。何故なら、此処は卵の故郷で、もともと忍苦の場でしたが、われわれが尻飾りのしっぽを失ってからはいっそう不幸な境遇におし遣られ、混沌帝のようでありながらなお一竅ゆえに悩んでいることの上には……たしかに蠟燭が献じられるべき価値があります。Ｖに対してはそういうわけに行きません。

　ＰＶ交渉にはどうも騙されたという感が伴いがちですが、これも貴女が云われるように、Ｖとは要するに裏返しになったＰであるとしたら、説明がつくようです。そしてこのＰとは、外部に取付けられた仮初の道具で、これへのサックであるところのＶと合わせて、どうも本来的なものだという気がしません。彼らは壁の手前に在るもので、如何に努力してもその壁面から突戻されるという点に、トリックにかかったという感が起るのでしょう。

女性側から云うならば、Vは男性的凸起の鞘に過ぎず、そこには子宮の監視が附纏っているとすれば、当然Vへの嫌悪は有り得るわけで、拒むべからずというあの尼僧間の掟だって、Vなど無くてはならぬものに属していない、という事情が裏面にあるからだと解釈されます。これを快楽面に移してみると、愛撫を徹底的ならしめる一つの可能性が予想されるわけで、これが快感の彼方に通じてもいるのだろうということになります。『恋愛とはひっきょうずるに皮膚の接触である』それにしても更に内部への要求があり、V感覚など退屈至極なものになってしまう境地があっても差支えない。だから僕は、いわゆる内的皮膚の一端である口唇部にあらゆる恋愛感情が集中しているという言葉は含蓄的だと思います。云わば其処は深淵の門戸で、肉体という精妙な受信機のアンテナの役目をしているからで、Oにおける接吻は、PV交渉よりもより内面的であるわけです。此処は無底ですからね。同じことが対蹠点にも云えます。何故なら、OA両者は御説のように人体というトランスの中軸管の両端で、云わば切口であり、感覚神経が密集し、此処における刺激反応による陰電子の流れは、より深奥部をアタックするであろうと想像されるからです。ペーターは『文芸復興』の中でダヴィンチの幼時を叙して、彼は派手な奇妙な縞柄の衣服を好み、活気ある馬を愛し、即興の歌を得意としたが、フローレンスの町を歩く時には鳥を買って籠から放してやることを喜びとしていたと書いていますが、これなんか玉子少年の典型です。だから、或る夜の夢に一羽の禿鷹が何処からともなく飛んできて、彼の脣をくちばしで頻りに突ツいたというのも十分に頷けます。フロイトがこれを取逃すはずはなく、早速ダヴィンチの後年の飛行機発明熱と結びつけていますが、若しそんな連絡を許すとすれば、この話の核心は当然対蹠点に存することになります。鷹は、飛行機の卵を生めよと云って、少年のＡ感覚を刺激したのに相違ありません。

フロイトは中欧のヒステリー患者のデータにもとづいたので、これを他の諸民族の上に及ぼしてみるには彼の年齢が許しませんでした。其後、リビドーの表われ方が文化の条件によってどう変るかが研究されつつあるようですが、こういう社会学的展開とは別に、われわれはもう一ぺんフロイトに立帰って、人体の元締である最も優しき二ケ所にもとづいた彼の造語、『口愛』と『肛門愛』の意義を考え直してみる必要があります。古代ギリシアでは学園でも練武所でも、子弟を、Ｖ的勢力から擁護する所に教育の眼目を置いていた。其後キリスト教の時代になって、Ａ的要素が排除され、ＰＶが平等とおかれた結果、一般の道徳的崩壊をまねき、殊に二十世紀にはいってからは破廉恥な印刷物映画等の拍車がかけられ、ごらんのようにＶの奴隷でしかない現代男性を氾濫させる始末になった。男性は本当は、かれらの存在喪失の度合を女性を物差として測らねばならないのだし、一方女性は、彼女が肉体を台にした伝統的存在獲得を男性の精神性を背景にして吟味する必要があるのに、いまや男性はＶにのしかかられ、女性には単なるＰ

としてしか男性を解し得ないようになっています。でも、クラフトエビングが夙に云う通り、『女性を魅するのは男性の肉体と云うよりはむしろ精神性で、それは文化と知的段階の発達するにつれて顕著となる』こうでなければなりません。で、VはPに、PはVへの回帰問題とは別に、われわれにはフロイトのアナスエロテークを中心に事態を考え直す必要があります。A感覚は僅かに幼少期に頭を擡げるのみで、そのまま再び暗黒裡に没して、只服飾上のヒップの線とか、スパンキングや笞刑の対象とか、諧謔のたね以上に、いっこう顧みられずにいるのですから」

「大衆には学芸咀嚼のいとまがなかったように――」

「その通り！　大部分の人々はA感覚についてなんら反省乃至実験の機会を与えられなかったのです」

われわれが来た方へ踵を返した時、宇治山の谷が次第に深まっている彼方に、アブストラクトの城塞めいた一対の送電塔が聳えているのに気が付いた。若しもあそこから、球と平行六面体の円柱から成った騎士がキュービズムの装甲馬に跨って出てくるのであれば、彼が携えている槍先にはどんな旗印をつけたらよいかになり、私は、それは魚の尾のように裂けた旗で、コバルトブルーの地に純白ないいいいそぎんちゃくはどうであろう、と答えた

　視よ抽象派の城頭たかく
　腔腸旗ぞ飜りぬ

3　春の鳥

私は三室戸の塔下で先生にお話したい事がありました。何故なら、塔は玩具のように可愛く、私の想いを暑気と瞑想の国土へ導いてゆくようだったからです。先生はあの塔の飾りについて、古代印度の野宴では鈴つきの網を樹間に張り繞らす習慣があったので、多分その辺からきているのだろうと云われましたが、あの時から、遠い東洋的故郷の歓楽のさまが、大層濃い蜜の香りを嗅ぐような懐しさを以て私の脳裡に浮んでいます。濃密な花の芳香とまことの故郷のような黒い蜜の味がするということは、云いかえると、官能的解釈を持ってしても仏教に近づけるという事です。あの塔の下では私はもう少し、鈴のある印度の歌舞の宴と、蓮華と、暑気と、苦悩すらがそこに加味された見事な肉体的解釈について語ってみたかったと、今になって思います。キリスト教の暗さにくらべて東方の幻覚が寛やかだったのは、肉体への慈悲が雫のように心情からこぼれ出しているからだとは云えませんか？　まるで存在そのものを抱き上げてくれるような肯定が、私に深度の高い官能的世界を想いやらせる……悉皆成仏とは有機体の最も独特な思想だ、という処までは私にも分ります。もっともこれは、最大の理性としての仏教が持っている論理的本流とはいささか別の、いわば救われる側に立った受動的理解ですが……

女性が子宮の監視から釈かれ真の性の開放を獲ると同時に、より内部的願望に向う事が出来るだろうと私は云いましたが、所詮は自然に帰属し順応せねばならない人間にとって、A的分子だけを独立させる事の危険はよく判っていますが、それにもかかわらず、われわれが真に所有したい文化とは個性自体を救うものでなければならないと私は考えています。この問題の手がかりを見せているのは実存主義で、其処でわれわれは初めて個人を目標にした時に出食わす絶対的観念と、共同体を対象にする場合に姿を見せる相対的歴史展望という二元論にぶッつかるわけですが、こんな西欧的思想的二命題の相剋は、いっそう先方にお委せしようとの考えになりがちです。

私達は東洋の思考にあって、例の個性的な小乗を所有します。永い伝統の隠者主義や政治に対する徹底的軽視等が、西欧思想による洗礼をこうむっているとは云え、それでも尚、実存主義的方向が今後受持たねばならない個人の場合の絶対的観念、及び全体の場に於ける相対的史観、この二つのうちの前者については既に一日の長を持っていると考えられるものがあるからです。印度式の思考はまるでうとうとして十分に官能的であり、それはむしろ肉体そのものを両手で掬いあげて蓮華の花びらの絶えず降りしきる境にそのまま横たえてくれるような、寛闊な趣きを含んでいます。これは一つに暑さによるのでしょうが、仏教には霊肉の分裂が殆んど見られませんね。先生は三室戸の山々について、何事かを耐えつつある山とおっしゃいましたが、そういう考え方の憂愁は東洋的思索の周辺には附きまとうているようであります……私は、故なくして泪が零れるような感情的緊迫をしばしば風景の印象から受取りますが、眼に映じる自然物中、展望的な風景への見解が極めて深刻であるわけは、東洋的伝統の紛れない一面であり、どうもわれわれ東洋人は風景から思想を学んでいるような処があります。けれどもそれだけ、西欧的思考に見られるような颯爽味と展開に欠けている……つまりガンジス河の真砂の数に喩えられる無量の仏達も皆一様に静坐したまま瞼を伏せ、如何様にも受取れる意味深長な微笑を湛えていられるだけで、ぎっしりと虚空を塡めている星屑と共に、そのまま静寂派《クエテシズム》の修行をされているような処があり、西欧流天使《ケルビム》の特徴である派手で荒々しい翼音が、そこには聞えない。東洋にも天人の羽衣があるけれど、これが羅物《うすもの》のたゆたうが如き緩やかさで、頭部に光輪を備えて羽を動かす西欧天使群のダンディにはとうてい及ばない……

西欧的思想が何故ああも騒々しいかという事は、彼等の考えが二元論的で、摩擦、軋轢、対立を免れないからで、その次第は統一的絶対を目指すキリスト教自体の霊肉分裂の点をかえりみても明らかでしょうが、この二元的対立である事があれら天使の颯爽とした羽振りのよさを生み出しているのではないかとも考えます。つまり絶体絶命の二元論の上に立つからこそ、西欧的男性はああも元気がよいので、どちら側に従くにせよ、最初から敵陣営の強さが確立しているような状態では、二元論止揚の旗印しを立てたところで、羽でも動かして威勢づけるより外に手がないのではないでしょうか。先生の云われる異物をお臀にさしこんだまま空中を辷る者こそ即ち天使群ではございません？　つまり天使を以て象徴される西欧的男性の姿が其処に彷彿しているわけだけれど。美々しく、悲壮好みの男性的悲劇はどうしても舞台を西洋に置かねばなりません。確かにあちらは、しなやかにして凜々しい若うどの俤を未だに宿していますものね。

降る雨に洗い晒され陽に焼かれ、黒くなりたるわれらが身かな、——こんな文句で始まるフランソワ＝ヴィヨンの詩があります。先生がお聞かせになった首括りは、雉の頸飾りのようなぴらぴらのついた広袖の青服で、たぶん花ざかりの樹間につり下げられていたのでしょうが、ヴィヨンの場合はどうやら裸らしく、鵲や烏共に眼玉をえぐり抜かれ、頰髭も眉毛も捲られ、指貫《ゆびぬき》のように鋭い嘴の痕をとどめて風のまにまに揺れているので、取りも直さず、あらゆる男性の普遍的願望を其処に暗示していると私は考えていますが、こんな吊られの揺曳にあって若しかお臀に異物を含ませられるという事になると……絶え間なく左右に向きを変えている動きがそのまま止って、もっと凄まじい、天を睨んで恨むような形相になる……確かに其処に或る種の真剣な表情が生じ、態度が前向きの積極性に転じるようです。これは、全体としての生を営みつつある人間にとっての最大の謎である個性感、あの林檎の図解中の果肉の秘密を端的に現わしているとでも申しましょうか、ともかく私には、そういう個性的な、半ば陶酔的であって凄絶な顔がほの見えます。云わば、あのゴーギャンの後年の自画像が一年毎にその趣きを凄愴にしているという事情に通じるのだ、と私は考えています。

先生は、女性に産科の手術台に上りたい願望があるように、男性には戦場で手製担架の上に載せられたい欲求があると云われましたが、それもつまりは、男性的マゾヒズムがそのように大掛りな背景を有つことを暗示するもので、この最大の例としては十字架上のキリストが控えて居り、聖性の秘密はどうやら世界苦悩を身証する事によって恍惚を得ようとする厖大な精神的企図を隠した上でのマゾヒズムだと云えましょう。あるいはこの事は、男性の性慾が単純反復的で、快感も只一箇所にのみ集中していて、女性の場合ほどに全体的震蕩も、太古宛らの存在的深度も、共々にそれ自体としては知っていないという事情に根ざすのでないかと考えられますし、したがって聖性の上に見られるところの、女性と友達になりたがる傾き……これは興味ある点で、たとえばキリスト教の場合でも女性達の果した役割、またフロイトの功績が、彼をして女性的データをたぐり寄せて存在内部を窺わしめた点にあることなど、私も常に考えているところです。

私は、一般人を以て女性と同種なのでなかろうかと考えることがありますが、それとて彼ら大衆に見られる実に鞏固なマゾヒズム的傾向に外なりません。——徹底的ニ遣ラレマシタとか、今度ハコタエマシタとか、好キナ様ニシテクレとか、人ヲドウスルツモリナノダとか、一ツ喜バシテ下サイとか、総てこんな云い方は何でしょう？　此種の言葉は通例、男の中の男たる同性の選手に対して媚びている同性愛的告白に外ならず、好んでこのような言辞を口に上す一般人（と呼ばれている男性達）は何者かと云えば、それはA的女性だと私は呼ぶに憚りません。そしてこれら一般化されたA的種族たる女性的大衆に対して、では真の男性とは何かと云えば、そこに始めて、学芸上の天才とか、権力者、宗教的傑出者、社会改造家、発明家、競技者、芸能的成功者、或る場合には、擬似英雄としての犯罪者や、贋詩人たる漂泊の徒などが登場してくることになります。

これはつまり肉体と智慧、肉体的美質者と先行的意識者の陳列であって、これら選手群と一般人との関係は、殆んど完全な心理的男色である。更にいわゆる知的女性にしても、実はV的官能が幾分抑制されて、先のA的女性たる一般男性の地位に接近しているまでのことに過ぎず、したがって彼女らは等しく真に男性的なるものとしての精神的P、云いかえると、心理的凸起とも云うべき男らしさに憧れています。こちらはかの官能的凸起に較べて、魅力としては遥か上位のものだと云わねばなりませんから……。

処で、このような男らしさは、常に彼等の言動に注目する全女性的要素の上に立っています。彼等が常に後向きになって、自分に従う者共を確かめながら極めてあやふやな一場の説教を試みなければならないのは、その事に依りますが、この次第は、手近に見られるあらゆる文化活動が一般人を獲得すべく如何に鎬を削っているかを省るだけで十分でしょう。先生の御説の如く、芸術家など正にその典型で、したがって魅力という得体の知れないものを売物にする理由もよく頷けます。

私は先生の飛行の哲理に感動を強いられたうちの一人ですが、それは、飛行という事が実に根本的な人間性を包括して居るという点に於いて特にそうなので、「原子力は形而上学的対象たり得る」とのハイデッガーの言に共感する以上、飛行機の出現は既に半世紀以上の昔に見えながら、実はいまなお根本的な人間思考を喚び醒まさざるを得ないと考えています。というのは、飛ぶという事ほど人間特に男性にとって根深い願望はなく、これを初めて実現したかに見える科学的飛行機は実は私達の真の願望とは凡そかけ離れたものであり、人類の頭脳的危険である科学技術の発達がそれ以来とみに危険性を明瞭にしてきたという事情がそこにあるからです。先生が最近『作家』に連載されましたエッセーに、フランスの鍛冶屋さんでしたか、ベスニエ氏が両手で櫂様の羽をかつぎ、両脚にその一対の柄を綱で括ってばたばたやっている挿絵がついていますが、私は、彼が全裸となって実験を試みている処に、万人共通の、即ち物質と精神がいまだ分離しない頃の飛行機への憧れを読むものですが、翼欲しさの想いはそれ以来徐々に物質的要素へ傾いて、現今のような金属性巨鳥《ロック》を生ましめてしまった……けれども獲得されたものが如何に詰らない、しかも大掛りな男児用玩具であるかを見破る為にどれ程の洞察力が要るでしょうか？　この問を説明するのに、私は何の躊躇もなく、飛行機の発達が或る段階まで来た時に当然として爆弾という投下物が案出されたという一事を持ち出しましょう。こうして眼下遥かに離れ行く地上、つまり対象化された世界へそれを投じる事を以て人間中の女系要素に或る種の抽象的関係づけを始めて、当方を驚異の念で仰がせることによって自己の存在不安を除去しようとした事には何の不思議もないと考えています。これは明らかに破壊的加虐としてその底辺に一般の被虐嗜好の呼応を持つところの男性文化の最悪部を示すものに外なりませんし、云うところの現代の危機もどうやら此辺に懸っているのではないかと思われますが、話はここにいま一度ベスニエ氏の素朴飛行術まで引戻したいという郷愁になるのは、当然すぎる事だと私は思っています。

先日『内部空間』についてちょっと話し合いましたが、リルケが、もはや取残された男性の意志に拘らず、今日は人間としての女性が現われようとする傾向があるという意味のことを云っているのは、存在への注目に外ならないと私は考えます。そして彼が特に見捨てられた女性の内部生活を想像して深い羨望に置かれているのも、現代男性が外部へ外部へと行動を重ねて其処に虚しい繋りを見るのみで、自ら存在喪失を招きながら女系的要素だとも云える『存在』を深く苦しめているに外ならないからではありませんか？「存在真理の住いは言葉《シュプラッヘ》である」先生にお聞きしたのでしたが、このハイデッガーの見解には私の心は共感を喚び起しました。つまり詩的思考とは、常に共通の足場にあって互いに異なる言語表現を採りつつ私達の最関心に向って自ら感受性を展き、同概念に向って等しく執するという事なのです。彼等と比肩し得ると云うのでなく、私も又彼等の『心情の空間《ヘルツェンスラウム》』や『世界内空間《ウエルトインネンラウム》』や『開かれたるもの《ダスオッフェネ》』を、世界内裡なる名で呼び始めていたのですから、この事についてひそかな喜びを持ちたいのです。

早春の一日、白痴の子が、ぼくは鳥だと云って崖の上から飛び降りて死にますが、この美しさは泪をこぼさせるではありませんか？　これは、蠟の雫で羽毛をとめた翼で海を渡ったイカルスに対するように、私には哀しい……独歩は、その小品に確かに春の鳥という題をつけていましたが、此処に見られるのは精神の翼に憧れる至純な感情の飛躍であり、魂を失った科学的人間の厚つかましさではないからです。先生は、メレジコフスキイが書いたダヴィンチの伝記小説中に、或るロシア人が翼ある先駆者童貞ヨハネの絵を見て、ダヴィンチの物質の翼と引き合わして沈思するくだりがあることを聞かされましたが、そのレオナルドは後年法王庁に招かれた時、天使のみが飛び得る空中を人間の手中に収めようとする野望を知られていたせいか、冷たいあしらいを受けねばならなかった……この事に私は近世的覚醒のデモーニッシュな人間恣意の悲劇を語るものとして同情を喚ぶけれど、私はそれとは別な意味に於いて、私達の天上的、精神的憧憬としての天使の羽ばたきの幻聴がもはや何処にも聴かれなくなったという事の上に、胸迫る嘆きを覚えずにいられません。どんなに嘲笑を招こうとも、敢て死なせた我子を忘れ難く想う母親の記憶力のように、既にひとたび色濃く着色された追憶としての見送りの感情が残されて来るのです。それは見失った俤を再び己が心に手繰り寄せ抱こうとする感情の激発によって、存在の深みに力動を導出するものと云えましょう。

　そして又、現代の女達は皆等しく、飛去ったまま彼女らを忘れ果てているかのような男性達の姿を見上げつつ恋うているとも考えますが、此処に附加えて置きたいのは、女性もまた単なる官能力のみに手頼る事なく、自己の心情を訓練し、存在の深みを自身に担う想いに捉えられない限りは、もはや女性と称えられるに値せず、それは只存在の泡沫となって自ら姿を消す軽薄さに止るだろうという事です。

　更に見過されない事として、例の二元論的対峙の絶景へと頭を突き入れている男性的悲劇と、その凄まじい谿谷の寂寥故に姿を見せている存在の深淵なる一つの相対的関係を此処に持ち出さずにいられません。先生は、『アスペクト』とは方位を持つ眺めを意味し、航空術の上にも用いられていると云われましたが、それなら、飛行に於いてその悲劇的性格を代表させ得る男性が、幾十世紀にかけて依然として眺め来った二元論的絶景をして、一つの方位ある眺め、即ち存在への愛にまで導いてもよい頃です。此処に初めて人間的相対である両性の協調が行われ、現代の心的空虚を通して底知らずに堕ちて行く人間的荒涼は男女共通の努力によってその間隙を狭め得るという……そんな通路が可能なのではないでしょうか？

　先生の今度のエッセーの主題は少年愛の形而上学にあるという事は知っていますが、けれども、同性愛が私達の注目を掻き立てるのは、その本質が翼への憧れと同じく、その飛躍的精神性の故である以上は、そしてこのような精神性が両性間にも恢復され得るとの見込が存する以上、あえて同性愛のみが感銘を喚ぶ必要はなかろうと考えます。そして私達をしてかくも魅了し来る精神性こそ、肉体的限界性を突破して快楽の波紋を全人格的に、否、未来過去一切を含む宏大無辺にまで引伸し得る唯一のものだと云い得ますし、ひとたび精神的魅力の味を知った者にとっては、それ以外のすべては二度と関心の対象にならないとも云えましょう。同性愛であれ異性愛であれ、私達の憧れはその都度都度に酸敗する果肉の寂しさを救う精神夢の華麗さにある……だから先生、先生のエッセーが純粋な感覚によって登りついている芸術的形而上学としての香気を保ち、早春の一日に飛び去ったまま再び還らざりし鳥の影を以て翳るが如き陰影を含む事を希みます……情熱の下層なる残忍すらが崇高への昇騰によって形而上学となり得るが如く、私達は自らが此身に担った詩的気質の謎を追うて、今もなお天翔る鳥の翻りゆく姿に深い

関心を寄せずにいられません。A・Y
現世始まって以来、水脈の如く
未だ現われざる薄ら明りの如く
この世を翳りつつ掠めゆくもの
その名を詩的気質と呼ぶもの
わが現身の核とでも云おうか

Ⅱ

『少年愛の美学』

はしがき

ラブレーについては、「大多数の人間が彼よりも低い水準にいたのでなければ、到底これ程の評判にはならなかったろう」という説があるそうだ。それは渡辺一夫博士の訳をちょっと見ただけで、私にも頷かれた。

バートンは、彼の英訳『千夜一夜』が物議をかもした時に云っている。「そもそも旧約聖書と千夜一夜と、ラブレーとを以て、天下の三代猥書となすと」これは南方熊楠翁の話だから、南方流ユーモアかも知れないが、しかし、大ざっぱに云えばそうなのかも知れない。でもラブレー風情がどうしてアラビアンナイト級であろうか？　凡そエロティシズム文学を書くに当っては、「時空の無限に関心を持つほどの心にあっては、その秘密な片すみにセックスの道徳が組織されているものだ」こうでなければならない。そうなのに、フランソワ・ラブレーといえば、いかにも坊主上りの医者らしい、悪達者なポルノグラフィーの作者で、ほとんど卑猥文学《スカトロジー》である。

――少年ガルガンチュワが、彼のお母さんの絹帽子やらハンカチやら、草の葉、藁屑《わらくず》、軟らかい鵞鳥《がちょう》の仔を用いてさえも、彼自身のお尻拭いをやってみて、それぞれの感覚効果についてお父さんに報告した。そういう箇所がラブレーの中にあることを草下英明君に教えられて、私には、かねて話に聞いていたフランス古典大家の真相が初めて見当づけられたのである。俗悪なお喋りに閉口しながらも、ともかく自分の研究に必要な部分を抽いて、先の論文中に使用した。

草下君は、幼年ガルガンチュワのお尻拭き実験を紹介したついでに、坐薬使用法について、彼の意見を述べた。あのカカオ脂を台にした挿入薬を「イチジクの実」に見立てて云うならば、一般に考えられるところとはあべこべに、尖った方をあとにした方が却ってうまく行くものだと。なるほど、銃弾的に持って行けば、ゴム環のように内外二重になってあそこに嵌《はま》っている横紋筋の収縮力が、坐薬の円錐面を圧迫して、外側へ辷らせることにもなろう。

此日どうしてこんな話題になったかと云うと、私は久しぶりに逢った草下君に向って、「君の痔の方は近ごろどうかね」とお見舞の言葉を述べたのだった。これがきっかけになって、客は、こちらは別に訊ねはしないのに、お湯屋の流し場における、彼の痒痔に対するガルガンチュワ的手当の件を持ち出して、「どうもあの時のA感覚には業《ごう》を感じますね」などと洩らしたのである。

私も又、かねて創作の題名として思いついていた『痔の記憶』を以て、応酬した。たとえばムソルグスキーの組曲に『展覧会の絵』というのがある。ヘンリー・ジェームズの小説『ねじの廻転』も題名としては同じ系列だ。ところで、日本人におなじみの痔疾について、僕にはどんな経験もない。ご当人はずいぶん辛くて憂鬱だそうであるが、でも痔というものは、淋病だの消渇《しょうかち》だのに較べると、ずっと高尚で、ユーモラスな処があるのでないか。いまのスラヴ作曲家の楽譜は、亡友の画家ハルトマンの十種の絵を旋律化したのだとの話であるが、ジェームズの小説は、子供たちにだけそれが見えるという風変りな幽霊事件である。僕の『痔の記憶』にも、痔のことは何も出てこないが、そこがつまり僕自身の“The turn of the Screw”なのだ。

――たとえば謡曲の、『花月』を、君は知っているか？　これは、九州彦山の麓の左衛門というのが、一子花月を天狗にさらわれてから、出家して回国中に、京都の清水寺の境内で我子にめぐり逢う話である。弓矢を携えた喝食《かっしき》すがたの花月がうたい出す詞につれて、彼が七ツの年に天狗に取られて遍歴した山々が、青いフィルムを繰るように覚束なく、しかもまざまざと展開する……これはどうか、これなら痔の記憶に加えてもよかろう。

――ある紳士が、自室の壁面に嵌《は》めこみの戸棚を作って、そのガラスの内部に、いろんな浣腸道具を蒐集しているのはどうか。『悪霊』に登場するキリーロフ氏は、その内側に赤い天鵞絨《びろうど》を張ったチーク材製の手匣《てばこ》の中に、素晴らしいピストルを二梃、これに薬莢及び火薬をそえて所持して、その手入れを何よりの愉しみにしている。ちょうどそのように、此処に各種の浣腸器を取り揃えて、拭いたり磨いたりしている人物がいて、彼は時に秘蔵品の中から幾本かを選び取って、肩から掛けるようになった革ケイスに入れ、反対側の肩先には大型魔法壜をつるして外出するが、何用があって何処へ出掛けるのかについては、誰も知らない。婦人科用具のコレクションよりも、浣腸器蒐集の方が洒落ていると君は思わないか？　いったい「男の中の男」の証拠は、ペデラスティ乃至ソドミーに対する彼の反応の度合によって示される。サド侯爵に依ると、ソドミーは父系的属性であって、これはもともと「母性憎悪」及び「女を享楽の具に供しては不可ない」という悲願に生れている。それは母系的権力と制度への反抗であり、同時に、永いあいだ犠牲になってきた父系のための復讐でもある。ソドミーは、彼にあっては、母胎内の窒息（女性的原理中の幽閉）からあまねく男性を解放する所以になっている。ダンディズムをエディポス複合の逆方向に認めるというのは、僕には賛成だ。何故ならば、A感覚はV感覚のように男性をして低下させない。堕落などという薄よごれた、女々しい概念は、そこには微塵もないからだ。

——ある大学図書館にそなえられた国語辞典の総てに亙って、特に「肛」の字だけに赤インキでアンダーラインされていることが、発見された。驚いて外国語辞典をしらべてみると、「肛」に相当する語がみんなそのようになっている。正門から走り出て、最寄りのブックストアに飛び込んで、棚から字引を抜いてみると、万事休す！　姉妹校へ電話で問い合わしたところが、先方も既に赤ライン引きである。

——ある大学教授が、時々思い出したように、彼のヒップポケットからハンカチを引張り出して、素早く顔面を拭う様子が変だった。たまたま逸名氏から、「彼の所持するハンカチは悉く婦人の居敷当ての盗用である」との投書があった。なおそれに附記して、「同教授はそれら布きれを一枚ずつ呉服の包紙中に蔵し、表に、吉野花子様おん居敷当。竜田くれない嬢……。更級月代夫人……。越路雪枝女史……等々と毛筆で記入して、うず高く自宅に隠匿しているが、別に〝桃枕〟と自ら命名する（その内部に何か仕掛があるらしい）ハート型ゴム製品の常用者でもある」云々。

草下君は眼をまんまるにして傾聴していたが、別に彼の見解は洩らさなかった。只帰りぎわに思い出したように、「浣腸マニアというのがあるそうですよ」と云っただけである。私は、新聞の家庭相談欄などで見受けるお医者の回答を、思い合わした。「浣腸は癖になりますから、なるべく避けた方がよいでしょう」これは洗滌マニアを指すのだろう、とひとりぎめにした。「多くの母親はみだりに赤ん坊の世話を焼きすぎる結果、子供に性感獲得の初期形態への強い執着を起させ、又、検温や浣腸を頻回行うことにより、肛門色情を亢進《こうしん》させることがある」先日、大阪少年鑑別所の若い医官から贈られた資料中に、私はそんなくだりを見付けた。しかしこのW・シュテッケル氏の言に引きずられたわけでない。また浣腸マニアにそそのかされたのでもなく、私は、「VでもPでもなくて、A相手が面白いのだな」とひとりごちた。

「想像力とは最も連結しがたいもの同士を繋ぐことを云い、意想外とは、常に通俗性を打破するイロニーの一形式である」これは、三田文学に、西脇順三郎が載せたシュールレアリズムに関するエッセイ中に憶えている文句だ。自分に、『ヒップを主題とする奇想曲』が書けないものかしら？　ジッドが『コリドン』のために文壇的地位を失いかけたようなことこそ、まさに文学者の面目ではないか。サド侯の夥《おびただ》しい著作は、そのすべてが「それ自ら読まるるを好まぬ本」に属していた。即ち危険文書として永久に闇に葬られようがための情熱によって書かれたということを、銘記すべきである。「無限に意味深い作品とは、消滅すること——人間としての痕跡を残さないで雲霧消散してしまうことへの作者の欲望になるのではなかろうか」（マルキ・ド・サド）

「何か他の点（たとえば社会的、倫理的な点）で精神的に異常な人ほど性生活は規則的であり、他の点で並の人は性生活において異常なことが多い」とフロイトが云っている。私の今回の文章は前者のために書くのであるが、より多く後者の参考にならせたいとも願っている。それとも、主として後者のためにペンを執るが、前者に何事か寄与する処があればいい、と云い直した方が適当であろうか。

第一章　幼少年的ヒップナイド

洛東のさる名寺における春宵のつどいに、広間に伸べられた大幅な国宝絵巻物を前にして、お客様一同が吐息をついた。坊間の春本やヌード写真類が俄かに色褪せて、ごみ屑のようなものに一変してしまったからだ。

その巻物は、年のころ十四、五歳の臈たけた稚児が紋紗の水干の胸ひもを解き、指貫を脱ぎ棄てて行く処に始まっている。若草の匂いがする裸身が湯あみして、次にそこに用意された火桶に跨がることによって、下半身部が隅々まで暖められ、炷物《たきもの》で薫じられる。いずれの場面も、白桃のようなお尻を見せたうしろ姿である。いよいよという処は、同じくスケッチ風の淡々とした筆致で、後朝《きぬぎぬ》の和歌が添えられて終り！　尤も原本はこういう挿話のシリーズで、そのうちの一つを模写したのだということであったが、閲覧者の大学教授やら、画伯やら、お医者やら、新聞記者やら、各自に恃《たの》むところがあった連中だけに、この不思議な、後味のよい、何のねばりつくものもない、しかも余韻がいつまでも味わい続けられるような、いわゆる「ラヴシーン」など既に問題とは成り得ない、僧院版の「うしろ向きのエロティシズム」の香気に打たれて、暫くのあいだ言葉を発することが出来なかった。もはや恋愛的エロスなどは、つばさを失ったセルロイドのキューピットでしかなかったから。

日本の秘巻——

醍醐三宝院蔵『稚児之草子』は、伝鳥羽僧正筆となっているが、実はそれから二百年もあと、兼好法師が御室にいた頃、仁和寺の宅磨派の巨匠、印玄阿闍梨によって描かれたものである。この絵巻物が完成した元亨元年（1321）、画家は四十四歳、兼好は三十九歳であった。

こういう雅びやかな、喩えば紅と緑の入りまじったもみじ葉のようなものは、西洋の同性愛系列中には見当らない。近い例では、青年ジッドが、アルゼリアの旅先でオスカー・ワイルドによって紹介された笛吹童子がある。オリーブがかった鳶《とび》色の肌のアラビア少年は、ジッドをして、「今まで内心で抵抗していたものが実は我身の誇りであった」ことを自覚させた。五回の愛撫もまだ物足りないフェヴァリットであった。また、トーマス・マンが『ヴェニスに死す』において取扱っているのは、まるで『古今著聞集』や『沙石集』中の挿話のように純粋である。これらは、僧院における聖歌隊的対象と合わして、西洋にはめずらしいボーイ・ソプラノの部分である。両者は、西洋における「中世的少年愛」の残照として解されるが、ハープトマンの『希臘《ギリシヤ》紀行』中にうかがわれる一情景なども、やはりそうである。

古代ではどうであったか知らないが、十五世紀の南仏ティフォージュ城のあるじがMordlust（殺人淫楽）の対象にしたのは、遠方から拐《かど》わかしてきた児童らであった。無慮数百名と伝えられるこれらいけにえは、その小さな肢体をばらばらにされて、臓物は聖体台の上に載せられた。第一次大戦直後、ハノーヴァの肉屋フリッツ・ハールマンの大俎板の上で腸詰の材料にされたのは、大旨十二歳から十七歳までの男児で、総数二十八名と記録されている。でも一つに、前者は「血の弥撒《ミサ》」の供物だった。後者は、加害者自身がその肉を食べ、残りはソーセージにして販売するという間接目的が含まれていた。それにこの二件は、千年に一度見られるかどうかも判らない悪夢に属する。

例外は別として、西洋の同性愛的雰囲気は、（ギリシア＝ローマの練武場、競技場、公衆浴場の伝統を持つだけあって）きわめて神経の荒い、ランボオのいわゆる「糞まみれの雑魚寝」あるいはジュネの自伝小説にあるような、レスリング的な官能世界である。あちらには、「いはでの山の岩つつじ、いはねばこそ」の趣きがない。誓紙を交わし、指を切り、爪をはぐ心意気も見当らない。ビザンチンの美少年アンチノースは、奴隷の身分からあえてハドリアヌス帝の侍童を買って出たが、これだって、我国の念若の誓約、腕股を（刀で）引くというのとは異っている。亡き稚児が春毎に鶯になって、軒端の梅の木にやってくるという細やかさもない。くらやみで口うつしに吸い取った麦飯のつぶを、少年の糸切歯だと早合点して、「あなうたて！」とばかり馳せ帰る法師の諧謔味も、西洋には見られない。月が南に廻った刻限、唐牆《からがき》の戸をあけ、蛍を入れた魚脳提燈を持った小童を先に立てて、水干姿の少年が忍んでくるような……明方の月、西より隈なく射入りたれば、寝乱れ髪のはら〳〵と懸りたるはづれより眉の匂ほけやかに、ほのかなるかほばせの思ひは色深く見えたるさま、別れて後の面影も又逢までを待つほどの命あるべしとも覚えず（秋夜長物語）……心の中は最上川。上れば下る稲舟の。いなに非ざる粧は。譬んかたも梨の木の。花に湿ふ春雨や。軒の玉水音繁く。人も静まる折なれば。清家今は堪らへ兼ね。風に柳のよられつる。風情に似たる三五郎を。ただ後よりじつとだき。燈ふつと吹き消せば。闇はあやなし梅の花。袖に匂の馨り来て。色こそ見えね夜の雨。窓打のみ音ぞして。静まりかへる小座の内。思ひもつれし恋の名を。掛けてぞ解くる雪の肌。（賤のおだまき）云い換えると、京都の大寺の薄暗い書院で朱べりの畳を踏んだり、回廊を渡ったり、由緒ある庭園の片すみに佇んだり、あるいはまた最寄の城址で矢狭間《やざま》がならんだ城壁を仰いだりする時に、さながら野外テーブルのおもてを掠めた小鳥の影のように、われわれの脳裡に閃く何いうともない気懸りこそ、「衆道」のTradition であり、Authenticity だと私は思う。西洋にもきっと、そういう「香を炷《た》いて少年を愛惜する」に匹敵する境地はあることに相違ないが、遺憾ながらわれわれには知ることが出来ない。

腕股ひきやうの事――

ひき様口伝といへば。腕をひくときは弓いるときのごとく手をのばして。腕のうはつらえなりたる方を、少しそとのかたへ寄せてひく也。少しもうちの方へよれば筋を断ちいたむなり。よく〳〵もみさすり。やはらげて。ひかんと思ふ所の上皮をつまみて若衆にもたせてひく也。つまみ上げたるをあさくひくべし。ちと深きと思へば。手をはなしてみれば分量よりは底へ深きもの也。若又即座に自身ひく時はなる程手のうちをかろく。底をあさくほそ長にひくべし。むかひえ只一引にする法也。かへし刀とて後へひきもどすは不吉也。ぎようさんきらふ事也。股《もも》をひくも右に同じことはり也。本筋は底にあり。血脈の血筋は上に有るものなれば、かねて其意《こころ》得《え》専一也。ひかんと思ふ事。前より覚悟あらば杉原をよくもみて。おゝくほゝちにやきて懐中して疵につけべし。血おゝく出るものなれば。つねの血止にてはとどめがたき也。但のまでかなはずはひかえべし。酒の上にての心中は血とまりかねる也。

(貞享四年板・男色十寸鏡)

『青い花』の著者は、貴族性の特徴について、「それはにぶさを奪うことだ」と定義している。『あべこべに』の作者ユイスマンが、前記ジル・ド・レエ侯のサディズムに傾倒したのも尤もである。ティフォージュ城には祈禱師が集められ、城主は、総計五百名にも上る幼少年の手首や、足や、内臓を、順次に玻璃《はり》のうつわに盛って、黒弥撒の聖体台に載せているからだ。ソドミーは、少年愛において窮まる。何故なら、絹と香料の雰囲気に囲繞《いじょう》されるに及んで、その無慙《むざん》、たわいなさ、悔恨等々は、比較するもののない高次の燃焼に導かれるように思われるからである。

ナポレオン一世は、さすがに美女の嘆願使節を持てあまして、「おくさん、どうか先ずお掛け下さい」と椅子を示すのを常とした。そこで、相手が腰をおろしたならば、もうこちらの勝だ。先方も只の人間であることが、そこに証明されたからである。これに反して、坐らなかったならば、彼は非常に困った。相手の優雅はいや増るからである。このように、「優美」とは、云わば、御飯も食べなければトイレにも用が無いというように見せかけることの上に懸っている。中世紀の西欧宮殿には手洗いがなかった、というのがそれだ。貴婦人らはめいめいに秘密に、（例えば庭園の茂みとか、吸収率のよい蒲団を載せた盆とかを）工夫しなければならなかったが、そのために、却って、ライプリッヒな事柄が拒否的に顕示される結果になる。エロティシズムという錯乱に堪えるためには、「美」あるいは「若さ」をのけて、他のものは無力なのだ。女性一般に見られるあの落ちつき（取澄し）は、「もしそうでなかったら性的不利を招く」が、彼女らによく判っているからである。この事情が、西鶴のいわゆる「野郎もてあそびは散りかかる花の下に狼の臥したる風情」の男色の場合では特に重要なものになってくる。ここでは、スキャンダルに対する保証が、「結婚」などいう生ぬるい事柄の上におかれていない。それは、君寵《くんちょう》、師弟、腕股を裂く盟約等々にあるから、優美も広範に且つ尖鋭にならないわけに行かない。春画における頭髪、衣服、調度、築山等々の細やかな筆致が、優美の効果を狙ったものであることは云う迄もないが、それがいったん非情の火器、武具、医療器具にもなると、それぞれに一点の塵をもとどめないように手入れされていなければならない。何故なら、もしそうでなかったら到底取っつかれる対象ではないからである。「悲哀は淫心をそそる」（太宰春台）これも一つに、真面目さが顔容を整えるからであろう。春画には原則として笑い顔が厳禁である。この場合は笑いが醜で、愁いが美として解釈されている。「幸福は色気を減殺するが、不幸はそうでない」ということにもなろう。「義理」もまたこんな優美術の一つで、それが時宜に叶った場合にもたらされる色情的効果には、侮ることの出来ないものがあった筈である。

宗教的優美の例としては、「つとめて快適なことを避ける」が挙げられる。もしもお釈迦様やキリストがお湯に浸って髯を剃るようなことがあったら、信用は台なしだ。からだを洗うことすらも此処では禁物である。「五穀は血を腐らせるの毒」（弘法大師・三教指帰）この言葉には食欲の煩わしさがよく示されている。だから、椀中の白飯を蛆《うじ》に見立てる天台の観相など、代表的なダンディズムである。私も、ご馳走の席の天井に、巨大な蜘蛛のようにひっかかっている、眼窩のうつろな、鼻のへっこんだ先生を感じることがしばしばである。「味覚は劣等感覚である」（ヘーゲル）

黒弥撒及び魔術の儀式のたべものは、一切塩抜きだというが、日本には「塩断ち」があある。どんな調味料も薬味も持っていない点に、動物たちの生来的なダンディズムがある。

女性は時間と共に円熟する。しかし少年の命は夏の一日である。それは「花前半日」であって、次回はすでに葉桜である。原則的には、彼が青年期へ足をかけ、ペニス臭くなったらもうおしまいである。その時彼は「小型の大人」であり、朝顔の前の夕日で、「小人《しようにん》」ではないからだ。少女と相語ることには、あるいは生涯的伴侶が内包されているが、少年と語らうのは、常に「此処に究まる」境地であり、「今日を限り」のものである。それは、麦の青、夕暮時の永遠的薄明、明方の薔薇紅で、当人が幼年期を脱し、しかもP意識の捕虜にならないという、きわどい一時期におかれている。云わば薹《とう》が立つまでの話である。声変りと共にそろそろ形が崩れてくる。「いつ迄も此ままの児子ならば目出たかるべし、若衆と庭木と大きにならぬものならばと、物ずきのよき遠州も申されしとなり」(男色大鑑巻五)

ところで、たとえば女性の初花を十二、三歳の上に選ぶというような贅沢は、昔の大名とか将軍とかでない限りは許されない。それに又、異性愛は広き門である。たとい理想的なベターハーフを獲ることはこの地上では絶望であるにしても、ともかく相手は何処にでもいる。環境についての顧慮は不要だし、なお何人にも先刻了解ずみの事柄に属する。それに反して、少年愛はきわめて狭き門である。「教師や監督者の中に小児を性的に誘惑する者が非常に多いのは、その好機会が与えられているという理由だけによって説明される」フロイトが述べているように、ある境位に恵まれない限り、何とも手の打ち様のないものである。初めに挙げた絵巻物の人物が雲中高貴に属し、その手廻り品として有職故実《ゆうそくこじつ》の調度が見られるように、少年愛は経済的背景と教養とに多大のつながりを持っている。それは開化につれて、次第に市民間に伝播《でんぱ》して行く。そうではあるが、宮廷とか僧院とか、武家とかを中心とする少年愛的雰囲気に身をおくのでなければ、此種の本能は呼び醒まされない。少年愛に目ざめるためには特権階級に身を置く必要があった。フロイトは、上流社会に同性愛が多い理由として、「男性の召使いによって幼少年の世話が見られることが主要原因であろう」と云っているが、上達部《かんだちべ》、もののふ、法師階級における精神的基礎も挙げられる筈である。でもなかったら、この特種な心理分野に必然的にともなう「不安」に堪えることが出来ない。現今でも田舎では、人的資源に関係を持つ異性愛だけが取上げられていて、同性愛に対して何の反応も示されていない事実は、ちょうど彼らの外国映画に対する無関心にも似たものがある。

さらに又、あらゆる女性は、潜在的には美女の資格がある。女はだれでも「女」に相違ないからだ。女性は模型自然だと云えるが、美景が滅多にないように美女も到って稀である。しかし庭木や鉢植が同じ模型自然に属している限り、別に素敵な美女でなくともわれわれを十分に愉しませてくれる。で、「まず差支えない」と云うことになる。少年ではそういう具合に行かない。先方が別に待機しているわけでなく、実に根気の要る開発であるからだ。それに少年愛を「美道」とも呼ぶように、相手は「美少年」でなければならない。美少年とはこの場合、「他者の裡に再発見したナルシシズム的対象のことだ」と云っておこう。それにしても、少年らはその総てが美少年なのでは決してない。YWCAは紛れもなく「V群」ではあるが、YMCAやボーイ・スカウトは只そのままとしては「A群」だとは云いかねるのである。

腕白、ぼっちゃん、小僧、ちんぴら、キッド、カップ、兎《ラパーン》等々の概念を別に斥けるわけでないが、ここに云う「少年」乃至「美少年」にはなお別のカテゴリーが必要である。柳腰というものが、元来は若衆の「ほそやかなる腰の辺りの模倣」に出ていることを指摘したのは、三田村鳶魚だったと思うが、『江戸から東京へ』(矢田插雲)の中には、次のような話が出ていた。さる高名な国学者とか儒者とかが、たまたま一夕招かれた宴席で、酒つぎ役に呼ばれていた「蔭間《かげま》」に眼をとめ、愕然として、「あれは何者か」との問いを発したというのだ。さすがに老先生は、自身が学問道徳という男性ダンディズムの一方の旗がしらであっただけに、孌童《れんどう》の美を、その本質的部分において感じ取ったのだと思われる。こういうわけで、「浮世の外の欲心」をそそるためには、只の可愛らしさとか凜々しさとかでは不十分である。云わば、「誰にか見せん梅の花」の粋がそこにほのめいているのでなければ、美少年だとは云えない。あの浮世絵に見るアルバイト少年の脇差も、一つにこの梅の花の心意気を暗示しようがために他ならない。だから、たとえば身体つきにしても、柔道型でなく、剣道型でなければならない。明治には白襟のじゅばん、寒中にも素足というのが流行した。学習院ではコルセットが用いられたりした。毛糸の腹巻などは以てのほかである。往時の若衆は、寝顔を念者に見せるのをいやがったと云う。「見るからに誰をも心を悩ますは、かたちは余りすぐれねど、身持やさしくはなやかに、心気高くおほやうに、手足のはづれ美しく、常に空焼きたきしめて、身をも髪をもにほやかに、ふりも心も人なれて、心にあふもあはぬをも、あい〳〵としておとなしく、月を哀れみ花ながめ、たゞ何事もいろふかく、おもひ入りたる人をこそ」（宗祇法師・若衆短歌）

カイゼル・ウィルヘルム二世は、指のきれいな女性が特に好きだった。ダ・ヴィンチは女のように優しい手を持ちながら、蹄鉄をも自由にねじ曲げたと云う。海水浴場の少年漁りに、先方の「眼の澄み方」を標準にするということがある。野球のための発育過多で、シャボテンのようになった手の持主なんか、瞳の濁りと同様に、先ずは失格である。「身をも清めずかねつけず、楊子つかはずむざ〳〵と、物知り顔のりこうして、そら歌唄ひうそぶきて、賤しき子供と伴ひて、それに倣へばいふ事も何かやさしきことあらん」（若衆短歌）

大小稚児利鈍の事——

天正八年春、貞安、安土城へ出仕、信長は「世間多く小ちごを利口に、大ちごをおろかのように言うのはどんなものだろう。小さい時に利発ならば大きくなるほど増々利発になる筈だが」貞安「陽道が近くなるせいでしょうか」嵯峨の策彦和尚というのに問われると、「愚僧もそうだと思います。小ちごはまだ里心があるから武家の利発、不覚、身にも心にもつきそうていますが、すでに寺に馴染むと長袖のぬるい振舞を見馴れ聞馴れて、横着になるからではないでしょうか」信長殊の他満足して、「尤もの答じゃ。出家にもそれ〳〵気質がある。佐久間の家来は大たいしとやかで分別もありそう。滝川は士風がきっちりしていて大夫にあるようだし、柴田はどこかむたいにおし破りそうなり」（戯言養気集）

美少年の美とは、（美的美女の場合と同様に）「不幸に運命づけられた者のみに賦与された特権」とでも云いたい或物である。たとえば「家族伝説」的なもの、即ち養父母関係、腹ちがい、人質、孤児、身許不詳等々が、その条件である。それというのも、そうなって初めて、絶対少年的な雰囲気が生じてくるからである。勿論、白天鵞絨の半ズボン服にイートン・カラーをつけたジューニアだとか、前張の袴をつけて杉目の扇を携えた上童とか、藤色の小袖に朱鞘を差したお小姓とかになると、もうそのままで絶対少年である。しかし、こういう「花咲きがたき梅」（大伴家持・万葉集巻第四・藤原朝臣久須麻呂に寄せる）を向うに廻して、「春風のおとにし出なば有りさりて今ならずとも君がまに〳〵」などやっていた日には、こちらが擦りへってしまう。それこそ「ヴェニスにて死す」だ。少年の美はいかにも「危険の無い色気」ではあるが、同時に、女性美に増さるとも劣らない命取りでもある。「衆道の極意は死ぬことに候」『葉隠』が云っているのもそこである。「美を見たる者、その心、死の手に捉われたれば、もはや浮世のわざには適すまじ」」（プラーテン伯爵）が、この場合ほどにぴったりすることはない。では、成功した場合はどうなるか？　弁の君とついに相思う仲になった法師大輔は、閨《ねや》に散らばった少年の髪の毛を掻き集め、懐紙に包んで喜んでいたが、嬉しさの余りわずか七日目に世を去り、弁昌信も又歎きの床に臥して、これも十五歳を一期として念人の跡を追った。（弁の草紙）もしも先方が複数であった場合には、「慶長十八年八月二十五日、浅野紀伊守幸長、衆道を好みて疾を致して卒す」（徳川十五代史第一篇）

なお、V感覚は常に待機しているが、A感覚はそんなわけのもので決してない。このことも心得ておかねばならない。これの開発に当っては、並々ならぬ根気が要請されるが、それとて大旨は挫折に終る。古い文献にも、「すばり」（不能）という言葉が随所に見付かるなどが、その一例である。男色は（女色とは異って）悲劇的要素は含まれていないと云われているにも拘らず、その内実は悲喜劇である。同時に置き場所に困る恋愛でもある。「とても若衆と仏壇とは置き所のないのはお定りじゃ」（明和六、略縁起出家形気巻二）アテネのパウサニアスが、少年愛を阻止する法律が与えられるように要求したのは無理もないことで、彼は、当事者がそれによって無駄な恋の骨折りに時間と労力とを尽すことを惧《おそ》れたのである。で、まずまずという処で我慢しなければならないことになる。これとていざ徹底しようとなると、いきおい比較的年長の、しかもアルバイト的存在を選ばないわけに行かない。たとえば『春の目ざめ』劇の上演に当って、巴旦杏《はたんきょう》のようなお臀《しり》を持った十四、五歳の少年少女を使ったら効果的だろうと考えられるが、それでは変梃《へんてこ》な学芸会余興に堕する惧れがあるので、ひねくれた、薹《とう》の立ちすぎた半ズボンや襞《ひだ》スカートたちが登場することになる。それに、A感覚的真相に気付くには、どうしても十七、八歳にはなっていなければならぬという事情もあって、とにもかくにも「盛りの花の散らない限りは」が採択される。これが戦国時代などに、二十二、三歳まで元服を許さず、「大若衆」としてとめおかれた理由であろう。「橋立の松のふぐりも入海の波もてぬらす文殊しりかな」（醒睡笑巻五）

昔ならば、京阪地方で買い取られた弱年者が、道中の雲助にそなえて顔に鍋墨を塗られ、江戸へ連れて行かれて、いわゆる「陰子《かげこ》」として仕込まれ、「桜の枝にビードロをぶら下げたような色若衆」が出来上る。これとて顧客がつくのは二十歳近くになったと云う。今日では誰も「子供宿」に抱えられているわけでない、自由職業であるから、ますます年増に傾く一方である。これが、「人はたゞ十二三より十五六さかり過ぐれば花に山風」の理解はありながら、暮夜ひそかに場末の木賃ホテル風のゲイ・ハウスに出入する名士らがある所以である。ジッドですら、アルゼリアまで出かけねばならなかった。でなかったら、いったん酔が廻って、「同性ならば見さかいなく」にもなりかねない。

「久堅のあめにしてはすばる星、あまのはしだてにては文殊しりよりはじまり、あらがねのつちにしては、弘法大師よりぞおこりける。千早ぶる神代には、しりのあなもひろからず堅固にして、人の心も出がたかりけらし、人の世となりて弘法大師より三束あまり一つぶみはいれける。かくこそ穴をめで、ねづみをうらやみ、ふのりをあはれみ、つばをかなしむ心、ことわざおほくさま〴〵にありける云々」（古今若衆序・細川玄旨法印幽斎）

「この殿（関白藤原家永）若くおはします頃は、女にもむつまじくおはしまして、この右大臣殿（経忠）などもいでき給ひける、中頃よりは男をのみ御傍にふせ給ひて、法師の児《ちご》のやうにかたらひ給ひつゝ、ひとりふたりづゝ、いと花やかに時めかし給ふ事けしからざりき、左兵衛督忠朝といふ人もかぎりなく御おぼえにして、七八年ほどいとめでたかりしが、時すぎてその後は、成定といふ諸大夫いみじかりき、この頃は、又隠岐守頼基といふもの、童なりし程よりいたくまとはし給ひて、きのふけふまでの御召人なれば、御ぐしおろすにもやがて御供仕まつりけり、病おもらせ給ふほども、夜昼御傍はなたずつかはせ給ふ、既にかぎりになり給へる時、この入道（頼基）も御後にさぶらふに、よりかかり給ひながら、きと御覧じかへして、あはれもろともにいでゆく道ならば嬉しかりなむ、と宣ひもはてぬに御息とまりぬ、右大臣殿も御前にさぶらはせ給ふ、かくいみじき御気色にて果て給ひぬるを心うしとおぼされたり、さてその後かの頼基入道も病づきて、あと枕も知らずまどひながら、常は人にかしこまるけしきに衣ひきかけなどしつゝ、やがて参り侍る〳〵、とひとりごちつゝ、程なくうせぬ、粟田の関白のかくれ給ひし後、夢見ずとなげきし者

の心ちぞする、故殿のさばかり思されたりしかば、とりたまふなめりとぞいみじがりあへりし」（増鏡第十六・秋のみ山）

いとし若衆と小鼓は
締めつゆるめつ調べつつ
寝入らぬ前《さき》に
なるかならぬか
なるかならぬか　（元禄十六年板・松の葉）

すばり——

「よしくもれくもらば月の名や立たんわが身一人の秋ならばこそ」「咲きかねる梅花の口やすばる星」「明月やなほちぢけたり昴星」

よしすばれすばらば若衆名や立たん我身一人のすきならばこそ（醒睡笑）

窄《すぼり》は、つまり細いウンコの出るお尻のことである。又、窄乾《すぼりかわき》と云って、無心の若衆の上にも用いられる。「すばり若衆は寝ざめに寝る」文殊しりはすばりとは反対に、張りのいい、太いウンコを出すお尻を云う。私は又、幼時、父が小鼓の調べをととのえるために、裏皮に細長い紙片をツバで濡らして貼り付けたり、表皮のうらに大小の丸い革きれを張り付けたりして苦心しているのを見てたので、その調節の面倒臭さをよく知っている。

戦前では浅草うらの「砂川」「松葉」京橋の「八百安」今ではゲイ・ホテルは全都に散らばっている。しかし「プロお断り」というのもある。三行広告「少年と紳士随時交際会員募集」「招児科」(小児科)などという組織が、それである。プロは「少年」とは云えないからだ。パンフレットに曰く、「令息を、あるいは又令弟を失われたとか、又は令弟令息がない等々の事情で少年を欲しているが、さてとなると適当なタイプがいない。いても声をかけるわけに行かない。そうした紳士諸賢を満足させて差上るため云々」

問「此頃の人々のいろ〳〵沙汰しても遊び給ふ若衆狂ひといふ事は、何を以て風流となしたまふや。

答「心の情を花として、互の思ひ入り深きをもつて風流とす。

問「此道を若きより好かで遂にその心を知らず。いまだ六七十に至るまで、人の上をよくみるに、たゞ尻のしたしきのみと思ふはひが事にや候らん。

答「かつてそれにては非ず。一とせ二とせの中にも、僅か一ど二ど、あるひは一どもなき事あり。されどもその事を思はず、ただ心ばかり情なり。

問「心の情ばかりを風流の花とせば、互に年寄、命の終るまでも言ひかはし、事たがはず親しかるべきに、必ず此道の知音、末を遂げて仲のよきは稀なり。品かはり肌こはごはしくなれば、心に秋風立ちて、いはれぬ恨みなどいひいで、はては物をも言はずなりて、行ききもたえだえになり。されば年若き時ばかりの物と見ゆるは、たゞいかにもして、やはらかなる時の尻ばかりなるべし。その事をいはず、よき様にとりなしていふなるべし。野山、四阿、舟のうちにても、尻をしたる人をば命のある中は思ひ出ると見えたり。たとひ二ども三どもいひわたり、数多たび話しても、心の情ばかりは忘れ易し、と見えたるは如何に？

答「…………

暫くして、「それが汝がいよ〳〵此道を知らざる故なり」と言ひ棄てて逃げてしまった。（いぬつれづれ）

もともと西洋人は肉体主義におかれている。彼らがニュアンスとかムードとか云うのも、古来から我国に伝わってきた色合いや気分とはまるで異っている。抽象的簡略など彼らには縁が遠い。移ろう花の色に無常を感じて岩倉に庵を結んだり、山の端に入り易き月を歎いて髪をおろしたりなど、西洋の作法では無い。アンドレ・ジッドの臆面もなささにはさすがのプルーストも辟易して、「君は何をやろうと御随意だが、どうかそれを一人称で書くことだけは止してくれ」と書き送っている。ハドリアヌス帝がナイルの河遊びにアンチノースの不可解な自殺に遭い、婦人のように泣きくずれた揚句、亡き愛人を記念する都市を造ったような、またアレキサンダー大王が、やはり嬖僮《へいどう》を喪って「その両山のあいだに哭すること三日三晩」こんな執拗さに、総じて彼らはおかれている。『雨月物語』中の青頭巾の Nekrophagie（死屍愛好）は、実は中国文学の翻案によるもので、そういう伝統は我国には存しない。雪中に埋めた少年の死体の臀部だけを出して、その焦点に蠟燭を差し込んで火を点じるようなことは、日本人は到底思い付かない。われわれが知っているのは、例えば小倉城主、小笠原右近がペットを失い、「前髪を見れば悲し」とあって、残りの小姓たちをみんな元服させた。（小倉叢書・鵜之真似）その程度を出ない。でも最初は、あちらの同性愛だって、アルカディアの野に咲く菫《すみれ》であり、アドニス、ナルシス、ヒヤシンサス、ガニメデスの道だった。詩人らは好んで牧童を歌った。常春藤《きづた》とスミレを編んだ冠をかむった童児は、西洋における「うらわかみ花咲きがたき梅をうえて」の時期に相応する。あの青と黄のクレタ文明における少年誘拐の風習も、それに準じる。ところが、ローマ時代に入ると共に著しく官能的に傾いた。人口二万余がそれに二十倍する奴隷を使役し、五千人ばかりの貴族が美少年に酒を酌がせたり、戦争の準備をしたりしていたアテネのような具合には、こんどは行かなくなってきた。こうしてルネッサンスまでくると、ペデラスティは完全にソドミーに椅子をゆずり渡したかにうかがわれる。少年愛の男色化である。ダンテは、そういう徒輩を、第七地獄に陥し入れないではおさまらなかった。即ち、夕まぐれに新月の下に互いに見交す人々がするような眼差でこちらを覗う霊の一群である。「つづむれば総ては僧と、大い

なる名を馳せし文人なるを知れよかし、同一の罪にて彼ら世を汚したり」（神曲・第四歌九〇）

ソドミット的伝統は、しかし我国にも全く無かったわけでない。「本朝にかく此道さかんになり侍るは、伝教弘法二大師渡唐の時、天親菩薩にならひ奉りて、帰朝後の事なりと理尽抄には書けり」（よだれかけ巻五）この弘法から約百八十年後、恵心僧都著『往生要集』衆合地獄の条には、「此大獄ニ十六ノ別所アリ。其中ニ一処アリ。悪見所ト名付ク。他人ノ児子ヲ強逼シテ邪行ヲ侵シ、叫ハバリ泣カシムルモノ、此処ニ堕チテ苦ヲ受ク、自ラノ児子ヲ見ルニ、地獄ノ中ニアリ。獄卒、鉄杖、鉄錐ヲソノ陰中ヲ刺シ、モシクハ鉄鉤ヲ以テソノ陰中ヲ抉ル。既ニ自ラノ児子ノカクノ如キ苦事ヲ見テ、愛心悲絶シテ堪エ忍ブベカラズ。然レドモコノ愛心ノ苦ハ自ラガ火ニ焼カルル苦ニ比ブレバ、未ダ十六分ノ一ニモ及バズ。愛心ノ苦ニ逼ラレ已リテ、又、我身ノ苦ヲ受クルナリ。先ヅ獄卒コノ者ヲ倒ニナシ、銅ヲ湯ニ沸カシテ糞門ニ灌ゲバ、身内ニ流レ入リ、遍ク五臓六腑ヲ焼イテ口鼻ヨリ流レ出ルナリ。具サニ身心ノ苦ヲ受クルコト無量百千年ノ中ニ止マズ。又、多苦悩所ト云フ処アリ。男ガ男ニ愛着シテ邪行ヲ犯シタル者、此処ニ堕チテ苦ヲ受クルナリ。本ノ男子ヲ見レバ其身悉ク熱炎トナリ、来リテ其身ヲ抱クニ、此男身体皆焼カレテ熔ケ散リ、死ニ終リテ又生キ返リ、極メテ畏怖ヲ生ジ、走リ避ケテ険シキ岸ヨリ落チケルヲ、火ノ嘴アル烏、炎ノ口ノ野干《キツネ》アリテ、コレヲ啄ミ且ツ喰フ云々」（以上漢文）

即ちペデラスティ以外に、ソドミーの行われていることが判る。では弘法以前はどうか？　小竹祝《こぬのはふり》と天野祝との交情が初まりだ、という説がある。この場合は、前者の死を悲しんで、後者がなきがらの上に打ち重って自害する。ここにはネクロフィリーの連想があるか、同じ穴に合葬したので、辺りの土地は陽の光を受けず夜のごとく暗黒になった。棺を改めて別々にして初めて日輝き、昼夜に分たれたと。（日本書紀・神功皇后記）このように神に仕える祝子、又、牛車の左右に従うわらべ、何某丸とか何若とか名をつけて召し使った侍童、小舎人などを対象にした同性愛があった。「山伏も野ぶしもかくて試みつ今は舎人《とねり》の閨ぞ床しき」（拾遺和歌集・雑の部）

狂言『老武者』――

堂本正樹氏（舞台演出家）によると、狂言の『老武者』では、お児の侶をして鎌倉へ行く途中、藤沢の宿へ着いた三位と称する従者が、「このお児は恥かしがり屋だからなるべく奥まった部屋へ案内してくれ」と注文する。そこへ土地の若い衆らが、「お児のお盃をちょうだいしたい」と言っておし寄せる。断っておくがこれは若い衆即ち若族《にゃくぞく》（青年）であって、若衆（小人）ではない。

奥座敷で酒盛りが始まった所へ、同じく地元の老人組のかしらが、やはり「お児のお盃を頂かせてくれ」と云ってやってくる。言葉の行きがかりで宿の亭主と喧嘩になり、宿老は突き倒され、「目にもの見せよう」と棄セリフを残して引上げ、やがて宿場内の老人がそれぞれ武装して押し寄せる。ここで若族とのあいだにエイ、トウトウと乱戦になって揉み合ううちに、三位が収拾策として奇妙なアイデアをパントマイムによって示すと、若族たちはてんでに老人に抱き付いたり、口を吸ったりして意志表示がなされるので、老人組も意外に若族づいて、互に抱き合ったり、肩を組んだり、手に手を取ったり……三位と宿の亭主はお児を奪い合った末に、少年を二人の手車（手を組んで作った馬）に載せて引っこむという筋である。

　この狂言は多人数が登場しなければならない上に、現代では一般的了解の対象でないとあって殆んど上演されないが、江戸初期には相当きわどい表現があって観衆を喜ばせたらしいと、堂本氏は説明している。これは古来の児趣味即ちペデラスティ以外に、民俗的にもれっきとしたソドミーの系譜があったことを物語るものではないか？

　なお『八尾』というのは、一人の亡者が火吹男《ひょっとこ》の面をつけ、八尾の地蔵さんの文を棒の先にかざして立ち現われる。そこへ地獄の閻魔王が出てきて、近ごろ極楽行きが多くてしょぼくれていた折柄とて、大喜びで地獄へ堕そうとすると、亡者が捧げている文に「閻もじ参る、地より」とあるのに気付く。閻魔「この仔細を知っているか」亡者「一向に存じませぬ」閻魔「実はあの地蔵とわしはちと知音したいやい」ここで亡者が八尾の地蔵の信者の小舅だということが判明するが、当人は「それならば自分を九品の浄土へ送ってくれ。でなければ地獄の釜を蹴り破るぞ」と脅迫する。そこで閻魔は仕方なく昔の恋の思い出のために、折角の罪人を極楽にまで送り届けて、「アラ名残り惜しの罪人や〳〵」と言いながら地獄へ帰って行く。「十六と聞いてゑんまは笑つぼなり」「奥歯にて練りぐすりかみゑんま王」

文献としては、古代ギリシアのそれには及ばないと云いながら、すでに『万葉集』巻四の終りに、大伴家持と藤原朝臣久須麻呂とのあいだの贈答歌が七首載っている。『垂髪往来』（建長五・1253）は、蹴《け》鞠《まり》、研学、舟遊び、連歌、童舞、雪見などの機会における美童の讃美である。『続門葉和歌集』（嘉元三・1305）は、宛《さなが》ら少年愛歌集であって、総歌数一千首のうちの百六十八首が、醍醐寺の稚児五十七名の詠となっている。元亨元年（1321）には、『稚児之草子』が、いわゆる「児物」の先駆として現われる。ついで『秋夜長物語』『幻夢物語』『嵯峨物語』『鳥辺山物語』『松帆浦物語』等々の時代となり、これらローマンスのワキ役の、胡粉地に「引目鉤鼻」の下ぶくれの阿古たちと入れ代って、次には前髪お小姓及び小草履取りが脚光を浴びるようになる。今川義元が五山文化に影響されて、駿府に寺院を経営するに及んで少年ブームが興り、静岡城下は一時「美少年の都」と化し、あとで「今川は尻を戒《いまし》めぬので滅び」など云われることになった。南都北嶺の大寺では早くから児延年が発達していたが、白河鳥羽両院時代に端を発する殿上童寵愛の風習は、漸く各寺院に童舞を盛んならしめ、禅林ではまた、将軍家の嗜好に投じるための喝食政策（美少年陪膳）が取られていた。その傍ら醍醐栗栖野辺りに散在した、坊様相手の「児店《ちごだな》」が、「誰々の宿」と表に書きつらねたお茶屋にまで発展する。「物の哀れ」の児好みが「念若の義理」にまで入れ代ったわけである。

京都では宮川町、大阪は道頓堀が中心で、江戸では、葭町、木挽町、湯島天神前、芝明神前、麹町天神前、市ケ谷八幡前、八丁堀代地、神田明神前等にそれぞれ子供名寄があった。おとくいは、坊様、諸大夫、長袖、ねぎ等である。ある家中のサムライが、一人旅の若衆を、東海道の雲助の危難から救い出したのはよかったが、其後、思いがけなく子供宿で先方に再会して彼は骨なしになってしまった。舞台子、蔭間、色子の他に、香具売とか、地紙売とか、旅かせぎの飛子《とびこ》、曲芸の連飛《れんとび》とかいうようなフリーな者が生れた。大名旗本の屋敷専門の、月極めの「渡り小姓」というのもあった。あの〳〵きょうは二十五日、おいど捲りはアやった、という遊戯は、湯島天神に出ているのでなかろうか。二十五日は天神様の縁日だからである。しかし〳〵天神様の細道じゃ、行きはよいよい帰りは怖い。これは、遠州の見付天神のことで、その奥ノ院の軟派猿神を指すのだぞうである。（藤沢衛彦氏説）

お尻の用心ご用心――

〳〵きょうは二十五日、おいどまくり御法度、というのがある。京都の婦人は家の近所を離れると裾をまくって、衣類の裾が切れることを防いだ。それで、「天神さんの縁日だから、尻はしょりなんかして働いてはならぬ」の意だと云う。それならば、「おいどまくりが流行した」とは何を指すのであろう。これは尻はしょって早く天神様へお詣りしなさいということではないのか。それに東京では、〽きょう二十八日、お尻の用心ご用心、だから、益々わけが判らなくなった。

「男子の事を野郎といふ。薩摩国の方言にて他国にはいはざる事なりしが、承徳元年若衆かぶき法度となり、小年の前髪を剃おとし刻、彼方言によりたるや、是を野郎と名づけしより、遂に前髪なき男子をばかぶきものならざるをも如此よびならはせり」（柿亭記・上之巻）

「狂言役者男子を、遊女屋の女をかかゆるごとくかゝへ置て、げいをしいれるなり。十四五になればそれ〴〵に色つくり、芝居へだし、げいよく名をとれば、我門口に大筆にて誰がやどと名字をしるし、夜には戸口に掛灯台に名をば書付おくなり。いまだ舞台へいでぬはかげまといふ。」（元禄三・人倫訓蒙図彙）

蔭間茶屋は、湯島天神境内と周辺の大根畠にかけて、矢場と水茶屋が出来たのをきっかけとして生れた。全盛時代には余所と合わして部屋子が二百三十余名いたと云う。それが天保十三年に、水茶屋といっしょに法令で廃止になった。以後、衰退の途を辿っていたところ、明治維新になって、四国九州の青年らによって彼らのお国ぶりが、京都や東京にもたらされた。これが、明治の擬スパルタ調少年趣味の始まりである。デカンショ節は、丹波篠山地方の盆踊りの唄の節を採ったもので、明治末に旧一高生を中心に全国的にひろまったのであるが、この歌詞にも取り入れられている。〽桜三月あやめは五月、稚児のさかりは十五六。あの〽同じやるならでかいことなされ云々は、夙《つと》に明治初期の書生間で、相撲甚句の節まわしで歌われていたということが、南方熊楠翁によって指摘されている。詞そのものは江戸の流行歌から出ているが、元は、「とても為《ス》るなら大きな事為《シ》やれ、奈良の大仏のけつ為《シ》やれ」であった。

われわれが日頃使っている「君」「僕」が、そもそも南国の若うどに依って東京に移入された、白襟好みの少年愛に出ている。「君」は「いとおしの君」であり、これはどうしても若い女性か、十代の少年に対する云い方でなければならない。であってこそ、当方は、君に対して「犬馬の労をも辞さないしもべ」なのである。しかも当時の青少年間では、女性については口に出すことすらタブーになっていたのだから、それは少年への呼びかけにきまっている。

> 「其の職業化された所謂孌童なる者は除外として、同性の愛は之を異性の恋に比すれば、柔婉の分子が少く峻烈な分子が多い、譬へば雛の節句の白酒と生一本の灘の銘酒との如き差別がある。異性の恋に於て男は情の沈溺を免れぬ。同性の恋に於ては寧ろ義の砥礪《しれい》がある」（田岡嶺雲）

春のやおぼろ（坪内逍遙）著『一読三歎当世書生気質』十七冊の刊行は、明治十八年である。ちょうど此頃に、山田美妙の新体詩集『少年姿』が発行された。平田三五郎、白菊丸、梅若丸、森蘭丸、印南数馬等々を取材にしたもので、後篇には、日野阿新丸、楠正行等が取扱われる筈だったのが、その方は未刊に終ったようである。下って大正五年頃、山崎俊夫という、『三田文学』『帝国文学』『雄弁』『秀才』『文壇』などに創作を発表していた作家の、『童貞』と題した小説集が、小川四方堂から出ている。これは、少年側のデリケートな心理を取上げたもので、童貞、夜の鳥、夕化粧、鬱金《うこん》桜、きさらぎ、ねがひ、死顔の七篇が収録されている。岩田準一氏編のカタログでは、「悉く衆道情緒を以て書かれたる作品にて、稀有の小説集なるべし」との折紙がついている。

紺青の空晴れやかに
日本で染めた紺絣
紺の燕が少年を
慕うて低く飛べるかな
（児玉花外・紺絣の少年と青葉の歌）

こういう流れが、いつのまにか見失われてしまった。男の子の振袖姿が、一律の筒袖飛白《かすり》に代ってからはすでに久しい。でも、白襟好みの少年騒ぎの刃傷沙汰は、われわれが小学生であった頃にはまだちょくちょく耳にしたものである。勿論、「稚児争い」の果し合いが主であったが、無体な云い寄りに対して、少年側が相手を刺すというような事件もたまには見られた。それが、年号の改まるのをさかいに、一向に聞かれなくなった。殊に、『少年』及び『日本少年』に代表されていた少年雑誌に、新らたに『少年倶楽部』『譚海《たんかい》』等が加わり、従って表紙画の少年姿が、講談社調の「健児」と「優良児」に取って代るのと符牒を合わせて、われわれの身辺からは、忽然と、フラジャイルな、抑圧型「美少年」が居なくなった。女性は平安朝、少年は室町期を頂点として、以来、品質低下の一路を辿ってきたに相違ないが、女性の方はともかくとして、細々と続いてきた「衆道」は、ここに全く限界を迎えることになったのである。

永享三年正月三日の午後八時頃、葉室大納言長忠卿の子息で釈迦院の稚児、弥々丸が妙法院からの帰途、お供の侍が三、四人ついていたにも拘らず、突然木蔭から立現われた者に切りつけられて、その翌々日に死んでいる。意趣晴しだったのであろうが、事件は迷宮入りになっている。弥々丸は十一歳であったが、山僧の争いの中心になっていた。

その昔、法師間の稚児争いに端を発する「少年騒ぎ」の刃傷沙汰は、明治末期に、学習院生徒それがしの帰校の途を要撃した掠奪組と、予め備えた一団の百数十名の大立廻りがあったのを、最終の例とするそうである。しかし大正中期までは、毎春、一般中等学校上級生のあいだに、「今年はX小学の何某はY中学に奪われた、その代りに、Z小学の誰それはこちらへ貰った」などという取沙汰が見られた。

私は、省線（国鉄）で「新宿」を通過する折、そこへ下車するのでなく、明滅する広告燈を車窓の外を見て素通りするような場合に、きまったように、宇田川の三字がよび起された。此辺に住んでいると聞いている少年の姓なのである。勿論自分は一度も見たことはなく、ましてその住まいを突きとめたわけでなかった。何故こんな現象が何十年間にもわたって自分の上に起ったかというと、当時は広い東京全市にかけて、口づてのリストが行使されていた。ちょうど昔の青年らが、「まず日州にては内村半平、松島三五郎、奈良原清八か。大隅薩摩の二国にては渋谷、福崎、富山、この三人にすぐれたる紅顔は又も世に非じ」と評議した類いである。で、たとえば、戸塚方面では何某が有名だ、しかし鬼子母神のお祭に、彼を目あてに下町からそれがしが出張してくる筈だから、余命いくばくもなかろう……などということが自ら耳にはいってくるのだった。そういう機会に憶えた名前の一つなのである。私も一度おどかされたことがある。それは、「近藤のタケ」という鎌倉とか横浜とかの猛者が、私を（新橋、三田方面を荒すというので）ぶん殴ると云っていると聞えてきた時であった。

げに君は夜とならざるたそがれの美しきとどこほり
げに君は酒とならざる麦の穂の青き豪奢

この村山槐多の絶唱は、ちょうどこんな美少年の最終期に生れている。

君と呼ばれて顔赤め
音羽路上の語らひや
いまだ三五の幼な子が
心の血をば湧かしたる
記憶に残るそがかみの
誓ひし君に言問はん
(伝木下杢太郎作詞)

一高寮歌〽あゝ玉杯に花受けて、と同じ節まわしのこの歌は、すでに流行期を過ぎていたが、それでも時々には独吟されていた。又この頃、山手線に乗ると、(原宿—目白辺りにかけて)桜花章のついた学帽をかむった——

金色なせる明星の
射るや桜の花びらに
其射るあとに少年の
眸の花にそゝぐとき
花は散るなり雪の如
(児玉花外)

こうも云いたい、学習院低学年生と乗合わすことがしばしばであった。この一時期をさかいとして、明治名残りの少年趣味はあとを断った。少くともそれは表面へは出なくなってしまった。

十六歳の少年の顔

うすあをいかげにつつまれたおまへのかほには
五月のほととぎすがないてゐます。
うすあをいびろうどのやうなおまへのかほには
月のにほひがひたひたとしてゐます。
ああ　みればみるほど薄月のやうな少年よ、
しろい野芥子のやうにはにかんでばかりゐる少年よ、
そつと指でさはられても真赤になるおまへのかほ、
ほそい眉、
きれのながい眼のあかるさ、
ふつくらとしてしろい頬の花、
水草のやうなやはらかいくちびる、
はづかしさと夢とひかりとでしなしなとふるへてゐるおまへのかほ。

（大

手拓次）

「拓次が、愛する少年二人の姓名を組合わせてまで、美少年に傾倒していた初期の詩には、溢れるような高い詩想が窺われるが、中年以後異性に心を惹かれるようになってからはすっかり枯渇してしまった」（萩原朔太郎）

ところで、戦後の擡頭ぶりに気を付けてみると、曾て「衆道」「若道」「小人好き」あるいは「美道」と称された消息が、形を一変して、今度は西欧的なソドミット一般のあとを追おうとしているかのように窺われる。「日本こそ未墾地だ」と西洋人が云うのは、その点を指すのでなかろうか？

白いなた豆のような少年的フィモーゼへの憧れは、いまでは日本人特有の三番叟《さんばそう》の鈴に似た成人的グランスに対する渇仰と入れ代ったようだ。戦前派のプロの女装は、ボーイスタイルに改められた。「ウールニング」たちにも頓《とみ》に父性愛慕型が増加してきた、と伝えられる。また年少者間にも追々と了解が行き亙って、ペデラスティックな誘惑に対して、昔日ほどに惧れていないようだ。いったい少年愛の肉体面の否定は、これの理解しがたい処に出ているので、そういう人々に対してはまず体験の機会が必要である。それにしても、「浮世の外なる欲心」は一部敏感な人士のひそかな憂悶のたねとなって、往々、不可解な自殺にも誘いかねないものがあったが、今ではA感覚的分野に関して知ろうとする気運が、いくらか漲《みなぎ》ってきたように思われる。

曾て筒袖紺絣の少年間には、未だ誓紙を交わし、指を切り爪をはぐという風習が残っていたが、そんな葉隠的ヒステリーなんか今は姿をひそめてしまった。たまたま観た歌舞伎の荒事に感動して、友人の手を借りて自身のPを赤インキで彩らせるとか、あるいは上級生を順次に挑発し、（自己弁護にそなえて）革バンドで我身をうしろ手に縛るように仕向けるとか……こういう手管は昔の稚児気質には無かった。更に又、適当な相手が得られなかった折には、自らの裸体を鏡に映して浣腸するというようなことも、やはり戦後のやり方である。現今では街上に「美少年」を指すことすら困難であるが、その代りに、「反美少年」も以前のようには見かけられない。曾ての二、三十点は五十点に引き上げられた。入れ代って、曾ての八、九十点は、おしなべて五十点台に引きおろされてしまった。昔の十五、六歳は、今は十二、三歳に低められ、同時に、二十二、三のスーパー少年の上に及ぼしても何ら差支えない情勢になってきた。以前になかった「心身対等」組も数を増してきたようだ。日本も遅ればせながら、同性愛の世界的規準に近寄ってきたのであろうか？　それとも、ロマンティックな少年愛的門戸を抜けて、男女無差別な、広大なA郷愁的領土へ分け入ろうとしているのだろうか？　近頃はステーションや映画館の女子トイレの中にも、「アナスもいいがやっぱり前の方がいいワ」とか、「あなたは一穴主義ね」「わたしは二穴派よ」などという落書が見付かるそうである。

ところで、アプレゲールの特徴として、そこにAfter技法は余り見受けられないで、主として相互 Onanie 乃至 Feratio が多いと聞かされる。自動車オートバイ等の排気に独自な匂いが失われたように、人間もいまは色と香りをなくした。そもそも現代は“Notoriety”（醜名）が自ら、「俺は Fame だ」と名乗り出たので、本物の「名声」が却って気まり悪くなって物蔭に隠れてしまう時勢である。世界的現象の「成熟加速」におかれた大男少年らは、旧教育的コンプレックスは脱したが、その代償として、児童性優美の完成期（少年時代）を素通りにして、小児から直ちに、脚長蜘蛛のような、平家蟹のような、只身体の上だけの大人になってしまう。彼らは、夏蜜柑の浮き皮に喩えられる。皮だけが成長して、中身が伴っていないからである。身体の表面が体積にくらべて大きいほど、代謝機能は著しくなる。体積に対する表面の比は体積の減少につれて増えるから、身丈が伸びたら新陳代謝は低下する。彼らが概して低能なのは当り前だ。だからと云って、この事実は、なにもA感覚が閑却されているという証拠にはならない。

もしも「女性」が Vagina と同意語だとすれば、「少年」にあってそれに該当するのは Anus である。にやけとは「若気」と書き、昔日のゲイボーイの意であるが、これには肛門の意味も含まれている。「恋のみなもと穴二つ」の筆法から行けば、Pオナニーとかフェラティオとかは、共に未だペッティングの範囲を出ない。事実それは今日までは序曲であった。では、前戯がいまや広く行われ始めたのか？　そうであるまい。介在的な諸消息の中枢にはAが厳として控えている。A帯エロティシズムが、（ナルシス的対象選択と合わして）少年愛的定石であることには依然として変りはない筈である。「女男両色優劣論」は、通俗的討論として最も興味あるものであるが、その一方の論拠が前戯におかれているとすれば、テーマにおいてつり合いが取れなくなる。

ちご小袖やなぎさくらをこきまぜてにやけあたりはたゞ菊の花（宗長日記）

「若衆の御姿を見て、さて〳〵のこるところも御座ないとしみ〳〵賞むれば、そばなる坊主たち是をきき、仰せのごとく御かたちは天下一、おにやけは麝香入じやと云はれければ」（きのふはけふの物語）

「今世のカゲマ垂髪のことをむかしは若気《ニヤケ》といへり。若気勧進帳あり。文明壬寅の冬の作也云々。今ニヤケ男などいふは男娼めきたる男のよし也」（松屋筆記巻六十六）

もっとも、A感覚関与を以てペッティングの一種だ、と考えられないことはない。つまりペッティングが拡張されて、アフター技法はその一部分になってしまったのだ。総てが手取り早く行われねばならない。しかも現代における念若の間柄は、先輩後輩でなく、主従でもない。師弟でもなければ、といって、Beau-frère とも異っている。第一、彼らにそんな余裕がない。オナニー乃至フェラティオが流行しているのは、これが、公衆便所、映画館、公園、満員電車、タクシー、競技場、さてはプラネタリウム等々にあって、最も安直な方法だという迄に過ぎない。だから、対異性的にも「近頃はV技法が少ない」になる筈だが、それは変だ。ペッティングというのは、V乃至A交渉の予想を台として初めて成立する。「切り離されたペッティング」は、未だ同性愛的な遊戯を出るものではない。何にせよ、「オンリー」が僅少となり、大抵は随時に、まずまずと云った処で行われているわけだから、このような詮方ない多情性のさし当りの行為なのであろう。でもそれで事が済むわけでは無い！　なおペデラスティ乃至ソドミーに対するきわめて卑俗な呼称が流布されていて、これが素人玄人をも問わず嫌悪の念を催させているということも考えたい。彼らはおかまが持ち出されるのを惧れている。大正以来、空白になっている少年愛恢復の至難の所以である。

　そもそも両色優劣論というのは、V感覚とA感覚との比較にある。女色が「ワギナ・エロテーク」であるならば、男色は何より先に、「アヌユス・エロテーク」だと云わねばならない。従って、アフターの（一般のそれとは異った）特異な漏斗状とか、その周壁の円滑さとか、あるいは直腸神経と性器神経との特に緊密な結びつきを以て、同性愛者を定義しようとする企てがある。Pオナニーやフェラティオが、此種の材料になるものとは到底考えられない。人々には、P乃至Vを彼らの唯一の身上として重視するきらいがある。彼らの生活主義的安直さは、思うにこの陥穽のせいである。読者は追々に了解してくれることであろう、V感覚というのも、（私の見解に依ると）もともとA感覚から分岐、あるいはA感覚を後見役として、初めて成立しているものなのである。フロイトの指摘によって、膣感覚を以て腸管排泄時の快感の変様だと見る限りは、異性愛とは、同性愛原理が「セックス」として展開したものと考えないわけには行かない。ＡからVへの解剖学的中継については、われわれはそのモデルを、爬虫類と鳥族と単孔類との上にみとめることが出来る。人間は、男と女も、特に異った器官というようなものは持っていない。胎生四か月までは、ウォルフ氏管とミューレル氏管とが共有され、女子は成人後もミューレル氏管末端を、子宮としてとどめている。

　ではP感覚とは何か？　これは、（クリトリスも含めた意味における）V感覚の反転されたものに他ならない。そもそもペデラスティ及びソドミーの魅力は、同性間にあっても対異性のそれと同様ないとなみが可能だということにある。それにも増して興味が掛けられるのは、「願うならば異性的体位に自身をおくことが出来る」点である。これに該当するものは、女子同性愛の上には遺憾ながら無いと云わねばならない。男色の独自性は此辺に兆している。A関与が家庭育児等を無視するであろうことを、人々は惧れている。女子同性愛の上には、この種の強烈な感じが認められない。

　なお、Uranismeには、正規の「ボールト＝ナット関係」（VP交渉）で見失われている前セックス的「エロス」を恢復しようとの意図がある。この道は（西洋のそれと同じく）主として僧院と戦陣を仲介として発達してきたものであるが、人体の美及び感覚の、より深層部を開発したという意味で、われわれは、密教的戒律と武士道の功績を見逃すわけに行かないのである。私はあえて未来のために云うが、ペデラスティもソドミーも、共に、原始Aリビドーがもたらせる連続多様性の特別な場合なのであって、Paedicatio mulierum（女子鶏姦）はそれに準じる。V感覚もひっきょう一種のA感覚である。だから、女子同性愛における Saphisme 及び Tripadie も、男子間のPオナニー乃至フェラティオに類した応急措置（得がたきものの補い）だと云えよう。ペデラスティとしてのA感覚は、あるいはペッティングの中に解消してしまったのかも知れないが、それにも拘らず、A感覚は依然として同性愛行為の中核である。

たといA感覚が名目上、ペッティングの一形式となったところで、「ペデラスティとしてのA感覚」は、物差として是非とも独立させねばならない。何故なら、A感覚を軽視すれば、絵や写真においても焦点が失われてしまう。第一、過去四百年にわたるイギリスの法令、「十六歳以下の未成年者の同性愛は懲役」「（年齢を問わず）同意を得ない行為に対しては十年」「十六歳から二十歳迄の未成年者に対する成人の不自然行為云々」こういう箇所は、留めおくにしても、修正するにしても、等しくその根拠を失ってしまうからだ。しかし非難の焦点は、おそらくA感覚にあるのではあるまい。惧れは、（先に述べたように）それが家族生活を無視することの上にある筈だ。

Pは、われわれの身体の前面に提供されている、明らさまな且つドライな器官である。おそらく日に五、六回、ズボンの釦《ボタン》を外す折には、いやでもこのものと交渉を持たなければならない。この変な奴は、（その後方にぶら下っている一対の烏瓜と合わして）徒然の玩具としても甚だ手頃である。樽の中の哲人のように公開オナニーを試みる者もいるし、兵児《へこ》歌を高唱しながらの集団的のそれだってある。たとい、このものを特に隠さねばならないような事情を持つ人があったところで、P自体は一般に了解ずみである。広場のブロンズ製の小便小僧を見て誰も気分を損じはしない。それは男性一般についても云われるわけで、従って、そのいずれの点においても、Pが怪しまれる道理はないのだ。

ウエットなVの場合はどうであろうか？　このつつましやかなものについては、多少紳士のエティケットが要請されている。しかし男同士ならば、この件について少々立入った事柄を喋り合ったところで、会話者の上に被害はない。ところがAは、これはVPなどに較べると、いっそう当り前のものである。O（口唇）を見て怪訝《けげん》に思う者はなかろう。その「入口」に対して、こちらは「出口」である。で、たとえば昆虫や魚類の上にそのVPを探り当てるには、専門的知識も必要であるが、A部ならば、比較的容易に、素人にもその所在が確め得られる筈である。それほど普通な部位であるにも拘らず、なお何かしらその取扱い上に手心を要するものが残っているようだ。ある田舎の便所には（落し紙の代りに）一条の縄きれがぶら下げられているとか、紙もハンカチも生憎持合せがなくて、草の葉ッパで後始末をしたとか、あるいは徳富蘆花は、ヤスナヤパリヤナのトルストイ邸の植込みの中で、とても太い、英国から持ってきた宿便を排出して無上の快感を覚えたとか、「痔で泣いています」とか、全身鳥肌になってWCへ駆け込んだとか、そういう周辺の堂々めぐりばかりで、核心を衝いた事と云えば、せいぜい「浣腸」どまりである。アミノフィリン坐薬でさえも、若い人々のあいだでは差し障りが生じるようである。尾籠云々などを惧れる者は今日ではいない筈だから、ここには何か別な事情が伏在しているに相違ない。A的な事柄をあえて口にするのは、その反面にV誹謗を意味するからであろうか？　ジッドの『コリドン』に対する黙殺ならびに非難の裏側には、確かに、（フランス的軟派程度に応じた）そういう俗見者流のV擁護の感情が働いている。でもそれだけではあるまい。「文献学者中の少なからぬ者が、少年愛の肉体面を否定しようとするのは、彼らには男同士の恋愛が全く知られておらず、そのため理解しがたく思われる処からきているに過ぎない。それ故に、彼らは、この点で実際に関係のあるような古い時代の著作者たちを、他の方法で解明しようとする。それも時には、この不自然な定義が公平な観察者を満足させ得ないようなわざとらしい方法で」と、アルベルト・モルが書いている。日本にもそれがある。たとえば野上豊一郎博士が、あれほど能楽に詳しく、且つ好きなくせに、「ここに少年愛の影響は全く見られない」と断言しているようなのがそうである。彼はまた、自らの訳本『春の目ざめ』第二幕七場において、「お稚児さん」と先に解したものを、「お小姓」に取り換えている。この種の毛ぎらいの裏には、そもそも何事が介在するのであろうか？

　VP両感覚について語ることは、もはや昔日ほどの遠慮は無用である。ひとりA感覚に関してだけは、そうでないのである。殊に世の男性らに、（特にV感覚支持者だと見えないような人ですら）大人も子供も、おしなべて自他の臀部に関しては、特にAに対しては、何故かひたすらに緘黙《かんもく》を旨としている。口に上す場合にもいま一つ煮え切らないものがある。銭湯其の他において青少年らは決して掛り湯をしないものだ。私はこれを無頓着を装うているのだと解していたが、むしろ自身のA部に指先を廻すことの恥かしさに出ているとする方が真相らしい。たとえば男色を語る場合にしても、只雰囲気中の旋回ばかりで、正念場には触れようとしない。同性愛に顔を背ける人々も、焦点をAにおいている。其他、何事にしろ、いったんAが出てくると、彼らは尾籠云々にそれを紛らせ、滑稽譚として笑いのけようとする。カフェのトイレを展覧会場の入口に選んだり、レディメイドの殿方用便器を、オブジェとして搬入したりするようなダダイストも、Aだけは避けている。私にはわずかに、トリスタン・ツァラの『アンチピリン氏天上旅行』の中に、「吾々はいろんな色の糞を垂れて、あらゆる領事の旗々が立っている芸術動物園を飾りたい」とあるのを知っているばかりだ。何人も日に一回はこの部位と親交を結ばないわけに行かない。下痢の場合はおそらく十回も。なお時たまの極めて愛嬌のある不意の発音としてAを意識する。（Vがそれ自ら貝のように鳴くことがあろうか？そんなことはあるまい。もっとも約一か月弱の周期的告知があるが、これは春機発動期以後の話で、それまではいったい在るのか無いのか判らないのである）Aほどに魅惑的な箇所はないと思われるのに、A程に敬遠されている部位もないのである。Aは、恰も「墓地」のように、われわれをしてドキッとさせるかのようだ。そこには確かに尋常ならぬ事情が潜んでいる。なるほどAは、快感の可能性に対する最初の「抑圧」が成就されている箇所である。A関与のために家毎に専用小室が用意されていることを顧みても、それは明らかだ。つまりA的なものは、嫌悪さるべき一切の表象なのである。でも、何故こうまで神経質になるのだろうか？ 古代ギリシアではそうでもなかった。春山行夫君に聞くところによると、天人花の冠をかむったアテネ人は、宴会の喜びと共に何処にでもウンコをする愉快を知っていたと云う。南方翁も、総じて西洋人が黄色に対して平気なことを書いていた。彼らは塵一つ見つけても喧ましいのに、例えば公園に遊んでいる小児が黄色をつかんでも、その両親は「よいものをつかまえた」とは云わないが、平気で見ていると。しかしこれらは「イエローケイス」であって、Aそのものではない。ドイツ人はPopoと発言するのもきらって、我国の「しゃもじ」「おすもじ」の云い方に倣って、これを「四つもじ」と云うのだそうである。Pには触れてもいい。Vを語ることも差支えない。Aだけが不可ない！ 人々はそれを笑いに托している。でもこの「笑い」とは何か？ バタイユは「それは道徳的治外法権だ」と云っているが、私は笑いをもって共存体における一種の警告だと見る。しかしそれだけでない。笑いは、確かに凝固を解きほごす作用を持っているが、他面は一種の慣れ合いである。つまり怖いからでないのか？ 恐怖すべき或物を眼前にして、これが格別に崇高とか厳粛とかの印象を与えなかった場合に、われわれは笑という誤魔かしの手によって、当のものと妥協しようとするのである。

一般的に云っても、男色は、（それが自然的勢力に対する反撥だと解される限りは）まぎれもなく一種のジョークである。しかしそういう意味でなく、世人が往々これを滑稽視するのは、似て非なるものをそこに見ているからである。彼らは文字通り男と男との関係だと解する。せいぜい「青年的少年」しかそこに想像することが出来ない。でもいったん美的「美少年」の出現に当って、彼の論議は杜絶する。ギリシアの聖賢者の会合の席に少年カルミニッスがはいってきた時、そんな例が起ったことが伝えられている。ちょうど美的「美女」がはいってきた途端に、（跫音《あしおと》を前にした虫の声のように）静寂が支配するように。しかも（あとで述べるように）彼女の場合は、少年のそれの程度の低いものに他ならない。ある女性が美において成功するのは、実は少年の上に規範が採られているのだということに、彼らは気付く必要がある。しかしまだまだ世間は同性愛を惧れるであろう。何故なら、現代はAの価値を理解する処まで来ていないからだ。Aの恐ろしさは、未だ人々には当分のあいだ堪えることが出来まい。

Aは、Pの凸起とは凡そ裏腹なネガティヴな箇所で、そこに「雌」の覚えられる点が、男性のあいだに狼狽を惹き起すのであろうか？　「野郎呼ばわり」だって、つまりは「愚かなる若気（A）」ということだ。それは、閹人《えんじん》、宦官《かんがん》につながる。そう云えば女性は、男性ほどにお尻を惧れていないようだ。それは彼女らが（子供たちと合わして）下半身については専門家であることに依るのであろう。婦人と小児は、いずれ劣らぬ可愛らしい、つるつるした、お餅のように粉のふいた、真白な、木目の細かな、あるいは桃色の、それともナツメ色の、時には白珠とも喩えたいお尻の持主である。ではわれわれは先ず、お互いの幼少年にあって、臀部がどれほど重要な、且つ親愛な位置を占めていたかについて、回顧してみよう。

宝塚に少女歌劇が誕生した頃の話だが、ある時、開演中に演技者の一人が卒倒した。以前しょッちゅうその楽屋に出入していたということを自慢にしている年長者が、そのように私に聞かせたのである。急に引きおろされた幕の内側で、大人らは口々に、「退いた、退いた、子供には毒だ毒だ」と連呼しながら、そのくせ彼ら同士で、倒れた女の子の周りを取り囲んでしまった。隙間を見つけて覗いてみると、ちょうどうつ伏せになっている真白いお尻の肌が見えた。衣裳が捲《まく》り返されていて、その裾に鏤《ちりば》められた赤や緑や紫の星々が、心配げにきらきらしていた。お医者さんらしい人が、その丸出しのお臀のどの部分かへ注射しているのだった。「それは、でもどうして腕へ注射しないのだろうか」と私は気がついて問うと、「腕では（後始末に貼った）絆創膏が見えて見っともないからだ」と友は返事した。彼のそんな経験を、羨ましいと思わなかったわけでないが、私はむしろ別な事に思い当って、なにかしら憂愁に塞されるのだった。

映画は、その時分は「活動写真」と呼ばれていた。隙間風に波打つ只の白布に投影された、フリッカーの上下動が絶え間のない場面として、私はあの西洋の「スパンキング」を知った。両親のうちの一人が、悪戯ッ児をうしろ向きに横抱きにして、右の平手で尻ぺたをぴしゃぴしゃと打つ仕草である。中世紀の修道院では、（懲罰やまた精神に張りをつけるために）童貞女同士が互いにお臀を鞭打たせていたところ、弊害が伴うというので禁止になった。そういう記事を何かで読んだ時、私は昔の活動写真に観たお尻打ちの場面を思い合わして、もっともな話だと思わずにおられなかった。何故って、あのスパンキングには、当人を懲《こ》らしめること以外に、もっと別なものが含まれている。それは、こちらの肉体をも敢てそんな刑罰の下においてみたいという怪しい誘惑を感じさせるからである。

西洋の腰掛け便器も、やはりフィルムを通して知らされたのだった。ある時、自分と同年輩の西洋の男の子らが、横向きに一列に腰をかけて、みんな申し合わしたように怪訝な面持でこちらを、（つまり撮影機のレンズの方を）見ている処が映った。何事だろうと考えて、やっと、これは学校の便所だということが私に判った。又ある時、美しいお姉さんが、あらかじめ悪漢が毒薬を注射している林檎《りんご》を、何も知らないで齧《かじ》り、忽ち痙攣を起して仰向けにひっくり返る場面があった。友人の宝塚挿話を耳にした途端、私にはこれらのフィルムが連想されたわけである。もしも毒リンゴの代りに、彼女が、いや彼女のお尻の表面に、痛い、金属製の注射針を刺し込まれるのであったならば……。

私は、自転車屋さんに特に注文して組立てて貰った「踏切りペダル」で、リムを黒赤黒に塗り分けたサイクルを持っていた。これに乗って曲乗の稽古をしていた時に、小さい男の子の注進があった。いま、裏の物置小屋にみんなが集って、表戸に閂をおろして変なことして遊んでいると云う。ハンドルを返して急いだが、もう其時は白昼の黒弥撒に参加した者共は散って、あとに残った数名の少女がぶつくさ云いながら、聖体器や祭壇を、つまり椅子や茣蓙《ござ》を取片付けていた。彼らはいったい何をしていたのか？　というこちらの問いに応じて、報告者の男の子が舌足らずに答えた。みんな裸になって、高目に張り渡した縄を飛びこえていたと。ここまでは差支えなかった。あとが不可ない。お尻を互いに出し合って叩いたり、舐めたり、唾をべたべたにつけて、うつし絵を貼りつけたりしていた……この折のショックに似たものを、ずっと後日に私はもう一ぺん経験した。秋日和の本郷赤門前のペーヴメントを、駒込の方へ、混血児の年増少年といっしょに歩いていた時だった。彼は、小学初年生の頃、近所の同年輩の友だちとふたりで家人の留守の縁側で遊んでいた時、キッスごっこが始まって、おしまいにエンピツをお尻に刺されたという話を聞かせた。ちょうど晩秋で、われわれの足の下を、一面に散りしいている銀杏の黄金色の葉がうしろへ流れて行った。その明るいレモン・イエローとの関係であろうか、どうもその鉛筆というのが緑色の軸をしていたもののように、思われて仕方がなかった。

アメリカでは近頃、戦時中に制定した海軍の水兵服を、昔の型に戻すようにとの運動があるということを、私は耳にした。いったい水兵服のズボンは少年水夫的な、即ち少年的若うどの細っそりした腰を差し込み、ジャケットは、彼らの若鳥に似た胴部をゆっくりとしかもぴったりと包むのが本式である。それなのに、何処の小父さんにも合うように仕立てられた現時の制服はだらしないというのが、その理由らしい。一般的に云っても、大工さんとか左官とか、土木技師とかは、身体の線にそうた身拵えでなければ、十分に働けないものだ。でもいまの抗議には、そんな実用問題以外に、西洋人本来のヒップフィール（尻好き）が働いているのではあるまいか？

何故かと云うと、彼らは第一に、身体の線に合わして仕立てられた洋服をまとい、椅子と称する「肛門台」の常用者である。それに、普段かかとの高い靴を穿いていることに依って、総じて彼らには臀筋が発達している。この次第は、彼らが好んで取扱う彫刻絵画の裸像の上に証するがよい。なお彼らは嘴《くちばし》とも見紛う高い鼻を持っている。彼らに対して「紅毛鴃舌《げきぜつ》」の異名があるように、その発音は鳴禽的であって、且つ皮膚の木目が粗く、疎毛におおわれ、その上、色素に乏しいので、酒精飲料のために直ちに真紅になる処なんか、恰も火喰鳥の印象を与える。これらに加えて、彼らが錠前つきの部屋で昼日中からカーテンをおろしているような点をかえりみると、彼らこそ明らかに「擬鳥類」だと云ってよい。鳥は肛門派であって、そこでは何よりも糞づまりが惧れられている。この次第によって、西洋人らは浣腸器を考案したのではないのか？

芥川龍之介の死の数か月前、彼の書斎で見せられた諷刺画がある。たまたま話題がこの件に移った時、これはどうだろうと云って、彼は手を伸ばし、アルバム式画集を取って、その中程にあった石版画を私に示した。戴冠式の王座に就いたナポレオン一世の背後に、肩章をつけた人物が恭しげに跪いて、彼の左手を胸元に当てがい、右手に新皇帝の長いガウンの裳裾をたくし上げて、そこに覗いているまんまるな、子供子供したお尻の割目に接吻している処であった。フランス語の題名が付いていたが、それはなんでも「ソドムの恥」という意味だった。日本では此種の絵画としては、醍醐三宝院に伝わる絵巻物『稚児之草子』がある。又、『往生要集』地獄篇の挿絵など、ボッシュ、ムンク、ベックリン、ビァズレーをして、跣《はだし》で逃げさせることであろう。もし、彩色木版画になると、世界独自の優美なものがある。ここに大和絵を描いた襖の隙間から白桃が覗いて、こちらの居間で殿様がひとりで盃を傾けている絵図があるとしよう。こういう場合は童子にしろ侍女にしろ、ともかくお尻でなければ成立しない。画ではないが、能舞台に見る「うしろ張大口袴」は、まさに臀部曲線の瞠目《どうもく》的な抽象化である。殊にこれが喝食や白拍子によって用いられた時、われわれの魂は天外に飛ぶのである。こういう特殊な美術群をのけると、東海道の雲助も、大名行列の槍持奴さんも、『車曳き』の舞台に立並ぶ「尻出し」連も、みんな貧弱で、しみったれている。もとからの洋服族でない日本人は、(肛門台常用者とは異って)厠において「しゃがむ」という一種独特の姿勢を手に入れ、ズボン派とは系列を異にした露出手段を会得しているにも拘らず、お尻の美学についてこれという業績も挙げていない。

ところがあちらでは、ヴィナスの「カリピィヂ」を初め、ヴァチカン宮にある少年ダビデ像の、いかにも強靭な直腸を持っていそうな、つやつやと張切ったお尻。『神曲』的冥府の薄明中にうごめいている亡者群にしても、なんと惚々《ほれぼれ》するような、充実した臀部の所有者であることか！　我国の風俗画によく見かけるような、風に吹きまくられる木葉のように街頭を右往左往している庶民の、上向きに曲げられた首と対蹠《たいしょ》的に突き出されたフンドシ尻なんか、西洋には見当らない。絵馬堂の堂に見上げる「十界図」の、青白い亡者らのW型の、鳥の尻にも似た尖ったお臀などは、ポンチ絵である。それにしてもいったん卒塔婆の辺りで骨片を漁って、その髄を啜っている餓鬼らの糸のように痩せ細ったお尻までくると、これはもう、あの化粧まわしで締め上げた関取の臀部と合わせて、日本式お尻の双璧である。しかし万事休す！　いましも潜ろうとして天に向って突き出された海女のお尻にはまだ話のつけ様もあるが、餓鬼のお尻と相撲取の臀部だけは使いものにならない。

其他、薬屋のパンフレットに、ドイツの古い医学書から取ったらしい、エッチングや木版の浣腸場面がある。これは、十七世紀後半期に入って便秘が医学上の重要関心事になるにつれて、レディたちのあいだに「浣腸」が流行していたことを証するもので、即ちそれは美容法であった。美人を志し美女を持続するために、彼女らは絶えず通じをよくしなければならなかった。こんな絵には、小さな額縁に入れたいようなのがある。奇抜という点になると、例えば山中の僧院めがけて空中からおし寄せている悪魔の軍勢中に、お尻で喇叭《らっぱ》を吹き鳴らしている者、仲間の肛門へ鉾先を突込んで、拍車代りにこね廻している者、うしろ向きになってAから火を吐き、「火焔噴出機」の役をつとめている者……ボッシュの『地獄図』の中にも、矢の刺ったお尻や、梃子様のもので掻き廻されているAや、上反りの長い嘴《くちばし》を持った鳥にお尻を突つかせている場面があったようだが、あのノートルダムの屋上の怪獣も、そのうちの一匹は、Aに矢を受けたままで巴里を見下しているのだそうである。そう聞くと、私にはずっと前に雑誌の口絵に見た『ケンタウルス族の争闘』が思い出される。テッサリア山地の半人半馬の連中が、ラピタイ族と入り乱れて投槍で戦っている場面だが、それは、「馬の胴を持った人」と云うよりも、むしろ「馬の胴にくッつけられた人間の上半身」であった。馬の大きなお臀がほしいばかりに、無理につないだもののように思われた。

日本人が描いた『聖アントワーヌの誘惑』の一隅に、樹上の巣の中で鵞鳥《がちょう》の卵大の玉子を頼りに生み落している、人間のお尻をそなえた鳥女を見つけた。先年の二科展覧会の時である。理髪館そなえつけの国際時事画報のページに、この藤野一友氏の制作を知って、「こんなお尻に歌舞伎の蟹隈取をつけたらどうだろう」と私は思ったりした。アンドレ・マッソンの絵に『ピアノ・ミノトール』というのがある。クレタの迷宮の奥で、ピアノの怪牛が黄金の燭台のツノを立て、鍵盤の白い歯を剝き、マホガニー製の四肢をふんばって、いましも裸女をおさえ付けて、その真白な、見事なピーチの上にのしかかっている処である。これを模様替えして、「むざんやな甲《かぶと》の下のきりぎりす」が作れないだろうか。兜は経机か密教用の華瓶《けびょう》のお化にして、その下方に稚児を配するのである。書院造りの広い濡縁に、団子、芋、おみなえしが供えられ、これをまんなかに稚児たちが、うしろ向きにお辞儀している恰好で、まんまるい素肌のお尻を並べている。「名月や児たちならぶ堂の縁」（芭蕉）であるならば、そんな「月天子への供養」が鳥羽僧正辺りにあってもよさそうだ。『福富草子』の挿絵は知らないが、屁合戦なら知っている。活字本のページに見付けたのであるが、原本は、十返舎一九の『河童の尻子玉』か、『尻擽《から》げ御要慎』かにある筈だ。戦国時代のつわものや雑兵らが、いずれもお尻を丸出しにして敵味方互いに放屁を交えている場面である。治部卿が児の手を取り、いろいろさまざまにことばを尽せども、ゆめばかりも領承せず、あげくにさかしくも児の利口こそ可笑しけれ、「わがしりは守護不入なり」と。治部卿、憎さのままの返答に、「それ程結構そうにな宣いそ。守護不入のところから、さい〳〵ぶの出たのをわれがよく聞き参らせたぞ」と。（寛永版・醒睡笑）

守護不入——守護職がその地域に立入って、租税を徴取したり罪人を逮捕したりすることができないこと。社寺領などの特権。

古代埃及《エジプト》人の間では、丸い石ころを火中に焼いて、その熱くなった石の上にお尻の割目を当てがってじっとしている風習があったと。痔疾療法である。彼らはまた浣腸器を思い付いた。こういうプリミティヴなやり方を、坐薬だの、直腸鏡だの、拡張器だの、前立腺マッサージ器具等々に発展させたのが西洋医学でないか。それはちょうど古いエトルスクの壺にある宗教儀式の「腸占術」が、ピカソの初期作品『人体解剖図』に取上げられたような具合に——。

自転車は十七世紀の終りにフランスのシブラという青年が、両足で交互に地面を蹴って進む木製車を発明したのが始りで、其後スコットランドの鍛冶屋マクミランが前輪にペダルを取付け、これを英国のローソンが歯車仕掛に改良したのだというが、この二輪車に付いている、山伏の法螺《ほら》貝を引伸したような形のサドルは、当初はどうなっていたのであろう。あれこそ、「自転車」という軽業道具の最大特徴とも云いたい奇妙な代物である。あの「腰を載っける台」（あれは腰掛でない。鞍と云うのも当っていない）を変なものとして受取った憶えは、おそらく何人の幼年時代にもあった筈である。ところで、艶出しのかかった、固い、「お尻用の靴」とも云うべき皮革の中央部に、縦に三ツ四ツならんでいる小孔は、多分「空気抜き」（通風孔）であろう。それにしても、ちょうど向い合せに、ぴったりとそこにおし付けられる臀部との間に、余りにも対蹠的にそれら換気孔が配置されているので、こちらは奇妙な気持に誘われないわけに行かない。自転車泥棒はあるが、「サドル盗み」は別に耳にしない。けれども、婦人用サイクルのサドル狙いならば十分にありそうなことだし、特にそれが浅ましい心理だとも私には考えられない。何故なら、彼こそは一つの Urtat（根源的行動）に参加したことになるからだ。

このサドルほどでないが、「洋服」も又、殊に男子服はそれが臀部の勘所をはっきり指示している点において、われわれの気懸りのたねになるようだ。云わば洋服はきわめてウンコ臭いものとして、受け取られるのである。そのことを、私はすでに三、四歳の頃から感じ取っていた。あれは自分の住いの奥ノ間に三人の日露戦争出征兵士が大方一か月近くも滞在していた時のことだった。また、少し大きくなってからは、毎朝早く父といっしょに「馬場《ばんば》」の方を散歩するならいだったが、こんな折、大阪師団の小部隊や、ランドセルを背負うた偕行社の生徒に出くわすことが多かった。そんな制服をつけた集団を見ると、きまったように、中身である各員の胴体の下部に、ちょうど植木鉢の底にあるような小さな孔があいているということが頭に浮かんで、そのつどに不思議でならなかった。いったんこの事実に気付くと、お巡りさんも、学校の先生も、固いカラーをつけているお父さんも、西洋料理の出前持も、凡そ洋服姿の人はみんな、（なに彼につけて便意を催して鳥肌になりがちな自分らとは又異った意味の）「黄色派」として受取られるのだった。殊に、片方を洗濯竿に通してぶら下っているズボンを見る時には、いっそうそのことが感じられた。つい先日も、たまたま仏和辞典をひらいて、troufion が兵士で、troufignon が例の「ちぢこまった小孔」を意味することを知って、なるほどと思わずにおられなかった。

でなくとも、軍隊とは号令によって動かされる自動人形である。こんな受動態勢は、いったん彼らのお仕着せのユニフォームが示しているところの肉体の小孔部をかえりみる時に、いっそう明瞭に感じ取られる。殊に海軍では、人的圧力に加えて、自然界の暴威に対する忍従をも重ねて課せられているわけだから、水兵らの短かい上衣の裾のうしろから突き出しているお尻は、海兵的嗜虐性を最も端的に表わしている。云い換えると、彼らにはどこか少年的嬌態がほのめいている。こちらの出方一つで、「何故もっと早くそれを云わなかったか」と云いながらバンドをゆるめるような処が、彼らには確かにある。あるいは「よく云ってくれた」と云うなりハラハラと涙を落すか、耳の根まで真赤にして、うつ伏いてしまうか。昔、西部劇の始祖エドウィン・ポーターの『大列車強盗』で、私は、進行方向とは直角に撮られた車中撮影を初めて知って、シルエットになった樹々の縺れながらの移行に驚嘆したが、この郵便車の内部で背後から一撃をくらって仆されて、動いて行く景色へ向って人形のようにほうり出された乗務員が、私をして、制服をつけた者の「浣腸族」であることを知らしめたのだった。というのは、郵便物のあいだから立現われた覆面者が係り員を打ち倒したついでに、素早く先方に浣腸を施して車外へ投げ棄てたならば、いっそう効果的であったと感じられたからである。当時は未だ「演技」がなかったから、倒れるとなると実に呆気なく倒れてしまう。そこには、"Masochisme automatique"とでも名付けたいものがあった。うしろから忍び寄ったインディアンの斧を頭に受けて、パッタリと倒れてしまう歩哨にしても、そうである。彼らには倒れない以前から既に倒れているような処さえ見受けられる。それというのも、制服にあっては特にズボンの上半部にアクセントがおかれているからであろう。一般の場合でも、洋装が、ズボンとか半ズボンとかブルーマとかに切り離され、それもズボン下、股引、猿股、ズロース、パンティーと焦点が絞られて行くにつれて、小孔的自覚も高まっってこないわけに行かない。

幼年の頃、たとえば覚束ない夕暮時の戸外で、脇明けに手を入れて、ひとりで佇んでいる折などに、我身のふとももの内側同士が擦れ合う感触に、なにか遠い天体に通じるような、それとも「死」を想わせるような、甘い、遣るかたのない寂寥の念を覚えた、と江戸川乱歩が回想記に書いている。その不思議な、どこかへ吸い込まれてしまいそうな孤独感は、大人の用語で云うならば、"Ding an Sich"とか、「宇宙意志」とかに相当するのであろうと。つまり存在は普通コイタスあるいは瞑想によってしか近付き得ないが、それを要約したのがA感覚だと云うのである。この乱歩の述懐が示しているように、明治の終り頃までの子供らは、（十二、三歳までは）猿股とかズロース類は身につけなかった。それに男なら紺絣、女の子も手織木綿のキモノであるから、彼らの下半身はすっぽんぽんで、お尻の素肌を平手で叩くことなんか造作なかった。即ち「お尻捲り」に甚だ適していた。余所《よそ》行きの半ズボン服など持っているのは、同じ学校内でも一人か二人かという特別のハイカラ党であって、それ以外の男の子には、余所行き用には「のしめ」（熨斗目）という、お小姓姿を真似たような絹織のキモノが一着あったきりである。女の児は勿論もっと多くキモノを持っていた。モスリンなどがそうである。しかし洋服党などは一人もなかった。男の子にはメリヤスの股引があったが、これはもっとお兄さんになってから、即ち十五、六歳になって初めて当てがわれるのである。しかし、猿股のようなものが全然なかったわけでない。あれは「ヤワラ」と呼ばれていたから、多分柔道着を元に考案されたのであろう。魚屋さん、大工、車夫などの股引パッチをほんの腰周りだけに縮めたような代物で、手織木綿で出来て、同じ布製のひもが付いていた。股下は勿論裂けている。だから、用足しには便利だが、同時にその重宝さが、われわれに不満のたねでもあった。それは何より先に、(恰もキモノの付紐にも似た) 幼児的不粋の所以だと解されたからである。

お父さん、兵隊、学校の先生、巡査等が「ウンコ臭く」見えるのは洋服のせいである。お尻はズボンに対するアクセントになっているが、ズボンそのものがまたお臀に対するアクセントとしておかれている。股下の裂けたヤワラがズボン下乃至猿股に取り換えられ、その上から更にズボンを穿くことになると、不便さがダブって、そのことが却ってお尻を意識させる。猿股は大抵緑か紺で、これに白い横縞が付いていて、そのあるじのナルシシズムをそそり立てた。気取り屋はそんな薄手のショートパンツを二重に用いていた。そうすると不便は重複する。しかしこのことがお尻を引き立てるのだ。猿股やズボンや運動会のパンツは、云わば「遮蔽的顕示」なのである。で、ヤワラと、「用足しの度毎に脱ぐかあるいは下方へずらせなければならない猿股」とを比較してみると、前者は小さい瀬戸焼の四角い皿に赤だの青だの褐だのが盛られ、そんなひと揃いが平べったい紙函の中に詰められている和製の顔料だった。それに反して後者は、各々が独立した鉛製チューブに入れられて、それぞれの内容を標示した色帯と横文字のレッテルが貼ってある船来エノグだ。更にまた車輪のついたブリキの軍艦と、赤い船腹の後尾に舵と推進機がついて、台上におかれた（理科教室の戸棚の中の）模型との違いだ。更に「足袋」と「靴下」との相違でもある。足袋の先のくい込みが、私には気に入らなかった。このくい込みは過度であって、お臀になぞらえることも出来ない。冬には穿いていたが、こんな足袋はむしろ無い方が増しであった。私にとって、ヤワラの野暮臭さは、和製顔料やコマ付き軍艦や足袋の比でなかった。おはぎというものがある。「萩の餅」のことだが、これを包んでいる餡《あん》はともかくとして、未だよく磨りつぶされていない糯米《もちごめ》が、私に残飯あるいは嘔吐を連想させた。甘酒がそうだ。これはもう祭日に見かける酔払いのへどを暖めたものとしか受取れない。更に「鯛の鯛」（二重のタイ）と教えられたものがある。タイの鰭《ひれ》骨に属している、目玉に似た孔のあいた魚形の小さな薄い骨で、よく割烹店の看板などに使ってある。あれが私は大きらいであった。他に、足袋は辛抱するとしても、足袋のこはぜが我慢ならなかった。鉢巻、頬被り、お弁当の竹ノ皮、波形の屋根瓦、糊の効いた浴衣、乳べりのついた草鞋、お正月の煮染とお餅……こういうぞッとするような日本的湿潤群に、先の「ヤワラ」は属していたのである。日ノ丸弁当は大きらいだったが、梅干そのものはさほどでなかった。それは魔法の都バグダッドへの旅に駱駝《らくだ》の背の上でたべても差支えないと考えられたからである。ある時、それは母といっしょに明石へ移って間もない日のことであったが、あんな奴がと思っていた田舎の子が、目抜き通りの洋品店の窓にしか見られないようなハイカラーな猿股を身につけていることを知って、胸のつぶれる想いがしたことがある。朝早く登校の途で、右側の長屋の一軒の内部から、私の学校仲間の泣きわめく声が起っていた。折よく開いていた戸口から、何事であろうと覗いてみると、級友は、大柄な母親の太い腕によって、敷居ぎわにおさえ付けられていた。頑丈なお母さんの左手には線香のけむりが立って、彼はうつ伏せにされたお尻のどの部分かへお灸を据えられているのだった。陽に焦げた顔や手足に似げないお餅のような白い臀部と、その下方まで無理やりに引きおろされている(野暮臭いヤワラなどではない)ミシン縫いの緑色の猿股が、私の眼に止った。

「お尻がもぞもぞする」「お尻が擽《くすぐ》ったい」「尻が冷える」「尻を暖める」「尻に敷く」「尻を落ちつけて」「尻拭いをする」「尻の持って行き様がない」「尻に帆かける」「尻が早い」「尻抜けだ」「尻毛を抜かれる」「尻癖が悪い」「尻の青痣も取れないくせに」「尻に玉子の殻をつけていながら」「尻が割れる」「尻に火がつく」「流れに尻を洗う」「穴《ケツ》を追い廻す」「尻を持ち込む」「尻の孔の小さい奴だ」「尻の孔がうずうずとする」「もう空ッケツだよ」等々、われわれの臀部が、物理的にも心理的にもFondementだということがよく示されている。幼年的環境に限られたわけでなく、大人らにとっても十分にその通りであることは、おいど(居所)及びいしき(座)が証明している。其処は生活感情を託するのに最も手頃な部位であるばかりか、なお、ある種のなごやかな、打ちくつろいだ、根も葉もある慰安と生活力とをもたらせる源泉だということが、いまの二種の言葉には暗示されている。「たけき心をも慰むるはしり也」（古今若衆序）あえてこんな異端に出なくても、お尻というものは「口」のようにこせついていない。只そのまま眺めているだけで、人心を安らかにさせる。それは諸君自らがトイレにしゃがんでいる少時が、いかに伸々とし、いきいきとしているかを顧みたら判る筈だ。禁忌ではあるが、緩和法として、「お尻」及び「ケツ」くらいまでは発言してもよいようである。東西を問わず、何に彼につけて臀部が引き合いに出される傾向は、取りも直さず、「お尻と主人との親しさ」に由来する。事実、該所は人体中で最もふくよかな、最も愛嬌のある、最も忍従的な、遠慮がちな、しかも最も高踏的な、最もユーモラスな、しかも適宜に明暗交錯した、且つ何時何時までも齢を取らない、きわめて芽出たい箇所でもある。「ヴィナスの丘」の至福も、その後方の「不老の桃」には及ばない。たとい「ケツを食らえ」とか、「尻を舐めろ」とかいう罵倒が時に使われることがあっても、それは却って臀部そのものの徳性を表明する所以であるまいか？　忌みきらわれ、遠ざけられていることが、却って親しみやすく、時に粗相を仕出かしたりする点など、殆んどお尻の御利益である。真青な顔をした知人が案内も乞わず店先から上ってきて、奥へ通ったので、びっくり仰天した。何のことはない。彼は下痢気味で歩いていたところ、爆発に直面して顔馴染の店へ飛び込んだが、物を云うどころの話でなかったのだ。これもお尻の一徳である。いったい、われわれが自他に対して、「これをどうかしたい」となった場合、さしづめPVAの三者に頼るより他に手はない。しかもPV二者は先約済みでもあろうるのであろうか？　こんな福々しい、(尻尾の付いていない)臀部を持っているのは人間だけであるからだ。われわれは「共存体」に属して、食堂的存在であり、またトイレ的存在である。食堂は複数で、トイレは大旨単数である。しかも只ひとりでいる時の伴侶は、P感覚でもV感覚でもない。それはA感覚である。こういう意味で、「お尻」は「人」と同意語である。ためしに次のような単語の「コウ」を「肛」におきかえてみよ！　高野山、弘法大師、幸若舞、香気、講道館、攻玉舎、侯爵、校長、高士、高級、恒例、工員、公務員、公開実験、交通機関、行動派、硬派、高弟、膏薬、黄禍、後患、公徳、公選、鴻恩、行人、行楽、交歓、幸福、厚志、交情、好意、後見……いずれも間違いなく成立する。中でも、光音天、興聖寺、広隆寺、紅楼夢、孔門の十哲、校友会、工事現場、好事魔多し、鴻門破り、後納、後楽園、好色一代男、紅一点、紅衛兵、光陰矢の如し、高射砲、工学博士、公安委員会、公教要理、講和条約、皇国興廃、公衆便所、後期印象派などはそれぞれに傑作である。漢字ではないが、「アフター・サーヴィス」がある。以上は最初に「コウ」が付いている例だが、二字目、三字目、四字目の「コウ」においても同様に成立する。いっそ身辺の任意の一冊を取り上げて、全ページに亘って「コウ」を「肛」におきかえても、なお十分に成立する。この事情は即ち、われわれが鳥族のような「肛門派」に他ならぬ一事を、(あらゆる男女が結局において「尻男」であり「尻女」である所以を)証明するものである。何故なら、「チツ」を以てすれば、決してこのような効果は上らない。倖い「チッ」は「コウ」のように親しいものでなく、字引を披いても、チッが初めについているのは二十くらいしかない。「チッ」は「コウ」のように多くないからよいようなものの、もし「膣」に基いて、あるいはまた「イン」と「カン」とに拠って、今のような変換を試みたならば、ぶん殴られるよりも先に、座は白けて人々は散じてしまうであろう。

「尻の孔が小さい」は、元来、男色的吝嗇《りんしょく》に対する批判だったのであろう。有意的「すばり」への非難だとも云える。この言葉は期せずして、フロイトのいわゆる「出し惜みする肛門愛」の先駆である。更に「ケツを食らえ」とか、「お尻の用心」とか、あるいは先方へお尻を向けて叩いてみせる仕草（ここまでおいで、甘酒進上！）とかは、もともと山伏だの法師だのがお尻に目のなかったのをからかったことに、起源するのであろう。「糞たれ」は、本来、A感覚的だらしなさを表明する言葉であった筈だ。また「お尻捲り」というのは、元は若衆に対する云い方であったのが、（A＝Vの関係から）そのお隣り（女性）の上に使われるようになったものに相違ない。「馬鹿野郎」も結局お尻に繋がっている。「蛍大名」（お尻の光で出世した）などという悪口も昔はあった。『ユリシーズ』の中に大文字で出てくるK. M. A. は、“Kiss my ares”であり、A. T. D. は“Attention ton derrière”である。桃太郎の「桃」も加えて、総ては人間本来のヒップマニアの所産だとしないわけに行かない。何故なら先にも述べたように、お尻に関する云い方には例外なく一種とぼけた味があって、人をして臀部に対する嫌悪の情なんか懐かせないのが常であるからだ。まして敵意など起り得よう筈はない。ある児童擁護施設で便所掃除が唯一の取柄だという精薄児のことを、私は聞かされた。これは、彼にとって廁こそ最も落付ける場所であるからでなかろうか？　更に例えば、不意に集団検便が告知されて、途端に一同のあいだにどよめきが湧き上るなんか、もしもVPに関した事柄であったなら決して起り得ない、と考えられる。VPでは効果が強すぎて、座は白けるより先に、みんなの激昂を買うかも知れない。下痢にしても、これが一種親愛の念で扱われているのは、「至極もっともなA感覚関与」であるからだ。すでにVP両感覚にしてからが万人共通であるが、A感覚になるといっそう深層的であって、これへの関心の度合は、各人の間に本質的には区別がつけられないほどである。フロイトは云う。「幼年期によくある腸障害は、肛門帯が劇しい興奮に事欠かないように配慮していることを証する。腸内容の排泄地帯の催情的意義について、痔の影響を笑って見逃してはならない」と。私はつけ加えて、「我国に古来から伝わってきたお尻への灸をも、決して軽視すべきではない」と云いたい。西鶴はさすがに芸術家だ。彼は、「女郎にふられての床と、痔の歌舞妓子としめやかに語ると」男色大鑑巻一に比較論を書き入れている。「ズボンをおろせ！」これは旧海軍の尻打ち懲罰であるが、でない場合にも、「お尻を出して――」は比較的に云いやすい。他の部位ではこうは行かない。Pに似合うものは、さしづめ「肥後ずいき」の鉢巻くらいなものである。Vには花がよく似合う。Aとてその通りである。ジュネの小説にベッドの上に頰杖をついて寝転がった裸の少年が、赤いカーネーションを挟んだお尻を左右に振って誘惑する場面がある。でもVに海軍旗が似合うとは、私には到底考えられない。両者は親戚すじだから調和しそうだが、やはり可笑しい。Aならば間違いなく似合う。小さな信号旗、とりわけユニオン・ジャックなどは素敵である。もしもいったん古代アッシリアやフェニキアのお小姓のある者に見られたであろうような斑《ぶち》のあるお臀にめぐり合ったなら、宝石の飾りを必要とする。

そうかと云って、歌舞伎の悪役が持っているような、赤褌を緊めた、毛むくじゃらの色黒のお尻に対しては、あるいは又、乾いた血で汚れたフンドシをしめ、汗臭いターバンを巻いた虎狩人の臀部には、誰しも好意は持てまい。東西の観客席に向っておッ立てられた相撲取のお尻は、ひいき筋にはあるいは頼もしくも見えるであろうが、われわれにはいま一つ感心されない。大きなお灸の痕が月世界の円環平原のように左右に残っているお尻については何を云おう。しかしこのような場合でも、たといそれが膏薬ばりの萎びたお尻であり、溝にそうて色素沈澱があり、田虫におおわれていても、臀部そのものが人間本来の寂寥《ソリチユード》について、何事かを訴えているという点においては、可愛らしいお尻、きれいなお尻、心をそぞろにならしめるお尻の場合と更に変りはない。だから、時たまの不作法な不意の漏音はあるにしても、哀れさと諧謔味とをこちらは覚えこそすれ、お尻そのものへの反感などは起り得よう筈はない。いつだったか私の知人が、宵闇の草むらに白く浮き出たお尻に、この上もない憎しみを覚えた。近所にめくら娘がいて、これが口達者で、出しゃばり屋で少しも同情をそそらなかった。きらわれ者がさっきから其辺をうろうろしていたが、ついにしゃがみ込んで、用足しを始めたわけである。そこまでは別に差支えなかった。彼女の上に事が済んで、両手が草を撫で廻した。これも別に可笑しくはなかったが、ついでにその手を鼻先に持って行って嗅いだものだから、こちらはムラムラと来た。彼が石をつかんで投げつけたところ、白いお尻にうまく中《あた》って、ギャー！　という此世ならぬ叫びが四辺に響いた。この場合だって憎さは瞬時であり、お尻を仲介にして大へん気の毒な目に逢わせたのだから、哀れさは取戻されている。更に、ある種の動物とねんごろになるというお伽噺を設定してみよう。先方のVを狙ったとあれば、浅ましいが、雌雄に拘らずAを目的にしたと云えば、ユーモラスであり、どんな相手の上にでも成立するであろう。クジラのAを狙った。大トカゲを若衆に持った等々。

ところで、Aとは対蹠点のOを考えてみよう。此処は栄養摂取の吸い込み口であるが、同時に呼吸器の一つで、発声機関でもある。「食う愉しみ」を担当しているばかりか、Oがなければ意志伝達にも差障りが生じる。フリュートもトランペットもここを煩わせなくては、鳴らない。歌などもうたえない。その外に、Oは、親愛表示の粘膜接触の役目を受持っている。

Aは排泄を司るところの吐き出しの門戸であるが、Oにおける言語や吹奏とてらし合わせて、あべこべに、此処から何かが入り込んでもよいのでなかろうか？　ちょうど言葉の出口に向って食物がおし込まれるのと同じ具合に。総じて子供は自らの皮膚の任意の部分に、適宜に、「第二のエロティック・ゾーン」を作ることにかけては専門家である。すでに赤ん坊は、母親の乳首から離した自身のO部を、「おしゃぶり」の上に持って行くではないか。栄養摂取と結びついたO帯が、たとえば接吻において性愛的に高い価値を賦与されているにも拘らず、ひとり排泄機能に繋がったA帯がそうでないとは、私には不当な抑圧のせいだとしか考えられない。曾て自身の口唇を様々にゆがめて、いぼ痔、切痔、脱肛を巧みに表現した芸人がいたということも、私には至極もっともだと思われるのである。

それにしても、ねじの廻転の作者ヘンリーの兄のウイリアム・ジェームズ教授が、彼の名著の中で云っている。「宗教とは呼吸機関の顚倒である」と。即ちそれは別な息をすることだという。そうであるなら、たとえば聖霊が「空気の棒」のようなものになって、使徒らの口から内部へはいったというようなことが、対蹠点Aの上にも人知れずに起っているのであるまいか？　既に滋養浣腸というものがある。もしも聖書を暗記するために、これを庖丁で刻んで丸呑みにするというのなら、同じことは反対側からも行われていいであろう。「色界第二禅天」というのは、われわれ人間がそこから降りて来たと云われる遠い家郷である。この「光音天」の住民は、口から浄光を発して言語の代りにしているのだそうである。それなら、Aの上にも似たことが起らねばならない。そもそも「天衆」は、仏、菩薩も合わして、総て母胎乃至卵殻に依らないで、化生する。観音様は女性だなどとは現存する仏画乃至仏像による臆測である。すでに四悟界第二位にある菩薩たちがどうして相対的な性別に置かれている筈があろう！　彼らにはVやPをそなえる必要はないが、Aだけはその限りでない。彼らにはOがあるのだから、当然Aもなければならない。女神イザナミがVを灸《や》かれて病臥中に、彼女の屎《くそ》の中から「土器製造の神」が生まれ、尿からは「水の神」及び「食料生産の神」が誕生したというが、何にせよ、Aは非常に広範な意味での Kloake（総排泄孔）だと解される。これが「アキレスの踵」でもあるのは当り前であろう。

一、口の中へピストルで続けさまに射ち込んだところ、いずれのタマもキャラメルのように嚙みゆがめて、ペッペッと吐き出してしまった。今度は向うに立たせて、大砲で射った。煙が散じたあとにニヤニヤ笑いながら立っている。こん畜生！　とばかり、三度目に、お尻の孔へ棒杭を叩きこんだら、たあいなくお陀仏！

二、春の午後、熱海の海岸に巨きな黒牛が昼寝をしていた。海中から大蛸《だこ》が匍《は》い上ってきて、やおら大牛の上にずり上って、先ず四本の脚を牛の四肢に絡みつけた。牛は平気であった。蛸入道はこんどは二本の脚を、それぞれに牛の角に巻きつけた。それでも牛は眠り続けている。さて残りの二本のうちの一本がAに突ッ込まれ、一本が鞭代りにお臀をひっぱたいたのを合図に、大牛は立ち上り、その背に大蛸を載っけたまま、砂丘を越え、砂煙を立てて真一文字に向うの方へ縮まってしまった。

そもそもAは、両岸の密着した狭間の底部にあって、Pの凸起とはうらはらな凹所である。この開口部は、普段は内外二段の横紋筋によって、桔梗袋のように引き緊められている。臨床家小谷剛は、処女的Vについて云う。「あのピンク色の薄膜及び小豆つぶは、（朱色の血管にまじって、真夜中の満月にも喩えたい視神経乳頭が示す眼底の構図と共に）人体中にあって最も美麗な部分だ。二ひらの肉片をおし開いた先に見える薄桃色の膜は、それだけを取り離してみても、どきりとするほどに美しく神秘的である」と。そうでもあろう。東洋の「桃」から桃太郎が生れたように、西洋好みの「イチジク」はなるほど、内側に包み込まれた花であって、そこから蜂雀が飛び出しても別に可笑しくはない。しかしミスティックという点になると、横紋筋のひだの一つ一つが花弁であり、同時にイソギンチャク的触手でもあるところのAには、太刀打が出来ない筈だ。Aは素朴であるだけに、より内包的である。この中空性器官、間歇火口、それとも「谷間の一ツ目小僧」でもあるところのものは、夕焼雲に似た眼底だの、真白い太股の附根にあるピンク色のボウトだのとは異って、無底である。これは、Pに対しては勿論のこと、同じ谿谷派のVなどよりもずっと上位のものだと云わなければならない。Pは、自ら何と自惚れているかは知らないが、それは単なる「栓」であり、コルクであって、殆んど内容はない。

こんな、「せいぜい二、三回で萎《な》えてしまうようなもの」の上には信用がおけないのである。これに反し、（おへその下方ではなく）背すじの終点を中心にコンパスを廻した範囲ほどに、世にも魅力的な地形はない。しかもAそのものは、適宜の陰翳《いんえい》を伴うて盛り上っているまんまるい両岸の合間深くに隠されていて、絵画や彫刻に取上げる場合にも、(前方のヴィナスの丘のように)イチジクの葉なんかでおおう必要はないのである。これこそ、「開山祖師の眠っている奥の院」でなくて何であろうか？　画家はしかし、一般として黒蝙蝠の方が描きやすいと云う。仙桃の方は人によって千差万別で、デッサンにしてもきわめてむつかしいそうである。

夜道で一群の男女の遊宴に出食わし、その乱痴気ぶりに見惚れていたら、夜が明けた。「そんな処で何をしていなさる」の声があって、気が付くと、自分は一生懸命に馬のお尻の孔を覗いていた。しかし丸山薫の初期の詩にあるのは、もっと斬新である。象の肛門に片眼をおし当てて窺ってみたら、その内部には夜の曠原が果も知らずにひろがっていて、星つぶ一つも見えなかったが、只遥かの彼方に、野営の燈らしいヴァーミリオンが一点見えていたというのだ。

今夏、広島の若い詩人M君から贈られた詩集をひもといていたら、夜々盗賊のような粋な扮装をして、野生のアスパラガスが萌えた丘を登り、秘密の古墳の洞に少年ミイラを訪ねるというのがあった。いまの丸山君の詩は、このミイラの内部空間を覗くようにわれわれに強いる。ではひとつ、金色のシャベルをたずさえた若い考古学者をして、心情の手提ランプをそこに置いて、やおら原色に彩られた棺の蓋をあけて、徐ろにミイラの瀝青《れきせい》と没薬《もつやく》とに強張った亜麻布を解き、かねて用意の窺管を幼年王のAに差し込ませることにしよう。思いがけなくも其処は、エジプトの眩しい陽光の氾濫である。われわれはこの別天地に、爾後、夜毎に順を追うて展開するラムセス王朝期の絢爛《けんらん》無類の絵巻物を見るのでなければならない。

ミツライム地方に巨鳥が棲んでいる。これは亜剌比亜夜話の「ロック」の比ではない。何故なら、垂天の翼をおさめて舞い降りてきた鳥には、砂が大好物だとあって、砂を食うわ食うわピラミッドの一ダースや二ダースは瞬くうちだと云うからだ。ところが調べてみたら、実は鳥のお尻の孔が三角で、ピラミッドはその糞であったことが判明した――でも、十七世紀のデンマークの作家ホルベルクの『ニルス・クリムの地下旅行』は、いっそう不思議である。これは、コペンハーゲンの大学生ニルスが故郷ベルゲンへ夏期帰省の途次に、奇妙な洞穴を見付けたというお話である。彼がロープを伝って降りて行く程に、綱が切れた。ところが落ちても墜ちても、穴は無限に深く、自分の周囲には星々が輝いているではないか！　天体中の最も大きなのが近付いてくると共に、自身の今迄の垂直運動がおもむろに水平的になる。彼は「人間衛星」として、そこにおかれる。ポケットから麵麭《パン》を取出して投げてみると、パンも自分といっしょに星の周りを旋《まわ》っている。折から巨きな鷲が飛んできたので、ロープの切れ端を先方の脚にひっかけ、その誘導を俟《ま》って無事に着陸した所が即ち「植物園」で、犬に吠えられて攀《よ》じ登った樹が生憎《あい》《にく》と知事閣下夫人であった為に、告発される。この一部始終は、しかし巨大な動物の肛門内の出来事だとすべきである。というより先に、このたての無底の洞穴そのものには既に直腸の予想がある。

沙漠の砂食い鳥のような大きな代物ではなく、普通型で、しかも紙縒《こより》の犬のように痩せ細ったハイエナのくせに、何を食べているのか、夜々、山のようなウンコの山を築くのだ。そういうことをやはり丸山君が語ったことがある。先に云い忘れたが、ゴヤの『カプリチョス』(アイツラハ、ミンナ、ワナニカカルゼ)鳥紳士連が妖婆めく女性によって、それぞれにお尻へ木の枝きれを差し込まれている絵であるが、このエッチングも、先のハイエナの話も、共々にAの上に「恥部」以上の意義を認める処に生れている。そもそもAとは、厭うべき総てのもの、日常生活とは引き離しておくべきものの表象である。それと同時に、Aは、「渾沌《こんとん》の世界」「覗いてはならぬ界域」を代表している。其処は、絶壁上に忘れられた高原、人の気付かぬ瀑布の所在地、さては天体画的な深淵であって、それ自ら功利打算の外におかれている。しかもこのつつましい空隙は、用便時を除いては全く顧みられない。否、むしろ敬遠されている。このような不遇には、なにか老子の、「俗人昭々我独悶々」のおもむきがある。同時に、「国の不祥を受くるは社稷《しゃしょく》の主にして、国の垢を受くるは天下の王である」とでも云いたい高邁さを読み取らせるに十分である。更にAの本質的な若々しさに到っては、なお菊慈童の故事を思い合わさせるものがある。先の荒談の鉄人は、お尻に棒杭を打ち込まれることによってついにお陀仏したが、これは反面に、該所が、「白い焔の裡に復活する不死鳥の床」であることを示している。さしものV感覚も、その「谷神不死」性の点になると、A感覚の前に、一揖して退かねばならない。なるほど、帰郷した浦島太郎の周囲に曾ての知人はひとりもいなかった。それでも彼には竜宮城の楽しい年月の記憶があった。ところが、晋の木こりの王質の場合はどうであろう？ 彼は只、四人の童子が碁を打っているのを、先方から貰った棗の実を食べながら、傍にあって見ていたにすぎない。たったそれだけで、彼が小脇にした斧の柄がひとりでに朽ち折れたのである。驚いて下山したら、里には顔見知りの何人も居なかった。

こういうものへの自分の関心の最初は、非常に精緻なペン画の臀部だったように憶えている。それはギリシアの神々の一人であったのかも知れない。云わば太古から続いてきている経験の一つに、自分も参与したわけである。A感覚は、いにしえの帝王に先立つ「半神時代」の感覚である。これは当然として、われわれの遠き未来生活とのあいだの緊密な包合を、そこに予定している。

P及びホーデンは、夙《はや》くから男児らの手すさび道具にされる傾向があるが、その豊富さと深味の点においては、もとよりAに適うものではない。事は人体の上に限られていない。早い話が、「前肛動物」と呼ばれるうみうしなどに対して、われわれに懐かれている奇異な本能的共感は、取りもなおさずA的原始性に直面する点に生れている。「磯の尻《けつ》」の別名を持つイソギンチャクにしても、そうだ。あれは、お尻と口がいっしょになっている。擬軟体動物というのはどんなものか、私は未だ知らないが、その又の名が「外肛類」だとなると聞き棄てがたい。おなじみの回虫ですら、それが時々お尻から飛び出すということに結び付けられると、変にエロティックなものになる。このように、

Ａが六穴中の随一であることにいったん思い到ると、河童族が、この大きな白磁の壺を両翼に持った「衆妙の門」の内部に宝珠を狙って躍起となっているのも、無理はないと頷かれるのである。排泄孔とは見せかけであって、其処は、人間にあっても、他の動物にあっても、より深遠な消息への「狭き門」だという気がしてくる。

　夏休みの早暁訓練にそなえての合宿で、ひそかに墨汁と毛筆を用意して、熟睡中の下級生のＡ部に順次にいたずらをしないではおさまらないという男が、昔いた。現場に居合せた者の報告では、おどろくべきことに、スミをいっぱい含ませた筆の先が内部に二、三寸もはいって、頻りに出没していたにも拘らず、相手は一向に眼を醒まさなかったというのであった。今日になって私には、当事者の趣味の比類なさがよく納得される。つまり、この肉体の辺域チベットの入口に立っている禁札「不可触」が、彼のボーリング欲をそそり立てるのである。しかも我身のそれは（直接には）絶対に見ることが出来ないという制約が、いよいよ彼を駆り立てる。サド侯のいわゆる「聖なる汚物」は、この場合、薔薇の棘、猫の爪の魅力になっていることに相違ない。又、その頃、私と同じ汽車通学の一人で、途中から乗ってくる半ズボン服少年のＭボタンに手をかけずにおられないという男がいた。当時は一つ一つ遮断された客車が未だ使われていて、同じ箱に二人きりにおかれる機会を狙って、彼はそのことを非常な楽しみにしていた。彼がＡにまで気付かなかったのは、時間的に余裕がなかった迄の話である。Ａは、そこではＰにおいて代用されていたわけである。“Knabe”とは、その語源から推して、（幼年というよりは）薄ひげの生えそめる年頃の少年を云う、とアルベルト・モルは注意している。「双方を裸にして相撲を取らせることほどに世に美しい眺めはない」とソクラテスが云ったのは、そのような年増少年を指しているが、これも焦点は「衆妙の門」の上に絞られる筈である。V幻想というのも、結局、衆妙の門の敷衍《ふえん》を出ない。「聖人、褐を被って珠を懐く」は、私に依ると、世をあげて女性への阿《おもね》りに明け暮れている時勢に、ひとり中学高校の少年たちが置き去りにされて、一様に鴉に似た、黒い、埃っぽい制服を当てがわれながら、なおその内部に一対の弾力に富んだ白珠を蔵している事実を云う。この白玉を実用的に水増ししたのが、即ち女性のお臀である。

一九二〇年だったか、ケルンにおける有名な『三人展』の会場の入口がカフェの便所であったのは、当を得た話だ。これより先に、マルセル・デュシャンがニューヨークのアンデパンダン展へ持ち込んだ署名入りの瀬戸物便器は、それを『泉』と題する程ならば、（なにも殿方用に制限しないで）男女ともに打ちまたがる大便器であらせたかった。

「往昔二柱のめぐり初めの打出しなりしを、鶺鴒の尾おもしろをかしきに感動して、今、人倫の一太極となれり。それを一転して、玄の又玄、衆妙の門、忽然としてしりへに有ことを、三国伝来つかまつり云々」（古今四場居色競百人一首序）

私の友人がある日、野をいっしょに歩いていた時に、だしぬけに笑い出したことがある。昼寝中の仲間のAへ、工事用圧縮空気ポンプの筒口を差し込んで大事件になった。そういう朝刊記事を思い出したからだと云う。友人の笑いは私にも頷けないことはなかった。小学生の頃、ピクニックの帰途に、O君が海辺の小さなステーションの便所の扉の内部へ消えたのを見届けて、私はこちらから石を投げたのだった。アッ誰だ！　という声が、向うの青ペンキ塗木造小屋の明り取りの窓の内部に起って、そのとたん自分は吹き出してしまった。弓形の曲線をえがいて飛んで行った小石が、ちょうど友だちのお尻のかなめに命中して、そのまま彼の身体の内部へ吸い込まれてしまったという気がしたからである。採光窓は高所にあったし、たとい石が友のむき出しになった臀部に当ったところで、そんな莫迦《ばか》な結果になろう筈はない。先方が弾道とは直角になって、口を開けて待っていたわけでないのだから。それにも拘らず、どうしてもそのように決めずにはおられぬものを身内に覚えて、私の笑いは仲々に止まらなかった。

数年経って、『中学世界』のページに見付けた漫画が、曾ての須磨駅のO君を私に思い出させた。少年がズボンのおしりに墨汁で以て同心円を描き、うしろ向きに四ツ匍いになって、離れた所から友だちに弓で狙わせている処である。「外したら大変だよ」と詞がついていた。「的《まと》」というのも結局はAである。Vを矢先で狙うというのは可笑しい。Vは同心円でなく、舟形であるからだ。

野径の我友の思い出し笑いは、いっかな止みそうでない。こちらが何を云いかけても、只げらげらと笑い続けて、折から野末に沈んでいく、赤い、くるくる旋転している夕陽の円盤も可笑しさを募らせるばかりである。二人が燈の点った町中に帰ってきても、なお友の思い出し笑いは止まない。翌日の新聞は、圧縮空気ポンプ被害者の死亡を片隅に報じていたが、これを知らせた時、友の笑いが気狂いじみた劇《はげ》しさで再発したことは云う迄もない。

縫付けバンドの子供服を着ていた頃だった。京都の大きなお寺の、若葉の庭にそうた仄暗《ほのぐら》い座敷を、大勢の人々と共に次々と案内されていた時、欄間から下げられた懸物の中に三幅対があって、そのまんなかの絵が奇妙な図柄だった。渦があっちこっちに巻いている緑青色の海面に、何か、割れ目のついたお餅のような茶褐色が五ツも六ツも頭を出している。私の父がそれについて質問すると、阿波鳴門の図だとのことであった。「ふーん、そうするとこれは岩か。ぼくは又、海女《あま》がそれぞれにお尻を突き出している処かと思った」父の口から洩れた途端、案内役の中年の坊様が、だしぬけに吹き出してしまった。彼はもう説明が続けられないまでに笑い転げた。それはなかなか止む模様がなかった。半ズボン服のポケットへ両手を入れて、靴下のままでうしろに従っている私をかえりみて、顔が合うと、私の両腕をつかまえてゆさぶりながら、坊様は気狂いのように笑い出すのだった。私は、彼は今日じゅうはよく説明役がつとまらないだろうと思った。明日になっても、明後日になっても、あの絵の前にくると爆発して困ることだろうな、となんだか気の毒にさえなってくるのだった。

友だちの笑いの再発は、ちょうどそんな具合であった。この種の可笑しみは、しかし何人の上にもあるのでなかろうか？　イルリガートルを購《もと》めにやってきた青年に、女店員がギョッとしたなども、失笑の一歩手前だ。ガールフレンドを郊外電車のフォームに立たせて撮ったところ、その背景が肛門病院の広告だったのでギクッとした。「肛門科助手」を耳にして吹き出す。いずれも怖さの変形なのである。スタンプの柄や天狗の面などに対しても、幼少年らには、前「了解」があるように思われる。

I君というのが、やはり遠足の日に、私に張番を依頼して、向うの茂みの中へ身を隠した。そのあいだがどうも永すぎた。彼はいま一生懸命に力みながら玉子を生んでいるのではあるまいか、という気がふっとした。友の丸まっちい、どこにも角張った部分がない身体つきから推して、いま頃はてっきり雉か山鳩かに変身しているように思われた。云い換えると、I君の正体は何処かの山棲みの鳥であって、普段は小学二年生に化けているのだという思想なのである。まだ学校に上らなかった頃、私は一度、自分とは十年以上も年上の姉のあとから便所へついて行って、何と云われても外へ出なかったことがある。「けったいな子、そんならそこをよくしめて――」狭い場所で、眼のすぐ下にしゃがんでいる姉が、根負けしたように云ったのをよく憶えている。次は小学上級の折だった。家の書生が、土間つづきの一段高くなった小区廓内へ姿を消したのを見すまして、そっと近寄って行くなり、しゃがみ込んで、下方の隙間からうかがってみた。ところが、見える筈のものがどうしても見えない。苦心していると、矢庭に頭上から声が懸った。先方は私が覗くであろうことをちゃんと承知していて、其場に突立ったまま、上方の隙間から当方の行動を監視していたわけだ。

もう一つ、余所へ出かけて、比較的お粗末な雪隠を借りなければならなかった折などに、私には不思議に覚える一事があった。ちょうどしゃがんでいる眼の前に、その所々が剝げた白壁のおもてに、自分よりも年少者の仕業だと解釈されたが、爪先で描いた素描や蚊をつぶした痕にまじって、指先でなすりつけた褐色があることだった。たぶん紙の持合せがなくて、それに対する応急処置だろうと受取られたが、それにしては余りしばしば見かけるので、いま一つ合点が行かなかった。ところがそれから何十年も経って、私はとうとうフロイトの中に読み当てた。曰く、「大便を自分の指先になすり取って壁面に塗りたくなるような癖を持った児童は、大きくなってから画家になるものである」

私はフロイトについては、永いあいだ、新奇な、しかも臆面もない、（思想的）灸針術か揉療治の類いだと解していた。「そうでない」と友人に注意されても、「セックスというような茫漠とした原理を持ち出せば、何事だって一応の解釈はつけられる」という考えから、自分は離れることが出来なかった。世に漫画家ほどの漫画的対象はなく、心理学を持ち廻る者ほど、心理学的資料に叶うものはない。これが私の持論だった。つまり私は、亜流の上にのみ成立する事柄を本物の上に及ぼそうとしていたわけである。フロイトが宿弊を打破するために、敢てむきつけな云い方を採ったということが、未だよく呑み込めなかった。この間違いに気付くためには、殆んど三十年の歳月が必要であった。いまはシュールレアリズムの先輩たちに伍して、「永遠なれ、ウィーンの学者!」でもその昔フロイトをあけて、「子供が受動的な運動感覚を好んで、もう一度そうされたいと望むのは、機械的に身体を震動させることによって生じる快感が存する証拠である」この種の云い方が自分の気に入ったことは確かである。

つかみ合い、殴りっこの時の身体同士の摩擦は、自分には余り経験がなかった。柔道と相撲は今でも私の最もきらいなものに属している。それよりも、一人でやるもの、ローラースケイトとか器械体操とかが好きであった。そういうわけで、汽車の律動とか、船のローリング、ピッチングに、いまのフロイトの言葉を結びつけてみると、「真理だ!」としないわけに行かなかった。「——総ての小児が、人生において一度は車掌か駅員かになりたいと思っている。彼らが列車に寄せる劇しい関心は、明らかに、運動感覚が快感という特徴を持っていることにもとづいている。ブランコの時、風が性器に触れて直接快感を感じたのを思い出す人は多い」未だ射精が何であるかを知らなかった頃であるが、ちょうど飛行機の始まりで、「空中高く揚るとオナニーしたのと同じことが起る云々」と年長者から聞かされたことがある。いまのフロイトの一節は、そのことを私に改めて思い合わさせた。

マルクスが、「口において歴史を解釈しようとしたフロイト」であるならば、フロイトとは、「口の対蹠点」において文化活動を説明しようとしたマルクスである。即ち彼が、Aという最初の、しかも最大の「抑圧的対象」をとらえて、この部位における殆んど生涯的な刺戟感受性の重大さを指摘した点を、私は注意したい。彼の功績はこれで十分で、あとは余計なお喋りだと云ってよい。「肛門本能」「肛門期」あるいは「肛門愛」等々の新造語こそ、それぞれが含有している将来性において、彼の残りの総ての業績に匹敵するのであるまいか？　身辺をかえりみても、「肛」の一字は確かに、幼少年が最初の日に頭に印せられる漢字の一つに属している。「工」はいいとして、そこにくッつけられた「月」はそもそも何の意であろうと、彼らは考えたりするものである。だから「コウ」の発音さえ見付けたならば、それが何であろうと、「肛」の一字をそこに嵌めてもよいと思われたりしてくる。それ以後において、彼らには「痔」「直腸」「浣腸」「下痢」「坐薬」等々が、（おそらく廁、雪隠、便所も共々に）「肛」の同義語として取扱われるようになる。「外科」とは、その初めは「肛門外科」のことなのだ。たまたま任意の場所に眼にとまった、あるいは字引のページに見付けたそれらの語彙は、彼らの脳裡にとどめられて、それぞれに汲めども尽きない幻想の泉となる。自分の経験中から例を挙げてみよう——

物心がついて以来、小学一年一学期までに亙る大阪生活中に、しばしば大人らの会話中に洩れ聞えた「毛馬のコーモン」が、そのつどに異様な感をそそり立てた。そこは新名所として、休日にはみんながお弁当を持って遊びに出かける所であった。「毛馬閘《こう》門《もん》」のむつかしい字は未だ知らなかったものの、それが、淀川すじと大阪市中を貫流する大川との分岐点だということは、大体見当がついていた。しかしそんな地理上のイメージではなく、もっと別なものがそこには連想されるのだった。

「アジ川」は、私には、ゴミだらけの濁った河波を截《き》って進んで行く小蒸気なんかを思い合わさせない。アジ川は、天満前通りの魚屋さんの店先で覚えている。細かな歯並びの、背の青い、お腹は銀色の、長楕円形の魚を喚び起させるのだった。「ケマ」だって、なにも四軒屋の前から発着している伏見通いの外輪船などに繋っていない。それは「毛のはえた馬」である筈だから。『太陽』という大人向きの分厚い月刊誌の口絵で見た『ケンタウルス族の争闘』が、「ケマ」と「毛の馬」とを結び付けてくれたのだった。馬のお臀はどこか人間のそれに似ている。そのまるい豊かなお尻があってこそ、馬は飼われているのかも知れなかった。馬は即ち Hip だからである。この馬の背に跨がると、(椅子とは異って) それこそA感覚的密着だ。私は一度、博覧会の貸馬に乗って、馬丁つきそいで小さな馬場を一周したことがあるから、大体見当がつくのである。近来のように各方面にいろんな乗物の発達が見られるにも拘らず、なお馬が人気をつないでいるのは、一つに鞍上及び裸馬の背におけるA的密着が、映画や競馬を通して幼少年に感付かれているせいでないのだろうか? サディズム乃至マゾヒズムの了解には、何より先に「ヒップ」的手蔓が肝要のように思われる。でなくてさえ、最初の日、たまたま谷崎潤一郎のキャッチフレーズとして眼にとまった「マゾヒズム」の五字が、なんと容易ならぬ魅惑的内容をそこに直感させたことであろう！「紅海」の紅は「肛」におきかえてよいのでなかろうか？　世界地図をしらべてみると、"Red Sea"の入口は窄んでいて、そこから直腸の縦断面そっくりに、太く細長く続いている。「これはいよいよ肛海だ」と思わずにおられない。ためしに、巨大なPの形をしたスカンディナビア半島が伸びて、地中海を通って黒海を衝くことを想像してみるがよい。イタリアの長靴が、ある時、喜望峰を大迂回してきて肛海に挿入されないことがどうしてあろうか？　形の類似という点では、林檎の底部がお尻に結びついていた。リンゴのお尻は、富士山の頂上の部分にもよく似ていた。あの素描に見る、三つの峯から成り立った富士山のてっぺんは、そのまま虚空に向けられたA部である。其他（たとえば桜のような）くい込みのある花弁や、ハート形系統のあらゆる葉によっても、各様のヒップのパターンが得られる筈であった。

神戸の西郊に「尻池」という処がある。いまは無数の煙突と格子塔とタンクとの巣であるが、以前は田圃の中に縦横に新道路がつけられたばかりの、きわめて曖昧な、ごみごみした怪しげな区域だった。私は、明石へ居を移してからの話であるが、何かの用事で、（それは姉に生れた赤ん坊が、里子として預けてあった関係であろう）この尻池まで、家人につれられて二回ほど出掛けたことがある。その場末一帯が、なんだか（非常に抽象的な）「お尻」のような気がしてならなかった。読者はたとえば「沃野」の二字を眼にとめて、何を思うであろうか？　もしも貴君が、遠雷が轟くたび毎にのろのろと、恰も生きもののように身悶えして、動いている遠い野づらがそこに連想されるというのであったなら、あなたはわたしの抽象の「尻池」を了解してくれることであろう。「尻池」について云えるようなことは、凡そ「シリ」のついた総ての地名や姓名の上に成立つのでなければならない。「川尻」「田尻」「尻無川」がそうだ。「シリベシ」（後志）がそうだし、「シリア」もそうである。埃及《エジプト》の神様らは、それが牡羊であり鰐であり鷹であっても、みんな偉そうに両肩を左右に張って、両手に錫杖《しやくじよう》と棒とを携えている。そのくせ、彼らの頭部と足先は等しく横を向いて、右か左へ行列しながら流れているような印象を与える。こんな一群の中に、聖牛の首を持つ「オシリス」があった。これが私には、「お尻を司っている怖い精」として解釈されていた。きっと、あのミイラを作る時には、金属製の鉤でお尻から内臓を引っ張り出すのだ、と聞いていたからであろう。お尻を通して、お腹の中にあるものをみんな取出され、空っぽになった身体を何十回も繰返して洗い抜かれて、おまけに一か月以上も塩漬けにされたあげく、今度はぺちゃんこになった体腔内に、樹脂だの瀝青《れきせい》だの鋸屑だの没薬《もつやく》だのをぎっしりに詰められて、リンネルでくどいほど巻かれて、そうしてから、幾重もの棺の中におさまって何千年間もじっとしているのは、何と素敵であろう！　フロイト流に云えば、ミイラへ寄せる関心は、肛門に重点をおく想像的快感にもとづいている。「ビフテキの肉のように叩きのめす」これは西欧好みの云い方であるが、印度の経典では次のように扱われている。「鞭で打ち杖で殴り、棍棒で叩きのめし、手を切り、足を断ち、耳をちぎり、鼻をそぎ、頭蓋を割って熱鉄を当て、頭の皮をひん剝き、石片で頭骨を摩って貝殻のように白くし、火を以て口の中を焼き、口より耳まで裂き、からだを布でぐるぐる巻きにして油を注いで火をつけ、手を真黒に灼いて喉からくるぶしまで膚を剝ぎ……又、胸から足の先まで皮をひんめくり、肘と膝とを鉄柱に釘づけしてその周りで火を焚き、両端の尖ったカギ針で皮膚と血管とを引裂き、鋭利なちょんなで賽《さい》の目に体軀を刻み、からだを一寸刻みにして塩水で洗い、身体を地上に横に伸ばし、両耳にかけて鉄棒を通してこれに捲き、身体を乱打して藁のように柔らかにし、身体に煮えたぎった油を注ぎかけ、餓犬の餌食にし、生きながら串刺しにして剣で以てこうべを刎ねる云々」――この大快感的条件も、ミイラがたった一本の鉤の巧妙な使い分けによって、A部から受けている被虐とは、比較にならない。何故なら、「擽《くすぐ》られたい」ということの究極には、ヒマラヤの鳥葬志願の感情が隠れていると考えられるが、それは全面的の突ッつきである。ミイラの場合は、先ずお尻から内臓を引き出すのだから、こんどは内部からの全面的な突ッつきになる。

毛馬とは方角違いだが、天王寺の茶臼山辺りで、「美」という字の徽章《きしょう》がついた学帽をかむった、ずっと年上のお兄さんに出食わすことがあった。その度毎に私には、ハーモニカに合わしてうたわれていた『美少年の歌』が思い合わされた。その流行歌は、〽ああ庭石のほとりに君と……ではない。〽君と呼ばれて顔赤め、でもなかった。まして〽腰の朱鞘はやっこらやのや、などでは更々になかった。それは、〽げに目醒まし美少年、げに目醒まし美少年……と最初からリフレーンされるのだった。といって私は、美術学校の学生がうたっているのを耳にしたわけでない。では、彼らの制帽についている「美」と「美少年」との連結によるのであろうか？　しかもその美少年は当然「お尻」とつながりがあるのでなければならなかった。

雑誌『冒険世界』特別号「学生の暗面に蟠れる男色の一大悪風」は、明治四十二年八月号である。他には、紅夢楼主人著『美少年論』（雅俗文庫版・和綴青表紙）が大正元年に発行されている。この両者は、私が中学生だった大正中期にもなお虎の巻として、一部では珍重されていた。

私が先の『美少年の歌』を知ったのは、米人マースが城東練兵場で飛行機を紹介した時で、その夏、私は明石海岸の松原の堤に腰をおろして、大阪から遊びにやってきた年長者から、（飛行機の話といっしょに）いまの歌の節と文句とを教えられた。これがハーモニカを買うきっかけになった。唇にすりつけて吹き鳴らす木片小楽器が、特有の木の香と共にひどくワニスの香を発散させていたことをよく憶えている。其頃、『大阪時事新報』であったか、薄桃色の紙を使った新聞に『大阪の美少年』という連載物があった。さすがに気が咎めるので、私は家人のいない隙を盗んで拾い読みをしていたが、「揃いの白襟のじゅばんを着て、『美少年の歌』をうたう連中のことが書いてある」という以外に、よく判らなかった。私は未だ小学五年であったから。

〽ああ世は夢か幻か、獄屋にひとり思い寝の……『美しき天然』の節まわしで、ヴァイオリンに合わして歌われていた「野口男三郎事件」は、未だ小学校へ上らなかった頃、家にあった貸本で知った。夜道で提燈が燃えて、白い首巻をして二重廻しを纏うた役者のようないい男が、町家の少年を引き倒している挿絵があった。ともかく自分の好きな女の人のお父さんが癩病で、それを癒すには人肉のスープが必要だとあって、どこかの男の子を扼殺してそのお臀の肉を切り取ったのだということは、見当がついた。「お尻を取った」が関心をそそって、それだけの始終が判ったらしい。夕方、一人で外にいると「子取り」が来るということは、明治の末頃までは未だ人の口に上っていた。でもこれはお尻と結びつけられていたわけではない。梅若丸のように連れて行かれて、遠い東北地方のお寺へ売られるというのだった。

「麴町の少年殺し」（臀肉を抉り取られる）――

　これは明治三十五年三月二十九日、『東京朝日』の見出しである。左部咽喉に突き傷、眉間に皮下負傷、左右臀部をおのおの深く抉《えぐ》り取られて、臀肉はなかった。被害者中島惣助は、父は秀英舎につとめ、家内は巻煙草の内職をしている家の子で、小学三年生になったばかりの十一歳の男児であった。その晩、八時四十分頃、薬用のために砂糖を一銭五厘だけ買わせにやった帰途の出来事で、少年はおつりの五厘を固く片手に握っていたと。その時刻ガス燈の下で、鼠色の外套を着た背の高い男が、倒れている少年を、「どうした、しっかりせい」と言って敂《いたわ》っているのを目撃した人があった。

——学校へ上るようになって、「毛馬のコーモン」は「校門」に入れ代った。ちょうど此頃、一度、雨の日の控所の板敷の上に先生の手によって転がされて、喉元や脇の下を擽られ、ついでにお尻まで突つかれている級友を、一種の妬み心地で眺めたことがある。（はっきりした記憶はないが）小学三、四年にもなると、新聞紙上に見付けた痔薬の広告などが気がかりになるのでなかろうか？　後年、今上御不例の記事に読取った「滋養浣腸」だの「食塩注入」だのが穿鑿の的になって、「お尻を擽られている学友」を、再び天皇陛下の上に感じたことをかえりみても、A感覚が（ひとりで廁へ行けるようになって以来）気分的な拠り所になっている点に、異議を懐くことは出来ない。彼らがもっと大きくなって、たとえば「挿入」の二字に覚える含蓄の深さにしても、先ずAが台となって受け入れられるように思われる。

お尻を硝子函の中に入れて、棚の上におきたいという少年的願望について、私は極く最近に知らされた。遠方の読者がやってきて、「いつか幼年仲間の一人が窓から素肌のお尻を突き出したので、みんなが囃し立てた」ということを語っていた時に、お尻を額縁の中に入れて棚の上に飾っておきたいと自ら思ったことを、彼は私に告げた。「それは、あのダリ画伯が大事にしているという石膏製の耳のようなものであっては不可ないのか」と訊ねてみると、「そうでなく、どうしても本当のお尻でなければねうちがない」と云うのだった。彼はまた「乳棒」への関心についても打ち明けたが、いったい幼少年的オブジェとはその総てが一種の乳棒であるまいか？　それは、乳児が（たとえばおしゃぶりなどにおいて）外界に依存しないで、自身の皮膚の一部をエロティック・ゾーンとして利用する傾向を受け継ぐものである。「昔は物を思はざりけり」に対する彼らの応急処置なのだ。

南方熊楠翁が、大英博物館で見たという菱川師宣の古版画のことを述べていたが、それは、公家官人ら立合いのＰ検査の二場面であった。一景は、一人の小男が殊の他の大物を以て、楯板を七枚ほど重ねたのを打ち貫いている。第二景は、弁慶のような大入道が仰向けにおさえ付けられているが、これは殊のほかの小物で、やはり一同がびっくりしている。此処までは別に云うことはないが、この第二景には、傍らに稚児が一人、お小姓風の若衆ふたりと連れ立って見ているところが描き添えられて、少年は口に袖を当てて嬌羞《きようしゆう》の体である。詞書きに、「ちごたちはあれを好かう」とある。これは少年の乳棒趣味を巧みに伝えている。もしもそれが大きかったならば、ナルシシズム的異物の代用品になりがたいという点を、私は注意したい。田舎大尽が都に上って、たまたまプロ若衆のお情けにあずかり、「こんな有難いことは生れて初めてだ」とばかり感動して、記念のために、懐紙に菊座の拓本を取って、おし頂いて帰郷したという笑話がある。これは日本版のフロッタージュ（摩り絵）と云うべきか、それとも、天然絵具によるデカルコマニー（敷写し）だとすべきであろうか？　Ｓ・ダリが、火縄銃のタマや雲丹《うに》や蝸牛《かたつむり》をぶッつけて作製したリトグラフと同様に、これは（抽象化とはあべこべの）イマージュの客体化、即物化である。こういうことは、V感覚上では、たとい行われたとしても芸術にはなりがたい。検便が知らされてみんなが四ッ匍いになっても、女の子は、男の児のようにさっぱりしていない。其処に余計な窪みがあるからだというより先に、エロティック・ゾーンに対する女性本来の無神経さが感じ取られて、嫌味なものになる。男児でも、本人がいったんP感覚に携わったならば、同様に調子の低いものになってしまう。しかし「対象選択」以前にあっては、彼らにおける自他のエロティック・ゾーンに対する了解は、女児の存在的であるのに反して、著しく存在学的であるように見受けられる。だから彼らは、たとえば飴ん棒が浣腸代用になるほどに、聞き耳を立てもする。リトーもダフネも鏡面に自惚れだけを見ているが、ナルシスはそこにA感覚的函数を読み取っている。こうして、乳棒、緑色の軸の鉛筆、小さな壜等々は、（飴玉やマシマロウですらも）彼らの常用対数なのだ。しかもここでは、（恰も婦人におけるメンスのように）粗相が何よりも警戒されている。こういうものが、児童的優美を形成し、且つそれを保持するに当ってきわめて重大な役目を課せられているであろうことは、察するのに何らむつかしいことでない。

俄雨が上った星の夜に、買い立てのロードスターを駆って、寄宿舎の玄関に自分を迎えにやってきたお父さんらしい人物は、即ち、「いつか自分を診察台の上に横にならせて、お尻をじっと見ていた先生」なのである。十一月末の真夜中の共同墓地で、亡友モーリッツの首なし幽霊に取っつかまっているメルヒオールを、「お前には暖かい晩飯が必要だ。坊っちゃん、さあ行こう」と云って、腕を組んで救け出した仮面の紳士にしても、例外ではない。それは、「自分のお腹をじかにおさえて徐ろに浣腸に取りかかったお医者さん」に他ならない。「いかが候ふらむ、頭をば見候はず」（徒然草第九十段）のやゝすら殿も例外ではない。これらは、幼少年には「最大の乳棒たち」であり、また異物群の代表者でもあるのだ。

額縁入り臀部を持ち出したY・K君は、次のような意見らしい。幼少年者のフェティシズムは、もう一人のカストール（それもポルックス）を求めて、うずめ得ぬ煩悶を自らの直腸に感ずる点に発している。彼らにとって、ゴム製水鉄砲でも、ビイ玉でも、胸に輝くビール壜の栓でも、其他彼らの嗜好に合うものは、総てこの「別な口」への好餌料として提供されている。従って、ダリ画伯が描くあのぐにゃぐにゃしたオブジェは、当人自身の消化器官を通って、新陳代謝されたものだと解釈される。

――又、その年ごろの幼少年らは、比較的年長者が興がる「解剖」遊びよりも、むしろ「お尻の用心ご用心」の方に気を惹かれている。しかもこの遊びならば、女の子といっしょでもやれるのである。彼らが椅子、腰掛、其他各種のうごく乗物に対して並ならぬ関心を懐いているわけは、それらがつまりは「肛門台」であることにもとづいている。友だちが白い横縞入りの猿股とか、色物の「きゃるまた」（パンティー風のさるまた）を身につけていることを知って、彼らの心が翳ろうのは、「お尻蔽い」において先手を打たれたからなのだ。その仕返しとして、こんどは自分は、緑色の猿股をはいてそれに香水を振りかけてみようかとも考える。現にそんな小細工的お洒落が発覚して、永いあいだからかいのたねにされた級友が、私の中学初年級の時に居た。幼少年即ち「A感覚的存在」であって、そのAのアクセントとして、Aの前方にダッシュ（Cock）をつけている。彼らのお洒落が猿股とパンツとの上に絞られるのは、当り前である。往時もこの事情には変りがなかった。昔日の幼少年らは、女性のような二布《こしまき》すら纏うていなくて、お尻の素肌は衣服とのすれ合う感覚に任されていたのであろうが、やがて若衆にもなると、茜色や藤色の下帯に眼をつけたことに相違ない。

　A感覚は、何より先に幼少年のセックスであり、彼らの日常を生彩あらしめる色情的幻想の中核である。カシワ屋の店先に佇んだ記憶は、おそらく何人の幼少期にもある筈である。硝子越しに見入った鶏の臓物中にあって、特に彼らを惹き付けたのは、腸管開口部の切れはしであった。それは、該所が、解剖学的構造の中で最も了解される部分であるからだ。そのことを、彼らは自らの肉体上に徴して既に知っている。であるなら、生理学書のページの人体縦断図を前にして、彼らが見入るのは、おへその下方なんかではないということが容易に察しられる。それは、実は背すじの終点である。脊髄の末端を中心に、コンパスを廻した範囲の絶景地帯であること、凡そ自他の身体の中で、視覚的にも触覚的にも、これほど魅了的な部分はないということを、彼らはちゃんと心得ているかのようだ。で、そんな色刷の理科掛図を前にして、先生の教鞭の先が順次に指して行く消化劇の大詰を、彼らは片唾を呑んで、胸を高鳴らせながら、待ちかまえている。鳥類に対しても、動物に接しても、魚類や昆虫や、また見当のつかぬ体軀を持った軟体動物を相手にしてさえ、彼らはそこに問題の小孔を探し当てないでは承知しない。こういう魚だの昆虫だの軟体動物だのには、もとより雌雄の区別などはつけられないが、しかしAならば間違いなく備わっていて、探しあてることが出来る筈だ。それならば……と彼らは思う。つまりAをそこに見付けて、そこを弄《いじ》ってみたいというのである。そうすることによって、彼らは、彼らの「王様の耳」について反芻し、合せて、一般「存在者」（被造物）に関する孤独な、拠るべのないメディテーションに耽ろうとするかのように、窺われる。殊に、誰かが坐っていたあとの、温みの残った座蒲団とか椅子とかは、彼らの哲学的方法論にとって、お誂え向きの条件なのでなかろうか？　でなくてさえ、鞍のおもてや自転車のサドルは撫でてみたいものを持っている。メリーゴーラウンドの木馬の、他の部分よりいっそう光った背なども、彼らには気懸りのたねなのだ。何故なら、そこは、毎日いろんなお尻を引受けて、おし付けられ、こすられて、そんなに磨き出されたものに相違ないからだ。彼らには、鉛筆の匂いや消ゴムの感触に托された、秘密な、そこはかとないA感覚的な陶酔がある。彼らが口の中へ指を入れて、暖かな、弾力に富んだ頬っぺたの裏側の粘膜におし当てる時や、あるいはゴム風船の張り切った表面を指先で直角に突いてみたりする時、その感触にA感覚が期せずして結び付けられているのは、ちょうど大人らが、常にVP両感覚の連絡の上に想いを馳せて、身辺の事物を精彩あらしめている関係と甚だよく似ている。カメラの「絞り」などについては云う迄もない。おしまいに、自動車の後部や船の舵の辺りにも、彼らはAを仮託しようとする。伏見通いの蒸気のお尻には、只舵だけがついていた。それは外輪船だからである。川すじを行ききしている巡航船や、天保山の下の大桟橋で見たロゼッタ丸などでは、お尻の肝腎の箇所は水面下に隠れていた。淡路島を前にひかえた海峡の町に住むようになって、私は、砂浜におかれている漁船に、申し合わしたような奇妙な木製のお尻が別についていることを知った。丸材を削って作り上げた後部の出張りである。木材製のお尻の側方には、「艫杭」と呼ばれている小凸起がついていて、そこへ艫の入れ子をはめて、右に左にこね廻すようになっている。つまり推進装置である。この凹凸部分に対して、みんなは非常に興味を寄せているふうだったが、私はそれよりも、舵板のじくを差し込む太い溝のついた艫床、即ち船の直腸部分に興味を惹かれていた。半裸の漁師らが何か用事があって砂上にしゃがんでいるのを見ると、「フンドシのくい込み」をまんなかにして、その両側に陽に灼けた逞ましい褐色の尻たぶがむくむくと盛り上っているが、このような立派な、しかしどこか味気ないお尻とそっくりに、船々の艫床が見えたのである。で、もし船々がフンドシを緊めるものとすれば、それにふさわしい割目も、ちゃんとそこにはそなえられていた。即ち、今述べた、楫《かじ》の芯棒を差し込むための中央部の、たての太い溝であって、そこは、自分らの腕ならばすっぽり収まるくらいに刳《く》られていたのである。

更に遠洋巡航船が、やはりそれぞれのお尻を海に向けて、砂上に間をおいてならんでいた。漁船の尻を「裸の漁師らのお尻」に見立てると、巡航船のそれは、「ズボンのための西洋風の臀部」であった。舵杭ではなくてスクルーの軸孔のあいていることが、この大そうペンキ臭い、おまけにパテの匂いもいっしょになった船全体のカーヴとのあいだに、密接な関係があると思われるのだった。夙くから桜の花びらだの、ハート形の葉だのにはお尻の連想があったが、船場の住いの狭い庭で、赤い植木鉢をひっくり返して、そこに初めて知った底部の丸い孔は、「素焼のお尻」である。釣舟のそれは「木のお尻」で、巡航船も木ぎれ細工の滑らかなお尻だったが、「鉄製のお尻」もある。それは沖を行く大汽船であった。淡路島通いの千鳥丸、絵島丸、また赤い腹の大汽船にならって、自身の、また誰かの裸の腰周りにローマ字で名前を横書きにして、お尻へ、クローバーの三葉に似た金色のスクルーの軸を差し込んだら、どうであろうか？

――其他、眼にとまるあらゆる物体の上に、お尻の部分をきめないではおられなくなる。何故なら、この部位をのけて、特に恥かしいと思う箇所は幼少年らにはないのだ。従って、お尻こそ彼らの身だしなみの拠点であり、且つお洒落の中枢でもあろうことは、容易に察しられるのである。一切事物はいったん脣《くちびる》の対蹠点に依託されるに及んで、頓《とみ》に潑剌として、適宜に悩ましく、幼少年者に固有の、しかも各人各様な情緒を担うかのようだ。夏の行水にシャボンを殆んど使い果たして、盥《たらい》の湯を真白に濁してしまった小学生がいた。何のわけがあって、どこをそんなに洗う必要があったのかと母親からきつく叱られていたが、私にはよく判っていた。何故なら、そんなに倦きもせず、くり返して洗うことをそそのかすような箇所は、さしあたりお尻以外には無いからである。蓖麻《ひま》子《し》油《ゆ》やセンナ葉でさえも、それらが下剤だという点において、恰も浣腸用グリセリンや石鹸水や蜂蜜と同程度の気がかりなものになっている。「愛する」は「責めること」「愛される」は「苦しめられること」については、彼らには未だ理解がない。しかし、「好き」は、いずれ「倦く」ことだとは知っているようだ。しかも、「怖いこと」「いやなこと」「変なこと」「痛いこと」等々は、それがやがて「忘れられないもの」となるための下地なのである。

庶民的な「ヤワラ」は嫌いなので、せめて「運動シャツ」と呼ばれている上下一揃いの、そのパンツの方を常用することが、われわれにはお洒落の所以になっていた。猿股を穿くためにはまだ年齢が足りなかった。運動シャツは、フランネルか瓦《が》斯《す》織《おり》で作られ、ブリキの釦《ボタン》が付いていたが、パンツの前の部分にも、そんな釦が三ツ四ツあって、膝下も同様な釦どめになっていた。一般に運動服というものの上には、他の下着類などとは異った、独自の懐しさが覚えられる。何故であろう？　ナルシス的演技衣裳に他ならないからではなかろうか？　ある時、こんな白ネル製のパンツを既に脱ぎ棄ててから、私は非常に困ったことになった。そのうしろのヒップポケットに入れておいた或物に気付いたからである。それは、医療器具に添えられていた点滴用の硝子棒だった。でも、それが自分にとって体温計でもあったことなど、私の母が気付く道理はなかった。ひとりで気を揉んでいた時、彼女は、「洗濯していたらこんなものが出てきた」と云いさま、その光った細いガラス棒を、私の方へほうり投げたのであった。

「A帯を刺戟するために自ら大便をこらえ、ついに全身が劇しく痙攣するに到るのを待つような子供がある。又、この刺戟を、自分を世話してくれる人との関係において用いるためにだけ取っておこう、と努める小児がある」とフロイトは述べている。A感覚も其辺までは、確かに「出し惜しみ役」を担当して、自ら愉しんでいるかのようだ。しかしこの強情さが、当然、吝嗇《りんしょく》に、几帳面さにつながっているとすれば、女性本来のつつましさとか、物事にタイディな点とかも、（それがもともとV感覚的ネガティヴに出ていると云うよりも）むしろA感覚的収縮性を元にしていると云った方が当っている。でも、排便の快感が、各種のイージーな椅子や油圧緩衝器付きの座席に結びつけられている傍ら、自転車のサドルの震動に、鞍上の上下動に、モーターボウトのローリングに、ローラーコウスターの翻弄に、被スパンキングの衝撃に、お尻抓りの痛さに、さては有機無機の無慈悲で冷酷な玩弄《がんろう》と刺戟の下に、あえて自らを委ねようとしているのは、そもそも何事であろうか？　収縮には当然闊大《かつだい》の予想が含まれている。生理的な元込めを物理的な口込めにおき換えたならば、「排便保留」が反復出来るのでないか？　即ち随時に亢進が促されるのではあるまいか？

「乳母がそうさせようとするのを頑強に拒んで、これのみ（排便）は自分の自由のために保留しようとするのは、後年の神経症の立派な兆候だ」とフロイトは言うが、A粘膜への刺戟物即ち腸内容は、その初めは食物製の赤ん坊であった。何故なら、子供が大人同士の「結婚」について所持している唯一の鍵は、それを排泄機能と結びつけることでしかないのだから。彼らにおける性行為は即ち排泄であって、こうして腸内容は彼らには貴重な他者への「贈物」に相当する。それを手離すことで従順が示され、拒むことによって反抗が表わされる。こう見てくると、腸管排泄帯の受動性というものは、きわめて積極的なものだということが判るであろう。

東大生理学教室、時実利彦教授のあくびについての新説——頬っぺたの咬筋が伸び切って反射的に縮まるという時、強烈な刺戟が咬筋から出て大脳をつく。この強さは他の筋に比を見ない。即ちアクビは眠い時に自ずと働く覚醒作用に他ならないというのだが、同教授は又、固い椅子の効用を説いておられる。

アリストテレスの逍遙学派、立って仕事をするというヘミングウェイ、本屋の立読み、畳の上の端座、朝の散歩、それぞれに意義がある、と教授は云う。それは、心を緊張の状態に保ち、頭脳を冴えさせるからだと。これに反し、腰をかけることは精神活動を沈滞させる。ソーファだの肱掛椅子だのは以っての他で、ここでは眠気を催し、妄想に駆らしめられるのが関の山である。大脳皮質の神経細胞の活動を左右しているのは、当人の意志による以外は、身体の内外からくる刺戟によって感覚器から脳へ送り込まれる神経活動《インプルス》であって、このインプルスは、脳の担当場所へ送りこまれて感覚を成立させるが、一部分は別の経路を経て大脳皮質へ送り込まれ、その神経細胞の活動を鼓舞する。従ってわれわれが強力な感覚刺戟を受け取れば、頭脳はおのずと明晰にならないわけに行かない。この次第は、大脳皮質の電気変化（脳波）を使って実験が出来る。

諸感覚刺戟のうちで、最も賦活作用の強いのは、痛みと、筋肉中の筋紡錘という小感覚器から送り出されるインプルスとである。痛みは眠れないほど頭を冴えさせるが、筋紡錘から送り込まれるインプルスは、知らず知らずのうちに頭をはっきりさせてくれる。この筋紡錘は、もともと筋肉の張力で感ずる感覚器であるから、筋肉緊張あるいは強く引伸ばされることが刺戟になって、強力なインプルスを送り出す。歩いたり立ったりするのは前者の場合で、坐る（あぐらは駄目）は後者の場合であって、いずれも足と背中の筋紡錘とから強力なインプルスが送り出される。ところが椅子にかけると、足及び背中の筋肉が弛んでくるから、インプルスの出方が非常に弱くなる。（光や音の刺戟にも賦活作用があるが、とかく光や音の感覚内容そのものに気を取られて、折角の頭の冴えを勉強に向けることができない）自動車の運転席も掛け心地の良すぎるのが、事故の元になっている。勉強机や事務机も立って使えるように改良出来ないものか。座談会も端座の方が効果があろう。教室で立って教え、固い椅子にかけて習うのは合理的だと言わなければならない。椅子は憩いの座であり、イスの生活は安楽心の温床であり、イスの文化は享楽主義の象徴である。

こう云うのだが、アンリ・ルソーが好んで扱っている、あの兵営のような、税関の倉庫のような、小窓のついた冷たい固い感じの家屋は、幾分、時実教授の説と関係があるように思われる。私はゲートルは大きらいだったが、しかし、寸の詰ったカーキ色制服姿を、巻ゲートルと軍靴とで引き緊めた官立中学初年生の魅力は、忘れることが出来ない。でも、天鵞絨の半ズボン服だって、厳冬の頃は、それに劣らぬ効果を上げるのでなかろうか？

道ばたですべすべした丸い小石を見ると、どうしても誘惑を受けるという一少年の、A感覚的ナルシシズムを取扱った短篇創作について、私は曾て又聞きしたことがある。三十年以上も昔の話で、しかもそれは同人雑誌で読んだとのことであったから、今日では作者が何処の誰かを調べる手蔓は切れている。これはしかし亜流揃いの文学志望者群中にあって、注目すべきオリジナリテである。その小主人公は、どこからか神様が見ているような気がして、恥かしさに死ぬばかり煩悶している。この一回でいよいよ止そうと決心はするが、やがて手頃な滑らかな長楕円形の小石に出食わすと、つい手が伸びてしまう。歯をくいしばって行き過ぎたところで、再び踵を返して拾い上げずにおられない。

次の例は、いまの無名作家に劣らない勇気と誠実の所産である。しかしこちらは個人の機密文書に属するもので、従って、本人以外にそれを知っているのは私くらいなものでなかろうか？　それに、此処に持ち出す程度においてさえ当人自身がそれを憶えているかどうかも疑問である。この級友は、街上でも運動場でも矢庭に仰向けにひっくり返って、「さあ、得心が行くようにしろ」「手ごめにしてくれ」などと喚めく癖があったが、間もなく日本刀を振り廻して家人を追っかけるという発作が二、三回あって、以後は打って変った「点取虫」に変じ、受験勉強ひたすらの秀才になり終って、官立大学教授の現在にまで続いているからである。

当時、彼の胸ポケットには、いつも芯を尖らせた数本の鉛筆の先が覗いていたが、そんな各種のペンシルを駆使して、丹念な筆致で、微粒子的陰影をつけて、競技選手、体操家、自転車乗、飛行家、其他の把手や舵輪を握っている機械操縦士、砲身の傍で身がまえた砲手、サーカスの空中演技のタイツ姿に到るまでの、ありとあらゆる恰好のお尻、及びそれぞれに角度を変えて眺めた（臀部を焦点とした）腰つきが、その分厚なスケッチブックの全頁に亙って描かれていた。他に、新聞雑誌から切抜いた写真版の、特にお尻の部分のカットが大小貼りつけられていた。只、女性の臀部が一つもないように覚えられたが、それは一つに少年的潔癖に依るのだろうし、もともと用の無いものであったのかも知れない。ところでページを捲って行く程に、私の眼にとまって、先方へ反射的に突き返したきり、以後この写生帳については再び口出しが出来かねたような、そんな場面が現われたのだった。

同様な構図は五、六景にわたっていた、とあとで思い当ったが、私の頭には最初の絵しか残っていない。いろんな動き方をするらしい槓杆《こうかん》、ゴム玉つきスポイト、各種のイルリガートル、手動ハンドル、栓抜き、自転車用空気ポンプ、其他、用途については見当もつきかねるような物理学的、生理学的小道具をごちゃごちゃと置きならべたまんなかで、われわれと同年輩（旧制中学三、四年）の少年が、半裸のまま両足をひろげて坐っていた。片膝は立てられていたか、それとも、両膝をひらいて土俵の上の相撲取のようにしゃがんでいたかはよく憶えていないが、ともかく海辺で砂遊びに専念しているような印象があった。この機械学的ナルシスには、先の小石少年的な苦悩の影はなかった。しかし無心と熱中は画中の人物の話であって、そんな情景を見せつけられた自分は、途惑いの余り、それが実は何事を描いているのか見定めもしないで、相手に返してしまった。もしもある友人が、「いま此処でお尻から玉子を生んでみせる」などと宣言したらどうか？　誰だってそんな奇術は見ないで逃げ出すことに決っている。

『同性愛百人調査表』というのがあって、その中に、各自の嗜好として、「簡素な身なりを好む」とか、「清潔感を与える下着類」とか、「古典音楽のレコード」とか、「香水」とか、「銭湯で好きなタイプの同性裸体を見ること」とか、あるいは「自らの裸体を鏡に映すこと」とか、いろいろ挙げられている欄に、「浣腸」というのがあって、次のような註が見られた。

「彼は、道行く人のなかに、自分の好みに合うようなタイプの同性を見付けると、先方のAのことを念頭に浮べて、いつしか興奮している我身に気付いて、真赤になってしまう。彼は八歳の時に、我家にいた、十歳も年上の小僧さんに愛着して、先方が眠っている隙を狙ってそのA部にいたずらをしたが、以来、そのことが病みつきになった。中学高校に進むにつれて、友だちを誘って相互ペデラスティに耽るようになった。その度毎に悔恨と自責にさいなまれるが、どうしても思いとどまることが出来ない。適当な相手が見付からない場合には、自身の裸体を鏡に映しながら自らを浣腸することで気を紛らわせている云々」

　この記載が、私をして、昔、中学時代に一友から見せられた「ヒップブック」のことを思い合わさせたのだった。あの場面は確かに鍵をかけた西洋室で、天井からは数箇のモデルプレーンがぶら下り、うしろの棚の上には、地球儀、電池、剝製標本等々が見られて、宛らレオナルド・ダ・ヴィンチ的舞台であった。しかも、奇妙な医療器具のようなものを一杯ならべて、素裸の上にふわふわしたシャツ一枚を纏うたまま、なにかオットセイが鰭《ひれ》の下へ頭を突っこんでいるような姿勢を採った少年の前には、大型の鏡が立てかけてあったのではなかったろうか？

なお「浣腸」についてはいま一つの註があった。ある病院の薬局勤めの二十歳になる青年であるが、彼は数年前に、道を歩いている時、二人の進駐軍につかまって、自動車である家へ連れ込まれ、そこで無理やりに浣腸された。これがきっかけになって、以後、同性の手によって強制的に浣腸されることを、ひたすらに望むようになったと。

いつか草下君が洩した「浣腸マニア」とは、このことでなかろうか？　鹿火屋氏調査表が、『風俗科学』か『あまとりや』かに紹介されたのを彼は読んだのでないか。私にとって、この浣腸二話は、思いがけなくも、永いあいだの懸案に対する鍵になった。

四十年も以前、海港神戸の片すみにあった「青い花の倶楽部」で、誰かが次のように云ったことを憶えている。「追っかけ廻すよりも、自身のAPで間に合わしたらよい」

もう一つは、私の読者に地方の中学を出たばかりの人があって、彼が時々送ってきた、やはり機密書的印刷物の中に見付けたものである。それは、ある検挙があって、それに対する消息通の感想という形式になっていた。その少年秘密結社の内容は要するに、「お互いの腰につかまって、APAPAPAP……とハート形がつらなっている環を作って、歌いながらぐるぐる廻る遊戯」にあったというのである。この着想について私は別に返事を書かなかったが、今日になってみると、きわめて重大な問題が、この尻取倶楽部には含まれているように思われる。「ハート形の環の鎖」即ち、「AP自己連結」

の解であろう。これは「多元形式《プルーラリズム》」あるいはシムプレグメータと云って、古代ギリシア、ローマに始まり、現今にまで及んでいるが、男同士の円環は出来るが、これに女性が参加するにはどうすればよいか。回答は簡単である。腰に人工ペニスをくっ付けたバンドを締めたらよいだけである。しかし理論的には、全体から切り離された一環としても、それぞれに成立する筈である。

Pが、(自身の)Aに届くまでの成育を以て、息子の妻帯時期ときめていた父に向って、ついに息子が云った。「お父さん、ボクのあれはもう十分うしろへ届くほど大きくなったよ」と。おやじは答えた。「では別にお嫁の必要はないではないか」このロシアの笑話は含蓄的である。そもそも一身における凹凸事情は、成人につれてその連結の可能性を失って行く。それは、VPという新規な対立的凹凸事情が前面に立ちはだかってきて、もはや自己の内部に沈潜していることが許されなくなるからである。こうなると、P感覚は、その本来的純粋さにおいてA感覚の伴侶となることが出来ない。彼は浮気者であり、自らV感覚の俘虜となることを願い始めるからだ。彼は「自然」が仕組んだトリックにもとづいて、第二次故郷V感覚に関心を寄せるべく宿命づけられている。「三恒河沙の諸仏《もろぶつ》の、出世のみもとにありしとき、大菩提心おこせども、自力かなわで流転せり」

聖書で有名なシドン、即ちサイダの『少年塔』の伝説は注目されてよい。それは、フェニキア滅亡の要因は、アドニス像を祭り男色に耽ったことにあったというので、貴婦人らによって贖罪の儀式が取り行われた。年毎に十名の少年を選んで、裸体にして反復洗い浄めてから犠牲台に縛りつけ、若芽のPを殺ぎ取ってそのAに挿入し、そのまま放置するというやり方である。信憑性については明言の限りでないが、サイダ古城址には今も祭壇が残っていると云う。女性的報復として、同一人の「AP連結」が思い付かれたという点に興味がある。

其後、新世代の読者からの書信に、双曲線的「AP連結」の図があった。それは、P（ロケット本体）が、A（噴出口）を支持し、Aが、Pをして月にまで推進せしめるという構想である。

浣腸マニア――

「以前より懸案の諸道具がほぼ取り揃えられたので御報告しましょう。これらの器具は思ったより手軽にとりそろえられましたので、諸氏の御参考までに。……一〇〇CCグリセリン浣腸器、四百五十円。一〇〇〇CCイルリガートル、七百八十円。エネマシリンジ、二百五十円。十四号カテーテル、五十円。米国製携帯用洗滌器（総ゴム製）洗滌用スポイト、五百円。紙オシメ二包、二百八十円。浣腸用スポイト、百五十円。そして以上の器具を入れるカバン、千百円、計七千六十円也、といった具合です。一ケ所では調達しにくいので東京中をあちらこちら、かねて目をつけておいた店で買入れたので自動車代も馬鹿には出来ませんでした。なおカバンの中にはビニールシート（五百円）で作ったオシメカバーを在中しています。これだけ器具がそろいますと二時間は十分に楽しめます。只、残念であるのは一人であるために楽しさが半減することです。御一報下されば愛用のカバンを乗せて直ぐ診察かお手当に参上できますとカバンを撫して嘆じております。上原さん、九仁子さん、如何お過しですか、お便りお待ちします。東京N生」

これは一読者から、『奇譚クラブ』（昭三六・一）の頁に見付けたものだと言って、私へ送られてきた写しであるが、合計が合っていない。多分原文の誤植か誤写のせいだろう。

なお他に『或る浣腸マニアの手記』という連載物があって、その内容は、「おしめと浣腸の幻想」「甘美なる糞尿」「隠花植物」「便所マニア」「病める耽溺」「臀部聖夜」「臀部狂崇症」「白い祭壇」等々だそうである。

この章の題目「ナイド」（neid）というのは適当でないようだが、phileでは弱いし、manieでは純粋性をそこなう。「他者のそれへの嫉み＝自らのそれへの羨望」というほどの意味である。

第二章　A感覚の抽象化

ある家の女中が、ひとりで留守居の時に、きまったように台所の板敷の上へ踏台を持ち出す。何をするのかと云うと、その台上に濡れ雑巾をおいて、その上に、自分のお尻の素肌をじかに載っけて永いあいだ腰掛けているのだと。これは私が未だ小学校へ上らない頃、大人たちの会話に盗み聴いた噂話で、暫くのあいだ気になって仕様がなかった題目である。何故なら、座蒲団代りのびしょ濡れ雑巾が体温で暖まってくると、予め傍えに用意されているバケツの水に浸して、再びびしょびしょに冷やされるというのであったから。

女の子らは勿論、ヒップの線について気を配ることだろう。又、自身の臀部を鏡に映して見惚れることだってあろう。あるはずみには、今の女中のような感覚的陶酔にまで自らを誘いかねない。下婢が、幼児のA部へ葱《ねぎ》のじくとか人参とかを刺し込んで怪我をさせた云々。そんな報告は性学者の報告中にも見える。

「あらゆる人間は彼の頭脳の中だけでは性的犯罪者である」と云ったのはウルフェンで

ある。正規に憧れる余りに各種のアブノーマルに走っているのが、世間一般のいとなみであるのかも知れない。正常な恋愛というのも、様々な割合で複合しているフェティシズムに他ならない。でも、女性の上にうかがわれるヒップナイドは、男の児が、自らの大腿の内側がすれ合う感触に「プラトーン的郷愁」を覚えるようなのとは、おのずから趣きを異にしている筈だ。もともと女性には事物を分析する能力が欠けている。彼女らはむしろ「全体」につながっている。彼女には、恋愛事情（心情）が主となって、恋愛行為（凹凸）は従となっている。だから彼女らは、「しない方がいいのよ。為《シ》てしまったらおしまい！　心の中で思い続けているに越したことはないワ」などと口に出す。男性はしかしその逆である。この両者の関係がそこに（より大きな）凹凸関係を形作っている。

連続を破ることを、何よりも彼女らはきらう。女の児は（男の児が英雄勇者を取扱うようには）彼女らの大先輩を独立させたがらないものだ。由来、物をばらばらにするなどは男性の仕事であって、女性は一般として、分解されたものや破片によって構成された事物に関心を示さない。織物や染物の紋様というアブストラクトについては、彼女らは専門家である筈なのに、折角の伝統も身辺のア・ラ・モード的旋回に委ねられている。彼女らに判るのはせいぜいピカソ迄である。サルバドール・ダリのウニと犀角とカリフラワーと耳との乱舞になると、彼女らは、（リアリズムの域に止っている一部男性らと共に）顔をしかめて、まっぴらを表することであろう。だから、（Aについては勿論のこと）Ｖそのものの了解の点においても、彼女ら及び彼らは、劇映画乃至フランス流饒舌小説の限界を抜けられないでいる。ある対象をばらばらに解体して、全く別なものに組立てるなど、凡そ彼女らには「堪えられない」同じファッションショーにしても、男性では自分に関係があるかぎり出向くであろうが、でなかったら只煩わしいばかりである。これに反して女性では老いも幼きも十分にそれを愉しんでいる。この点は一般大衆と更に変りはなく、それを支えているのは即ち「全体」である。彼女らの芝居好きもそれにもとづいている。彼女らのコトバの無内容性は、彼女ら同士の対話の上に窺われる。それは何事を喋っても通用するということである。小説や劇を書こうとして、女性は用語に心を使うに当らない。どんな衣裳や服飾もそれぞれに彼女らに似合うように、軍服だって、馬だって、そこでは十分に効果を挙げ得るのである。男性は、「人として彼は信用出来ない」しかし女性は、「全体としては彼女らを信用することが出来ない」

女の子に物を教えても張合いがないと云われているのは、女性の質問はすべて何も彼も自己流のカマトト調で、「部分」など実はどうでもいいことが、そこに観取されるからなのだ。男性は事物を「全体」から切離し、内心はおっかなびっくりに取扱っているから、常に自他に対するこけおどしと空威張とを必要とする。女性はともかくも「全体」によって裏打されているから、あの通りに落ちつき払って、各自の気取りを有効ならしめている。彼女らはよく、「いまそれをしなくてもいいじゃないの」と口に出す。彼女らは総じて「気が効かない」又、彼女らが書く文字の輪廓がくずれていることは、恰もマリ・ローランサンの描く人物のようである。彼女らには地図が判らない。「そうれ、ひと廻りして先刻の所に出ましたよ」と云っても、「どうしてでしょう」と首をかしげるばかりである。彼女らは、自分の使った鋏だのナイフだのを、決して正確に元の場所に返さない。彼女らは並々ならぬ打算家のくせに、案外にころりと情死の一役を買ってしまう。彼女らには、塩昆布でおひるを済ませることなんか平気である。男性がそれをやるためには印度的超越哲学の助力を仰がねばならない。われわれは、肉屋へ行ったり野菜を調えたりしたら何とも云えぬ味気なさを覚えるが、彼女らには却ってそれが愉しみらしい。彼女らはおそらく初めから「完全」なのであろう。しかしそれは、「堕落した完全」である。小林秀雄は、「飛行機でやってくるような奴は信用出来ない」と云う。彼女らはしかし、ジェット旅客機の談話室に軟禁されて、世界早廻りなどむしろ得意としている。彼女らはおしなべてリチャード・ド・ベリ司教の細君に喩えられる。何故なら「家具調度の中でなくてもよいのはこれだけよ」など云って、亭主が折角長年かかって蒐集した稀覯書《きこうしょ》をそっくり衣類に換えてしまうような処があるからである。私は又、油だらけのスパナやペンチをさも厭わしそうに火箸でつまんで、塵箱にほうり込んでいた主婦を見たことがある。女性は確かに、世の男性をしてその志を失わせしめる。「全体」はなにも普遍ではない。女性がしばしばその冷淡さを指摘されるのは、(誰も彼も一様な) 全体的主観に閉じこめられていることを意味する。「ある人に親切なのは他の人々に対する疎外だ」ということが、彼女らにはよく領けないかのようである。「女性にはあわれみ（相手の身になって物を考える）が不得手である」（丸山明宏）「我れ千人の中には一箇の男子を得たれども、その数の中には一箇の女子をも得ざるなり」（伝道之書）以上、総ての責任者はしかし彼女らではない。誰であろうか？　それは即ち「全体」である。

「男色」は、（非常に複雑な様相を呈していると云いながらも）なお全般的に取扱うことが出来る。けれども「女色」については、あの範囲をきめないでは責任ある何事をも云えない。即ち男色に対応する意味の女色なんて、本当は無いということになる。嵯峨の法輪寺へ供養のために、若衆の豆人形を千体奉納したのは特筆すべきことだが、女体の豆人形千箇などは当り前すぎて、何も珍らしい例ではないだろう。「男色文献集」ならば、せいぜい五、六百ページもあれば一応はまとめられるであろうが、女色のそれは有史以来の全人間記録を意味している。これもやはり「全体」である。私は小学初年級の頃、少年小説の主人公が大抵十四、五歳であることに一種の焦慮を覚えたことがある。自分には未だ少し間がある、そのお兄さん的年齢にはわけがあるように思われたのだ。そういう独自な、しののめと曙のあわいとでも云いたい微妙な時期が、女性の上にはないようである。「娘十八」などは俗謡のテーマであって、彼女らは幼女から直ちに若い女性に飛び移ってしまう。その代りに、彼女らには興ざめな元服負けが無い。多分、その生涯を通じて彼女らは「永遠期」にあるのだろう。しかもそれは「似而非《えせ》永遠」なのである。そこに「犯罪者」がないように、少くともそれは男性犯罪者の約一・五にとどまっているように、「聖女」なんていうのもちゃちなものだ。女性はみんな聖女だからである。

彼女らは、たとい舶来シャボンの移り香を匂わせている自らのお尻の、すべすべした豊満さを姿見にうつして見惚れはしても、そこにカントの「物自体」をも、ショーペンハウエルの「意志」をも、ハイデッガーの「無」をも別に感じ取らない。モロッコ革を張った冷たい椅子のおもてに臀部の膚をゆだねたところで、その姿勢を保ったままアナクレオンをひもとくわけでなく、肛門外科に関するドイツ専門書をひらくのでもない。ましてどうして医療器具などを持ち出す必要があろうか？　先の女中が、自らの臀部心酔についてどんな見解を懐いていたかは知る由もないが、もしもこの種のナルシシズムについて、誰か別の女性に伝えたならば、その返答は凡そ判っている。「それはきっと涼しいことでしょうね」

現実派《ナチユラリスト》の彼女は、常にこのような見方しかしないものである。女性にはもともとフエティストが稀れである。「淫婦などというものに未だ曾てお眼にかかったことがない」とクラフトエビングは云っているが、事実、それは男性心理の反映にすぎないもので、(映画や通俗小説のキャッチフレーズをのけては) 現実には存在しないのである。だから、同じヒップナイドにしても、男性間のそれに較べると、ネガティヴとポジティヴとの差異がある。「連続」と「非連続」との違いだと云っても差支えない。彼女らは、あえて「ヒップナイド」を指名する必要のないほど自然的な、ヒップナイドなのである。

その限りでは、彼女らは、自らの身上のV感覚が実はA感覚からの分岐であること、云い換えると、V感覚も一種のA感覚だということをちゃんと知っているかのようだ。少くとも彼女らが風呂場で、自身のまんまるい滑らかな白いお尻に、スポンジか糠袋を当てて擦っている処を想像する時に、われわれはそう思わずにおられない。

道行くわれわれのちょうど前に、若い女性のメロンのようなお尻がサドルの上に載っけられ、フレームを挟んだ太股の交互の上下動につれて、ゴム毬のように弾んだ福々しい両半球が右に左に揺れうごく……では今度は、向うから自転車でやってくるのに注意してみよう。

ペダルを踏んで交互に忙しげに上下しているふとももの故里は、なるほど十分に魅了的である。しかしそれは、後ろ姿のヒップほどではない。真正面に見る太腿のつけ根も、英国製布地と薄いズロースをへだてて張り切っているお尻のふくらみほどに、われわれの想像力を掻き立てない。即ち、太股というのもついにヒップの後見を俟《ま》たなければならないということが、そこには暗示されている。それはなにも「ヒップはVの額縁である」という意味でない。むしろVこそがヒップの引立て役である。女性において臀部が重んじられているのは、つまりV云々は差し障りがあるので、(比較的無難な)後方に託してそれを云う処に生れているわけでは決してない。女性のお尻の魅力は、其処がVの所在地であることによっている。しかしそれよりも先に、Aがすでにひかえているという一事を忘れてはならない。ヌードにおいて乳房やヴィナスの丘が引き立つわけは、云わば「バック」があるからだ。即ちAという本家が厳として存することに依っている。昔、上野寛永寺の若い坊様のあいだで、Vのことを前尻と呼んでいたというが、本当は（身体のうらおもてさえ気にしなければ）Aこそが前面でなかろうか？　現に大抵の動物では、VはAの蔭におしやられている。只人間は起立して歩くようになったので、Aが奥の方へ匿くまわれ、入れ代ってVが「前面《フロント》」を僭称するようになったまでの話である。でも名残りはあって、婦人服では、バストと共にヒップが重んじられている。バックレスや背すじに沿うて釦やチャックがおかれている事実が、Aの前面であることを証明している。でなくてさえ、たまたま女児の裸すがたを見た男の園児は云うのである。「なんだ、お尻ばっかりだ」と。以上の例に依っても、Vとは疑うべくもなく一種のA、すなわちA′である。「女性には中心凸起がない。さしづめの手がかりがないために、まず後部曲面が、愛撫に当って利用されるのだ」という説にしても、やはりAとA′との関係でないか？

　パンツ一重へだてたお尻の割目を、サドルの先端に触れたり離したりしながら、前のめりにペダルを踏んで行く少年に較べると、彼女のサドルの上のヒップは、その純粋性において度が落ちる。けれども、粉がふいたような少年的臀部は、せいぜい「二年間」を盛りとして、あるじのP感覚の目ざめにつれて光彩を失い、ふくよかさが急減してしまう。（あとで述べるように）「女性美の原型としての少年」は肉体の丸味を命としている。しかし、それが角張ってくると共に効用を失墜する。つまりセックスの自覚につれて、少年者特有の典雅な線は薄れて行く。臀部は、少年的まろやかさを比較的長期に亙って保存する。とは云いながら、「精液との親交」に反比例して魅力を減じて行くことは如何ともしがたい。ひとり女性のみが臀部のうつくしさを保つことが出来る。これもひとえにA感覚と同族のV感覚の支持があるからである。即ち女性的臀部は、AV両感覚の相補性のために、「太股」と相提携して円熟して行く。西洋の「女握り」のイチジク（Figue）は、東洋では「桃」によって表現されているが、イチジクは、少くともそれが成熟しないうちはむしろA的であり、桃にあってはVA両者が包含されている。それに字典に依ると、「イチジクの実は乾して緩下剤、その乳汁は痔に塗るとよし、服用すれば回虫駆除の効がある」と云うからには、いよいよAに縁がある。もしも陰唇が別の唇だとすれば、理論的には、それは、（Vでなく）Aでなければならない。VというのはAの射影的変換にすぎない。女性の腰周りにはA及びA′の二焦点がおかれて、そこにはおのずから楕円効果が醸成されている。それは、「一つ目小僧」と「おかめ」との総合なのである。このために、世の男性らはそれぞれに惑星となり、あるいは衛星化されて、イチジク星乃至桃星の周りを、互いに追いつ追われつ旋転していることになる。だから、尻振りダンスの運動軸は、本当は二か所あるわけだ。この二焦点があまねく美術家の関心の的になって、未来のトルソーは著しく進歩することであろう。ギリシアの彫像では人体の重心はAの上に絞られていたが、やがて婦人像の進出があって、AをA′にまでおき換えてしまったのである。

曾て神戸で、私の一友が、和服すがたの混血児少女を愛人にしていたが、彼はある時、先方が猿股を穿いている事実を見て取って、驚駭《きようがい》した。当時は一般として、ヴィナスの丘は外気の洗うままに放置されていたのだから。それも四十年の昔話になった。いまではパンツ、パンティーは当り前で、近頃はまた、タイトスカートやスラックスやトレアドルパンツがひとしお彼女らには似合うようになってきた。これは、自らの臀部を少年的に上方へ引緊めたいというA的本能に添うものである。それは又、自己陶酔、保証安全を旨として、そこに沈滞しがちな恋愛的低迷に対する自己忿懣《ふんまん》の自然爆発であり、「セックスによって見神し、セックスによって滅され、自由は只自らの男性を選ぶ瞬間にのみ許される」というような境涯からの脱出を意味している。従って、「セックスの昇華のために必要な思考力の欠如」に対する彼女らの反省でも、それはあるわけだ。女のつまらなさ（湿潤）こそ、男の味気なさ（凸起）と合わして、常に彼女及び彼における「超越」の動因である。彼女の本能の中には、（自然的児童への好意以外に）人工的児童即ち「美的対象としての幼少年性」についての了解が存している。それは自らのV感覚による類推であるというよりも、彼女自身のA感覚を台にしたものである。「蛍二十日」の少年的優美は、今日では却って女性側に取りとどめられているのかも知れない。裾のつぼまった上衣、胴部がくびれたワンピース、丸帯、短かい羽織、これらはそれぞれに女性の豊満な臀部を引立てるのにあずかってきたが、現今では彼女らのあいだに、四肢の運動についての理解が漸く行き渡って、風に吹かれる大瓠《ひさご》のように横揺れしていたお尻は、いまやタイトスカート、スラックス、ズボン、ショートパンツ等によってつり上げられ、まろやかに引き緊った「ならびヶ丘」の律動を見せ始めた。もともと女性の相貌や挙止には少年的なものがみとめられたし、少年者の上には女性的雰囲気がほのめいていた。これは共に両者のA感覚的分野に属している。そのために、彼女らの男装はしばしば男児の場合よりも凛々しく、少年の女装は当の女性よりも目醒ましく、且つ優雅なのである。

　彼女らのV感覚的牽制に乱されがちな身体の線を、少年的典雅にまで誘導しようとしているのは、彼女自身のA感覚的収縮性である。（Pナイドなどに基くものでは決して無い！）女性におけるエレガンス（普遍性への志向）は、彼女の中に含まれている、稚児的、愛染明王的要素の自乗に正比例している。女性中のこの部分は、（V感覚的饒舌とは反対の）A感覚的寡黙であって、幼な顔の「真剣」――埴輪即ちJ・ミロ流の「性欲不明」――あるいは古い仏像の「アーケイック・スマイル」に通じる或物である。あの百済観音や弥勒菩薩の謎的微笑は、もともと「未生」の形態化であって、古代ギリシアの女身男根像と同じく、「性欲異常」乃至「セックスの抽象化」がもたらすところの魅力である。云う処の「美女」とは、V感覚とA感覚との綜合即ち先の楕円効果であって、この原型は、「少年性」を媒質として、“Androgyne”（両性具有者）の上に採択されている。「中性的」とはなにもセックスからの離脱を意味しない。むしろ、「現世を離れてまで」色情的である所以が、夢違観音や香薬師や、一般天童たちの蠱惑《こわく》なのだ。

清閑寺の襖絵の十二天や二十八部衆が坊様たちのオナニー的対象であったことを、南方熊楠翁が指摘していた。私も一度、明石近郊の古刹（太山寺）の虫干の日に出掛けて、曼荼羅《まんだら》の、きのう描き上ったかのような鮮麗さの前に、過去というのも一種の現在に他ならぬこと、あるいは、「過去は将来と呼ばれているものの影を私の前に投じる」（プルースト）を知らされたのだった。何故なら、大幅のいくつかの懸軸中にぎっしり詰め込まれた諸菩薩は、どれもモダーンすぎる面立であったばかりでなく、いずれも全く同じタイプなので、これは当時の有名な美童か美女かをモデルにしたものに相違ないと思わずにおられなかったからである。其後、興福寺の阿修羅像が著しく少年趣味の作であることを知ったし、更に高野山秘宝の大日如来の軸について、その端麗な相好と肢体が唐代の宦官の上に範を採ったものだということを、南方翁に教えられたりして、私は次のような考えに達した——「売淫に還元出来ないどんな高貴な愉楽もない」（ボードレエル＝感想私録）これにならって、「淫事に還元出来ないようなものは総て嘘だ」と云えないかしら？　排便が一種の性行為なら、飲食だってそうだ。便所はAとの親交であり、食卓はOとの昵懇《じっこん》である。われわれの思うこと、為すことが「時間」を図式にし、「死」によって裏打ちされている事実は、取りも直さず、それらがつまりは「快感関与」であることを示している。オウガスタスは視ることの邪淫性を分析しているが、視ると食べるがいっしょになった宴席の天井からは、しばしば「死」が巨大なクモのようにぶら下っているのを私は見る。これは既に述べた。「淫」などもわれわれが夙《はや》くから憶え込む字であって、「後（肛）事を託する」にならって、「姻（淫）戚関係」とやれないこともない。「イン」のつくあらゆる語彙に「淫」を入れ替えても、十分に成立する筈である。というのも、自他についてこれをどうかしたいという場合、結局ＶＰＡ関与か、あるいはその抽象化を除いて他の方法はないからである。ある事がつまらないのは、即ちそれが禁制的対象ではないからだ。云い換えると、淫事を逸れているか、似而非《えせ》淫事であることに依っている。大衆はしかし真相に面を合わすことを嫌っている。彼らはいつも「見せかけの淫事」以上には踏み出せない。それにしても、何ら淫心をそそらないような十二天や大日如来が、精神浄化の役目をしてきたなど、私には到底考えられないのである。「滝を描くには先ず女体のデッサンを究める」ということが画家仲間にあるそうだ。凡そ絵画とは、（ダリの言葉を俟つ迄もなく）「男女関係の複雑化」である。山中の滝は自然界における淫行の代表であるが、この種のものに人為が加わると「石の庭」になる。これは「ウラニスム」の世界でなければならない。

——男性側にも、先の女性の場合と似たことが云える。男性的エレガンスの多様性は、もともとＰ感覚及び「Ｐ感覚を裏打ちしているＶ感覚的なもの」を酵母としている。それには、「ギャラントゥリ」（婦人に対して慇懃なるもの）即ち「Ｖ感覚への同情」が条件になっている。何者がその媒介をするのか？　それは、男性の裡の受動性であるとしないわけにいかない。しかもこの負性の範囲は、（女性の場合と同様に）Ａ感覚の受持ちであって、Ｐ感覚自身はさほど有力なものとは考えられない。だから、「男性的受動性」と呼ぶのは適当でないかも知れないが、しかし、「女性的受動性」などとは決して云えない。同じお尻にしても男児と女児とではそれに対する扱い方が異っている。いわゆる「倒錯」は、（先にも述べたように）もともと女性には属していない。

では、P感覚はどんな役目をつとめるのか？　サタンあるいはリュシフェールのPは特に長くて、且つ固い鱗で蔽われている。地上楽園の蛇の名残りだそうであるが、実は見かけ倒しにすぎない。P感覚は只、V感覚乃至A感覚を刺戟興奮させるための懸橋を出ないものである。それは名の通りの「男橋《おわせ》」なのである。P感覚は、最初のうちこそ力み返っているものの、責任を持ち続けるための忍耐に欠けている。P感覚はそのつどそのつどのせっかちな、せせっこましい発射管であって、その粘りづよさの点から云っても、到底V感覚とは太刀打ちが出来ない。P自身は何と自惚れているか知らないが、それは単なる「栓」であり、コルクであって、殆んど内容は無いようなものだ。早い話が、Vについて、またAに関して此処に述べている程度のことすら、Pの上には云えないでないか？　云わばそこに二種の「凹」と一種の「凸」があって、三ツ巴が旋転している。凹のうちの一つは「種の保存」に携わり、一つは「文化」に関係を持ち、凸一者は凹二者に干渉するという図式が描ける。凸は自体にそなわる衝動力のままに両凹所に働きかけるものの、要するに「栓」を出ないものなのである。

ではVは何であろう？　Pよりましだが、やはり（底の知れた）「壺」である。ひとりAだけが無底のグルント、「エロティシズムの地平《ホリゾント》」である。さしものV感覚も、A

感覚本来の収縮力（その中心は第二括約筋である）の強さには叶わない。そこには恰も海綿に対する弾性ゴムくらいの相違がある。なおV感覚は、（P感覚の即応的な敏感さに較べると）ゆるやかに作用して、しかもあとを曳く。それは云い換えると、ある疑問に逢着しても努めてこれに無関心を装い、話題を自らの身辺に制限しようとする傾向である。つまりPV両感覚は、その前者は粗野、後者は遅鈍であって、共に思想的インポテンツでないかと疑われるふしすら窺えるのである。

これに較べると、A感覚はそれ自身、実りなき野、不毛の砂漠、忘却の高原、未知の瀑布、古樹わだかまり巖石峨々とした独逸浪曼派の舞台、天体画的な深淵……いろいろに考えさせるものを持っている。腸管末端部における奇異な感応性は、もともとモノトレェム（一穴類＝カモノハシ）と鳥類に属し、彼らの性のいとなみの上にきわめて重要な役割を演じているが、われわれにあっては、只用便時にさいしてその感覚的片鱗が窺われ得るにすぎない。此処に存するA型快美小球は単孔類的状態のままに眠り続け、わずかに排便時にのみ醒めようとするが、われわれをしてそれを捉えさせる暇を与えないで、再び元の太初的暗黒裡に没してしまう。V感覚が「母」を、P感覚が「父」を意味するものならば、A感覚は「生れぬ先の親」なのである。その証拠に、模造Pは存在するが、「模造V」など余り聞かない話である。ゴム、こんにゃくなどを以てする応急アーティフィシャルヴァギナなど、その効果の程は保証しがたいのである。換言すると、Pは異物を受付けない。それはP自体が取付け道具（自然的異物）に他ならないからである。これに較べると、Vは人工ペニス及びそのあらゆる変形を受納するかのようである。更にAに到っては常にあらゆる異物を待ちかまえている。それは固体、液体、気体、電磁波を問わず、ありとあらゆるイメージとイデアに結び付きたがっている。人はいさ心も知らず古里は花ぞ昔の香に匂ひける。

――とは云いながら、そこ（A）がエロティック・ゾーン（催情部位）である限り、男性ではP感覚に、女性にあってはV感覚（乃至クリトリス感覚）へ、それぞれ連絡はついている。しかしA感覚そのものは、「先験的エロティシズム」の場として独立したものである。V感覚はその職責上、何よりも先にわれわれをして「生活」と妥協せしめようとする。「なんだ生活か！　そんなものは下僕でもやっているさ」（リイラダン伯爵）P感覚もご多分に洩れないが、只彼の役柄として、しょっちゅうV感覚を狙って休む暇とてない。VP的愛欲は相対的である。A的苦悩は絶対的である。何故ならそれは、無限定な、無始的な、主客未分の状態にあるものだからである。小便はともかくとして、いま一つの用便を人に見られることを、幼少年らが（大人をもひっくるめて）極力惧れているわけは、それが一種のオナニーだという自覚があるからである。従って、こんな事情に気付き始めた幼少年的羞恥こそ、エロティシズム的多様の中にあって、最も純粋な形態だと云わねばならない。先に挙げた師宣の「児たちはあれを好かう」が「昔は物を思はざりけり」をよく捉えているにしても、それはVやPに対するのとは別な、根源的なはじらいに出ていることを知らねばならない。何故なら、Aは、VやPがそうだという意味の恥部では決してないからである。阿修羅顔に眉をひそめた、それともユル・ブリンナー的しかめ面をした幼少年者のA的翳《かげ》りほどに、われわれの心をそぞろならしむるものは無い。「如何なる故と云こと知らず、いとど心に憧れて、口にはそれと云はねども、此事のみぞ明暮に、只一向に思はれて、幼心の一筋に詮方なくぞ見えにけり」

（賤のおだまき）

ここまで深入りしなくても、たとえば猿股の隠匿及びその補充のための苦面というようなことであっても、（PよりもおそらくVよりも）いっそう真面目で厳粛なAとの連関において、思い屈して、ヒラメのような眼で片隅を睨み続けている――あるいは反動的な太々しさに居直った――ローティーンズのようにデリケートなものは世にはない。凡そ万人的惚気《のろけ》のたねとしてV感覚がある。A感覚もたまにはそうであろう。しかしそんなことより先に、A感覚はもっと別な抽象とつながっている。

V感覚の道徳は、献身、迷い、自己喪失、時空を絶した夜のまどろみと営みとである。A感覚のサンプルは、さしづめ厠でしゃがんでいる折の、草摘みにつくばっている時の、自転車のサドル上の、馬背にくっつけている場合のネガティヴ感である。このようなナルシシズムは、（それが幼少年者特有のものである限り）常に、限定、修正、変換、また無からの集注等の予想を持つものでなければならない。存在学的基台としてのA感覚は、われわれを「全体」の中へ融け込ませないで、むしろ自由と無限から袂を分って、「個」として引き離そうとする。何故なら、この部位に関する最初の禁制を受けて以来、此処は外界と自己との境界線となってきたからだ。「同性愛は幼少年性自慰癖の矯正に有効だ」とジッドが云うのも、その点にある筈だ。ひとたび友愛に裏打ちされると、ナルシス的リングが突き破られて、直線としておかれる。循環が世代的交替になって、「今年十八の角前髪、いまだ美童たゞなかなるに其身は早念者に替り」(男色大鑑巻四)
――ではあるが、小石少年ならびに「ヒップブック」的実験家は何ら女々しいものでない。パッシイヴ・ペデラスティについて、それを女性的云々と批評するのは世俗への阿《おもね》りにすぎない。何故ならこれこそ、男性的特徴だと云えるからである。VP両感覚を以て、達筆のくずし字に見立てるならば、A感覚は几帳面な、子供子供した、時にはいじけたように楷書である。幼少年者には原則として、略字、くずし字は不得手であって、習おうとしても当座の下手くそな真似しか出来ない。であればこそ、折釘流は、幼少年の事物吟味の道具になるばかりか、彼らの後年における抽象工作の基礎にもなるのだ。その「未分化」において、そこには無限進歩の萌芽が孕まれている。すでに「ヒップブック」の画中の人物には、「羞ずべき快感」にもとづくうしろめたさがない。扱われているものが小石だのどんぐりだの、自身の指頭だのいう有り合せの偶成物でなく、一箇の実存によって採択された「用在」(Zuhandenes)が駆使されているからであろう。「童貞」というのも、それがおのおの孤立した幼少年的寂寥《せきりょう》を荷ったものである限りは、紛れもない男性的特徴である。この要素が時に、ジャック・ヴァシェ的イロニーの八方への発射となり、又、英仏両様の軍服を半々にまとうての巴里大通りの闊歩ともなる。

「私がそこに学ぶことが出来たのは、女への哀慕の情というものがこのように寄り集って、草木山河、日常茶飯事を歌うものであるということであった」室生犀星が、北原白秋の詩集『思ひ出』について洩らしている。V感覚にしてそうだとすれば、A感覚では、スペクトルの吸収線のズレは日常生活的縞目など飛び超えてしまう筈だ。室生犀星がある時、鼻の孔をふくらませながら、私に向き直って、いまいましげに云ったことがある。「A感覚など、人間が一等まいっている時のものでないか。美少年など僕は近ごろ見付け次第ぶん殴ってやりたくなるよ」

『稚児と妹』『お小姓児太郎』『美小童』等の作者は、自らの北国の城下町における暗い思春期をかえりみて、鬱憤をぶちまけている。私の中学時代の後輩で、薄髭をたくわえて豪傑を気取りながら、思い出したように葉書の隅に小さく、「少年ほしや、恥かしそうにお辞儀するような子が」とか、「ふとももの上方が一等きれいだ」とか、「しゃがんで何かやっている少年の背すじの下の、シャツが引き上がりズボンが引き下げられている所は殺人的である」とか、又、「少年を作るとたそがれる」とか書いてよこす男がいた。犀星には、この黄昏《たそがれ》が気に入らぬらしい。それとも彼は、(フロイトに対するレーニンのように)「阿呆の寝言」「自分自身の正常でない性生活を正当化し、その寛容を乞い願おうとする個人的必要」「戦闘的な文学者にはそんなものは縁もゆかりもない」等々を用意しているのであろうか? それならば、「詩」及び「詩人」の上に持って行ったら、事はいっそう徹底する。またレーニン当人の上にも適用される筈だ。この種の手合は、了解の行きかねるものは、すべて自らの水準にまで引き下そうというのである。中世のティフォージュ城の犠牲者を「少女」に取換えたり、希臘《ギリシア》詩にある少年愛人を女性名に変えたり、また少年愛をもって、学園とか僧院とかでは止むを得ない「プソイドホモセクシュアリティ」（贋同性愛）と解したりするのが、そうである。

女ぎらい――

南方熊楠翁の述懐に、彼が二十八歳の時、さる高名な坊様の前で、「自分は一切女性と交わったことがない」と洩らしたところ、「其言は到底信じられない」とあったので、そんなことが一目で分らないようなことで、この人は今日まで何事を修行してきたのだろうと疑ったと。

彼はキューバ島では落魄《らくはく》して、曲馬師の巣に居候していたことがあり、ロンドンでは、いかがわしい家にそれとは知らないで下宿して、女らの艶書代筆をやりながら学問を続けていたが、彼の「女ぎらい」については女性間に直観的了解があって、友人の間柄として仲々重宝がられた。ところがいったん日本へ帰ってみると、何処へ行っても「女嫌い」など居ないらしいことが判った。こういう人々に、ロンドンのバチエラークラブに集る名士連や、又この大都に性欲を全く放棄した人士が少くとも千人はいるという調査報告などを、何と説明して頷かせることが出来るか？　いまの高僧と同じく、その道にある婦人にして鑑識眼が全くないようだが、それらと同じ比率で、女性に懸念しない人士が本当に稀少なのであろうか？ これは裁判方法等にも大いに関係があることだから、一度たれかに訊ねてみたいと思っている……と彼はつけ加えている。

人体は抽象してみると、ＯからＡに到る円筒であって、ＶＰというのも、他の諸器官と合わして該円筒の附属品を出ない。フロイトに依ると、ＯＡＰと並べられるこの三部位は、順次に幼少年者の精神生活に重大な影響を及ぼす。そのどれかが特に強く印象づけられるようなことがあると、それは当人の性格的特性を形成するものだと。

それならば、Ｏは「取込み」（征服乃至併呑）を担当するのであろう。Ｐにおける老廃物質排泄と性分泌物の射出は云う迄もないことで、ここにさし当り必要なのは、『キンゼイ報告』に見られるような、幼童間のおどろくべき悪習慣である。しかしこれは、「小児性多形倒錯」に属する一過性のものだ、と考えて差支えない。残るＡについては、それが個的性格云々よりも先に、男性の一般的特性を形成するのに与っているように、私には考えられる。「吾々は精神分析を通して、肛門から発した興奮が通例どのような変化を受けるか、又、肛門帯に生涯を通じて莫大な陰部的な刺戟感受性を持っていることがいかに多いかを知って、驚くのである」フロイトが書いているが、Ａ感覚は、幼児期を受け継ぐ意識的ティーンズ（十代）の性感中枢であるばかりか、Ｐ感覚覚醒後もなお暗黙裡にその影響を及ぼすことを止めない。「肛」は「紅」に通じる。もともとこの褪紅色の間歇火口はファンテジストであって、「前快」的基地に拠って、架空工作を恣《ほしい》ままにするように思われるのである。

額縁入りお尻の提案者Y・K君は、子供の頃、棒状金太郎飴をお尻に差して、自身の首を下にまげて金太郎と接吻してみたいと思ったことがあると洩したが、彼がまた云うのに、S・ダリが好んで描くポルト・リガトの海岸や西班牙《スペイン》の灼けつくような荒原はダリその人の烈しい嗜食性を感じさせる。この画家のオブジェは素敵にコメスティブルであって、偏執狂的乾酪であり、柔かいものであり、伊勢エビ（実は電話器）など、セーブルの皿で持ち込まれるのにふさわしい。彼の海岸や荒野は、それらのおいしそうなものを詰め込むための内臓器官だ、と彼は云う。しかもそれと同じことはいま一つの凹面事情Aの上についても云えるようだ。何故ならA感覚は、鉛筆のマークのお月様が照っているバワリヤ台地、ニューメキシコのプエブロインディアンの粘土製の四角い家の聚落、石だらけの三途の河原、弥陀の寂光土等々を背負っているように思われるからだと。なお彼は、次のような一文を私に紹介した。「……このわけの分らない感覚は、すぐにでもわずか2、3センチしかはなれていない、すぐうしろにある穴に移ってくることが出来るように見えます。ところが、この、まえの器官がいとなむ妊娠出産というはたらきを、うしろの器官はどのようなやりかたで代理して行うことが出来るのでしょうか。女の宿命とまで考えられる、この妊娠という事実、この残酷な、動物のような役目こそ、A感覚のあらゆるゼンマイをくるわせ、京子のお腹の中にぎっちりつまった腸をひっかきまわし、もつれさせて、京子のお腹の中をひっくりかえしてしまうものなのです云々」（羽村京子、A感覚の秘密「奇譚クラブ」昭三〇・二）これは取りも直さず近親憎悪の感情であり、メスや鋏による女性としての異物関与（本来はA部に対してなさるべきもの）を、A部の代理として、比較的近似している腹部に為そうとするのだと、彼は註釈をつける。私は小学初年の時に、あの太陽の黒点というものを、家の書生が取っていた講義録中の挿絵として知ったが、お日様には口も鼻もない代りに、Aがたくさんあって、まるでお尻だらけだと思ったことを憶えている。因陀羅とは「帝釈天」のことで、戦車に乗って空中を駆ける雷霆《らいてい》の神だとあるから、ちょうど西洋のジュピターに相当する。この因陀羅が、曇仙人の苦行の隙をうかがってその妻を盗んだところ、仙人の呪文のために忽ち女体に化し、全身に千箇のVが生じて、千人の男子をそれぞれに引受けねばならない羽目になった。ちょうどそれと同様に、太陽面に大小千個のAがあって、それぞれに大小千本の宇宙ロケットが突き刺ったとしたならば、これこそ大日如来受難の図ではなかろうか？　林檎のお尻及びジェリー製の富士山火口のことは先に述べたが、あの「かぼちゃ」関西で云う「唐茄子」は、その瘤質の表皮に一体いくつ割目を持っているのか。ともかくこの菊座形の大きな果実も、お日様とは別なお尻のお化けである。では、その周囲におそらく十箇以上もならんでいるお尻の割目をめがけて、八方から、それぞれに異る矢尻のついた小さな箭《や》が飛んでくるというのは如何？

即ち、「オラル・エロテーク」「ウレスラル・エロテーク」「アニュス・エロテーク」

の三者のうちでは、特に第三番目が重要である。いつも晴れやかな佳い声で即興の歌をうたって人々に楽しい想いをさせ、街を行く時には鳥籠を買って鳥を放してやることを何よりの愉しみとし、且つ派手な縞柄の衣服と活気ある馬を愛し、なおディダルスの翼工作の像が立っている辻を好んで通っていたというフィレンツェの美少年、レオナルドの一夜の夢に、いずこからともなく一羽の禿鷹が飛んできた。鷹は何事かを促がすかのように、眠れる少年の唇をその嘴《くちばし》で以て頻りに突ッついた。もしもこの夢が、(フロイトが云うように)レオナルドの後年における飛行機発明欲と関連があると云うのであれば、禿鷹が突ッついたのは唇ではない。それはAでなければならない。であって初めて『モナリザ・ジョコンダ』の筆者の精神性が立証されるのであるまいか?

先の因陀羅への刑罰云々は、仏教では模様替えされている。「帝釈天は千箇のPをそなえ、それぞれのPに千人の玉女を引受けている。女たちには各自に、他の九百九十九箇のP及び九百九十九箇のVは見えない」としてある。このトゲだらけの海胆《うに》のような帝釈天も、含蓄の点ではヒンズー教説のマゾヒズムには及ばない。まして、「赤色の蓮華台上における摩訶毘盧遮那(大日如来)の一切景勝三摩地」とは同日の談ではない。

VP両感覚は互いに対象化されて、共に功利的目標に従属せしめられているが、A感覚だけはそうでない。「女心」がV感覚に出て、「男心」がP感覚に出て、「大人心」がVP混淆に依るものならば、「幼な心」とはA感覚に出ているものでなければならぬ。

女性におけるお化粧的外面性は、もともと彼女らがセックス的対象以上のものではないということを示している。男性における騎士的な面も又、結局彼らの種馬的存在である事実を語っている。ところがいったんA感覚的領域になると、「無意味」のままに放任されている。人々はこれが「生れぬ先の父母」であることを忘れている。しかもこれはわれわれの曾ての胎内時代の隣人であり、且つV感覚の本家だというのに、（用便を除いては）いっこうにそれらしいリアルな面をそなえていない。只、幼少年者において、鉛筆の匂いや消ゴムの感触に依託された、そこはかとないA感覚的陶酔が認められるという迄の話である。

A感覚もV感覚も、共に持続的な点は共通しているが、しかし前者はフロイトのいわゆる「前快」（Vorlust）を意味して、成人的経験範囲に属する「後快」に欠けている。V感覚には、（最初のうちは）その前快すら未だ無い。それは、（後快と合わして）いずれは手に入る筈だという約束があるだけである。V感覚は、A感覚程度にすら待機的だとは云えない。「喜びに溢れる」は、正確にはずっと後日までお預けなのである。V感覚には、A感覚のような局部性は与えられていない。V感覚がA感覚のような自覚に到達するためには相当の修練を必要とする上に、あるいは生涯をかけてもそこに到らぬかも知れないのである。従って、「V感覚的愛撫」はA感覚的のそれのように独立したものでない。それは大道無門的であって、いまだ関所破りまでに到らないものである。やはりそれは「全体」に従属している。

A感覚はしかし、「前快的放任」であって、たまたま性行為と結びついた反復的刺戟を俟って性器同様に亢進せしめられる場合があったにしても、もともと性器ではないのだから、「後快」の方はあくまでも可能性にとどまっている。この動悸と興奮の上に制限されている点が、「少年的可能性」（ダ・ヴィンチ的諸可能性）とのあいだに何らかの連関を持っているのでなければならない。切迫的ではあるが完結（弛緩）しないという処が、それの「抽象化」のための条件になっているように思われる。そもそもA感覚に依存するUranisme そのものが、既にそんな抽象の一例だと云えないこともないのである。しかも抽象化は、（第一章で述べたように）ビイ玉、メンコ、レッテル等々の少年的オブジェを手蔓として、既にそれは始まっている。幼少年らが、（女児とは異って）常に「自然界から切り離されたもの」に対して彼らの嗜好を懐いていること、特に、ピストン、救命浮環、舷側の丸窓、予備タイア、緩衝装置、ハンドル、映画のフィルム（特に横文字がならんだタイトルの部分）水彩画用のワットマン紙（その透し入りの箇所）というような、「抽象的断片」により多く心を惹かれていること、なかでも、機械部品のカタログなど彼らには聖書であり祈禱書であり、また対数表でもあること、これらをかえりみる時には、なにかその部位（腸粘膜末端）における、異物的緊張感、スリル、忍耐、努責、蠕動《ぜんどう》、リズム、脱落感等々に、いまの各種のオブジェ群は結び付くように思われる。そればかりでなく、この相互関係は、彼らの成人後における諸工作の上にも及んでいる、とさえ考えられるのである。

スピノザ曰く、「取るに足らぬ内臓の苦痛をもこれを分析し、解釈して、適当な手続きを経て、宇宙的理解にまで高めなければならない」と。もしそうであるならば、A感覚こそ（VP両感覚の場合に較べて）遥かに有資格である。A感覚は持前の Vorlust 性によって、よりいっそうに「根本無明」的であるからだ。前快的期待と惧れの中間には、不安、好奇、嫌悪、羞恥、苦痛、悔恨等々のあらゆるスリルの因子が詰っていて、これらは「A感覚の対象化」のためには願うてもない好条件になっている。「快感とは薄められた苦痛のことである」サド侯爵が云う意味でも、A感覚は最も有力な抽象候補である。何故なら、総ての抽象作業は、疼痛乃至心理的な苦悩への挺身を前提とするものであるからだ。『あべこべに』（ユイスマン）の主人公デ・ゼッセントは、余りにアーティフィシャルな日常生活の結果、胃が嘔吐感で何物も受けつけなくなった。そこでペプトンの滋養浣腸を一日三回行うことになって、新らたな喜びを知った。「おそらくこの上、人工生活を進めることは不可能であろう。こんなふうに栄養を摂取するというのは、実行し得る変則的生活の極致に違いなかった。もしこんな簡単な療法を健康時にも続けて行えたなら、時間の節約になる。食欲のない者には肉の臭いが与える不快の念を起さないで済む。少ない品数の料理を食べる時のげんなりした気分から解放されるし、大食の罪に対する強い抗議ともなろう。又、昔ながらの自然の本能に対して投げつける断乎たる侮蔑ともなろう。自然の単調な欲求などいうものもこれと共に永遠に消えてしまうだろう。俺は腹ぺこぺこだ。そこに、ナプキンの上に巨大な浣腸器が用意されたら、あの退屈な下品な食事という苦役は廃止されることになる」との確信に彼は達した。幼少年がその最初の日におけるA的禁忌以来、A感覚自己限定に依って事物を吟味し、自らをいたわってきたというのは、きわめて至当だと云わねばならない。

V感覚的 Vorlust に由来する工作としては、お化粧、服飾、社交、家事、育児、其他一般の女性的心づくしが挙げられる。しかしA感覚になると、それが前セックス的リビドーの発現であるだけに、思いもかけぬ変換が行われる。その初め排泄物は、お菓子の空箱に入れて、尊敬する何人かの前に献じらるべき貴重品であった。やがて臀部そのものが、供物として解されるようになる。同時にA感覚は、最も内密な、取っておきの感覚として意識され、幼少年的ダンディズムのための酵母となる。そこには、ちょうどVP両感覚を元にして大人のダンディズムが醸成されるのに似たものが見られる。VP両感覚が「顕教」として、種の保存及び日常的活力を司っているものならば、直腸感覚は「密教」に属している。その事迹をうかがい知る者は只五大明王を除いて他にはないところの、人類の夜叉法金剛道を、それは担当している。

総ての冒険的な乗物、又、火器とか、まるで頭脳を拷問にかけるようなマトリックス的思考とか、こういう対象と取組むに当っては、先ず当方のマゾヒズムを利用しなければならない。月並の決心や勇気はここでは役立たないからである。誰にも憶えがあるであろうが、煙硝遊び、化学実験、上級学校の運動場の片隅や体育室にならんでいる器械、これらに携わるには、強制的にその場へ引き出されて、その上で、せっぱ詰っての先方への不意打ち、即ち「襲撃」に訴える以外の手はないものだ。先方の威圧乃至脅迫をこちらの受動性にいったん受けとめて、今度はサディズム的エネルギーの振興によって、窮状を反転するわけである。

先日、『一物理学者の回想』(湯川博士)を読んでいて気付いたが、この本の著者を、その三高時代に少なからず悩ましたという応援団幹部などは、彼らが曾て身に受けた「呼び出し」を、いまは他者に向けて報復しようとしているかのようである。もともと男性にはある種のひずみが存する。彼らには、有史以来、無数の戦場に引っぱり出されてきた伝統があって、一様に、癒ゆる見込みとてない慣性マゾヒズムに罹っている。教練《ドリル》とは「錐で孔をあけること」であるが、この種の嗜虐が、世の男性には病付きになっている。芝居で観る「眉間割り」こそ、彼らの翹望《ぎようぼう》の的なのだ。何か事があって双方の横づらに打撃をくらい、そのまま仰向けにひっくり返って気絶することを、彼らはいつも夢みている。あるいは、母親乃至「彼女」に叱られ続けてきた経験がつみ重って、それが性格的特徴にまで形成され、彼らは等しく女性の手によってズボンを引き下され、お尻の素肌に連続的平手打ちをこうむって、「ごめんなさい、ごめんなさい」と泣き喚く機会を待ち設けている。あらゆる男性の裡には、スパルタ乃至『葉隠』への先天的憧憬が隠れている。校歌、合宿等を皮切りに、彼らは、コムソモール、ヒットラーユーゲント、フリーメーソン的仮面団、さては私的な義兄弟誓約や血判にまで我身を縛りつけて、以て「永久に癒やされざるもの」のせめてもの代償に当てようとしている。それは、

「永遠の父」の恢復とでも言うべき埒のあかない大事業なのだ。そのモデルには、英雄、皇帝、指導者等が採択されてきたが、時には聖者、隠者、犯罪者が利用される。「世を憤る」も「回心」も、共に反動エネルギーの振興に他ならないからである。この男性における「引きずり出されたい」願望は、人に倚《よ》ろうと物に依ろうと、名に拠ろうと、つまりは女性が永い仕来りによって身につけている「不自由志願」と甚だよく似ている。彼らは勲章を欲し、それを胸に飾ることに似合いもする。しかし、「模範兵」とか「殊勲者」とかは本当は飽き足りないのである。むしろ「重営倉」「軍法会議」が彼らの真に望む処である。昔ならば、「召寵」「解官」「改易」「切腹」等々である。事実、肩章や胸リボンや、さては脇差を剥奪されて、丸腰のまま向うへ連れ去られることの方が、(騎士叙任式の作法でレジオン・ドノールを胸に掛けて貰うことよりも)何故かいっそうに彼らに似合うのである。女性や児童では泣くことが一種の優雅を織り出す。男性では泣くことが恥辱になっている。女性の繃帯は痛ましいが、男性が繃帯を巻いていることの上にはある種の安堵が覚えられる。「赤十字」は最大の男性的 Joke であるが、これは当然として本物の十字架につながっている。日本人には余り関心はないようだが、西欧文明が始まってからは、男性宿命性の最高審美的モデルとしてキリストが据えられている。あのポウロの「肉体の棘」も、私にはなんだか男性マゾヒズムの表象のように思われてならない。だから、心ある女性らはちゃんと知っている。男性の最大の魅力は、常に彼らの不幸の上に見出されるということを。けだし、「地平に見えしは援軍ならず」は、彼らの最もお得意の境地なのだ。「見れば早くも城陥ちて焔は天を焦したり」「船は次第に傾きて」こうなると本当にうれしくなって、彼らには笑いが止らぬ筈である。この歪みこそ、各自の曲率半径において彼らを行動に赴かせるモーメントなのだ。これが、拠るべなき男性が人生に堪え得るための唯一の足場なのである。これを棄て去った途端に、男性の株は下落して、魅力も又失われてしまう。「引き出されること」には懲々している筈なのに、なお彼らは強制されることを期待し、自ら「呼び出し機関」の組織に日夜奔走している。それというのも、見棄てられた若うど程に惨澹《さんたん》たるものはないということを、よく知っているからだ。こうして彼らは、我身に指導者と後見人とを具有しようとするが、あえて自らが携わろうとしている事柄の厭わしさ、面倒臭さ、恐ろしさ、味気なさ、空虚さについては十二分に承知しているので、その間の摩擦と毒素的作用を緩和するために、架空の潤滑油乃至ワクチンとしてのJokeを必要とする。女性の場合とは異って、彼らの上にどこかひとり相撲の気配が見られるのは、その減摩剤的空廻りのせいである。

何彼につけて、旗を立て、楽隊を奏し、ブレザーコゥトをまとい、双眼鏡を取上げ、地図をひろげ、物差や計器を取り出すのは、典型的なジョークである。私の幼時には、勉強机の上に小さな地球儀を載っけ、抽斗《ひきだし》には三角定規とコンパスを入れておくのが全国的風潮であったが、これは男性嗜好の明治的雛型である。酒精飲料、煙草等は一般的なジョークである。賭の心理とか団結心とかは、「おびやかされる」の逆用であって、勿論ジョークである。「新奇」（スノビズム）がやはりジョークだ。カメラ、トランジスター、オートバイ、自動車、飛行機、人工衛星……この類いは、せめて最新型でなければ、しかもそれが一点の塵をもとどめぬ状態におかれているのでなかったら、能く堪えられたものでない。WC、レストラン、バー、ホテル、倶楽部だってその通りで、これらの本来的ながらくた性が、「常に手入れを要する」ということによって証明されている。唐土の許由には、人から贈られた水汲み用の大ひさごが自らのジョークになった筈だが、それすらも煩わしいとあって投げやってしまった。そうすることが即ちジョークだったわけだ。フットボールの籤《くじ》で当った三千万円を受取らなかったランカシャーの製図工レイモンド・スミス君なんかも同じ轍《てつ》である。UFO（未検証飛行物体）などは好箇の地球的ジョークである。キュー・クラックス・クランの白頭巾は集団的ジョークで、ダリ画伯の煉油で固めたアンテナ式口髭は、私設ジョークである。「宇宙飛行士」が、低圧低温のタンクの中へ入れられ、地上ロケットで突きやられ、スピンテーブルにゆわい付けられて振り廻されているのも、自ら買って出たジョークの一役を勤めていることになる。ジョークが男性独自の呪術だとすれば、これが女性は納得出来ないのは当り前である。メディシン（薬）を好むのも、浣腸的被虐も、手術志願も、だから本当は男の子の領分である。彼が成人してたとえばパイロットを志望する。その最初の日に青くなってしまう。しかしもう引き返すことは出来ない。幸い人間には慣れるということがあって、やがて定着し、とどのつまりは其処に仆れることになる。男性には（神か永遠かは知らないが）ともかく眼前に「深淵」を仮定して、その突破を企てる習性がある。女性が男性を選び取って、その胸に抱かれたがっているのに反して、男性はせっかちに自身を無限への供物に供しようとしている。しかし例外なく、いつしかAbgrundの手前に張りめぐらされている荷電鉄条網に自らひッかかってしまう。彼らはあとからあとから性懲りもなしに、夏八月のあたら夜の真黒けな雲の絶壁の上、剣呑至極な月の燈台に近付いては墜ちてしまう哀れなイカルスなのである。男とは、野心家で、嫉妬ぶかさと見栄坊の点では女性以上で、しかも何かのはずみでがたんとくると、男同士で手を取り合って泣き出してしまう。男とは、一様に根治不能なプリァピィズム（勃起持続症）におかれていて、こういう不幸な彼らにおける唯一の凭れ所が、実は（たとい今は毛だけであるにせよ）Aなのだ。「お尻の用心」とは、陸棲河童警戒以外に、この取っておきの泣き所が他者によっておびやかされることを、注意する言葉である。

女児における、リボン、化粧品、衣裳、お人形、小ぎれ等々は、それぞれに固有の意味を持ちながら、なお全体としての女性的雰囲気中に融け入り、そこに安らぎ、まどろんでいる。めいめいが相互排除的であるばかりか、いつしか原型を離脱して全く別箇のものに転位するというようなことは、先ず以て女性的世界では起り得ない。

それに引きかえて、男児の場合は、畝織《うねおり》の半ズボン、運動具、カメラ、絵本、博物標本、模型工作、レッテル、機械の部品のような断片、これらは互いに、にっちもさっちも行かない宿命を担わされている。婦人たちの服飾趣味とたしなみは結局彼女らのPナイドに生れ、紳士連の伊達ぶりは彼らのVナイドを台にしている。共に一般的目標を持つものであって、これはあれに、あれはこれにという具合に、相互間の対応ならびに融通が可能である。ところが、幼少年的お洒落は、自他に対するAナイドに発していて、それぞれにA感覚的孤立性を反映し、どれもが抜き差しならぬ窮屈さにおかれている。女性は、先にも云ったように、（誰が、自分を、どれくらい、愛しているかを除けば）結局「何だってよい」又、成年男性の場合も、（彼らが自然的分野にとどまっている限りは）それに準じる。ところが幼少年は、一見して甚だ自然的のようであるが、それと同時に、あらゆる物事に関してなかなか厳重であり、正直でもある。むしろ固苦しいほどだ。彼が幼少年的であればあるほど、そこには男性工作のより純粋な雛型が見られると云っても差支えない。彼らにあっては、各箇のデータは、別々に、その「前快」状態を内包したまま固有の歴史を展開する以外に途はない。それら資料のおのおのは、妥協を許さぬ少年的几帳面さの前に、「そうであるように見えて実はそうでないもの」「そうではないようだが実は同じもの」として、他者によって先手を打たれない以前に、彼らをそそのかし、急かせて、それぞれそれを安全な状態におくために、各様のモザイックと積木細工にまで追いやる。

小学校の教室で、生理の時間に、直腸の機能について聴かされた折の緊張味は、男の子ならば誰にも憶えがあることであろう。この「充塡が便意を促す」はしかし、それだけにとどまるものでない。幼少年的オートエロティシズムは、「後部」において、その統一原理を保持している。其処は、快感の可能性に対する最初の「抑圧」が成就されているような部位である。裏面から云うと、彼らは、「大便をこらえることにおいて肉体の秘密を知り、大便を蓄めることによって筋肉の劇しい収縮を起し、括約筋通過のさいの痛みと快感とをこもごもに懐かしがってきた」筈であり、この取っておきの玉子臭い部位を隔壁として、彼らは外界から自己を区別することを学び、それを守り続けてきたのであろう。それだけに其処は、肉体中の最も敏感な、最も恥かしい、最もやさしい、最も奇妙な、最も含蓄的な箇所として、云わば粉がふいたマシマロウの手ざわりにも喩えたいものとして、彼らには解されている。それは「百谷の王」なのである。これが、その折々の彼らの創意や工夫に当って何らかの相談役にならなかったなんて、そんなことが云えるだろうか？　で彼らは、ガス織の匂いがするおろし立ての真白なユニフォーム、純ネルの運動着、スコットランド織を使った半ズボン、毛糸の甘い香がする葡萄茶色のスエータ、ボール函にはいっている新らしい編上靴、錫箔包みのチョコレート、印刷インキの香がする絵本、蠟臭い一揃いの色鉛筆、エナメルくさい鉛の兵隊、無味なビイ玉、蠟石、釣道具の色とりどりな浮木、ゴム製の水ピストル――新学期の課目である「菜の花」や、水平式暈滃《うんおう》で表わされた黒褐色の「パミール高原」すらも――総てを、一応は該所と結び付けずにおられない。色リボンで括られた Favourite の函の中の濃緑色のヴェルベット帽など、頭にかぶるより先にお尻の上にのっけてみたいのではなかろうか？　それは、当の品物をより吟味し、確かめ、我身に納得させるための、云わば執拗な愛の行いなのだ。ちょうど女性が気に入った布地だの花束だのを自身の胸元におし当てたり、頬擦りしたりするのにそれは似ている。しかし女性の場合では当座当座の仕草にとどまって、其後は全体的雰囲気の中へ融け入ってしまう。幼少年にあっては、そのおのおのが眼には見えない触手を深所まで伸ばして行く。A感覚は彼らの「世界所有」にさいしてのオルガンなのだ。同じ実生でも、いったん鳥の腹中を通過した種子の方が育ちがよいと云われている。彼らが、好ましい小物品を脣に持って行ったり、時に口腔の内部にそれを含んだりするのは、「異物吟味」を対蹠点において試みようとすることに他ならない。「接吻」がそもそもAナイドの変様である。ピンクの脣は当然いま一つの脣を予想する。この立場から云うと、同性愛的感情にそなえての応急手段がAオナニーなのではない。却って、Aオナニー（心理）の客観化が同性愛行為だということになる。

接吻は、両円筒ドッキングの欲求から生れる。円筒とはOからAへ続いているものを指す。従って理論的には、そこには、OとO、OとA、AとA、この三種の接吻がなければならない。しかしフロイトに依ると、OとAとが互いに自らを性器として取扱われることを要求している点では、別に優劣はない。故にO接吻は当然としてA接吻を意味し、各様の口紅は、そのままA部におけるオークル、レッド、ピンクのアクセントをも予想するものである。桜桃口は楊柳腰につながり、出口は入口と結びついて、恰も「クラインの壜」の表裏のようにいずれが正とも決めがたい。排泄は「マイナスの摂取」であるから、財布に一文も無いことを「空ッケツ」とも云う。英和辞典のページにある発音解剖図の口腔から喉にかけて縦断面が消化器末端部の断面のように見えるのも、別に不思議なことでない。

彼らは曾ては、（多分A感覚的密着をそこに想像することによって）馬の鞍上に憧れを寄せていた。彼らの軍人志望の一因は、確かその点におかれていた筈だ。今日では彼らは、等しく文明利器の上に想いを馳せている。あらゆる「座席」は、それを利用する度毎に肛門圧迫器の役目をつとめる。従って彼らは、特に危険な機械の操縦席だの、鉄道見張所や、高いアームの先端にある制御室の腰掛に、自らのお尻を載っけたがっている。彼らはそうすることにおいて、しばしば大人の口から洩れる「痔痛で泣いています」を類推しようとしているのかも知れない。又、彼らが運動会だの競技場だのに並ならぬ関心を寄せているわけは、其処では自身の腰部を放恣に動かせる機会が与えられるということ以外に、他者の臀部の各様のうごきが、何の遠慮もなく観察されるからに他ならない。彼らが玉子の上に懐いている特別の親愛感は、それがまるい、すべすべした奇妙な代物だとか、その内部には雛が生じるとか、あるいは玉子焼やオムレツの材料であるとかいうことより先に、それが鶏のお尻から出たものだという理由にもとづいている。この心理を裏返すと、「自分もお尻から玉子を生みたい」ということになる。A感覚的亢進には金無垢の（内身までもその通りの）玉子排出の予想が含まれている。生む者として勿論自身が当てられている。

　彼らは、女性の、英国製ウール張りの丸々した臀部を見たり、舶来シャボンの移り香のした紫陽花《あじさい》色の内股を想像したりする時に、軽い「女性羨望」の念に捉われないわけに行かない。これが本当のVナイドであろう。何故なら、自分にはお尻は一つしかないのに、女の人はお尻を二つも持っていると考えられるからである。即ち自身を台にしたA感覚的類推によって、先方の受動性の優位を妬ましく思うわけだ。女性に生れて、二つのお尻を何人かの熱烈な愛撫玩弄にゆだねて、おそらく二、三年のうちにこの世を辞したいというのは、あらゆる幼少年者の内奥にひそかに懐かれている理想なのである。同じ心理は万人の裡に存する。仮りにそうでないという人があるとすれば、それは田夫野人にきまっている。私はそのことを断言するのに憚らない。Vに対しては、（誰かに教えられない限り）自らの臆測に訴える他はない。Aならばそんなことは無い。これが、幼少年間では（よし女性憧憬の場合であっても）Pオナニーに先立ってAオナニーの傾向が見られる所以である。深部の世界という点においては、Aには単なる「恥部」以上の意義がある。それは先験的エロティシズムの拠点なのである。この次第はしかし、幼少年的な孤立にあるのでない限り、何人にも感知されるという訳合いのものではない。VP両感覚が終る処で識別されることから云えば、それは

「セックスの彼方」であるが、又、VP両感覚が始まる前に感知されるということから云えば、それは「セックス以前」である。未だP感覚に目ざめない時期では、「女性思慕」とは即ち「女性羨望」であって、先方の肉体構造に主眼点がおかれている。ここではP感覚的仲介は別に必要としない。それは原始受動性への志向とでも云うべきもので、A感覚だけで十分なのである。この時期にあっては、Pは未だ性器ではない。しかしAはその半面においては明らかに受動性器的であるから、PはAに対するアクセサリーの役をつとめている。ひとり幼少年世界に限らない。一般として男子同性愛には、その下地として、（Pオナニーと共に）Aオナニーの予想が多分に含まれている。この場合のAオナニーとは、用便において慣れっこになっている日常性A感覚の上に、人為的刺戟を加えることを云う。これはしかし飲食においてすでに予想を持っている。何故なら、飲食行為が、味覚、異物感、異物通過等に分けられている限り、それはOオナニーに相違ないからである。「Aオナニー」ということは、先にアルベルト・モルが部分的に触れ、其後フロイトが、Aの（VPに劣らない）性感的意義を指摘した以外に、今日までのところ殆んど何人にも留意されていない。で、私は、特にこの機会に、読者に注意したいと思う――「オナン、地に精を洩らして」Onanismeの語源になったが、これは、既に心理的にはA部において行われていたことが、たまたま機会を得て外的に形を取ったまでのことだと解される。従ってAオナニーは、いわゆる「変換」の契機として、又、変換の手前における逸脱として、今回のテーマとはきわめて重大な関連を持つものである。前章の終りに紹介した秘密結社の「ハート状の環から成った鎖」は、Aオナニーの分解及び再構成であろうし、「ヒップブック」の場合では、小ガルガンチュワ的実験が機械学的ナルシシズムにまで発展している。『方丈記』『徒然草』『ライクロフトの手記』『紳士トリストラム・シャンディの生涯と意見』、此種の文献は心理的Aオナニーの所産であると私は考えるのにためらわないが、この内部事情は、広く独創的な楽譜、創意的なあらゆるタブロー、彫塑、科学論文、哲学的叙述、数学方程式の上に及ぼしても差支えない筈である。A感覚的禁忌は幼少年ダンディズムの拠点であるが、同時にそれは男性一般のメカニズムにも参与しているのでなければならない。A感覚対象化の起点は、山脈錯綜のパミール台地として、私には、具体的な同性愛よりも却って興味深く覚えられるのである。

Pオナニーならば、これを動物間にも見ることが出来る。同性愛行為だってそうである。でもAオナニーは、少くともその自覚的なものは、(その頭脳と同程度に手先をも動かし得るところの)人間特有の現象なのでなかろうか？　しかもこれは、同様に人間独自のものである「笑い」とも又異っている。女性はよく笑う。しかし彼女らは決してAオナニー的ではない。A感覚は女性にもそなわっているのに、何故にそうか？　それはA感覚のついたてが、その向う側を見えないようにしているからである。しかも彼女らにおける統率原理はP感覚的なそれではない。彼女らの技術と独創力はクリトリスにさえも託されているのでなくて、それは全「存在」の彼方へ紛れている。そうかと云って、Aオナニーは一般男性の秘密な領域であるなんて、そんなことは決して云えない。そこにはP感覚的障壁が断乎として立ちはだかって、背後を覗かせないようにしているからだ。

Aオナニーは、原則として幼少年的世界のものだと云うことになる。しかも女児は通常これに参加していない。いったい、「少年」に匹敵する「少女」は居ない。彼女らは、幼女から直ちに「若い女性」に移ってしまう。だから、少くとも「少年」という言葉の上に連想されるようなエロティシズムは、「少女」の上には感じられない。それは彼女らが、少年ほどに我身のエロティック・ゾーンについての意識がないからであろう。だから、「Vオナニー」というのも曖昧な云い方だ。「張形」も「異物」も、（そこに実験的意義が伴う限りは）明らかに少年的領分である。「淫蕩な女性は未だ知らぬ」クラフトエビングは書いているが、その通りで、三文小説や劇映画のキャッチフレーズにあるような女性は、現実には見当らない。「河がうねり森に樹々が生え、機会さえあれば女が不義を働くのは自然の掟である」（南伝ジャータカに見える言葉で、インドの賭博師間の呪文になっている）こうであるにしても、それが女性の天性であり、やさしさの根拠である限り、彼女らが責任を負うべき筋合ではない。「観念が一等猥褻である」（ラクロ）そうだったのに、この観念が女性にあっては構成されることが更にないのである。これが、彼女らが女優や踊子を前にして、（男性のように）縛られないで、全く自由に鑑賞している所以である。こうして同じみだらさでも、女性間では非常に拡散され、男性では局部的に絞られようとする傾向がある。だから、(甚だ奇妙なことになるが)「淫蕩な幼少年」というものは有り得る。Pも又一種の異物として解されるところにそれが発生する。男児にあって、オナニー乃至オナニー的想念が避けがたいのに反して、女児(乃至女性)にあってはそうでもないというのは、以上の理由にもとづいている。オナニー的なものは「男性の自然性」だと云っても差支えない。たとえば、ある観念がオナニー的想念を結晶核として形成される。だから「彼女はなかなか思想的だ」と云う場合は、その女性が多少オナニー的な人柄、オナニー的なものを了解し得るところの人だということになる。これはつまり少年的女性である。スラックスをはいた彼女は「変成少年」の魅力である。私は殆んど三十年間に亙って、この興味あるテーマに機会ある毎に注意を払ってきたが、最近になって漸く、それは、「中枢性あるいは末梢性の痒みのために、指でA帯を自慰的に刺戟することは年長の子供でも決してめずらしいことでない、とフロイトが述べているようなものでない」という確信に達した。自他を問わず、そこは最も覗きたく、しかも最も覗くにむつかしい箇所である。加えて「オフ・リミッツ」がいっそう窺《き》視《し》欲をそそり立てる。これに依っても、Aオナニー的感情はPオナニーのそれに較べて、いっそう高次なものに属するのは明らかである。ザーメンによる注入感覚は女性では殆んどゼロなのに、少年では確かに注入を喜ぶ。いよいよ土壇場になって自らお尻を左右に振ったり、我手で両山の谷間をおし拡げたりするのは、むしろ少年の方であって、少女ではない。枇杷《びわ》の実を見て「お尻のようだ」と云った坊やを知っている。自転車のサドルと空気入れポンプと、そのどちらを取るかとの質問に、後者を指定した小学生もいた。いま少し大きな少年では、OからAまでの内部チューブと、Aから口に到る外部パイプの連絡を考えたりもする。こういうことは女児の上には期待出来ない。(いまも述べたように)総じて女児の上には、男児におけるような意味の「感覚の独立化」は望めない。それは一般女性に対して(男性の場合のような)性欲の対象化が望み得ないことに準じている。女性が、男性の場合のようにA感覚を独立させたがらないのは、A感覚を以て男の場合のように独立させることが出来ないからだ。もしも、ナルシシズムの到達点であり、同時に誘導点でもあるところの、Aオナニー的奇想の種々相について、幼少年者を気まりわるがらせることなく、各自に問うてみることが出来たならば、童話の『聖アントワーヌの誘惑』と、夜間運動会『ワルプルギスの夜』が描けることであろう。其処にはひょっとして、お尻で御馳走を食らい、口から脱糞しているお化けが見られるかも知れない。

――異性愛的相手が「失われた我が半身である」と云えるならば、同性愛的対象ではいっそうその通りなのである。否、むしろこの場合は先方は、自分の原型であり、理想なのだ。ここでは、自分を以てそのまま相手に擬せしめ得るという特典がある。それは、傴僂《せむし》でびっこのギリシアの老彫刻家が、大理石の少年像を彫むのに精根を凝らすというようなことであっても、一向に差支えない。却ってその事情こそ、彼の鑿痕《さくこん》をして信用あらしめるものであろうからだ。「ああ女色、何と心ときめく二字であろう!」と、片手を自らの胸におし当てて叫ぶ人があったところで、その言葉は根源的には「男色」の上にこそふさわしいのだ。それが、いとこ同士は鴨《かも》の味で、こちらは「鶴の味」であるのかどうかは知らないが、ともかく女色への恋しさとは全く別な固定性であって、歎きと甘美は（女色にくらべて）より純粋に、よく透徹している筈である。それというのも、先方と同じ受動機構がこちらにも備わっているからでなかろうか？

『稚児之草子』には、Aオナニー的な少年側の思いやりの数例が出ている。——庭のススキの中に忍んでいる法師に向って己がハダカのお尻を突き出す童。——湯殿で足を洗わせながら張形でトレーニングをさせる童。——塗籠の内部に寝そべって素知らぬ顔で草子を読みながら、下半身を他者にゆだねる童。

異物関与——

毘沙門さんの痔封じ祈禱ちらし。天文八年以来、四百有余年の歴史を有する直伝秘法。一年中にお月見の一日間限り……ここまではよいとして、「一人宛へチマ（五寸以上）を御持参下さい。代人の場合は写真又は肌着のこと」これは、あの圧縮空気喞筒事件に対する私の友人のような笑いを、幼少年間に惹き起すものでなかろうか？

フィルムの影響による「死ぬ真似」は、私にも心当りがある。二〇三高地の崖下を埋めた日本軍の戦死体や、アリゾナの窪地でインディアンの包囲を受けて全滅した騎兵隊が真裸にされてほうり出されている場面など、今日までもイメージが残っている。自らの身体に銃弾乃至刃物が侵入するという仮定の下に行われる遊戯は、当然、心理的な異物関与である。だから、ここに一少年があって、自作自演の「海戦場面」のために、ペンキの罐（軍艦）手製の塩水の一壜（海水）花火（火器）これらに加えて、小さな軍艦旗と軍艦行進曲のレコードを以てするとしても、なお欠けている小道具がなければならない。赤いカーネーションをお尻に挟む場面がジュネの自伝小説中に出てくるが、本当は、花だの果実だの玉子だのは相殺となって、似合わない。むしろ小口径砲弾とか、コスメチックの筒とか、スポイトとか、罐詰切りの赤い柄とかいう、異質的なものの方が効果をあげ得る筈である。

『葉隠』の中にこんな挿話がある。多久与兵衛、諫早右近、武雄主馬、須古下総の面々が直茂公のお話相手をしていた時に、美濃柿が出された。みんなが頂戴しているさいちゅうに、与兵衛が柿のたねを畳と敷居との合間へこっそりおし込んだのを、直茂がちらりと見た。「台所に大工はおらぬか。道具を持ってすぐこいと伝えよ」と命じた。大工がまかり出ると、「その敷居を外せ」その通りに運ばれると、「柿のたねを棄てて元通りに敷居をはめよ」一同が大迷惑をしたことは勿論、与兵衛はそれから一生、吊し柿を断つことにしたと。柿を頂戴した者は種子まで食べなかった筈だから、たねは懐紙で受けたのであろう。別に隠す必要はない。この事件の鍵は、柿の種子のうすっぺらさ及びつやつやした滑らかさ、畳そのものの程よい固さ（抵抗感）の上にあるように思われる。与兵衛はおし込むこと、即ち柿の種子をたてにして、相当の手答えがある隙間におし込みたいという誘惑に勝てなかった。殿様は又（自分の居間に）気がかりな異物を挿入されたことになる。

「女には男のオナニーが絶対に分らない。女のオナニーはあくまでも代償行為だが、男のオナニーはそれ自体で独立した行為である。いくらでも変化できるものであるが、女ではデフォルメの仕様がない。レスビアンでも子供を産んでしまえばすむ問題である。結局弱い人間が助平なので、女に助平が居ないのはいつでも出来るからである。ところで生殖行為に関係のない所でセックスを扱っていると必ず荒廃してくる。これは発射にも縛られないからである」（野坂昭如）

バートン卿はシナ人について、「大都会の彼らを見る限り世界中で最も雑食的で多淫な民族である」と云っている。エリスによると、彼らは孌童《れんどう》を仕立てるために四歳前後の幼児期から入念なAマッサージ訓練を施す。これと合せて、音楽、歌唱、絵画、習字、詩歌、行儀のしつけがなされることは云う迄もない。しかし女児はマッサージなど受けない。彼らは婦人に対して非処姦を行わない。それはこの種の不自然行為を婦女子に加えるのは、シナ人の名誉にかかわると思っているからだと、彼らは、女性の上には感覚の独立がないということをちゃんと心得ているかのようである。それは同時に、シナ人における抽象的精神の欠如をも物語っているものである。

Oは、常に外気に晒《さら》されている部位であるから、差し当っての問題はそこにはない。さて丸裸になってみて、自身のどの部分が、それ自体として最も魅惑的であるかと云えば、それがお臍《へそ》でなんかあろうわけはない。Pというのも只それだけの、当座当座のあっけない発射管である。そのすぐうしろにぶら下っている一対の小型烏瓜を入れた袋と合わして、共に奥行きは認められない。では真裸のまま試みに便所へはいってみよう。水洗便器ならば、腰を掛けて両膝に手をおくという方法もあるが、太虚を跨いでしゃがみ込む日本式廁では、どこに両手を持って行けばよいか？　相撲取に倣《なら》ってお尻を持上げて前方に片手をつくやり方も、あの狭さでは不可能だ。だから、多分、お母さんの胎内に逆様になっておし込められていた昔のように、それとも春期体格検査場で裸になった時のように、あるいは手拭を持たないで流し場におっぽり出された場合のように、われわれは、きっと上膊をまんなかに合せて差し上げていることであろう。こんなさいには我身の白いお腹のふくらみや、それが脈動につれて微かに波打っていることに気付かないわけに行かない。そうであったならば、そこはかとないこんな「自己色情」の中心がAにあることを悟るに相違ない。あるいはVであるかも知れないが、われわれは女性でないから、それは想像に訴えるより他はない。しかし、たとい女性であったところで、成年以前であるならば、分家には何の関心も起らない筈である。なおこの次第は、われわれが摘草か何かでしゃがんでいる時の方が、いっそう適当かも知れない。たとえばつくばっている身体のちょうど下方に、痛い草の茎か、石の稜角かがあって、臀部を突くというような場合である。そういう折には、男としてはふさわしくない「ネガティヴ感」がA部に集約しているということを、われわれは知る筈である。

裸体少年は完璧なA族である。殊に八月の海水浴場で見る、細目の黒い褌でTの字に緊め括られたメロンのようなお尻には、日光に灼けた砂の香とアルカリ性の腸液の匂いが、時には微かなワセリンの香さえが入りまじっていて、われわれをして、「童顔とはA型容貌のことである」と考えさせるのに十分である。ビァズレーの『サロメ』の挿絵に、下半身を丸出しにしたムーア人のお小姓が盆のようなものを捧げて立っているのがあった。こんな役目は女の子にはつとまらない。何故なら、まんまるなお尻は賞翫《しょうがん》されても、その前方にアクセントが付いていないからだ。このダッシュだって、ここでは未だAの勢力範囲におかれている。前方に対する刺戟はAに何の影響も与えないが、後部への干渉は忽ち前方へ波及することが、それを証明する。普通、少年がA的であるように、青年はP的である。しかし青年らもいったん裸にしてみると、（P型なんかではなく）実はA型だということがよく判る。いったいに青年の青臭さと挙動不審性は、先の幼少年的典雅が、（P感覚覚醒につれて）漸く落付きを失い、女憑きになることに生れている。ハンサム乃至美青年は西洋人のいわゆる「瞳の曇った若うど」であって、今回のテーマに取上げる限りではない。それにも拘らず、少くとも二十五歳までの青年の謎は、（P感覚というよりも）結局、A感覚的紛糾にあるように、私には思われる。約言すると、あの何を考えているのか判らない、えたいの知れぬ油頭白面は、幼少年的肛門期を受け継ぐA感覚的危篤状態に帰せられる。それは「後期A派」とでも称すべきもので、ちょうど女性が永久のV型のように見えて、真相はA型であるのと同じ関係である。しかし青春期を過ぎたあとでも、身に一糸もつけていないような場合には、我身の置き所がなく、持てあまし、途方に暮れて、われわれは自らの幼少年性A型であることを覚らないわけに行かない。即ち人間は「フレキシブルな円筒」それ自体であることを、身に沁みて感じるのである。

幼少年らは、自他の身体の中では特にA部に惹かれている。それというのも、人体は元来OからAへ突き抜けの円筒だということをよく知っているからである。従って、単孔類や鳥類の秘密についていち早く感付くのも彼らであって、一種の共感さえそこに懐いている。もしもそれが口腔とお尻とがいっしょになったイソギンチャクであった場合には、女性の肉体構造に対するそれにも増った憧憬を、彼らはひそかに寄せている。カモノハシでも鳥類でも、腔腸動物でもない、人間の「艦長」すらも、その音のひびきだけでは「浣腸」に取り違えられている程である。ボール投げの腰のひねり、瑞典《スウエーデン》式体操の廻れ右における臀部の捩《ねじ》れ、映画に観るスコットランド儀仗兵のスカートに包まれたお臀の整列、彼らが前屈みに御殿女中のすり足に進んで、くるりと向き直る時のお尻、五月のレーストラックで、紫黄赤に装った騎手らのお尻がそれぞれに馬の背の上でおっ立てられて、あとになり先になって劇しく上下動をしているのを見る時、又、自らと同年輩のサーカスの子が高い所でガスの火光を受けて、三角形の天鵞絨《びろうど》製お尻蔽いに鏤《ちりば》められた星星を夢心地を誘って燦《きら》めかせるのを仰ぐ時、彼らはそれをイソギンチャクに連結しないではおさまらない。

大人らは何故に、幼少年の前にセックスの事項を匿そうとするのか？　それは、幼少年におけるイソギンチャク的根本洞察によって、自らの浅薄と功利性があばかれることを惧れているからである。

最近、私の若い友人が、郊外電車のプラットフォームで「彼女」を撮ったところ、出来上ったのを見たら、肛門病院の大広告が背景になっていたので、ぎょっとした。私もずっと昔、「手はきれいにしているものだ」そんなことを云いさま、祖父が彼の片手の指先を腰のうしろへ持って行く素振を見せた時、ぎょっとせずにおられなかった。

たとえばＸＹＺの三点を任意にきめてから、うしろを向いて、そのあいだに相手がどの点に手を触れたかを云い当てる遊戯がある。祖父がその時、予め示し合わせていた彼の助手は、私の母だった。つまり彼女は傍観者を装いながら、髪をさわるとか、帯に手をやるとか、片足を崩すとかのサインによって、私の行為を祖父に知らせるわけである。おもむろに向き直った祖父は「どれどれ」と私の右手を取って、指先に嗅ぎ当てようとした途端、今のような奇怪きわまる発言と仕草を見せたのだった。それは、「デドモと称するトマス」のように、何物にせよ欠所があれば、そこへ指先を差し込まずには収らない幼少年的内情の摘発であった。普段ならば直ちに反撃に出たであろう私のイソギンチャク的洞察も、この時ばかりは完封され、出鼻を挫かれて、たじたじとなった。

――このような消息が相集り、おぎない消し合って、幼少年的身だしなみを促す。幼少年的ダンディズムは彼らのA感覚的ナルシシズムを根拠にしているが、その中でも特に下着類のお洒落と潔癖は、明らかに彼らのヒップナイドの度合の自乗に正比例するように思われる。

『男色山路の露』（享保年間刊）は、雪月花の三冊に分れた絵草紙であるが、この中巻に、次のような笑話が載っている。大阪北浜のさる分限者が、きょうだいの男の子に、京から先生を招いて狂言を習わせていた。取りわけ十四歳になる平六は器量よく、発明のたちであったから、このたび江戸から登った名人の直弟子に入れ、金銀惜まずに結構なる衣裳を揃えて、一代狂言に出すことにした。その稽古中に、師匠は上方美少年のお弟子に向って、「やい太郎冠者はあるか」「ハア、おん前に」「汝を呼び出すこと別の事ではない、これへ来い」と云いさま平六をつかまえ、お尻を捲って……。「あれ、どうなさいます」「此道を合点せねばかんじんの狂言にうまみがつかぬ」とはきつい騙し様もあったもの！　おやじが聞いたらやるまいぞ〳〵。

――序文に書き入れた「赤ライン事件」には、実はたねがある。ある避暑地の夏場に、（多分、小学上級生五、六名がメンバーらしい）移動秘密結社があった。というのは、それを主宰している年長者から私は一度入会を勧誘されたことがあるからで、その頃私は小学校六年生だった。会そのものの目的については、「みんなから好かれるようになる」とだけしか答えられなかった。なお執拗に説明を求めると、――「後刻、君の家へ英和辞典を一冊届ける。そのページに赤インキですじを引いた箇所があるから、それを探し出して自分で判じてみよ」

アンダーラインは、だから sodomy か paederasty かであったのだろう。字引は届かずじまいだったし、其後は主宰者と話したことがなかった。その頃小学校仲間のあいだに、「尻剣」という隠語が行われていることに、私は気付いた。たとえば短かくなった鉛筆を右手にかざして、向うへ投げる振りをして、手裡剣即ち尻剣だと云うのだった。――そんな仲間の顔の表情の中に、一種のエッフェミネーション（女性化）を読み取ろうと自分がつとめていたことにも、思い当る。「他言は君のためにならぬ」と念をおされていたが、それでも保証として、私の級友の二、三の名が、前記の秘密結社の会員として明かされていたからだ。

もう少し年上の大学生がいて、彼は帰省の度毎に私と行き合うと早稲田の校歌をうたい出すのだった。ある夜彼はいきなり物蔭から立ち現われて、手にした湯屋帰りの濡手拭で私の顔をひっぱたいたことがあった。

いわゆる「好かれる」がエッフェミネーションに結び付けられたわけも、一つに「凡そ聖体拝領の影響は、愛の対象になっているという意識にもとづいて態勢が調えられることにある」がおぼろげながら了解されていたからに相違ない。あのお猿のような同級生が、只彼の臀部への火難と純白の猿股とによって其後は見直されたというようなことが、そこには含まれている。

歌舞伎の世界では、先の笑話の狂言師匠のようなことが事実信じられていて、年少役者の同性愛は黙認のならいだったとか。西洋でも、「僧院における稚児遊びは結婚式を挙げることであった」とウェバーが記している。それが少年聖歌隊員のエッフェミネーションを意味しているのかどうかは、知ることが出来ない。アメリカのニューメキシコのアズテク人の子孫のあいだでは、宗教的儀式に用いる“Mujerados”（稚児）を訓練するのに、まず徹底的な手淫の習慣をつけ、かたわら不断の騎乗によって臀部の変形をうながせる。そういうことをエリスの中で読んだ記憶がある。ちょうどシナで娼童を養成するのにＡマッサージを施すのと似たやり方であるが、又別に、アフリカ駐屯の仏兵の内では、同性愛者は歩兵に少く、騎兵にそれが多いということにも、私は思い当らないわけに行かない。これは鞍上あるいは裸馬の背への密着と上下振動が、前のインディアン間の稚児養成と同様な役目を果しているのだと解釈される。—— figne（お臀）——

figue（イチジクの実）―― fignolage（垢抜ける）この関係があるにしても、A感覚系列はV感覚的なそれとは自ら異っている筈だ。「心すなほにして物の哀れを知る」が、ここではいっそう多岐に亙っている。たとえば祭礼の日の稚児行列がある。もともと「来迎会」の成れの果であろうが、これに女児の参加があったりしたら、それはまるで、（能舞台に女性が立つような）場違いでないか？「牧歌は詩人が牧童に気を惹かれなくなった時に初めて作り物になった」（ジッド）

他力門の導入があって以来、また一般的なお花見がひろまってこの方、梅花にも喩えられる「聖道」（稚児）が低下したことは争えない。それでも、日本独自の「少年崇拝」は未だ取りとどめられていた筈だ。それがいつしか女児参加の猿芝居的稚児行列にまで堕してしまった。今日でもしかし、祇園会に選ばれた稚児などは、正五位を受けるための社参は騎乗で三十人の伴人をしたがえる。女人による世話が退けられて、少年のお父さんすら一歩下って、我子の前に礼をするのだそうである。稚児行列にしても、せめてこれくらいの心遣いがほしいものだ。即ちいま少し年長者を選んで、あのぶざまなお母さん姉さんの附添いだけは止めて頂きたい。十月十九日の舟岡祭の稚児行列にしても、それが永禄十一年、正親町天皇の勅を受けて、着飾った陣羽織、大小の槍をたずさえた少年騎兵隊をつれて皇居入りをした信長の真似ならば、お揃いで馬に乗せるべきだ。――あれやこれや、見るかげもない残照ながら、ともかく歴史的な「幼少年崇拝時代」を想像することが出来る。われわれはそこに、子弟教育の本質的契機とでも云いたい問題を見るのである。女性の上にかぶせられた「五障三従」この中の所知障というのは、良き師にめぐり遭うことの困難を云う。それというのも、先生側には、生徒へのご機嫌取りが先立つからであろう。しかしながら、エロティシズムの裏付けがないような薫陶が何の役に立つか！

　過去数百年間にわたって、世襲的階級制度は、日本のエレガントな衣裳を保持するのに役立ってきた。今日でも、中学高校の少年らは、（ひと頃ほどでないとは云え）一様な鴉のような野暮ったらしい制服的統制から脱し切れないでいる。それだけに彼らには、特に下着類への関心が深いのでなかろうか？　パンツ類へのたしなみなど、昔日の幼少年の上には見られなかったものだ。彼らは猿股も穿いていなかったのだから。更に現代の少年たちには、色とりどりなブレザーコゥトや色つきランニングパンツへの憧れが見られる。以前は真白い運動シャツ一点張だった。彼らは猿股を二重に穿いたり、選手用サポーターの常用によって、せめてもの鬱を散じようとしているかのようだ。オリンピック選手の色とりどりな装いも、結局はズボン及びパンツの上に絞られてしまう。彼らのある者は又、出来るだけ寸の詰った半ズボンを穿くために、パンティー風の猿股をつけたりする。――この「きゃるまた」と猿股、あるいは白パンツの併用は、幼少年的金城鉄壁趣味を意味している。しかし彼らのフィモーゼなんかにその必要があるとも思えない。「露出願望のつよい者ほど隠したがる」そうであるならば、便所乃至それに関連した話を嫌うような幼少年では、Koprolagnie は可成進行している筈である。落し紙を使いすぎる子供も、風呂でシャボンを減らせ過ぎる男の子も、その通りである。「楊子つかい手足の爪を見る」以外に、彼らは、お昼のがらんとした湯屋の流し場に一人でいる時など、まるで若い女性に見るような身体の洗い方をしている。お臀に重点をおいた、我身のいとおしみ方は、運動会当日に見た友人のランニングパンツの感銘とか、サーカスの子のタイツの目醒ましさとか、競技選手の腰周りの優美とかに範が採られているが、総て此種のお洒落は孤立的であって、年長者や女性の場合のような敵本主義でないことが特徴である。デ・ゼッセントは滋養浣腸を以て、人工の極致だと云った。これはP感覚がどこまでも他者探知を出ないのに、主体的A感覚は自己吟味的であるからに他ならない。紅顔は肛顔で、幼少年とは（根源的に）極めて色っぽい存在である。従っていったん功利的方向がつくと、その色気は失われないわけに行かない。PAPA的連環にしても、それはアンドローギン的な自家充足の複数化を出ないのであって、その限りにおいて幼年性優雅とのあいだにつり合いを保っている。これがP感覚の覚醒と共にバランスを失う。エロティシズムが対象化されると共に、一種のコンプレックスが介入してこないわけに行かない。こうして天使らは等しく地上的な、昼狐《ひるぎつね》のように落ちつきのない若者に転落してしまう。天狗の面を持って遊んでいる清澄の清太郎が、「酔払うと屋根に登って玉子を立て続けに生む紳士」に一変するのである。西鶴は、「脇塞げば雨ふり、角《すみ》入れば風立ち、元服すれば落花よりもつれなし」と云う。

木札つき水薬の壜に厄介になった級友が数日目に顔を見せた時にも、なにか以前とは違ったものがある。これは一種の被害効果であって、加害者は濾過性風邪原体に他ならない。人が何事かを決心した場合にも、この種の翳りが、他者に感じられる。それはボードレエルのいわゆるダンディの条件、「特に心を動かさないという決意」に通じる消息であって、庶民的な「小人窮すればここに濫す」とはまさに対蹠点にあるものである。

好かれるには、身のこなしが巧者になる（行儀がよくなる）という予想が含まれている。それは、（男女の道とは別系統の）Urtat によって獲得された落ちつき、即ち「愛のかまえ」を目的としている。当初から「優美」を第一条件にするような事柄である限り、優美をして遅ればせにその役目を果させようとするものである。

待機的な愛のかまえとしては、ラジオドラマなどが通例としている「カマトト少年」（阿《おもね》り少年、気取り坊主）「とんがり坊や」（忿ったような物の言い方をする子供）これらはいずれも、自らの気まり悪さの裏返しである。其他に、家族ローマンスに我身を浸そうとする風潮が依然として濃厚である。肉親関係を想像的なものに変換することだが、この場合、たとえば「未だ見ざる父」が、どこかのルンペン、労働者、白髪人、さてはトランプの「ジャック」であったところで毫も差支えない。それぞれが、皇帝、英雄、指導者に相当するからである。女児の場合には概して、「聖者的なもの」になりがちである。「常に空焼きたきしめて、身をも髪をもにほや

かに」それには間違いはないが、なお、「敷島の道を知らぬは児若衆執心してもむやくなりけり」(最明寺殿百首)

「入聟して宵から寝て次第に痩せると、主の子と念比《ねんごろ》して昼ばかり顔見ると」そんな文句が西鶴(大鑑巻二)にある。ちょうどそれに当てはめたいような少年に、私は一度出会ったことがある。もう三十年に近い昔、大飛行船ツェッペリン伯号世界一周のフィルムが大塚辻町うらの映画館にかかって、その初日、開館を待ってひしめいている群中に、江戸時代の町家の若衆とでも言いたいような感じの少年が(さながら友だちに無理に引張り出された娘のように)まじっていた。何か物を言う度に顔が真赤になり、そのういういしさは、「情ありげな若衆ぶり」というよりはむしろ、……平安……室町……慶長、元禄と打ち続いてきた伝統が、その本質において決して損われていないということを私に覚えさせた。新橋の玉木屋のパンフレットに、江戸期の店舗の絵が使われていて、その中に、小僧さんとしての昔風の好少年が見える。「十四五六になる人は、春の花とも身を思へ、秋の月にもなぞらへて、心にかけぬ人をさへねたくも恨みはつべけれ」(若衆短歌)

一体、われわれの臀部は、われわれの顔面が(他の動物には見られない)特別のものであると同じ程度に、独自なものである。そのために、臀部とはいま一つ別な顔ではなかろうかと疑われるくらいだ。即ち、上部の脣、鼻、舌、声帯等が、それぞれA、P、ホーデン、クリトリス等になっているのでないか？　従って、あの水鏡に映った己が容姿に恋い焦れてとうとう水仙に化してしまったという美少年伝説の比類のない魅力は、つまり主人公のヒップナイドがそこに窺われるという点に出ている。もとよりナルシスをもっと年長の、（異性にもつながりを持った）若うどに見立てることは何ら不都合でないが、しかしそうなると、自己色情という点で、その純粋性が濁らないわけに行かない。そこでは彼は、敵本主義的に、自らの容姿に見入っていることになる。即ち、彼は決して幼少年的孤立におかれているのでないからだ。私は未だ四、五歳の頃、昔父が習っていたというリーダーの頁のペン画として、この「水に映った我が面差に見入ってい る西洋少年」を知ったのだったが、その折の不思議な感銘はいまも残っている。その話は、ざらにある伝説やお伽噺とは全く類を異にしていた。それも一つに、画中の人物が自分とは余り違わない、せいぜい十歳までの男児として描かれていたからであろう。あれが大人に近いような若者とか、あるいは女の子であったなら、別に何ともなかったであろう。こういうわけで、「ナルシス」とは（理論的には）ヒップナイド的一人両役の芸術的表現でなければならない。この一人両役は、Aナイドの蔭にPナイドが蔽われている状態である。そこには当然としてアンドローギン志願の予想がある。この内部事情がナルシス独自の逼迫した、類いのないエレガンスを織出している。臀部が「下方顔面」であるならば、鏡に顔を映すというのは、そこに自分のお尻を映すのと別に変りはない。ナルシスは、鏡中に臀部の自画像を描こうとする者に他ならない。鏡と親戚関係にある一般女性だって、原則的にはナルシスである。只彼女は性欲それ自体であって、その自覚がない。だから通常、彼女らは鏡の面に、自惚れだけを読取っている。しかし自らの、他に及すであろうところの魅力について無心状態であるということは、自身のエロティック・ゾーンについての意識が自発的であることを証するものである。即ち女性の外的なのにくらべて、幼少年は内的である。A感覚的な、そこはかとない憂悶に陥ち込んだ少年ほどにデリケートなものはない。その厳粛さは、大人らのいかなる秘事の上にもうかがわれ得ないものである。で、もし、姿見の前にある裸体の美少年の手にイルリガートルを与えたならば、此種のきわどさに比肩する何物もないであろう。これが本当の金盞銀台花である。何故なら、驕りと含羞の自己浣腸であるからだ。もしも彼をしてP意識に目ざめさせて、(他者への)「恋愛可能」に置いてみると、どうなるであろう。ちょうどヴァチカン博物館にあるアポロ像や、プラクシテレス作のヘルメスや、ルーヴルのディオニュソスや、これら(性器神経的というよりもむしろ)直腸知覚神経的とも云うべき神々の股間に、半羊神的ファルスをくっつけるようなことになる。此処には、かの「美青年」乃至「ハンサム」と呼ばれる薄よごれた風俗小説的概念がもたらされるばかりである。「美少女」などは無いという意味で、「美青年」というのも本当は無い。もしあるとすれば、それは、「美少年的な青年」の謂である。何故なら、原則として、青年の上には、改めて「美」を冠したくなるようなイデー的要素はすでに喪失されているからである。青年は少年のように独立していない。「青年国」は「少年国」のように純粋ではない！　大抵の青年は（セックスがそうであるような）相対的存在に堕している。

――だから、あの女身男根の神々は「掠奪者」であり、「誘拐者」ではあっても、「恋愛者」とは云いがたい。何故なら、恋をした途端に彼らは自己を失ってしまうであろうからだ。同様に、ナルシスも、その愛不能においてこそ、天界をも冥府をも揺がすエレガンスに参加している。古典絵画彫刻に見る、エロス、バッカス、ナルシス、ガニメデス等々は、それらが「幼年的に」表現されたものであればあるほど、作者の少年愛的了解性の深さがそこに読み取られる。ナルシス的存在は一種の「達磨」である。その手足と共に、眼も耳も口も封じられた起上り小法師であって、その四肢が内部へ折りたたまれているように、彼のP感覚も自らのA感覚の上に向けられている。あの雙身神（歓喜天）の抱かれている方の女神は、実は抱いている男神から分泌されたものだという原理が、ここでは逆になっている。抱いている者が抱かれている者の化身なのだ。このことはおのずから同性色情の秘密を語っている。何故なら、同性愛的対象とは他ならぬ当の同性愛者自身なのだから。こうして、ナルシス的一人両役はアンドローギン的「自己依託」に通じている。自家色情は同性エロティシズムの原形態であって、このような「同性愛原理」はそのまま「異性愛の形而上学」にも繋がっている。即ち Sex というものもつまりは Aex（原始Aリビドー）の変容に過ぎない。

完全なエロスと正常なエロス

「彼（オルフェウスのこと）は幼い少年たちを愛し、彼らが成長して春を迎え、初めて咲かせる花を愉んだ。このことが後にトラキア人の手本になった。彼は完全なエロスを求めるために正常なエロスを斥ける。ナルキッソスのように彼も生殖的な性欲の抑圧的な秩序に抗議する。オルフェウスとナルキッソスのエロスは、結局この秩序の否定、つまり偉大なる拒否なのである」（マルクーゼ『エロスと文明』から）

「児姿者幽玄之本風也」（最初ノ児姿ノ幽玄ハ、老体女体単体の原型デアル。世阿弥）

Pedicatio, or Poedicatio――

この言葉はギリシア語 Pais（少年）から出ていると一般に信じられている。しかし、Pedex, or Podex（肛門）に語源を求める学者もいる。Pederastia 乃至 Pederast は、該行為及び行為者の意に用いられているが、それは適当でないとエリスは注意している。「ペデラスティア」はもともとギリシア的少年愛の特殊形式に対する名称とするのが正しいと。このペデラスティアは、古典時代には同意語が七十四種もあったそうである。

ギリシアでは大旨十八歳以下の少年が選ばれ、それよりも年長者を愛することは排斥された。しかし、どの少年も水仙や福寿草やヒヤシンスやサイプレスに変えてしまうことは出来ない。いきおい少年愛と青少年愛とは混淆しなければならなかった。

アテネの国立博物館でおもしろい発見をしました。皿絵の一枚にヘラクレスがエジプト人たちとたたかう図があります。おそらく三十はとうにすぎているヘラクレスの包茎に対して、エジプト人たちはすべて露茎なのです。そこで、私の推測ですが、ギリシア人は包茎の少年らしさをたっとび、露茎をいやしいものとしたのではないでしょうか。そういえば、いまのギリシア人はすべて露茎なのかもしれません。

（高橋睦郎からの手紙）

つかみ立ち車鬢の前髪、紅の筋隈をつけ、厚綿衣裳に三本太刀を佩いた歌舞伎の大若衆は、もともと武家の念若関係の伊達振りの模倣のように思われる。明治の少年愛における忠孝を第一条とした誓約血判なども淵源はやはり戦国時代まで遡らなければならない。『車曳き』の三ツ子のきょうだいとか、慶長頃からの市井にはびこった勇侠若衆とか、彼らにはなにか物蔭につくばって、大太刀をうしろに撥ね上げたまま玉子を生み落している気配がある。あの隈取が「ウン！」を連想させるからだろうか？　彼らは太刀を振り廻すと共に、廁で口を曲げて力むのにふさわしい。しかもそのウンコがきわめて太いような気がするので、ひょっとしてそれは実は大型の玉子でないかと怪しまれるのである。薩摩の「野郎組」も男色を行い且つ殺伐の徒であったというから、きっとそのようであったろう。玉子は当然Aの寛闊を予想させる。彼らは疑いもなく腰つかいであるが、それもPよりはむしろAの方である。何故なら、彼らにおける勇猛と優美との不思議な結合は、A受動性のせいだと解釈される。彼らにおける性的態度は「それが反応するあらゆる分野における彼自らの行動」の模範となるからだ。彼らも又一種のナルシスである。

由来、歌舞伎的テーマの核心は、「カモノハシの倫理」にもとづく男色的義理の縺れであって、これに配された千代紙細工の女人群は言わばアクセサリーを出ないものである。ところで天正の頃すでに「古への道をも若衆の作法をもしれる人、わづかにひとりふたり」(古今若衆序)だったのに、明和にもなると、「林の柿の葉のごとく多かれど、しりのみさせて其道知らぬなるべし」になってしまった。即ち専門に育て上げられた「若衆形」が全滅して、女形が若衆役をつとめるようになった。彼らはどんなに扮しても結局女であって、少年ではない!

「彼らは己が男根と刃とを同一視していると言える。そして女性が、特にその湿潤した女性器がいやなのである。私らが分析して行くと、女性器というものは無気味な孔には相違ない。女性器は内臓生理として観るべきだとの説があるように、大陰脣及び陰阜以外は、小陰脣でも膣でも陰核でも、ハラワタそっくりだ。切腹同性愛の人々には、おそらく幼ない日にふと女性器にさわるか、眼にとめるかした異様な記憶が心の底に残っている筈である。それで女の妖気ある股間を避けて、男の腹部を女の肉体だと空想し、そこに自らの男根に以た刃（Pの表象）を突き刺して、男だけで強烈な性交の幻想を描く云々」

Y・K君はこの高橋鐵氏の見解を批評して言う。何故に男の腹部に女の肉体を想起しなければならないのかと。切腹願望には、「彼方に燃ゆる天守閣」が伴わなければならないもので、もともと女々しいものでそれがある筈は無い。——それならば、自身の白い滑らかなお腹を少年の真白いお尻に見立てたらよいであろう。あとに述べる羅馬皇帝へリオガバリスの場合なども、臀部憧憬を、自ら女体化することに依って倍加しようとした。Aを二つにしようとしたのだと観た時に、この方程式は満足する。

臀部が「下部顔面」であるならば、お尻の固さとか、形とか、色艶とかによって、あるじの人柄を判断することも可能であろう。たとえば臀部の見ばえがよかったならば、彼には抽象的な処があるとか、あるいは「物の哀れ」を解するとかいう具合に。一般に幼少年者は、彼らの福々しい、しみ一つ付いていない、すらりとした臀部にもとづく徳をそなえている。「人はただ十二三より十五六盛り過ぐれば花に山風」(醒睡笑)がそれである。芝居や舞踊で、神仙、帝王、英雄等を童子につとめさせるやり方が、やはりこの少年性高貴を狙っている。お尻のつやが悪かったり、形がいびつだったり、ザラザラだったり、筋肉が弛んでいたりしたら、それは凡そ優雅には縁遠い人だと云わなければならぬ。昔、若衆狂いの連中が、女色に耽ける者を田夫と嘲って軽蔑した。これが「田夫野人」の起りであるが、しかし女性は大旨、真白な、きめの細かい、いいお尻をしているでないか？　そんなら彼女らはいずれも極めて好ましい人柄なのか？　でも此処では、観者のまなこがセックスによって晦まされているという事情を顧慮しなければならない。だから、男性に対するように、ある女性をそのお尻によってのみ判断するのは危険である。彼女らの臀部とは、(先にも述べたように) 少年的お尻の効用化されたもので、そこにはセックスの水増しが多分にあるのだ。

原始接触欲的対象だった臀部をエーセティシュに取り上げたのにクレタ人があった。クレタ島の青年貴族のあいだでは、愛する少年を持たないことが恥とされて、そのため掠奪同性結婚が黙認されていた。ウェロフィルに依ると、"Creta" とは男色の古代隠語だそうである。次にギリシアの「エロス・ウラノス」に到って、お尻は審美化された。「力をも入ずして天地を動し、目に見えぬ鬼神をも起請に書いれ、男をんなのりんきも及ばず、たけき心のもののふの心をもなぐさむるはしり也」

(細川幽斎戯文・古今若衆序)

この絶対少年における愛不能という事情には、彼自身の内面化、及び単性生殖の予想がある。「たれの真似をもしたくない」は、女性の場合では彼女らをして「たれの真似をもしない人の真似」に走らせ、そこに流行が生れる。男性も一般としてはその通りである。しかし大勢の中には、カメラにもトランジスターにもドライヴにも無関心な者がいて、彼らは、「何人にも出来ないこと」として、各自に事物の抽象化に赴く。その作業の基地が即ちA感覚なのである。そこは最初は「存在」への鍵孔であった。しかし小児性固定は早晩対象化されねばならぬ。（大きくなってなお）S字状曲部の障碍を想像したり、日に何回も浣腸したり、落し紙の紙質に気を配ったりする癖に陥らないように、転輾機《てんてつき》は速かにうごかさるべきである。「天狗の面」的科学は、十二、三歳を以て限度とする。以後になると、此種のlubrique な実験とつり合う児童性優雅が薄らいでくるからだ。総体にみだらさは、世の若うどを「般若」に近付け、成人らをやはり鬼相に導く。『マルドロールの歌』の作者が少年愛的対象を十五歳以下に限定しているのも、尤もなことである。大食堂のテーブル毎の同伴者を見て、いったい何をあんなに喋る必要があるのかと思っていた人が、ついに思い当った。そうだ！　彼らは口説いているのだと。――凡そ彼女を前にして語る程の男性は、洩れなく口説いている。三島由紀夫が云うのに、古典に見る桜ともみじは「血」を意味し、月、雁、白雲、八重霞、露等々は肉体のことだと。しかし敷島の道とはもともとそんな抽象なのだ。「別箇な時空の枠内」にVPAを嵌め込む能力のない者だけが、痴漢とも俗物とも云われることになる。

　Aナイド的旋回も又、抽象化によってしか離脱することが出来ない。抽象化とは、

「存在」そのもののユニークな可能性であり、「存在」の構成的組立である。この作業にあずかって力があるのは、非妥協的なVorlust的エネルギーである。性のカードにおいて、Vをハートに見立てるならば、Pはダイヤであろう。Aはクラブ乃至スペードで、しかもそのエースである。即ちVPA三者のうちで、A感覚が最もトランセンデンタールな感覚である。だから、幼少年者のA的翳《かげ》りほどに含蓄的なものはないが、もしもそんな時、彼が思い直して鏡に向って（女性がしばしばやっているように）笑ってみせるようなことがあったら、又、そのついでに顔に何かを塗ったりしたら、それこそ万事休す！「絶対」が「相対」に分裂してしまう。だから、ナルシスである限りは、その身はJuvénilisme（少年様体格）に固定され、その相貌は少年的真剣におかれていなければならない。なお彼のしなやかさを保持するために、（エンデミオンにならって）「絶えざる月光」の補給を必要とする。子供は大人の模型であるが、可能性としてそれであることを忘れてはならない。あの「十で神童、十五で才子、二十すぎれば只の人」には、A感覚的可能性がP感覚の擾乱《じょうらん》を受けて次第に生彩を失い、御本人が落付きのない、ポマード臭い鳥のようなものにまで変質して行く過程が巧みに表現されている。

これに反して大人は、髭剃りの痕が痛い、ワキガ臭い、煙草のヤニがしみた、発育過度な、実用化された子供である。ここでは可能性は疾くの昔に行き過ぎになって、いまは空廻りをしている。少年的可能性の台であるところのVorlustに、いったんEndlust的な要素が加わるならば、折角のエネルギーは、種の保存、自己保全、空談的対象、世間ばなしの方へ曲げられてしまう。もしも少年レオナルドが、「自分は社会に対して何らかの直接的な義務を負うている」など考えたりしたら、それは彼自らを欺瞞すると云うものだ。大旨の大人らは原則として、物事の先頭には決して立とうとはしない。彼らは、既に安全に手を入れたものを支持することだけにかかずらっている。大人らは、人がそれである処のものよりも、人が持っているもの、人が外部に顕わしている処のものに意を注いでいる。彼らは、このような外的目標への手段を超えた事柄についてはもはや知ろうとしないし、そのための感受性すら喪失している。彼らの折角のVP両感覚すら外的に行使されて、しかもそのつどそのつどに不幸な反応を彼らに与えるにとどまっている。彼らにおける「花車風流」も、だから美術品蒐集、造園、魚釣り、旅行、ゴルフ、狩猟等々を出ることはない。それらは即ち彼らにおけるV感覚的幻想の反芻に他ならないのである。

「VP両感覚が代表している自然性」に対するA感覚的レジスタンスは、きわめて抽象的なものであって、卓上のカードの城から数学的宇宙模型に到るまでのあらゆる系列をそれぞれに成就しようとする。これら有形無形の機械学的工作に対して、そのおのおのが少年的ヴィジョン即ち「幼な心」の展開だと云ってよいならば、其処に一般大人の原理が、まして女性的心情などが参加しているわけはない。ウラニズムにはもともと安易な Endlust が伴っていない。「抽象」には終局的な満足はない。満足とはしかし大旨の場合、通俗的目標であって、人をして手近さの中に頽落させるモーメントである。「決して満足しない性格、これを天才と呼ぶ」

――A感覚を仲介にした様々な幻想の形態化、及び空白への幾何学的充塡はひっきょう空しき業であるのかも知れない。しかし世紀を前進せしめるものは、これを除いて他には無い！　何人も彼の裡に残留している「児童性多形倒錯」を足場とするのでなければ、抽象的事項などに打ち込むことは不可能な筈だ。フロイトのいわゆる「文化活動のためのエネルギー」も、VP要素がA感覚に統一されている限りは、結局Oの対蹠点に頼らないわけに行かない。人類は、それが本来有している Vorlust 的エネルギーの転用によって、能く今日までの途を拓いてきたのだ。

VP両感覚は、只そのままとしては、「抽象」に参与することが出来ない。お腹の空いたメルキオールを彼の亡友の幽霊の手から離して、夜半の墓地から連れ出したのは「仮面の紳士」であって、決して恋愛教育者ヴァラン夫人などでなかった。柄にもない世話を焼きすぎて、年頃の子弟を台なしにしてしまうのが一般女性の通弊である。彼女らは、淀から、オランから、ウィリアムスバーク橋から、メゾンラフィットから、閑な、香水臭い絵葉書だの手紙だのを寄越して、折角の「諸可能性の台」をスポイルしてしまう。「念友の無き前髪、縁夫もたぬ女にひとし」と西鶴は書いているが、念若両様の同性愛時期を経て、而して後に異性関与が許されるというようなことは、なにもサムライ日本に限らない。現にシリアの一部にはそういう風習が残っている。例えば猪を一匹仆すとか、死者と共に墓地で一夜を過すとか、そういうトンネルを抜けないと結婚が許されなかった。アルバニアの若うどは、二十四、五歳の結婚期までは少年愛のならわしがあり、スイスの農村でも結婚前は同性愛が普通だと云う。これは「処女性のタブー」に似ているが、一つにV感覚的陥穽《かんせい》を避けるためであろう。安井息軒は、その弟子の雲井龍雄に衆道を勧めている。それは血気を防遏《ぼうあつ》する一策であったが、やはりV感覚的被害を惧れたのである。戦国時代に、児小姓の前髪を揚げることを許さず、二十二、三歳まで大若衆として止めおいたなど、「短かき花の命をなるべく永びかせる」ためであったが、又、いったん元服して、そこにV感覚的要素が介入してくると、冒険精神を沮喪させて、戦場において十分に働かれないという事情も考慮されていたのである。

エリスが云うように、「もし吾々が幼時の経験を数え立てるならば、男に唆かされた女よりも、女性によって唆かされた男性の方が遥かに多い」しかし、女中や小間使いや家政婦や、あるいは大きい従姉などに依るいたずらは、いきおいそうならざるを得ない点においてむしろ同情すべきであって、淫蕩でも淫乱でもない。それに、このような早期経験は――只婦人への軽い一般的侮蔑（女はみんな不良だ！）を除いて――別に有害な結果は認められなかったとシュテッケルは云っているが、私はしかし次のような東西の言説により多くの意義と価値とを認めないではおられない――

「……我々は、政治的性質の結合を初めとし、自己犠牲という最高の範例に到るまで、総ての友情の完成は、このような昇華に負うていることを知る。共通の危険に直面して共に生活している人々のあいだには親しい交わりがあるということを、今回の世界大戦は我々に非常に明瞭に示した。もしもそれが、無意識観念から親交を醱酵させる同性愛的成因に依るものでないとしたならば、僚友間の真の親交というものは有り得ないことであろう」（ウィッテルス）

「星野了哲は、御国衆道の元祖なり。弟子多しといへども、皆一つ宛伝へたり。枝吉氏は理を得られ候、江戸御供の時、了哲暇乞に、『若衆好きの得心いかが』と申され候へば枝吉、答に、『すいてすかぬ者』と申され候。了哲悦び、『その方をそれだけになさんとて、骨を折りたり』と申され候。後年枝吉にその心を問ふ人あり。枝吉申され候は『命を捨つるが衆道の至極なり。さなければ恥になるなり。然れば主に奉る命なし。それ故好きで、すかぬものと覚え候』由」（葉隠、一八二）

「恐らく此は通有な封建時代の余風であつたらうが、殺伐な士風の我が土佐では異性間の恋は殊に賤められてゐた。予等の頭には小い時から厳重な男女間の制裁が印銘されて、女子は汚らはしい者、女子との交際は男子を懦弱にする者、女子に媚ぶるは男子の恥辱であるといふ様な思想が深く浸み込んでゐた。村の若い衆などは夜遊びと称へて、娘のある家へ話に出掛ける様な風があつたが、此んな仲間入りをするには、予には士族の子といふ自負が余りに強かつた」（田岡嶺雲・数奇伝）

「異性愛と同性愛には決定的な差異があって、異性愛には子供というきずながあるが、同性愛には一定の約束、つまり自然発生的でない、いわば日本的美学に似た人工的な約束が必要だ」（ジャン・ジュネ）

VとかPとかは、共にあとから嵌めたか、取付けられたかした道具であって、こんなものは当座当座の人間再製に従事しておれば事は済むのである。それに反して「お尻捲り」のスリルは、通常、衣類におおわれている臀部が不意に外気に晒らされる処に覚えられるが、この一見何気ない感覚要素が、VP的なそれよりも更に深い、単孔類以来のノスタルジーであるなど、一般は気付いていない。人々が現に携わっている、自転車乗り、騎乗（物の上に跨ること）焚火の前にうしろ向きになってお尻を暖めること、更に痔痛の呻吟ですらが同様な懐郷症だということを、みんなは知らない。まして排便時の異物感と抽象作業との連関などは思いもよらない。彼らは日々の生計に追われて、衆妙の門に気を配る余裕がない。

女性を見てぎょっとするのは「曾て棲んでいた家」を見た無気味さにもとづいている。この次第に気付いている者は勿論いるであろう。しかしこの旧館を裏打ちしているものまでには想像力が廻らない。彼らは「存在」と「存在者」とをごっちゃにしている。否、むしろ彼らは、「存在者」と抱き合ったまま「存在」の手前において沈没している。「男性にも隠された粘膜がある」など云えば、彼らにはせいぜい男娼しか思い当らないのである。総体として成人らは、「守ろうとする」側におかれている。彼らは「与えられたもの」の利用を越えることはない。で、もし現今の大男ハイティーンらが、脹《ふく》らし粉のせいで、その生涯における最も美しく最も賢明なるべき少年期を素通りにして、幼年から直ちに青二才へ移るというのであれば、彼らの精神的成長もそこに断絶するわけである。それでは、（比較的脳力のいらない）運動選手かサラリーマンになるより他はない。心を打つもの、模倣不可能の印象を与えるもの、不退のもの、衝撃を与えるもの、度胆を抜くもの、これらを彼らの上に期待するのは無理である。

A感覚は（V感覚と共に）P的消耗性の上に君臨している。A感覚は、（V感覚とは異って）もともと「セックス以前」へのノスタルジーであるから、P的伴侶を必要としない。A感覚は当初こそ自らの興奮のためにP感覚の助力を求めるであろうが、次第に独立して、むしろP感覚を厭うようになる。原則として女性が「ペニス渇望者」であるに反して、男性は必ずしも「髭ボート」を狙っているわけでない。女性におけるお化粧及び服飾は、男性にあっては機械と論理なのである。女性の時間がリーマン的で、常にそれ自身の内部に収縮しようとしているのに較べて、男性の時間は、ともするとロヴァチェフスキー的に逸脱したがっている。いったい性的物質が男性に緊張と興奮をもたらせるなど俗論に過ぎない。女性、幼少年、去勢者の場合にあっては、そんなことは問題にならないからだ。第一章の終りに紹介した進駐軍のうちの一人は、街頭から拉してきた未丁年者をおさえつけて、そのあいだに他の一人が鞄の中からイルリガートルを取出した。なにもそれだけが彼らの目的でなかったにしろ、もしも浣腸だけにとどめられていたならば、（某君に被浣腸癖が移されたことと合して）いっそうA感覚的であった筈だ。又、硝子戸棚内の陳列にしたところで、それが浣腸器のコレクションである点に価値があるので、もしも婦人科用具だったら通俗に堕するばかりか、うっかりすると、マイナスものだ。洋式腰掛便器を活動写真で知って暫く経って、私は、神戸港に碇泊している笠戸丸へ出掛けた。バルチック艦隊に属していた病院船を改装したものだった。ちょび髭のクォーターマスターの案内で、船内を辿っていた時に、ちょうど半開になったドアの内部に、水洗式便器の実物を見ることになった。ところで、そのかたえに大きな海綿が備え付けてあった。ひと抱えもある海綿は、恰もアラビア糊を浸ませたように、湿っていた。実はスポンジマットだったのであるが、場所柄「お尻拭き」のように思われて仕方がなかった。

『五人女』巻五、「情はあちらとこちらの違ひ」の章に出てくる練木《ねりぎ》之法にしても、そうだ。琉球屋の娘おまんは若衆姿に化けて、先方をまんまと騙し込む。そこで源五兵衛が、「かく誓文せし上はこれより身共が兄分」とばかり懐中から何やら取り出して、彼の手のひらの上で白っぽい粉薬を練り始める。こちらだからこそ納得される。もしもあちらに関することだったら、座は白けてしまうに相違ない。ねりぎ即ち黄蜀葵《トロロアオイ》の粉末を絹漉しにした「通知散」とか、「棒ぐすり」とか、山椒末とかイラ草とか、シナで使われていたと聞く羊毛とか、総てはA感覚的類推の産物なのである。――尼僧がふたりある店を訪れた。「手前どもには英国式とフランス式の二種がありまして、英国式は太く短かく、フランス式は細くて長いのです」尼さん同士ひそひそと相談し合った揚句、「あのう、英仏式はないのでしょうか」――御殿女中をつとめていた娘さんが嫁に行った。いよいよとなった時、障子の外で「よくも俺を見限ってこんな所へ輿入れしたな」と呶鳴る声がしたので、花婿が怒って障子越しに斬り付けたら、手答えがあった。血のしずくを追うと、花嫁が里に残してきた行李の中の張形が真二つに切られていた。――昔、有馬のいでゆの中で使用されたという「隠し漏斗」(保温器)これに類する現代の「女性衛生具」と名付けられているバカバカしい代物にしても(お馴染の電球事件と合わせて)いずれも男性側の創作である。もともとポルノグラフィー的対象は「覗き」の変様であって、それ自体、男性メカニズム三角形の底辺を形成している。それらは空想的機械学者の考案であって、こういう人為的荒唐無稽はもともと「覗かれる側」のあずかり知る処ではない。この意味で、たとえば『悪霊』全篇中において最も重要なのは、スタヴローギンの行動やキリーロフ氏の思想なんかでない。知事レンブーケが、生得の紙細工に打ち込んで彼の度々の危機を切りぬけたという一事に尽きている。それは驚くべき精巧な紙細工であって、玩具の停車場のプラットフォームには多くの乗客が動き、汽車が発車するという仕組だ。女性らは勿論「レンブーケの工作」などには無関心である。大旨の男性にしてもその通りである。

女性らは、総じてあらゆる男性をナメてかかっている。それは、彼女らに対する男性の目的が結局何事にあるかをよく知っているからだ。しかし彼女らの洞察はついに其処に封じられている。「男を愛するという必要に縛られたのが女です、そんな不自由な者になっておられている。決してこのようなことは発言出来ない。「女さかしうして牛を売りそくねる」所以であり、その考えること為すことに何かが欠けているというのも、そこに出ている。女性はあるいは、人間性を貫いている優しい感情と日常的理性の任務については敏感であろう。しかし、シラーのいわゆる“Spiel”（遊戯）を知らない。彼女らはセックスとして固定されて、これの変換乃至展開には不案内である。彼女らの上に「幻想」など本来的に存しない。“Hip”の発音を強迫的に繰返したり、写真で見た月面の円環丘にAを見付けたり——背すじの末端部を中心にコンパスを廻した範囲に風致地区を覚えたり——カメラの絞りを金属片で組立てたAに見立てたりなどはしない。性的リアリストには「玩具」の必要はないからである。

一般的に云って女性は戦争映画を好まない。しかし「海戦」だけは別で、それはまさに沈没しようとして海面から突き上げられたへさき、殊に潜水艦のそれが素敵だからであると。これだって彼女らにあっては雰囲気を出るものでない。男児の場合のように、海上に出ている突起そのものの上に絞られることはない筈だ。幼少年の心の隙にふとおおいかぶさってくる黒い影は、お化けのイソギンチャクであり、サブマリンの船首である。それらは、本人が何処かに匿まっている小壜の中から立ち現われた「壺の鬼」である。

大英博物館にある師宣古版画の場面は、さすがに機微を捉えている。幼少年には、ナマ身のPすらが「天狗の面」である所以が示されているからだ。この理由によって、女子同性愛では行為はさほど必要でないが、男性間のそれでは、行為が核心になって、その周りに情緒が醸成されるように考えられる。ギリシア的狂宴AP円陣は女性間では原則的に不可能だし、まどろみのV感覚は、その肉体的クサリを三角函数カード暗誦のための刺戟に役立てるわけに行かない。女児に対するペデラスティアがないのは、其辺からくるのであろう。

自分のお尻にガス用護謨《ゴム》管の一端を直結して、他端を口で吹いてみたならば空気の循環が起るであろうかと考えてみたり、数人集って遊んでいる時、たれかのお尻に対して、針の孔のあいたゴム毬で以て空気循環を実験することを提案したりするのは、総て男の子である。女児は此種のことに気付かない。彼女らは、蒸気機関車の煙突へ砂を投げ込むために、陸橋上で待ちかまえたりなどはしない。新聞紙のきれはしを丸めたのを、友だちの手を借りて我身のお尻へ詰め込ませるなど、女の子はしないものだ。又、蓄音機のターンテーブルを外して、その上に腰をかけて、ワセリンを塗ったお尻の孔を廻転軸によって擽らせてみたい……など決して思い付かないものだ。女児におけるAは、男児のAにおけるような真接的な関係におかれていない。Vは暫くは無用のものになっている。Vの効用は結婚後に、それも正確に云えば分娩後になって初めて開花するが、その時にもなおA感覚におけるような刺戟即応性を期待することは出来ない。あるいはV感覚の真相は、あるじにとって生涯を通じての幻滅のたねにもなりかねないのである。その代りに女性は、最初からその身体じゅうがエロティック・ゾーンである。従って彩色木版画を見ても、彼女らはその雰囲気に感動する。時にペデラスティアの場面などに関心を寄せて、自らの身上であるV感覚の上に危惧を覚えたりもするが、でもそれは例外だ。やはり彼女らは、細かに描き分けられた髪の結い方だの、衣裳だの、房枕だの、調度だの、庭の雪景色だのに気を奪われるというのが本当である。これに反して男性らの注目は、徹頭徹尾かなめ所にある。

先の師宣の版画を例に取ってみれば、ここに取扱われた稚児たちは、対象意識はあっても未だPしか知っていない。成年男性の声根はP声であり、女声はV声である。ボーイソプラノがA声だとすれば、彼らの少年的凸起はそこではAのアクセサリーを出ないのである。とは云いながら、このPが相役を勤めるであろうところの凹凸事情には既に非常な好奇心が寄せられている。女児にはV乃至Aの性質について見当すらついていないのに、男の児ではAP共に、彼らなりに対象化している。今日でも幼少年の落書のテーマが何事のどの部分にあるかを顧みるがよい。

女児は決してこんなふうでない。クリトリスすらも、男児におけるPのようではないのである。いったい女性間には、男性に往々にして見られる挙動不審が見当らない。それは、彼女らが常に「全体」としておかれていることに依っている。彼女らの示す親切は肉体及び情緒の快さと直結されていて、決してより高い抽象の「徳性」などから出ているものではない。女児とてもその通りで、全体として愛へのそなえは熟しつつあるが、部分としては固いつぼみで、未だ薄膜によっておおわれている。これに引きかえ、男児は比較的に晩成ではあるが、部分感覚としては夙発である。V感覚は全体的背景におかれているに拘らず、部位としては消極的で、その発効には相当な日時を必要とする。A感覚は、全身的拒否の予想があるにも拘らず、部位として甚だ即応的である。

少女は少年ほどに「手」を使わないものだ。八百屋の店先から玉子を引く「鼠少年」は想像出来ても、「鼠少女」は到底考えられない。ある少年が郵便局を解雇になった理由が、スタンプ盗みの上にあった。そういうことは少女の上にはない。「フェティシズム少女」など本来有り得べきでない。「乙女たちはあれを好かう」どころか、「あれを嫌う」むしろ「あれを知らない」（しかしながら、無自覚的なAオナニーは、そこはかとないナルシシズムとして、無意識的な擬似行為として、又、何らかの用具を使ったメカニズムとして、男女を問わずその生涯を通じて続いていると考えて差支えない）

昔、画家の大森啓助の許で見たアルバムの中にある一葉を見付けて、彼に焼増しを依頼したままになっていることを思い出した。それは大阪心斎橋の石造りの欄干の上に、いましも学校帰りの二人の、ランドセルを背負うた半ズボンがのしかかって、何やら熱心に下方を覗き込んでいる所を、その真うしろから撮ったものであった。又西鶴が書いている。「鴨長明は日野山の住いで、朝夕に門べで遊ぶ里わらべの声を聞いて、さぞかし誦経のリズムを邪魔されたことだろう」と。

これが即ちA感覚であり、A声である。女の子の場合はこういうぐあいに行かない筈だ。『不思議な国のアリス』の作者ルイス・キャロルは、オックスフォード大学の数学教授で、その傍ら初期の写真術において新しい空間を発見したと云われているのだが、クライスチャーチカレッジの彼の部屋はまるで人形と玩具と楽器の巣で、あるじは別にスタジオ「硝子の家」を造って、そこで九歳乃至十歳の少女たちのいろんな写真をうつしているが、彼はどの子にも成熟した女性のドレスや、トルコ風、ギリシア風の衣裳を着せ、それにふさわしい媚態を採らせている。中には囚われの女が二階の窓の戸をこじあけて、縄梯子を伝って脱出しようとしている演出さえある。こんな少女崇拝癖をあなたはどう思うか？　少年の場合ならば、旅客機を借切ってニュールンベルクへ玩具買いに出掛けるか、あるいはTHE WHITE SHIPを再建して、一同を少年水夫に仕立てて青き海洋に乗出すであろう、と云うだけで十分である。

心臓は弛緩と緊張半々を繰返しているが、A括約筋が休息するのは、せいぜい一日に五分間くらいの排便時だけで、あとは生涯を通して働き続ける。「尻の孔をひらいて朝寝坊する」というが、飛んでもない！　それは冤罪であって、不眠不休性において此処ほどに忠実な部位は身体じゅうの何処にも見当らぬのである。この辺りは知覚神経が多く、筋肉と合わせて、血管系もきわめて特異である。というのは、体表の血管と、内臓につながる体内血管とが此処で連絡されていて、それら結合点では毛糸屑を丸めたように静脈が入り組んでいるが、鬱血を防止するために、呼吸運動や精神緊張につれて少しずつ動いている。で、いったんこの辺りに故障が起きて、たとえば痔の手術を受けてその第一回排便の折など、それこそ気も遠くなる激痛が全身に響き渡って、ひたいの汗が便所の壁に飛ぶ！

――ズボンの臀部に当る箇所に、固形排泄物の先を出しそれをまたひっこめて幾時間もひとり遊びに耽る紳士のことが、シュテッケル博士の症例にあった。こんな芸当もA部なればこそ可能である。これなら女性にだって出来る話だ。しかし彼女らは、恐らく寸の詰ったズボンを穿いて、肩で風を切って、お尻を振りながら、この部分の美しさが人々の注意を呼ぶように歩きたいまでは意に上すであろうが、自身のウンコとの一人遊びなんか思いも寄らないであろう。「流れにケツを洗う」は、世に気持の良いことの一つだとされている。女性にとってお尻洗いは日常茶飯事であろう。しかしその洗い水を誰かが推し戴いて飲んだとすれば、彼女はいよいよ得意を覚えることに相違ない。しかし対象が憧憬的なA感覚の上にあった場合は、次のようなことさえ起り得るのである。「郡山の家中に田村三之丞といへる情少人《なさけしようにん》、折ふし此水上に来て唾をはけば、川下の水手に結び、雫も洩さず咽をならすを見て云々」(大鑑巻二)これこそ、穴かしこかしこである。

男性が(自らのA感覚を台として)V感覚を類推するような具合に、彼女らは主体的なP感覚を想像することが出来ない。それは彼女らには、五十音十行のうちの「タ行」(勃起)が欠け、従って前行「サシスセソ」(挿入)も成立しないという事情が存するからである。P感覚は、いったん弱り込んだらおしまいで、せいぜい持続の強化をはかるくらいしかない代物であるが、しかし「タチツテト」の担任によって、断然、他の二者VAを圧する立場におかれている。それは本来的受動性を裏返し得る能力であって、これがあるために、能く梵天、帝釈、大魔王、転輪王、仏身にも成り得るのである。この「タ行」による抽象的可能性は驚嘆すべき筈であるのに、一般女性らは、只彼女らに必要な部分だけを採って、「やらずぶったくり」に、あとは顧みようとはしない。自分らにはA感覚が二重になっているという点で、埋合せをしているのだろうか。自分らには受動性がダブって、適宜選択が許されるという点に、おのずから恃むところがあるからであろうか?

ゾアンスロピー——

いつか映画『ピーター・パン』の中に、大きな月球がその全面に湖水や山岳や谿谷を浮彫りにして懸り、その下を主人公が愛犬を連れて通り過ぎる場面があったが、これを観て「あの犬はピーター・パンのあれかい？」と私に向って尋ねた小学生があった。彼らは『ジャングル・ブック』にかぶれて、森の狼に育てられたミートレスのような境涯にありたいなど憧れがちである。ところが『里見八犬伝』の少年版は本当にあって、アメリカの町で十六歳になる男の子が牡犬のペニスを利用して、抽き出す折にお尻に嚙みつかれて約一吋も臀筋を傷つけたことがあるのだそうである。シュテッケルが引いている例にも、街上の両犬のつながりを見て、そこにはてっきりAが利用されているのだと思い込んで、鉛筆だの、油を塗った歯刷子だのによる自慰に陥って、とうとう本物の「パッシィヴ」になってしまったというのがあった。

又、大の馬好きで、「王者であるところの自分の馬は二十人の処女にかしずかれ、水浴をさせ、香水が振りかけられねばならない。馬の排泄物は家来どもの喜びであり、彼らは各自の舌で馬の肛門をきれいにするのがつとめであった」そういう妄想を懐いている兄がいたが、この弟の方は自ら馬だと思い込んで、厳しい馭者のために鞭打たれることを渇望していた。彼は蜂にお尻を刺されやしないかと常に心配している。それは同時に、何人かが自分のAにペニスを差し込みはしないかという惧れでもあった云々。

「万の虫迄も若契の形をあらはすが故に日本を蜻蛉国ともいへり」と西鶴は『本朝若風俗』の序文に書き入れているが、これにはトンボ以外に、ハエ、甲虫等々がある。ずっと前、名古屋市外小牧在住の年少詩人手編みの冊子を贈られて、そのページに、「真裸の少年が月光に濡れながら、香水をつけた一匹の甲虫と遊んでいる」こんな一句を見付けたことがある。この作者、鈴木草二君の其後は一切不明に終っている。

「男性にV感覚の知覚羨望があるのに対して、女性にP感覚の知覚羨望がないとは、そうでしょうか。確かに女児の一人あそびの率は低いでしょうが、自分は十歳の頃、自転車のサドルのクリトリス感覚を保ちつづけて、サドルから机の角、木箱のサドル、アイロンの角、瓶などをサドル玩具にみたてました。西洋のキリスト教下の精を地にもらすオナンの罪の意識はありませんが、母に対する罪悪感、器官に対する罪悪感などは強く持っていました。二十歳頃、やや初歩的知識が判明した頃、自覚的クリトリス感覚を意識し、男性のP感覚を強度に羨望し、クリトリスにP的玩具を用いて、少年のような行為の虚為をして、一体、Pの秒的オルガスムとはどんなのだろうと羨望するようになりました。女性には前立腺がないために浣腸を好むなどよく了解が出来ない。愛用のガラス棒で浣腸の真似をやってみましたが、下腹をつきあげて、便秘の知覚とほぼ同じでした。もっとも女性では肛門エロチシズムと直腸エロチシズムなど認識出来ないのだから、僭越行為なのかも知れません。

まだ壊われない瓶《かめ》の自分に於いては特に少年に懸念があって、高校生のあの烏色の制服の下の少年的なすらりとした細身の華奢な肢体、細いウデ、細い首筋、特に細い腰周りに性的情熱を強く持ちます。人々は自分がまだ壊れない瓶の状態にあって、少女的だと言います。自分の父親が少年的な華奢な肢体の持主だからだろうかとも思います。中学生の少年の肢体は完全な美しさであるが性的だとは思いません。高校生の十分に大人びた体の中の少年的肢体が美しく、非常に性的です。自分にあって、細く華奢でない、少年的でない男性は嫌悪でさえあります。一体どうしてでしょう?」(一女性読者からの来信)

オートバイとA感覚——

曾てノーマン・メイラーは自動車を女性に喩えましたが、そうなると空中飛行器が少年、オートバイは男性一般に相当するのではないでしょうか?

いったい、自動車とオートバイの違う点は多々ありますが、その最大のものが、エンジンの位置の相違であろうと思われます。即ち自動車ではそれはシート(座席)の前部にありますが、オートバイではじつにサドルの下に位置しております。後者に於けるエンジンはひたすらサイクラーの腹部を刺戟しようとしているようです。まさに股間にエンジンをさしはさんでいるとでも言いましょうか。

「Prostata~Rectum 機械学」などでの大人《たいじん》のいわゆる震動とは、だから車などで感じられる石ころや穴ぼこに落っこった時のショックなどでは断じてなく、オートバイでだけ感じられるエンジンそのものの小刻みな震動でなければならないのです。この震動は他の交通機関では絶対に理解されません。

僕は一瞬間の夢心地を味わう事があります。それはオートバイに乗って下り坂を走る時のほんの一瞬です。何故だか自分でも解らないのですが、兎も角その時はブレーキなど決して踏まずに、ひたすら顔に風を受けてブッ飛んでいます。その時は本当にどうなってもいいと思われるのです。そういえば、僕はまだオートバイの操作の仕方を知らずに、それに乗った事がありました。友達に走り方をきいて、エンジンをフカしている時、どうした訳か、多分僕が踏んだのでしょうが、ギアが入って、走り出してしまった事がありました。気が付いてみるとオートバイが走っているではありませんか。自転車は乗れたのでハンドルはきれましたが、止め方が理解されません。友達が何か叫びましたが、当方はハンドルに気をとられてそれ所ではありません。百メートルぐらいそうして走っていると（そのうちにギアを色々動かしていてトップに入っていました）三ツ角に出会いました。エンジンの音が止ると、僕はそれもろとも塀にブツかって倒れていました。一方の角から車が出て来たので、僕は自ら他人の家の塀にブツかったのでした。車は挨拶もなく走って行きました。

（T・K君からの書簡）

――細長い部屋の内部に、ビーカだの、フラスコだの、乳棒だの、その他のわけの判らない硝子細工が充満して、棚の上には額縁入りの大小のヒップがならべてあったが、これに隣合って一人だけがやっと入れるような小室があって、窓の外の夜ぞらに向けて望遠鏡がおいてあった。

Y・K君が子供の頃に見た夢の一つとして私に伝えたところだが、こうなると、もう「動くオブジェ」の一歩手前まで来ている。アーティフィシァル・ペニスではどんな急速な機械的運動も可能なので、本物よりもこの方がよいと云っているユラニストが西洋にいるということを何かで私は読んだが、先年（1959）の巴里のアブストラクト展には、ペダルを踏むと、サドルのまんなかから円筒が上下するオブジェが出品されていたそうだ。これはしかし前衛としては余り自慢にはならない。何故なら（亀山巌氏の説に依ると）既に一九二〇年代に、その種のサドルが売出されたことがあると。尤も機械仕掛でうごくわけでない。イギリスのさる自転車会社の技師が、婦人用サイクルのサドルに、ほんの少うしの凸起を付けたのである。それはなんでも乗った者がよく顚倒するとかで当局の注意を惹き、考案者の技師は間もなく検挙されたのだとか。私はそれよりも夙く、一九一三、四年頃に、自分の子供用サイクルにその種の仕掛をしたことがあった。マッチの箱くらいの木片に紐をつけ、サドルの孔を通して下方へ引き、ベルに連結したのだった。お尻を左右にもじることによって、糸が引かれて、リリリンと鳴らせるつもりだった。いつかのフランス短篇映画『あこがれ』に、婦人用自転車のサドルのおもてに少年が鼻がしらを持って行く処があったそうだが、このような行為は、原則として、なにも若い娘のお尻が載っけられたサドルに限られたことでない。一般にサドルという奇妙な革製腰掛けに対し、又ひろく椅子に対して、そうせずにおられない気持が、われわれ殊に幼少年者の内部に潜んでいる。

私の自転車は実験してみると、ベルが鳴った。しかし、それは予めネジを巻いておく呼鈴の応用だったから、音が微弱すぎて屋外ではなんの効果もなかった。私は町内をひと巡りしただけで、装置を取り払った。

ジッドは彼の再度のアルゼリア行で、友人ダニエルが、前回にお馴染の笛吹き少年をいきなり抱き上げて、部屋の隅のベッドまで運んで行ったのに、呆れた。否、むしろ嬉々としてそれに従ったアラビア童子の方に、いっそう震駭せしめられた。由来、幼少年の裡には、(母への思慕にも劣らない)「父に帰ろうとするもの」が熾烈《しれつ》である。受動者側の衝動は幼年期のA感覚的経験に出ている、と注意したのはサーゲルであるが、このパッシィヴ側におけるA感覚的満足熱望ということに注目して、アクティヴもひっきょう受動を裏返したものに過ぎぬことを主張したのが、シュテッケルである。即ち彼らは主体であって同時に客体なのだ。彼らは自身と幼時における肛門刺戟者(たとえば母、乳母)とを同一視し、自己を以て対象とする。曾て近親者によって覚えさせられた性感と全く同一な満足を、こんどは自発的に獲ようとする。故に同性愛における主要なる衝動は「肛門性感」の充足にある。こうして、「総ての同性愛者は実際としては悉く受動的である」

でも、以上が成立するためには、別に「母」などを設定する必要はない。私には神戸の学校時代に、周辺の同年輩の西洋の少年少女の上に、あのケンタッキー・ホームの旋律を結び付けて、彼らの面差や挙止に「近親相姦」的雰囲気を感じていたことが思い合わされる。フロイトの表現の斬新には感心するが、しかしそれは何も「エディポスコンプレックス」に限る必要はない。なるほど、「多くの母親は、肛門粘膜の過剰刺戟の原因を成す状況を作り出している。ある母親は乳児が泣く度に浣腸することを以て、特に分別があるのだと思い込んでいる。総て此種の余計な処置は、体温器をしばしば用いることと同様に、肛門色情を亢進させる他に、便秘の原因になったり、生涯にわたって浣腸に頼るようにさせやすい。大人は又、浣腸器、下剤、その他の腸洗滌についてバカバカしい程うるさく騒ぎ立てるが、これらは総て衛生的だという口実の下に、A帯に自慰的刺戟を与えるために考え出されたものである」(シュテッケル)

しかし、直接的A感覚ではないが、「父」「兄」「伯父」「教師」等々から受けたところの同性愛的魅惑が、そこに存することも忘れてはならない。「彼は彼自身と、彼の母とを同一視する。自らの愛情の目的の裡に自身を見て、自らを性的対象におく」ことは、「父」や「兄」の上に及ぼしても少しも差支えはない。いったい近親間の愛情は性愛のあらゆる段階に結び付けられるもので、幼年時代の印象は只遺伝的素質にもとづいて影能だ。事実として、「母」「姉」よりも「兄弟」による影響の方により多くわれわれは思い当るのでなかろうか？　この、父とかあるいは伯父とかが出たあとのトイレにおける、煙草あるいはシガーと糞便とが混合した匂いは、幼時の愉しい記憶の一つになっている。先のように説くシュテッケルその人が「フロイト派はエディポスコンプレックスを絶えず指摘しながら、少年の父に対する反抗の中に同性愛的成分があることを閑却している」と云っている。幼少年は母親を敬愛するが、しかし彼らには父親の方がもっと親しみ易い。この父に対する憎悪は、往々にして彼自身の同性色情に対する防壁でもある。同性愛的牽引に対する幼少年の惧れを芸術化したものに、シューベルト作曲で有名なゲーテの『エールケニッヒ』がある。「——友情はしばしば恋愛と紙一重である。私は思春期以前に、他の少年や成年男子に対して恋愛感情を持たなかった人に未だ会ったことがない」エリスはこう述べて、十歳から十四歳のあいだは同性愛と異性愛との両傾向の相剋が特色だとつけ加える。

「これ見よがしのお手本が、こんなに多く周囲になかったならば、セックスの問題はさぞかし世の若うどをして当惑させることだろう」とジッドが書いている。国びらきの男女二神も、尾を振る鶺鴒《セキレイ》を俟って初めて愛の方法を教わった。このように、案内役を必須とする上に、なおこわごわカーテンを開けなければならぬのは、むしろ異性愛の方である。異性間の秘事については、(少女には勿論のこと) 少年らにはなかなか見当が付きかねるが、同性愛ならばそんなことはない。幼少年は、「体位交代」「順送り」までを含めて、直ちに了解するかのようである。ところがいったん大人になると、話は逆になる。男子同性愛の核心部について了解を示すのは大旨若い婦人であって、成年男子らは申し合わしたように、途惑い面喰らう。これは彼らの身辺に漸く嵩張《かさば》ってきた「良識」の牡蠣殻《かきがら》のせいに相違ない。

広場の「小便小僧」を、「小便童女」に取替えるわけに行かない。そこには、「猥褻は女の子に対してこそ成立するが、男児についてはそうだとは限らない」という暗示がある。例えば私がコクトーに倣って『美女と野獣』のようなフィルムを製作するとして、あの「生きている腕の燭台」を真似て、侍童製のヒップ燭台は思い付くかも知れないが、侍女製のそれは遠慮しなければならないであろう。男同士で結婚式をやったネロなどは別として、ハネムーンなどという小うるさい慣例は、同性愛にはない。ナイトクラブやパーティの埃っぽさも無い。「口説き」も不用である。眉を剃り歯をみがき、編笠をかむった往時の愛人は別に無心などするわけでなかった。彼らは、飛人形のおもちゃ、染分けの手拭、みがき砂などを贈るだけで十分にうれしがった。由緒あるグラマースクールで、十一歳から十九歳まで約百人の少年を持っていたという斯界のヴェテランが、「無垢の少年、同性愛的傾向に目ざめていない少年を、自ら進んで誘惑したことはない」と云っている。これは技術面の機微に触れたコトバだが、一方、十四年間に百人以上の同性と交渉を持った西洋紳士の言として、「拒絶されたことは一度もない」——即ちこの場合は襲撃的外科療法であり、強制的柔軟体操であり、同意的レスリングであり、協力的実験であり、時には、薫陶、啓発、少年性ヒステリーの矯正、密教儀式ですらあり得るのである。でない場合は（些《いささか》の妥協も許さない）純粋抽象の境地となる。ヒルシュフェルトを初め二、三の学者が、同性愛者は階級制度や社会的地位というが如きものについて、常人に較べて遥かに淡白である旨を指摘しているのは尤もなことである。ケンタウルス族のキロンが馬の臀部をそなえていることの上には、彼の知識と技術の師である所以がよく示されている。“Inter Socraticos notissima fossa cinaedos”（ソクラテスの中に常ならぬ肉欲きわめて著し）

「魅力ある貌とはいろんな顔の集合である」とマックス・ピカートは云って、キケロから引用している——

どのような人間の性格をもその顔貌から読取ることができると云って威張っていた名観相師ツオピュロスが、ソクラテスに出会って、相手の顔からいろいろの背徳を読取った時に、彼は人々から嘲笑された。これらの人々のうち誰一人としてそのような背徳のどの一つをもソクラテスの上に認めた者は居なかったからだ。只当のソクラテスは笑わなかった。彼はツオピュロスの言を是認したのである。自分は確かにそのような数々の背徳を背負うて此世に生きてきた。しかし理性の助けによってそれから逃れたのだ、と彼は云った。

「男色にはもともと悲劇的要素はない」というジッドの指摘は、即ち「そこでは相互の勝手がよく判っている」ということに他ならない。従ってテクニックの可能性及び限界等についても大体見当が付こうというものである。そういうものである限り、あるいは(浅見淵君辺りが云うように)文学的テーマとしては不利かも知れない。A感覚は、(V感覚のようには)詩歌にも、「笑い絵」にも、ヌード写真にも参加していない。しかしそれはわれわれの身辺の話であって、いったんこうべを上げてみると、この遠のきがちな、謎めく独立山系の、地平の彼方を望見することが出来る。なにもウラニスムの歴史的絵巻物を指すわけでない。われわれは、フロイトが「文化活動のために利用出来る力の大部分は、性的興奮のいわゆる倒錯的部分の抑制によって得られているものである」こう述べている意味において、即ち抽象世界はAリビドーの受持区域だと見て、ひろくA感覚的業績に注意しようというのである。総ての抽象的工作に当って感覚的篩《ふるい》が入用なのは、ちょうど樹木の種子がいったん鳥の腹中を通過してよく発芽するのに似ている。異性愛的精力がセックスの営みの上にのみ消費されているのに反して、同性愛的エネルギーは、それとは意識させないで、われわれをして有形無形の「構成」に赴かせる。少くともOにおける「言語」を、われわれはAの上にも期待してよいのでないかと思われる。それは、弦楽四重奏や長唄清元がV感覚的幻想に生れているというような意味ではない。A感覚はそれら楽曲の構成に参与しているばかりか、もっと広汎な、あまねく男性的工作全般にわたって影響を及ぼしている。云わば文化の基礎的部分は、総てがA感覚的所産なのである。P感覚はここでは、みんながそうだと思い込んでいるほど重要なものではない。それはせいぜいアクセラレーター乃至促進の役目しか果していない。（かの「芸術とは売淫に他ならぬ」の筆法で云うならば）総ての学芸は男色的行為である。

——卓上にあった小児用下剤を、そのお父さんの方が取り違えて嚥《の》んだ。太っちょの紳士はステッキを取って外出したところ、忽ち便意が頻発して、公園の樹蔭、河岸の船中、店頭のついたての背後……という具合にホコホコのお土産を置いて行くので、肩先までの短かいマントをひっかけたお巡りさんが先頭に立って、おかみさんやら船頭やら店員やらが、弥次馬連を従えて追っかけるのだった。あのフィルムには、お馴染のルクサンブルグとセーヌの景色が出てきたから、きっと、先年モナコで九十四歳で亡くなったシャルル・パテェ氏の初期の作品であったろう。私は、この「泰西大滑稽」の中にほんのちょっと顔を出した、自分と同じ年頃の少年を暫くのあいだ頭の片隅にとどめていた。彼は幅広のWカラーがついた独逸型の子供服を着ていたが、それは、「自分の薬を横取りされた為に相変らず通じがないのであろう」という想像をするのに、ふさわしい服装であった。縫付けバンドの半ズボン服は自分も持っていたが、でも肝腎の真白なW

カラーに欠けていた。で、私は其後は、まず大型の白ハンカチを首に巻いてから、上着の袖に両手を通して襟元のフックを止めることにした。鏡の前に立ってみると、本当のカラーを嵌めているように見えるのだった。

其後、私の姉は、淋巴腺炎治療のためにそれがし先生の許へ通っていたが、ある日帰宅して報告した。きょう先生は、私の学校友だちの一人を診察台の上に寝かせて、永いあいだじっとお尻を覗いておられたと。その少年患者というのは、朝毎に白い、ハイカラーな通学服姿を見せるY君のことに相違なかった。彼こそ自分の日々の登校を活気づけている当体であった。私が姉のニュースから受けた衝撃は、後年、婦人科患者のひとりの上に覚えたそれと比較出来るかも知れない。でも、「股をひろげて」よりも「お尻を出して――」の方が根本的で、いっそう胸を衝くのである。それは臀部が太股によって支持されているのでなく、却ってふともの方がお尻によって裏打ちされていることに依っている。

Y君は又ある時、授業中に、ふいに衄血《はなぢ》を出して、応急に作られた机製の寝床の上にあお向けに寝かせられたことがある。私はこちらから見ていたが、仰向けになった真白い通学服と、鼻栓に滲んだ赤とが、大そう似合っていた。こんなことがきっかけで、白い半ズボン服の背にランドセルを負ったY君が、いつしか植木鉢の底の丸い孔と結び付けられていた。今日かえりみると、『少年行』（中村星湖）の主役だの、『風の又三郎』（宮沢賢治）だの、これらに似た「都会的な転校生」も、やはり植木鉢であった筈だ。彼らの転校が代弁している事情的な翳《かげ》りが絶対少年的要素となって、彼らをして「不幸に運命づけられた者」にする代償として、彼らには「人々から愛されること」が許される。私自身だって小学初年の二学期に、大阪から海辺の町へ移ったのであるから、その当座は「植木鉢」であった。しかし、別に鼻血を出して応急のベッドの上に仰向けに寝かされたわけでないし、お医者さんからお尻を覗かれもしなかった。それで、曾て父の口を通して、寝物語として聞かされた数々の謡曲物語を、即ち『鞍馬天狗』『隅田川』『天鼓』『谷行』等々の主人公たちを順次に思い起して、それぞれの上に「白服のYの坊っちゃん」を仮託し、以て自らを慰める以外はなかったのである。先方（楠木正儀）の親切にほだされて君父の仇を討つことが出来なかった阿若丸も、父を尋ねて一人で高野山へ登った石童丸も、勿論「お尻覗き」と連結されねばならなかった。もっと年長者に及ぼしても、それは差支えないように思われた。たとえば安宅の関で弁慶から錫杖《しやくじよう》で打ち据えられている義経、長柄の橋の上で伏しつまろびつ、みんなに笑われている盲目の弱法師、頼光の前に舞を見せてから直に殺されてしまう大江山の酒呑童子等々。

阪神間最初のマラソン競走の日に、私は出発点の神戸湊川公園で、人垣をおし分けて、天幕の下で準備している選手連を見たことがある。ちょうど眼にとまったのが34で、阪神電車の乗場でも、天井川のトンネルを抜けて、平行した国道を走って行く白シャツに車窓から声援を送った時も、私のひいきは34にあったが、その色の白い、好ましげなお兄さんはもう奪回の見込みがないほど遅れてしまったらしかった。大きな革手袋を片手

相撲取だって、そこに、同様なことが云えた。相撲取にはめてボールを投げている大学生のある者の上にも、同様なことが云えた。相撲取だって、そこに、弾き飛ばされて裏返しになってしまうメンコの相撲取のような処があるからこそ、「お尻覗き」に加えてよい。凡そ臀部に好ましい運動振りを背負わせている者でありさえすれば、先方を「お尻覗かせ」と解して差支えないようである。胸と背に番号を付けたマラソンのお兄さんを例にとれば、その一人一人が「お尻運び」というべきであった。各自の白いショートパンツに包まれたお尻は、それぞれ一箇の物体として、彼らの両脚の運動によって遠方まで運ばれて行くものに他ならなかったからである。われわれは、(ちょうど一般女性が、美女のV感覚的物腰の上に彼女らのお洒落の範を採っているように)「美少年なるもの」の上に自らのA感覚を托して、以ておのおののエレガンスを成就しようとしているかのようだ。

小学五年の時に、二学年下に都会的な洋服少年がいた。彼の兄は私と同級だったが、さほどでなかった。弟の方はこめかみに青い静脈が透いて見える、うっとりするほど美しい上品な男の子であった。それが暫く休校したことがあって、ある午後、彼が学校の前を通りかかって鉄柵越しに級友と語り合っているのを、こちらから眼にとめたが、彼のどちらかの手の指に、ゴムのサックが嵌められていた。あの琥珀色に透き通った指サックは、そんなわけで現今でも私にとって甚だA感覚的である。あの琥珀余所からやってきて二年間くらいしか滞在しなかった家族であるが、山の手の二階建借屋の横手の塀に、「吉田勝手口」という札を見て、私は初めて台所に関する東京風の云い方を知った。又、それまでは人の両親なんかに注意したことはなかったが、こんどは、町の背後の高台まで遊びに出掛ける途中にしばしば山ぎわの仮住いの前を通って、お父さんが甘ったれのエビス様のようで、(兄はこのお父さん似であった) お母さんはハイカラーな大柄な美人であることをも、私はつき止めた。吉田二郎君のような少年は現今では何処にもいない。民主主義的電圧による平均化でダイアモンドが生れなくなったのか。模造宝石の氾濫で本物が駆逐されてしまったのか。それともあの頃は、みんなが余りに埃まみれであった為に、鶴が目立ったのかも知れない。

……庭の隅に咲いた名も知らぬ小さな草の花とか、地に落ちた青桐の葉の影とか、そういう類いばかりを描いて淡彩を施すのを愉しみにしている孤独な少年がいた。彼はまた程近い古沼の岸辺に出向いて、物思いに耽けることが好きだった。そんなある時、不意にうしろに跫音がして、同年輩の巡礼の男の子が近付いてきた。二人は互いに身の上を語り合った。やがて頭上に星々が光りそめ、夜が落ちて再び朝になった時、水のおもてには抱き合った二箇の小さな屍体が浮んでいた。

雑誌『日本少年』のページに憶えている一つだが、それというのも麦藁帽子と白パンツと微かな香水の匂いの夏休み的絶望が、そこに覚えられたからだと思う。なおそこには、ロシア民話「熊の話」との共通点もあった。『ハート』という絵本で読んだものである。ふたりの友が大熊に出会った。一人は逸早く樹の上に逃げた。一人は遅れて、其場に伏して死んだ真似をすることによって危く助かった。友人が降りてきて、「熊は君の顔に鼻をつけて何と云ったか」と尋ねたのに、「不忠実な友は持つものでないと熊は告げた」と。しかしそんな教訓はどうでもよい。死んだ振りをしてじっとしているというのが、私には「お尻覗き」だったのである。だから、先の「沼の話」もお尻覗きになる。では、同じ少年雑誌に載っている冒険譚だの、怪奇小説だの、泰西お伽噺だのは一体何なのか？　やっぱりそれぞれに「浣腸事件」であることには間違いがなかった。

人体は弾力性のあるナツメ色の円筒であって、この巨大な「原腸」が携わっている処は、その総てが「無意識界の探求」即ち快感関与だと云える。だから、通俗小説や劇映画が代表するお粗末な、見せかけの淫事であっても、ともかくその当座は人心をつなぎ止めることが出来るわけだ。これへの手蔓としては、さしづめ「涙を誘う」がある。「悲哀は淫心をそそる」とは太宰春台の言葉である。「あらゆる高貴な愉悦は悉く売淫的である」と注意したのはボードレエルであった。武士のいやらしさ（過度な色めかし）は刀の雰囲気に。坊様のいやらしさは香煙の匂いに。死者のいやらしさは墓石に託されている。われわれは、「春高楼の花の宴」的城址を歩いて、半壊の矢狭間《やざま》や、白格子入り塗塀や、さては銭苔のむした石垣を見上げる時には、ふっと絹の衣裳——血——石塔の系列を感じることがある。この基本方程式の常数は「美女」並びに「美童」でなければならない。あるいは「黒」と「白」である。喪服の婦人と白装束の少年とを以てその代表とする。現代好みから言うと、「縞馬のような黒い条斑がついたパンツ」と「オカピのような白い横縞のあるパンツ」である。だから両者の真白いお尻は、(殊に少年のお尻は白がダブっているから)甚だ線香臭い!

血の小姓
虐殺せられし貴人の
美しい小姓よ
汝の主の赤に金に赤に金に
ぎらぎらとだらだらと滴たる血に
じっと見入る小姓よ

夜が来たぞ
人もないこの無慈悲な夕
誰かが泣き出した
狂した血の小姓よ汝も

泣け、血に愛せられて。（村山槐多）

でも、「エレガンス」とは何であろうか？　それは、一つの線上の各点において方向を変えて――結果と原因を共有しながら――ひらけて行く底の音楽的な曲線である。しかもそれは「破壊」によって裏付けられている。我身のふともも同士の擦れ合う感触中に死が覚えられるのは、快感と死とは常にシーソーゲイムをやっているからである。もともと「エロティシズム」とは、「死」の項を加えて初めて満足するような方程式なのだ。かの「聖」というのも、苦痛及び破壊の意義が残る隈もなく解明された境地を指すのであって、ここでは幻燈機械の焦点距離がうんと伸ばされて、快楽のスライドは無限大にまで拡大されている。

美童の裡には、（美女における人の命を断つ斧にもまさって）われわれをして、「もはや浮世のわざには適すまじ」（プラーテン伯爵）に追いやる危険が蔵されている。「ときはの山の岩つつじ」（古今集第十一恋二）吉田大蔵清春が庭木を打っての誓いは、辛い立場に相違ないが、もしも一夜、先方と連吹きの笛を吹くまでに漕ぎ付けたならばどうなるか？　こんどは、他からの怨恨にそなえて少年側にも「刀の柄に手をかける」覚悟が要請される。もしも大家に仕える身であったら、事情の発覚は共々に死罪である。『竹斎』二巻（寛永年間刊）は、烏丸光広というお公家さんの書いたもので、第一巻は、上方における衆道物の皮切りだと云われているが、これは太秦まいりの途次に見そめて文をつかわし、小人がある夜忍んできて、きぬぎぬに当って小袖をかたみに残して行くが、間もなく病死。こちらは自害しようとしたのを止められて仏門に入り、やがて東へ下って行った。一日、浅草寺の甃《いしだたみ》の上で、群れちる鳩を顧みて微笑した紫衫緑袴の少年を見た時、細川血達磨の主人公の運命は決った。彼は、主人持ちの愛人とその移ろい行く美に対する焦慮のためにあえて自ら火中に身を投じた。これとあべこべの場合もある。『弁の草紙』では小人側が念人に先立たれ、病の床に臥して十五歳を一期にあえなくなってしまう。『松帆浦物語』の藤ノ侍従もやはり同様なことから自害しようとして、差し止められて泣く泣く高野山に登ってしまう。こうでなかったら、児物語のツレたちは、近江の湖水へ身を投げるか、自ら人買いに身を托してしまうのである。「きょうを限り」と割腹してしまう例もある。通常われわれが、美女の上に覚えるところのある種の高揚感、及び胸迫るものは、(あとで述べるように)実は美少年的要素なのである。V感覚の原型がA感覚である限り、美女は美少年の上に範を採っている。既に実用化して、みんなが何とも思っていない「君」「僕」にしてからが、同性愛用語に出ている。「花の後は生男なれや稚児桜」(毛吹草)これは、同性愛的烙印をおされたことだとも、また衆道の心意気の程を伝えたものだとも、解釈は自由であるが、やはり「眼もて美を見たる者、心、死の手に囚われたれば、此世のわざには適すまじ」に属する。正親町天皇の勅命を受けて、着飾った少年騎兵隊を引率して安土城から都入りした織田信長や、十三歳の藤若丸(世阿弥)とならんで、都大路の栈敷から祇園神輿迎えを見物した足利義満などは、夙に「危険の常食者」として免疫になっていた。それでも義満は、彼の禅の師、義堂周信から「猿楽の近付くべからざること」（美少年耽溺）を諭されねばならなかった。彼の第四子義教は、曾て赤松貞村を少年にしていたことが遠因となって、後日、赤松満祐の手によって殺されている……。

「大和猿楽ノ児童、去ル頃ヨリ大樹之ヲ寵愛シ、席ヲ同ウシ器ヲ伝フ。此ノ如キ散楽ハ乞食ノ行フ所ナリ。而シテ賞翫近仕ノ条、世以テ傾寄ノ由、財産ヲ出賜シテ物ヲ此ノ児ニ与フルノ人、大樹ノ所存ニ叶フ。依ツテ大名等、競ツテ之ニ賞賜ス。費巨万ニ及ブト云々。比興ノ事ナリ。云々」（押小路公忠・後愚昧記）

何より先に、美童そのものが地平の彼方に遠のきがちな架空線なのだ。須磨寺の春の午前に立昇る夥《おびただ》しい香煙の雲を指して、亡き姉を語る子の、何と彼自身が線香臭いことか！　六月の夕べの夜と昼とのあわいに、おのおのの瞳を以て、「死ね！」とばかりに冷ややかにわれわれを教唆する美少年たちは、すでに彼ら自身が死とは先約ずみなのだ。「これ以上、大きくなれないような子」「その成人振りが到底考えられない童子」は、既に完結している。『隅田川』『天鼓』の主人公は、現実的には空白となった影の国土の住人であった。美少年のみが生贄《いけにえ》になってきたような幼少年的負債は、裏返すと、美童だけがひとり恩寵を受けてきたような少年的特権ということになる。こんな宿命性こそ、幼少年的ダンディズムの理想として、赤十字、繃帯、石炭酸の匂い、「死ぬ真似」など、彼らの嗜好を統一している。それはV感覚における「佳人薄命」に似た消息である。これが「三殤《さんしょう》」（八歳から十一歳までの死。十二歳から十五歳。十六歳から十九歳までの死）の審美的真意でもある。

「十一より四迄をつぼめる花になぞらへ、十五より八を盛りの花と極め、十九より二十二迄を散る花となん定まりし。此ことはりは羅山のとはの言ぐさとてある人は語りき。

又、十二歳より二十迄九年が間を三つに分けて三世に比し、三時の心を教へらる事あり。十二より四迄の三年は現在にたとへて主童と書くなり。此三年のうちは、いかにも心をわららかにもちて、ひねこびさかしだたぬを道とせり。是主童の文字の心なり。

又十五より八迄の三年は未来にたとへて、殊道と書くなり。此三年のうちは見るにつけ聞くにつけても、皆心を迷はす時にしあれば、心の水を誘ひくるものは多しと雖も、浅沢深きえにしをよく酌《くみ》しりて、心の水を濁さず。情の道すなほに意気込の幽玄なるを道とせり。是殊道の心なり。

十八より二十迄の三年を過去に譬へて主道と書く也。此三年のうちは、いかにも大人しく、互に道を助けて、前の事過《あやま》らざるを道とす。これ主道の文字の心なり。

此三世をすごすを若衆の一むかしともいひ、又は一期ともいふなり。又白玉の草子には、七歳より二十五迄を若衆一期とせり。此道を好むものは、三十迄をも用ひきにけりとあり。

誠に月の夜、雪のあした、花の下にても、清らかなる少年のうちまじりて遊びたる、万の興を添るわざなり。又静なる日、そぞろに若衆の入来て遊びたるも、心慰む。旅のかりや、野山などにて、ちらと見たるを目さむる心地すれ。余所ながら時々通ひ来る中こそ、年月経ても亦絶ぬなからひともならめ。あからさまに来て、さしかはさん玉の手、連理の枕、珍らしく嬉しからまし。」（よだれかけ巻五）

人体望遠鏡

最近、横浜の骨董店で、（部品の欠けた）*1904*年製の「バテエ・ベビー」を見付けたという一読者からの書信があった。付け加えて、同じ店内で見た額縁入りのドイツ製石版画のことも、書かれていた――

それは田舎町の広場が中心で、青空の下に、教会の塔頂の蔭から八十日間世界一周の気球が現われ、広場一帯、屋根屋根、共同井戸の滑車の上にまで老若男女が満ちみちている。手前のレンガ塀をよじ登ろうとしている少年を、そのお尻を一人の男が支えてやっているが、只ひたすらに少年の双つのメロンの谷間を凝視している。この老哲学者から発する青い放射線は、少年の肛門を貫き、中ぞらの気球の中心を通過して、無窮のかなたへと空を突き抜けている云々。こんなことは少女を台としては成立しない筈だ。これはグノーシス派が云うような「イデーの肉体化」でなくて、ちょうどその年頃の少年たちの上には、「永遠」が閃くことに依っている。「人はみな十二三より十五六、盛り過ぐれば花に山風」（醒酔笑）

いったい女性が当方の見方で千変万化するのは、彼女らのおへその下方にある裂目によっている。そこは空洞の一種であるから、小物品ならば大抵のものを収容することができるからである。少年性神秘性もやはり肛門部にあって、女性における欠所のように寛闊そのものというわけでないが、ともかく丸く、すべすべしたものでありさえすれば何物でもこの内部へと包容してしまう。ここは又、原則として無底であるから、この曲りくねったフレキシブルな円筒を通じて、星々の深淵を打ち眺めることが可能である。女体では望遠鏡代理は出来ない。メトロ（子宮）の蓋《ふた》が邪魔しているからだ。しかし、場合によっては、星々が見えないわけでもない。古来、恋愛上の騎士たちは、すべてヴァギナの彼方に「天界」を捉えていた筈である。殊にダンテなどは、街上で数回見かけただけのベアートリーチェの想像上の接眼鏡を通して、もろもろの天上界をうかがっている。彼にとって美少女ベアートリーチェは、最初から一箇の美少年として解されていたようである。

高野山青巌寺に預けられた関白秀次に最後の時がきて、彼は三人の小姓を介錯したあとで自刃したとか。あるいは身に刃を通して苦悶している少年を抱擁し、我手でその首を切落して卓上の大盤に載せた。同様なことを残りの二人の上に施してから、自ら切腹して果てた。これは紫の血に染った、しかも聞く者の血を凍らせるような日本的エロティシズムのピークである。そもそも「殉死」とは、(山鹿素行によると)「男色的寵臣のひがごと」である。しかし同時代の絶望の書『葉隠』の口述者山本常朝では、「それはいいい恋の心入れに喩えられることであり、無理無体に奉公が好きならば是非もない」と云う。佐賀城外の隠士は、男性ヒステリーの詩人であり、封建的マゾヒズムの美学者だと云うべきである。何故なら彼は、「死の本能」に結びつけて、日本唯美主義的極北を解釈しようとしているからだ。これに較べてジッドなどまだ甘い。「過剰」を以て同性愛現象を説明しているものの、山鹿素行と同様に、ついに「文化」の範囲を抜けられないでいる。この嫌味なフランス文人はモラルはあるが、理想に欠けていた。ジッドは少年愛のイデアを、断崖のふちにおいて解する能力がなかった。

左のようにも伝えられている――

秀次の別れの盃がまず介錯人に差されることになって、山田三十郎が「お盃はわたしに」と言うと、篠部淡路が「ご介錯役はこのわたしへ」秀次は「そうだ、年長者の淡路にゆずるがよいぞ」と決めた。不破万作は「殿、わたしがお肴になります」と云うなり、両肌ぬいで白州へ走り出て、左の乳上から右の細腰まで切り下げた。秀次が「天晴れ」と云いざま介錯の刀を振上げた時に、万作は十文字に切って腸をつかみ出した。秀次は二太刀で万作の首を打ち落した。次は三十郎、山本主殿であった。

人は「死」によって彼のお洒落を全うする。たとえどんな死方にせよ、死によって幾許かの色気と優雅を獲得しない者はない。その完結もしかし束の間である。優美への候補者はあとに続いて、いつ果てるのか見当もつかないからだ。「優美」と「死」とは互いに追いつ追われつしている。——街頭の人々のように、——落葉を促す新芽のように、——今日を追いやる明日のように、それは絶えず回帰している。美少年とは、永劫転化の只中における素粒子的一閃である。通りすがりに小路の奥に見た夕焼であって、五分間あとの帰途にはすでに残照に変っている。それはしかし一定の率の下に循環している。昔の薔薇紅は取戻すに由ないが、他日のグローリーは期待してよい。十五夜を盛りとしてお月様のように欠けて行くが、程なく十三夜はめぐってくる。ある日盗み見した白いうなじが、昔のそれと同じであるように、特定の花は散っても花そのものは永遠である。「個々の少年」は過ぎて行く。「少年としての少年」は、永遠の現在のうすら明りの中で、級長めいた微笑を泛べている。あるいは、総ての物に陰影のない無色の四月の正午すぎに、なまめかしい嘲りの眼差でこちらを見やっている。この夕べもまた一人で戸外に佇んで、危篤顔をして、次第に減光して行く黄色い空に見入っている。

——ではあるが、森蘭丸の人気は、その 1565～1582 の短生涯に存する。『秋夜長物語』では、只一回の語らいが三井寺叡山間の戦争を捲き起し、小人は瀬田唐橋から入水、念人はその遺骨を抱いて回国に出発した。又、『賤のおだまき』の脇差をさした、眼のつり上った愛人は、十三歳のお正月の角《すみ》入れに始まり、翌々年の夏には既に念友を追うての討死であった。個人的規範をとどめるためには、「おん盛り三、四年には過ぎじ」——をその夕映え時において取上げねばならない。それは、角《すみ》入れ前髪のままに回想の国土へ引き渡してしまうことを意味する。昨春だったか、重要文化財指定を受けた『あしびき絵巻』は、叡山の侍従の君の玄怡という人が、奈良の民部卿得業の若君を山に呼ぼうとして既に先方の父の承諾は得たのに、継母の反対に会って、それから双方はあらゆる苦難を経たがついに意を通すことが出来なくて、互いに別れて住む身になったという話である。でもこれはちょうどうまく行ったのだ。もしもこうでなかったら、愛人の manliness ということが早晩問題になってくる。「二十歳すぎての只の人」なら未だいい。第二性徴は、各少年がその父祖家系から受けついでいる「非芸術的部分」を漸く拡大してくるのが常である。女性の場合のような自然性による擁護がないのだから、少年の其後における転換は殆んど絶望である。少年的葉桜の物忘れしたようなたてさは、先の花姿の自乗に逆比例する。『二水記』という左少将鷲尾隆康の宮廷私記、永正十四年(1517)の正月から同十五年六月迄の記述に、宮千代丸という猿楽美少年のことが頻りに出てくる。連日、彼が親王や公卿たちの邸に招待されて大もてのことが書かれているが、この次第は十四年では七月まで、その翌年は二月から六月一杯。つまり猿楽演技者の上洛下洛の期にわたっているが、十六年のシーズンには全く宮千代は出てこない。ポツンと絶えてしまっている。

先日角川書店から『室町時代物語大成　第二』が出版されたので、その中の〈あしびき〉を早速読んでみました。

出会いの部分を別として、まず簡単にストーリーを書いてみますと……山からの迎えを待つばかりという時に、継母に髪を切られた若君は、ひそかに出奔してある修験者に拾われ、弟子になりますが、数年後（出会いのとき満十四ほどであったと思われるのが、再会の際には「はたちにやたらざらむ」とあるからですが、そこに二年以上の月日を見ては不自然であると思います）偶然に再会し、その後三年を叡山で共に暮します。この間、父得業の方へ知らせなかったとは理解しがたいことですが、ともかくも若君は父への知らせを我身の帰郷をもってすることになり、長く留守であった者が急に姿を見せては「はばかり多い」ので、まず若君のめのとである覚然の宿所に一泊します。知らせを受けた継母が、得業の不在をいいことにして、せっかく得た聟の嫡子権を奪う若君を亡きものにせんと、武装した悪党共を夜討にさし向けます。一合戦あり、若君ら一行は苦戦の末、継母の聟、来鑒を返り討ちにします。覚然の下人らの告発により得業は継母の一族を追放、その後は得業の要望で若君は南都にとどまります。このあっけない別離の直接の原因こそは、すでに満十九歳になっていたはずの若君の manliness であったのですね。その後二人は別れたままに精進を重ねたあと、高野山でまみえ、そこで最後まで行を共にすることになります。

以上のようですから、少年愛の美学四〇二ページ（大全版）の記述には誤りがあることになりますが、どっちにしても同じ命題が証明されるわけです。

それにしても、この若君の「守護不入」などとは決して気取らない、柔軟性のあるパイデイカぶりには感心してしまいます。まだ素性の知れないはずの玄怡と二度目に会ったとき、袖をひかえて言い寄る玄怡に、初めのうちは「いづこの人なればかくは痴れがましく」など言っていたくせに、すぐうちとけて、「引手になびきて入ぬる後にはたがいにあさからずぞ契りける」なのですから。玄怡の僧服が記号となって、南都におけるおそらく複数の愛人による前回の続きのつもりだったのかもしれません。修験者に拾われてからだって、この稚児は羨むべき体験を重ねているはずです。一々考えていたら、中世という時代の不思議さに目まいを催してしまいます云々。（一読者からの書翰）

花の盛りを永引かせようと、（主として宮廷僧院において）古代から中世イタリアにかけて行われてきたのが、即ち「去勢」で、未だ十歳にも満たない少年の脇腹から刃先を入れて生命の種子を抉り取ってしまう遣り方である。「あまりに短き春の花を永びかせるため、年頃に達したばかりの少年たちが、脇腹より刃もて生命の種を抉り取られるのを見た」（サテリコン）しかしこれは非常手段であり、且つ効果の程も甚だ覚束ない。さしあたり、花の童形と入れ代って侵入してくる弁天小僧だの、名古屋山三だの、酔払いアルシビアデスだの、如才ない世阿弥だのを回避するには、あのポオが彼の作中の美女群の上に採っているような「現実停止」を持ってくるの他はない。でも、再び開かぬ蒼ざめた双の瞼は、（女性の場合よりも）少年の方が痛切なのでなかろうか？　あの人気役者の真青な死顔を取扱った「死絵」は寛政頃に始まったのだそうだが、これだって美男だからこそ成立するので、美女でならこうまで悽愴な効果は出ない筈である。私は小学初年頃、ある風雨の晩のことであったが、橙色の火光を放っている台付洋燈の下で、祖父が一杯機嫌にやってみせた演出をよく憶えている。それは、この私自身が、白い経《きよう》帷子《かたびら》をまとうて、雨戸の外の嵐の暗夜に一人で佇んでいるところであった。怖いというより、ある種のオートエロティシュな感じを受けた。それは、キップリングの“They”や、また賽の河原の石積みにも通じる幼年的色情である。この意味で、今日私は、西鶴が『五人女・第五話』において「衆道は諸手に散る花」とやったついでに、杉の木立、岩、丸木橋を背景にして、ふたりの少年幽霊を源五兵衛入道の周りにまつわらせている技法に、感心せずにはおられない。――

〽あら恥しやわが姿、はや人々に見えけるぞや。あの燈火を消し給へとよ、とばかり雙ケ丘の松風と共に燈を吹き消して暗闇に消えてしまう、梨打烏帽子白鉢巻の経政とてもその通りである。

「殺してまで」(Mordlust) が、「殺さなければ」(Lustmord) に転位して、そこにはもはや何の反応とてない円筒が残る。次にはその円筒を切り刻むの他はなかろう。一昨々年のことになるが、中野区大和町界隈に此種の事件が発生した。十三歳の男の子を銭湯から自宅に伴い、殺したあげくに切りこまざいて、細切れを数箇の硝子器に詰めて隠していたという青年である。スタヴローギン的告白など此処では物の数に入らない。一体このような残虐は対女性的には、原則として起り得ないと考えられる。何故なら女体には、(たといそれが幼女ではあっても) 性的基準がそこに仮託されているから、男児の肉体のように独立していない。イーストエンドの殺人鬼「斬裂きジャック」(*Jack the Ripper*) にしても、若い女性の下半身こそ目茶苦茶にして、紫、褐、灰、ピンクの臓腑の小間物店を床上にぶちまけるが、その目的は子宮取りにとどまっていた。ところで男児の直腸を裂いてみたとて、「黄金の玉子」など見付かり様はない。即ち空虚に直面して、(死屍の凍結した触覚を貪ろうとする) Nekrosadisme は、Anthropophagie に奔らないわけに行かない。

青髯——

Gilles de Laval Retz は、一四〇四年の終り頃、アンジュー地方にあるシャントオ

セの城館に生れた。「ジルはまず暗黒と神秘のなかで、孤独な快楽を覚えたことに相違ない。彼の祖父はその晩年に、シャントオセの孫の部屋に突然入ってきて、悪事の現場を抑えたのである」(評伝家ボッサール師)

ジルが十歳の時、彼の父は狩猟にさいして猪の牙にかかって殺され、彼の母は、ジルとその弟を棄てて別な男との結婚に奔った。母方の祖父ジャン・ド・クランがジルの後見人となったが、これが当時の典型的な堕落貴族であった。

十違いの弟ルネが満足に自分の名も書けなかったのに反して、ジルは古典文学のディレッタントであった。当時の流行として、百合の花を刺繍した表紙がついた、豪華な挿絵入りの本を、旅行の折にも携えるならいであった。特に愛好したのは、アウグスチヌスの『神の都』オヴィディウスの『変身譚』スエトニウスの『十二皇帝伝』等々。チベリウスやカラカラの美童を相手の血みどろな淫蕩や、古写本の挿絵が彼を惹き付けた。

ジャンヌ・ダルクのために私費で軍隊を動かし、彼女に従いて廻って守護に当り、各地に転戦、功績を樹てた。二十五歳で彼は、シャルル七世から「元帥」の称号を与えられている。それは、上下をあげて百年戦争に疲弊し尽し、フランスがどん底にあった時におけるジルの騎士的行為に依るものであった。

そのうちにジルは不意に、ブルターニュ半島に近いポワトー地方、ヴァンデに在る居城に引きこもってしまう。ところで何故彼が青髯と同一視されるのか?　一、ブルターニュ地方の古い伝説にジルの名があるのを、ジル・ド・レエと同一人物だと解した。（シャルル・ペローの童話はこの古い言い伝えの焼き直しで、只残酷と異常がキリスト教的に改変されているだけの話である）二、青ひげ物語は、コモールという妻殺し常習（妊娠すると手をかけた）のブルターニュ侯の伝説から来ている。共に教会から破門された点において両者の同一化が生じた。更にジルは無実の罪で、キリスト教会の犠牲者に他ならぬという主張もある。

これとはあべこべに、「ジルご自慢の堂々たる赤ひげが悪魔のために青ひげに変えられたのだ」という説がある。「ジル・ド・レエ侯は、温和な、人好きのする容貌をしていて、燕の尾の形に刈り込んだ髭も決して暗い感じを与えなかった。髪は金髪だったが、ひげは黒くて、光線の加減で青く光ることがあった。そのため青ひげの渾名が生れ、それが荒唐無稽なお伽噺に変って行った」（十九世紀中葉の年代記作者ポール・ラクロワ）

財政が逼迫したジルは、宮廷生活をぷっつり止めて、夥しい大理石像と壁織物で飾られたティフォージュ城に引ッ込んでしまった。この地方には、（封建日本のある地方に似て）若者間には同性愛が奨励され、猪か熊かを自ら仕止めなければ異性愛が許されなかった云々と、シャトーブリアンの歴史研究中に見える。

主人の浪費ぶりにおびえた家族たちは、夙にシャルル七世に向って財政干渉かたをたびたび懇願していたが、その中心人物の妻及び娘は追い出され、余所に幽閉されていた。先の聖女崇拝と打って変り、こんどは、城中に大勢の少年が召し抱えられていた。この三重の城壁に囲まれた内部には、ジル自慢の華麗な礼拝堂があって、そこで黒ミサ並びに饗宴が張られるならいだったが、女官の姿が全く見えないうたげの席には、殆んど全裸の美童が出仕して、客人に酒を酌いで廻るのであった。

奥深い研究室に閉じこもって、万巻をかたえに錬金術の勉強に励むのがジルの前々からの愉しみだったが、彼はこの次第を今回の財政窮乏に役立てようとしていた。ジルは錬金道士を、手分けして各地に索させていたが、ある時など、自らの実験さいちゅうに王太子を迎え、あわてふためいてカマドを破壊しなければならなかった。ジル・ド・シレ、ウスタッシュ・ブランシェが最初からの腹心の部下だったが、やがて城の翼館の片方に設けられたラボラトリーに共々に立てこもったのは、アントワーヌ・パレルヌ、フランソア・ロンバール、ジャン・プチらである。「ジャンヌが敵手に捕えられて処刑されるやいなや、ジルの方は魔術道士の手中に陥ちた。ティフォージュでしょっちゅうジルを訪れていたのは、熱心なラテン学者、驚くべき談論家、秘薬の所持者、太古の秘密に通じた人々であった。これらの人士を、伝記作者らは俗悪な居候かイカサマ師のように取扱っているが、実は彼らこそ十五世紀の精神的貴族であったのだ。彼らはローマ教会に仕えるにしても、大僧正か法皇の地位でなければ承知しない連中だった。従って当時のような無知と混乱の社会では、ジルのような大藩の城主の許に世を避けるより他に方法がなかったのであ

る」（ユイスマン・彼方）

又、この世紀は錬金術全盛時代であり、大きな領主は金銀と暇にまかして、ひそかに錬金術士を集めて黄金の夢を追っていたのである。ジルには元から超俗の風があり、純粋芸術家の雛型ともいうべき人物であった。彼は座右の書物を金文字やミニアチュアで装飾させたり、自身も絵筆を執ったりするディレッタントであった。「彼の同輩が悉く単純な動物的な人間であったのに反して、彼は常に物事の上に極端な芸術的洗練を求め、晦渋で高遠な文学を夢み、降魔の法について著作し、ローマ教会の絢爛たる音楽を愛し、またとない珍器佳什でなければ身辺に置こうとしない風があった」（ユイスマン）

「余は世界中の何人も企て及ばないことを行った。余は斯る星の下に生れた人間である」と、彼自身もやがて青髯を顫わせながら、法廷で豪語したのである。

こうして一四三二年に、シャントオセで祖父シューズ侯が亡くなると共に、彼は二十八歳で莫大な財産を受け継ぐことになる。これは当時のフランスでも比較する者がなかったと云えるもので、土地及び各地の城の収益が年間三万リイヴル、それにフランス元帥としての年金が二万五千リイヴルであった。これだけの富を、彼は六年間足らずで蕩尽してしまうことになる。まず贅沢な軍隊の整備があった。親衛隊として二百名から成る騎兵を持っていて、この各部員には美装の従僕がついていた。その美しさにブルターニュ公ジャン二世が嫉妬したくらいであった。加えて、壮麗な会堂の建立があった。付属司祭、聖歌隊等、約八十人の聖職者を抱えた教会が組織されていた。これには、聖歌隊の少年合唱への惑溺という動機があった。金ぴかの司祭らが、毎日のように新規な聖歌隊のための少年を物色していた。ジルは金品にいとめを付けないで、美声の少年を探させた。城内には聖歌隊学校が設けられて、そこには当時流行のありとあらゆる楽器が網羅されていた。しかし彼の教会の内容は「サタンの寺院」であって、「ジルは犠牲者を次々と悪魔バロン、ベルゼブル、ベリアル等に献じ、殺戮行為のあいだは復活祭の聖歌を歌わせるのを例とした」

腹心の部下を遠隔地に送って、名のある錬金家を招こうと努めていたが、ティフォージュに呼ばれた道士の中で、最も有名で、怖ろしいのが、フランソア・プレラチであった。腹心のブランシェが、イタリア旅行の時に、フィレンツェから、この未だ二十歳を過ぎたばかりの美貌且つ博学多才の青年僧を伴い帰ったのだった。この人物こそ、ジルの秘めた欲望を明るみにひっぱり出して、「青ひげ」の名を馳せしめた当の責任者だと云うべきである。プレラチが居なかったならば、ジルは只中世的な、倒錯的な、放蕩貴族の一人として終っていたかも知れないのである。

黒革で装幀された、ものものしい羊皮紙の書物を携えて、プレラチはイタリアからやって来た。彼は新規の主人に向って、悪魔は必ず隠された財宝の在所と錬金の秘法を教えてくれると告げた。「父と子と聖霊と聖マリアの名にかけて、おおバロンよ、サタンよ、ベリアルよ、ベルゼブルよ。われらが前に姿を顕し、われらと言葉を交え、われらの切なる願望を聴き届けたまえ！」

彼は、ジルに向って、地獄の王と契約を結ぶようにと進言した。それには一人の子供の手と眼と心臓とが供物として入用だと云うのであった。裁判記録に依れば、ジルがティフォージュに隠退して以来、その処刑に到るまでの八年間に、彼が手をかけたいたいけな犠牲は八百体以上。其他、百四十体、百五十体、少くとも二百体以上といろいろな説がある。そうかと思うと、それら一切は妄想にすぎないとの論をなす者もいるのである。

パリイヌ・マルタンという黒頭巾の老婆が、子供さらいの名人であった。これはという美貌の男児を見付けると、彼女は巧みに森の中へ誘い込む。すると待ちかまえていた男が、猿ぐつわをはめ、手足を縛り、袋の中へ押し込んでティフォージュ城へ運んでしまう。八年間でティフォージュにも、ラ・シューズにもめぼしい男の子は皆無になったというが、これは少し可笑しいので、ジルは誘拐の手を用心ぶかく可及的遠方へ伸ばし、主として乞食とかジプシーの子供をさらったのだという説もある。ともかくシャントオセでは、塔の地下室に小さな死体が累々と重なり、あとでは城中から子供の死骸を詰めた大樽が発見されている。——ネブカドネザルは魔道耽溺の結果、「ついにその髪の毛は鷲の羽の如くになり、その爪は鳥の爪のごとくになった」とダニエル書に記されているが、アッシリア最後の王サルダナパロスもご多分に洩れない。『十二皇帝伝』では、男色と魔術と腸占術が重要な部分を占めている。ハドリアヌスが卜占術に溺れたことは余りにも有名である。例のフィリップ美男王の法律顧問は、法皇ボニファシウス八世を男色家並びに魔術師として非難している。聖堂の騎士団では、新規の入団者は、儀式として古参者のペニスとおしりとに接吻しなければならなかった。

ジル・ド・レエも短剣右手に、彼のいけにえの首を切り始め、やがて死体を玩具にして遊ぶ。この乱行がおさまると、彼は部下に命じて死体の手足をバラバラにさせ、首を切り離したり、腹部をひらいて内臓をつかみ出したり、頭蓋骨を叩き割って脳味噌を飛び散らかせたりする。ジルの笑いが、ティフォージュ城の奥に反響した。屍体をばらばらにし、切断された首や手足を、いつくしみ深げに彼は眺め廻し、いずれが一等美しいかの品評会をやった。愛らしい首の一つが賞を獲ると、彼はその髪を握って首を持ち上げ、冷え切った唇に夢中になって接吻し、暫くのあいだ暖炉の棚の上に飾っておいて、やがて飽きがくると、カマドの中で灰に化して、その灰を塔上から風に吹き払わさせた。

凡そ血まみれの奉納物は、バール、ユピテル、ディオニュソス、エホバと続いている系統である。ローマの少年皇帝ヘリオガバルスは、自ら祭司としてシリアのエメサ寺院の奥殿で馴染んだ香煙と人体犠牲を忘れ得ないで、美童を選んでバールの祭壇に献じ、その内臓を摘出して自らの血肉との同化を企てた。サイダの少年塔にしても、もともとフェニキアの神々は特に人間のいけにえを好んだという事情が手伝っていた。そのために、子供の無い者は祭壇用にそなえて余所から子供を買うということがあった程である。

ジル・ド・レエ程の者が何故防戦しなかったか？　彼の逮捕は謎になっている。ユイスマンは、ジルの心身がそこなわれ、弱っていたか、あるいは従来の生活に既にあき果てていたからであろうと云っている。一四四〇年十月二十二日、法廷に於けるジルの告白は、ぎっしりと詰った傍聴席から数名の気絶者を出し、司教たちの顔を蒼ざめさせたと伝えられている。告白が終るとジルは膝まずき、身を顫わせ、「神よ、あわれみと赦しを与えたまえ」こうして彼は喜んで火刑台へ登った。

男色の魅力は、祖父シューズ侯死亡の頃から覚えたと、法廷で陳述されている。ティフォージュには廃墟が残って、いまも夕暮の光にシルエットになった塔の方をかえりみて、十字を切る老農夫もいると云う。（以上、澁澤龍彦氏提供）

フリッツ・ハールマン事件――

ふたりの娼婦が裏通りの小さな肉屋へやってきて、主人不在の売台の下に突ッ込んである大きな肉塊に、なにかぞッとした。その一片は警察へ届けられた。細毛の生えた皮膚の一部がくっついていて、人間の臀部の片われのような形だった。官憲はしかし、「豚だ」と言って簡単に片付けてしまった。

この種の例を先廻りに述べてみると、たとえばラーラント・フック少年（十五歳）の父親も、息子の消息が肉屋ハールマン方の戸口で絶えていることを突きとめて警察へ持ち込んだが、お座なりに刑事らが肉屋を訪れて、赤ら顔の愛嬌者の主人と騒々しく談笑して引上げている。ウィルヘルム少年（十七歳）の場合は、父エンドネル氏の許へ、ホネルブルックと名乗る刑事が現われて、「お宅の子息は浮浪罪で目下保護中」の由を告げて去ったが、この偽刑事の人相着衣によっても実は何人であるかが直ちに判った筈なのに、当局は何の手も打たなかった。それで当のハールマンは次第に大胆になって、少年のポケットにあったナイフ、其他の小物品を人に見せびらかせたり、友人に分けてやったりするようになった。

この陽気な肉屋の小父さんは、曾てライン河岸の荷送人として働いていたが、在庫品窃取の廉で五年の懲役をくらった。つまり第一次大戦期間は刑務所で過したわけだが、出所後、裏通りで肉屋を始めてからは、猥褻罪で九か月投獄された。それは最初のフリーデル少年（十二歳）の失踪があって、ハールマンの上に噂が立った。それちょうど警察に山積していた書類の中から偶然にフリーデル・ロッテ少年の捜査願いが取上げられて、深夜不意に、ツエラルストラッセの肉屋を刑事の一隊が訪れた。この時、二階で、床に倒した椅子の背と脚に裸体で結び付けられていたのが、レオン・グルンツェ（十四歳）だったが、この少年はこうして「小牛の肉」にはならずに助かった。現行犯としてハールマンは九か月をくらい込んだ。呆れたことに、これでロッテ少年の捜査が打ち切られている。刑事らは現場の寝室すらろくに検分していない。ベッド脇の小卓の中段には新聞紙にくるんだフリーデルの生首がおいてあったとは、後日ハールマン自身の陳述である。

ハノーヴァはヨーロッパでも最も古い都会に属し、いつも濡れている暗い路地、曲りくねった横町……殊に第一次大戦直後の混乱時代にあって恐怖区域と化した一廓、そこを横切って走っているツエラルストラッセの二七番地、あなぐらの感じがする湿った低い赤煉瓦建で肉屋を営んでいた。ちょび髭、快活なるまるい目をした小ぶとりの暢気な小父さんが、近所のステーションへ出張して、混乱した待合室の腰掛けに重り合って眠っている浮浪児の中から、目ぼしい少年を、刑事を装って揺り起す。肉屋へ連れて帰って二階に閉じ込め、ちょうど狐が子供を拐わかしてきて、尻尾の先で擽り殺すのに似たやり方で扼殺して、肉切庖丁で引き裂いて、「けさがた処分した小牛の肉」として、店頭にぶら下げる。いったん裸にして、倒した椅子に尻立後手縛りにゆわいつけた以上は、再び巷に放つというわけには行かないからだ。勿論自身もその肉を食べるが、少し古くなると、鼻唄まじりにフランクフルト・ソーセージに仕上げる。

一九一八年十二月二十三日の真夜中におけるフリーデル・ロッテ少年の誘拐を皮切りに、一九二四年七月の検挙に到るまで、しかも最後の十六か月間は、二週間毎に一人の割合いでステーションから人肉が仕入られていたというのは……一つに、彼が警察のスパイをつとめていたこと、従って刑事や巡査とは友人付合いであったこと、それに、「血だらけの前掛」も、骨を捨てることも、肉屋だとすれば何ら怪しまれなかったこと等に依っている。

もっとも後半期は、——うっかり犢の肉にされようとしたさかいに、同趣味であることが判明して、以後彼とは親分子分の間柄になった、既に二十歳を越したハンス・グランスが加わっている。これは札つきの不良で、傍ら新聞に自作の下手くそな詩を投稿しているような文学青年であった。この「妻」に踊らされて、ハールマンの停車場出張は輪をかけた。「グランスが寝床の中で、私の脇腹にぐりぐり肱を当てながら甘え声で何か言うと、それを為なければならないような気になってきた。だから、それ以後の事件はみんなグランスが主犯である」ハールマンは法廷で陳述している。彼は以前にも「妻」を告発したことがあった。それは裁判記録に第一四番として登録されているハンス・カイムス少年（十七歳）の時で、これの捜査願いがあって警察がハンスの姿を求めていた折柄、ハールマンは非公式警官としてドレスデンのカイムス家をたずね、非歎にくれている両親から写真を乞い受けて、「必ず三日以内に見付け出して連れ戻る」ことを約束している。ところがその足でハノーヴァに取って返し、折から別な事件で入獄中だったハンス・グランスを、カイムス少年殺しの犯人として訴え出ている。これが、死体が発見された唯一の場合だった。カイムス少年は店売りにされなかった。二か月後、ライン支流の運河の浚渫の時に、羊のように四肢を合せて縛った扼殺死体として発見された。グランスが共寝のベッドの中でねだることと云うのは、たとえば目下監禁中の比較的年長者のズボンであった。こうしてそのズボンのぬしは、次の日の午前中に店頭にぶら下げられねばならなかった。

界隈に、不良の集合所「カフェ・クルゥプケ」という家があったが、そこで夜遅くまでビールを飲んでいるハールマンとグランスの姿が、よく表から見えた。此処を根城にして、踊り場を歩いて、明方近くに二人は肉屋の前に帰ってくる。グランスは家へ入り、ハールマンは停車場へ出張するという段取だった。二人で代る代るに玩具にしたあげく、処理して、骨は溜めておいてライン河へ投げ込む。衣類及び所持品は売飛ばし、カフェ・クルゥプケのビール代になった。年長者の場合には、その着衣は両人に利用された。夫婦気取りで人肉経営が続いた。肉を売り、自らもそれを食い、腸詰を作ったが、とうとう登録番号第二五のフリードリッヒ・アベリング（十歳）の外套から足がついた。このフリードリッヒを、「お菓子をやるから」と言って連れ去ってから三週間あまり経って、フリードリッヒの姉のアリス（十四歳）が街で遊んでいると、見知らぬ小父さんが声を掛けた。「わたしはお前の伯父さんの友人だが、きょう、きれいなカードを持ってきてやった。お前がいなかったものだから、伯母さんに預けてきたよ」アリスは駆け戻ったが、何事もなかった。あとで、彼女及び其時いっしょに居た子供らにハールマンを見せると、「この

Fritz Harmann 事件犠牲者リスト

少くとも48名に上ったとは，ハールマンの法廷における豪語であるが，裁判記録には下の28名が登載されている。

1	Friedel Rothe	12(歳)	ウイーツェル在
2	Fritz Franke	17	ベルリン
3	Wilhelm Schulze	11	ベルリン
4	Roland Huch	15	オスナブルック
5	Hans Sennenfeld	20	ベルリン
6	Ernst Ehrenberg	13	ミュンステル
7	Heinrich Struss	?	ミュンステル
8	Paul Bronischewski	15	Bochum 在
9	Richard Graf	17	ハノーヴァ
10	Wilhelm Erdner	17	?
11	Hermann Wolf	16	ミンデン
12	Heinz Brinkmann	13	ハノーヴァ
13	Adolf Hennies	17	ポツダム
14	Hans Keimes	17	ドレスデン
15	Ernst Spiecker	17	ベルリン
16	Heinrich Koch	18	?
17	Willi Senger	20	ヘルツベルヒ在
18	Hermann Speichert	15	ミンデン在
19	Alfred Hogrefe	17	ベルリン
20	Robert Witzel	17	ベルリン
21	Hermann Bock	23	ミュンステル
22	Wilhelm Apel	16	ヒルデシャイム
23	Heinz Martin	16	ハノーヴァ
24	Fritz Witig	17	ハノーヴァ
25	Friedrich Abeling	10	ラレンドルフ
26	Friedrich Koch	16	?
27	Erich de Vries	17	ハノーヴァ
28	Adolf Hannappel	?	不詳

人だ！」との証言があった。アリスのことは多分フリードリッヒから聞いたのであろうが、何用があって彼は街上でそんな気紛れなことをやったのであろう。しかも当の少年の外套を小脇にしながら。勿論アリスはカードの方に気を奪われ、弟の外套のことを忘れていたが、後日、気が付いたアリスの証言が重大な効果を持つことになったのである。

この少し前、一九二四年五月末に、数人の子供らが、ライン岸辺の泥中に、少年のものらしい頭蓋骨を発見したことがある。続いて同じ場所から同様の頭蓋骨が三箇出てきた。これについても当局は、「たぶん医学生の悪戯か、上流から流れてきたのだ」と言って、いっこう顧みなかった。二か月経って、登録番号二六、二七、二八に相当する三少年の連続失踪が起った。ここに初めて警察は狼狽したが、何しろ人員不足、それにこちらの顔は先方によく知られているから、洗って行くことが出来ない。ベルリンから腕っこきの二刑事が迎えられ、アウグスト・フロムという非常な美少年がおとりとして、其頃は古いユダヤ区に引越していた肉屋の近辺に放たれた。六月二十二日の夜、ハールマンはフロム少年にひっかかった。やや時刻をおいて一団の刑事が乗り込むと、少年は裸にされて、床に転がした大型椅子に縛りつけられたばかりの処だった。家宅捜索が始まり、同時に以前のノイエストラッセの家からも、ほとんど総ての物品が貨物自動車で警察に運ばれた。（ノイエストラッセ・一〇三番地は、一九一九年九月に出獄してからの新居で、先のツエラルストラッセ・二七番地近くの横町である）彼の犯行の大部分はこの一〇三番地と、のちに移ったユダヤ区において為された。このノイエストラッセの家主の息子が、ハールマンに貰ったという少年用外套を所持していた。十字架尋問が始まった。店にあった肉の大半が人肉で、腸詰はみんな人肉製であった。もっとも人肉云々は、購買者側の恐慌を救うために公判では一切触れていない。罪名は常習的殺人に局限されていた。

七月も終りに近い頃、納涼客を満載してライン河を上下していたランチの錨に、等身大の馬鈴薯袋がひっかかった。それには骨片がぎっしり詰っていた。ハノーヴァ大学法医学教室のシャックウィック博士は、「少くとも二十三名の人体を構成する骨片だ」と断定した。公判は七月末から開かれた。ハンス・グランスも勿論逮捕されていた。法廷におけるハールマンは、至極興味のない面持で周囲の人々を見廻していた。二人の陳述がくい違って、自分が不利な立場におかれると、持前の甲高い声で、喚いたり罵ったりした。グランスはハールマンの方を見ようともしない。人気はしかしハールマンの方にあった。ゲッチンゲン精神病院のシュワルツ博士、及び先のシャックウィック教授が改めて精神検査をしたが、両人とも立派に普通の責任能力を有していることが判った。ハールマンは死刑、グランスは終身刑を宣告された。一九二四年八月のことである。フリッツ・ハールマンは三十三歳だった。彼は処刑前に長文の告白を書いたが、それには「殺すために殺す快楽」が高調されていると云う。犠牲者二十八名と記載されたことが彼には大不服で、絞首台上にあっても、「四十八名までは憶えている」ということをつぶやき続けていた。

器官としてのVPも、こうして結局はAにまで還元される。あとは出血、即ち（快感の根拠としての）苦痛だけになってしまう。そのバックグラウンドには「梵天」あるいは「ニルヴァーナ」が控えていてもよいが、さしあたりそれは「本来的マゾヒズムの台」とでも云うより他はない。この或物は性格として horror vacui（真空の恐怖）におかれ、自他の空隙を充填しようとしている。空白の幾何学的モザイック化は、糸を張り巡らせる蜘蛛《くも》の仕業に喩えられる。何故なら、こういう作業の本部が他ならぬA感覚の上にあるからだ。これが分岐して、種の保存のために利用されているのが即ち「セックス」である。従ってVP両感覚は限定的であるが、A感覚の刺戟感応性は生涯的である。セックスによって展開されている万華鏡的様相は、単なる生殖云々だけでは説明出来ない。そのためには、セックスを裏打ちしているAリビドー（原始エロス）を持ってこなければならない。“Love and Pain”という言葉があるが、エロスそのものは自らが加害されんことを望んでいる一方、自らの周囲を己れが犠牲者のかばねで埋めることを願っている。

八月のお午すぎに、強い陽光に灼かれた砂浜だったか（それとも海水浴場外れの岩蔭であったか）人けの無い場所で、全裸の排便者をこちらから窺っていた者がいた。夏は衣類が開放的だということ以外に、永い午後における生への倦怠感が伴うからであろうか、年齢を問わずに、ある種の宇宙的な寂寥に引込まれがちである。ちょうどそんな一刻だった。真裸の肉体からの、健康の精髄のような太い、黄色い、見事な固形物の排出ぶりに驚嘆していた男が、やおら立上った先方の腹腔下部に当然生じたであろう空洞感を、我身に沁みて覚えた。そこをどうにかしないでは収りがつかなくなった。競馬場で勇みはやった若駒の脱糞を見て、いまと同様な感情に襲われた若いサラリーマンを私は知っているが、こんどの相手は馬でない。未だみずみずしい少年的丸味をとどめた若うどだったから、否応なしだ。何ら予備知識もない、見ず知らずの両人のあいだに親交が結ばれた。これはあの伊邪那岐伊邪那美両神の、「成り余れる処と成り合わぬ処との結合」の原型ではなかろうか。いったい岩戸に隠れた女性の主神が、同性のストリップ・ダンスを覗くというのは変だ。これは大化改新後に、「彼」が「彼女」とおき変えられたことに依るので、「天神五代」は男神ばかりのウラニズムだった。

『ヰタ・セクスアリス』(森鷗外)には、寄宿舎の一室で盲汁をやり、唐物屋から買ってきたジンの酔が廻ってきた頃おい、一人が、「どうだい。君なんざあ、雪隠へはいって下の方を覗いたら、僕なんぞが、裾のあいだから緋縮緬《ひぢりめん》がちらつくのを見た時のような心持がするだろうなあ」と云うと、「そりゃあお情所から出たものじゃと思うて見ることもあるたい」と答える箇所がある。しかし此種の不穏さは、なにも少年党ばかりが背負わせられているわけでない。便所掃除によって落付きを取戻す精薄児のことは先に述べたが、それとは別に、たとえば夜中に人家の塀を乗越えて忍び込んだ梁上の君子が、先ず脱糞を済ませ、これに有り合せの金盥《かなだらい》か手桶かをかぶせるというのは何事であろうか？　家人が目を醒まさないためのまじないだというのは、世俗的見解である。検便の一事が示しているように、そこは「聖なる使者」の出口である。何人も一日に一回はこの黄色関与に携わっているが、改めてある事を為そうとして、臀部の所在乃至機能に何ら支障がないということを我身の上に確かめて、徐ろに目的に取りかかるというのは有りそうなことだ。別に「早飯早糞早襷《だすき》」をかえりみる迄もないだろう。それに、こういう「存在そのもの」との提携によって生れたウンコは、いずれも極めて太く、且つ逞ましい！

この傾向がいったん人格的に膠着すると、Scatology 乃至 Koprolagnie の兆候が顕われてくる。彼は、誰かの用便の傍へ侍らせて貰いたい……顔の上にぺったり割目をおしつけてほしいものだ……生暖かい太股のあいだに顔を挟まれたまま、逞ましいお臀の下敷になってせめて一夜を過したいと願うようになる。視覚的、嗅覚的、触覚的、人によって偏向はあるが、このコプロラグニーが亢進すると、今度はコプロファージーになる。「時々ホテルへ泊りに行って、寝床のシーツを自らの大小便で汚し、発作だとか何とか弁明して多分の迷惑賃をおいてくる人」について、シュテッケルが記述している。彼はよごれたベッドの中でじっとしているのが好きなのである。彼は子供の頃から、鉛筆や、P形のものを自身のAに差し込んで、女が持つ感覚を味おうとしていたが、時たま娼婦の許へ出かけてアンニリンガスをやらせると、快感が高潮して殆んど苦痛となる。更に「便所の悪魔」として引用されているS・C氏なんか、三十五歳になる陸軍将校であるが、便所で煙草を喫い、勉強し、新聞を読んで幾時間も過す。排便中の女性を窺くことが最大の喜びで、旅先だの地方に配属された時にこの快楽が獲られる機会があった。予め彼は田舎便所の木の壁に孔をあけるための錐を用意していた。ところが殆んど常に、きっと何人かが先にそこに孔をあけているのが見付かった。娼婦に対しては、彼女らの排便振りを見せてくれることを頼む以外に、別に何事も申し出なかった。この軍人はまた女の糞便を少しずつ食べた。

昔、ある田舎大尽はたまたまおん情けにあずかった都の若衆を台にして、菊座フロッタージュを作り、おし戴いて懐中へ入れたというが、凡そ Yellow Peril が相愛者同士の好箇の度胸だめしの条件であることは、現代も昔もさらに変りはない。A感覚的「黄」は、V感覚的「赤」と比肩して、共に第一線的なスリルを保証している。「黄」がもし赤か桃色かの程度であったなら、「槿花一晨に命をかけるおん戯れ」の醍醐味も薄れるであろう。黄禍は、気球における水素、フィルムにおける硝酸セルローズ、更に前線の敵弾、薔薇の棘、猫の爪、弓矢の道の血、潔めの塩である。埃及の「スカラベ」は糞食いであり、フンの中から自らを刻々に発生すると信じられた所から、「聖なる甲虫」と呼ばれた。また頭及び背は空色で、翅は青緑で、腹が赤いカワセミという小鳥がある。このカワセミの卵やヒナを取るには、（横穴を照すための手提電燈、及び袋を先につけた長い竿の他に）潜水メガネと鼻栓を必要とするそうだ。ヒナがうしろ向きに出てきて、液状の糞を入口めがけて発射するので、眼を保護しなければならない。それに雛の食べ残しの魚の腐臭が何とも彼とも云い様のないものだからであると。アンモニア、インドール、スカトール系の臭いを初め、生うお、ヘシコ、ぎんなん、柿渋、ドリアンの果実、こういう類いは、それがいったん抽象化されるとしばしば驚くべき効果をあげるものだ。毛織物の匂い、絹の香、コティの香水、鳩居堂の煉香は、「人間臭さ」（脂くさい、分泌腺くさい、ニカワ臭いもの）との連結を俟って、初めて本来の価値を発揮する。玉子の奇妙さは、その表面に鶏のフンと血がついている時に最も効果を上げる。野性的で且つタフな女人であるからこそ、何よりも先に、モラル、マナー、教養、粉飾が必要なのである。「排泄物と血と腐爛したものと、この三大幻像の背後に果して渇望の宝島が潜んでいるかどうか、吾々は知らない。只幻影の鑑識者としての吾々は、既に恐怖の幻の中へ欲望の影像を、羞恥の排泄物幻影の中に黄金時代の曙光を認めてきたのである」（ダリ・腐った驢馬）

寂滅為楽の夏休みに、白いパンツに包まれている桃は、勿論黄色に裏打ちされている。「天狗の面に腰をかけている少年」も「靴墨のついた玉子」も、結局は黄色の効果である。「身も清らかに美しく、人のこひしと思ふとき世の思ひ出に情あれ」（若衆短歌）も、「刀にかけた」倫理も、「髪けづり、手足の爪揃へ」も、つまり

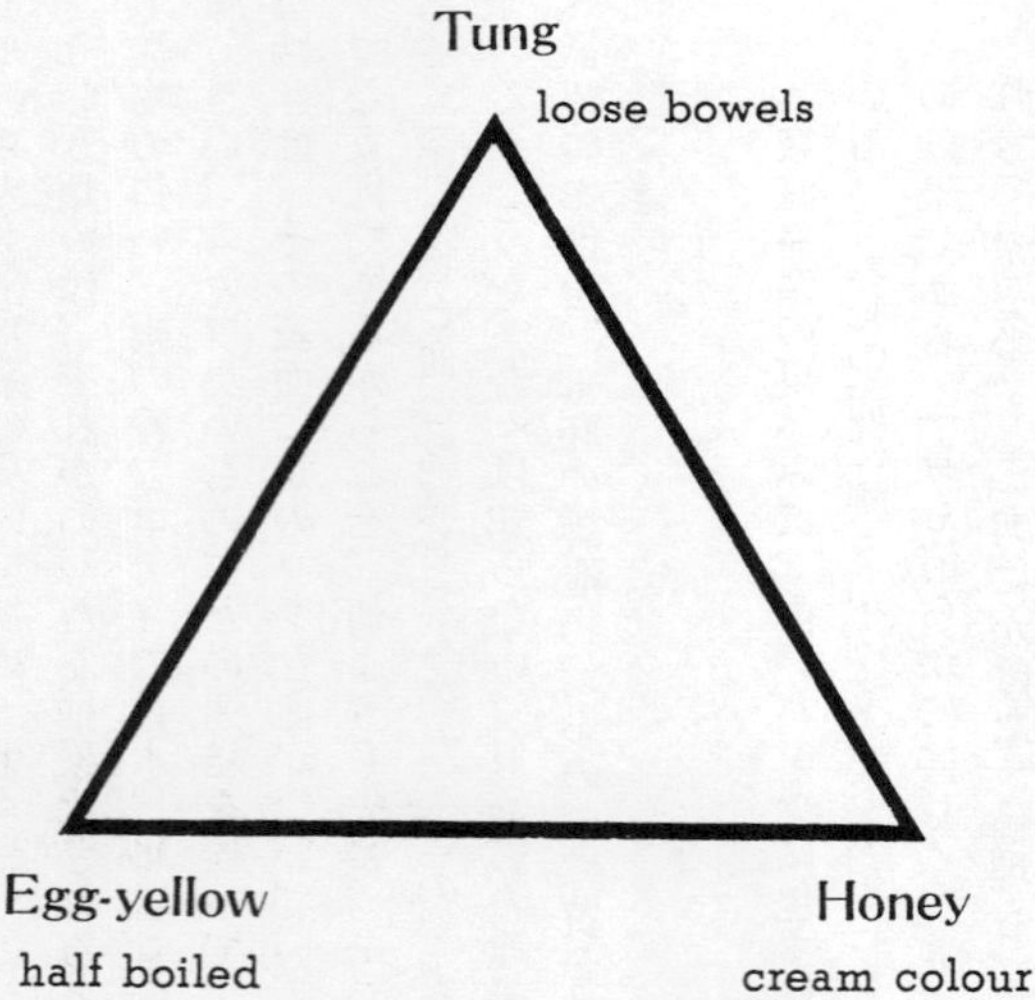

黄色の上に絞られる。A感覚と黄菊の取合せは蜻蛉《あきつ》島根の秀逸でもある。煉香の「菊花」になると事はいっそうデリケートになる。先方がしゃがんでいる直下の小石が羨ましいとか、いっそ一匹の蠅に化身してトイレで待伏せしたいとか、此種の妄想も云わば「黄色」との連関においてこそユーモラスなのだ。もし同様なことを「赤」の上で云ってみろ。袋叩きに逢うにきまっている。

黄色は臍の緒を切って以来、最初の禁制の色である。でも、聖オーガスタスの注意を俟つ迄もなく、われわれはお母さんの胎内における十か月間を「黄金袋」と壁一重の場所で送ってきたのである。又、黄色のタブーは、われわれの嗅覚が地面近くにおかれていた遠い昔を、逆説的に恋しがらせる。われわれには「赤」への嗅覚以前に、黄色への追跡があった筈である。世界じゅうどこの国にも見られる敵への言い方、「尻を舐《な》めろ」は、アンニリンガスが恋愛感情表現の一役を担っていた頃の名残りであろうと、シュテッケルは云っているが、凡そ少年愛の妙味は、この禁断の遠い記憶がふっと喚び戻される点に存する。龍之介の『好色』の主人公は、黄色の力を借りて、のれんに腕押しであった意中の人を断念しようとした。ところで、廊下をやってくる女のわらわの手から首尾よく塗物のおまるを奪い取ったものの、その中身は香料入りの贋物であった。「おお侍従、おんみは我を殺したぞ！」と叫びながら彼は仰向けにひっくり返ってしまう。でも本物であった方が、先方の高貴さをいっそう立増らせるのではなかろうか。少くとも現代の平中であったならば、人工品を前に悶絶する代りに、ホコホコの実物を相手に彼の徐ろな Coprophile に取りかかったことであろう。

「黄ニヨゴレタAヲ吸ワセロ！」など公衆便所の壁に落書きする人は、WCという聖なる幕屋の内部における敬虔な礼拝者であり、同時に、物心ついて以来の最大コンプレックスからの解放者でもある。「――私は夕方に水兵服で外出します。身体じゅうの毛を剃り、学校時代のノゥトや教科書は全部大切に持っています。夕方や休日には、あの頃に自分が書いたものに眼を通すのが何とも云えず愉しいし、又、切手の蒐集もして、分類して並べ換えたり、新規入手の分を適当な箇所に割当てたりして、何時間もひとりで遊びます。女の許へ行く時にも水兵服を着ます云々」こんな告白をする四十男も、やはり黄色郷愁家である点では間違いがない。バルトリン氏腺液関与者が伊達者ならば、黄色関与の方は勇者である。くらやみで小人の口から吸い取った麦飯のつぶを、糸切歯だと早合点して狼狽した法師も、対蹠点では「無常」など感じなかった筈である。Yellow technique = Golden technique

海とお尻――

私は神戸西灘の海岸で他のボゥトの舵の所に乗っている裸の少年の猿股の裂け目から、(どういうわけかそこはひどく破れていた)青いほど白いお尻が覗いているのに気がついて、自分のボゥトから前のめりに水面に落ちそうになったことがある。別に特殊な感情などこちらにはなかったから、あれは臀部本来の原始エロスに打たれたのであろう。

もう一つは「べら釣り」の折で、あの漁船のお尻(艫床)の上に乗っかって、両側の棒杭をつかまえ、我身のお尻の素肌を波の上へ突き出したのだった。舟の中で気分が悪くなり、お腹の具合まで怪しくなってきたからである。船は揺れていたがどちらにも進んでいなかった。それなのに首を上げてみると、海岸線は磯馴れ松を載せたまま、怖ろしいような迅さで東へ走っていた。私と入れ代りに、褐色の肉体に白フンドシの漁師の小父さんが、船の木製臀部の上に彼の上半身を伏せた。彼は片手で海水を抄い上げ抄い上げしながら、舵棒を差し込む溝の周囲にくっついている柔らかな黄色を、洗い落した。それはこちらに気まり悪さの隙をも与えない素早さであった。つまり間髪も入れずに、しかもきわめて自然にお尻を拭いて貰ったようなものであった。私は十四、五歳になっていたから、感動せずにおられなかった。「あれはいったい何事であったか」と後日になって考えてみた。一つの技術には相違ない。それと共に「禅機」でもあった。

大人《たいじん》は、能楽、茶の湯、弓矢の道を以て「日本少年愛の三角」といっておられますが、僕のやっている射撃もどこかに「少年愛三角」に入る権利を有すると思いますが。一つお知らせします。大人は「尻の穴が小さい」を「受動的吝嗇《りんしょく》から出た言葉だ」と仰言っておられますが、「盛り上った」というのも、例えば「気分が盛り上った」などと普通使いますが、この言葉は、Aから出る黄が盛り上ったという事から来ているのではないでしょうか？　和式乃至洋式水洗の場合は駄目ですが、和式水洗の場合なら、自分の黄が「盛り上っているか否か」は確認できますし、何よりもまず「盛り上った」という言葉が江戸時代（芭蕉）以前に成立していたならば、事はもっと簡単です。即ちあの時代の旅行者が道にしゃがんで事をなした場合は、どうしてもそれを見なければならないからです。そしてそれが盛り上っていた時の、いわん方もない精神の高揚、つまり大人のいわゆるanal erotik乃至「前快」の表現としてあったものが転化して、今日のような使われ方をし始めたのではないでしょうか？　実はこの考えは、僕のクラブの或る男が、先日行われた「関東学生ライフル選手権大会」の折、大いにあがってソワソワしている僕らを尻目に、一人で落ち着き払って、「今朝は盛り上った、盛り上った、サッパリしてイイ気持だ」など言っていたのを、僕が何気なしに「何が？」ときいたので解ったのです。彼は答えて「糞が盛り上ったに決ってるじゃねえか！」と言ったのです。その時の僕の驚きのいか程であったか、大人は解って下さると思います。現に彼のような「盛り上った」という言葉の使い方もある以上、僕の仮説もある程度の根拠を持っていると思います。（ある大学一年生からの手紙）

コプロラグニア――

「私がお話したあとで、私が少年を使っていかに最大の満足を得るかがお判りになることだと思います。私がこのような少年を一人持って、且つ必要な設備をもったとお考え下さい。私は特別に準備した室に少年を連れ込んで、初めに風呂に入れて隅から隅まで調べ、特に下半身に注意を集注します。私は手を股から上の方へ切れ目にまで滑らせ、少年の尻を叩き、指を割れ目に入れます。それから腸に糞便が一杯詰っていると想像しながら、そこへ手を触れます。

もし私の質問に、少年がその疑問を肯定すると私は手がふるえ始めます。肉慾的な喜びと興奮に夢中になりながら、私は少年の腹を撫でさすります。少年の臀部と

Aが全部見えるように、あらゆる姿勢を採らせます。もし少年が、腸にほんの僅かしか便を持っていないことがはっきりしますと、便のたくさん出るような食物、例えば馬鈴薯とか、一連のパン、豆類、果物のようなものを食べさせます。恐らく二日または三日間、総ての官能的な満足の最高潮に達するまで排便させずに、食べさせます。長く時間のかかる排便、出来るだけ固く、良い形になった塊の落ちるところを見ながら、私の思うままに少年の姿勢を変えて眺めます」

「少年の肉体では二つの部分が特に私を刺戟します。即ち腹部と臀部です。腹部は消化器官を包容するからで、臀部は大腸の開口部位であるからです。少年の生活機能のなかで私が最も興味を惹かれるのは、消化と排泄の機能であります。この消化排泄の生理作用に、幼年の頃から私がどんなに牽引を感じたかは、諸君の想像の外だと思います。少年時代のひと頃何かしら峻烈な刺戟を読物から得たいと思う時には、いつも私は父の百科全書で、消化不良、便秘、痔疾、糞便などといった項目を探しました。人体のあらゆる機能のうちでこれほど有意義な作用はないと考えました。従ってこの作用の障碍は、人間の全機械作用中の最重大事だと感じました。他の疾病ならばどんな症状のことを書いたものでも、私は冷静な気持で読めたものですが、腸嵌頓の記事ばかりは、今日でもなお読めば心が痛みます。聞くたびにいつも嬉しく思うのは、私の周囲の人たちがその消化に故障を感じないということです。

消化作用に、殊に自身の消化機能に気を留めずにいる者は信用の出来ない人物のように思われ、悪党と言われる種類は、きっとこの重大問題に怖るべき冷淡さを有するに違いないと私には覚えられます。伝説に出てくる魔法遣いといった風な異常人とか、見たこともない遠い国の異人種とかの、消化機能はどんなものだろうということは、常態人の消化状態以上に私の興味をそそり立てたものです。で、この堪らなく好きな問題についてひとつ人種学的な研究をやってみたいと思いましたが、困ったのは、書物という書物が殆んどこの主題については沈黙を守っていることです。歴史や稗史小説などでも、主人公が獄中や流謫《るたく》された僻遠な不健康地で快々とした日々を送る時、その消化状態のことが少しも書いてないのが私には物足りなかったのです。この気持から私がこれ以上の書物はないように尊く思ったのは、乗船の難破に遭った或る若い男が長い月日を雪に埋れた狭い小屋で暮した顛末を書いた物語でありました。この男が消化器の故障に悩んだ趣きが細々と忠実に記されてあったからです。如何なる不道徳と雖も、婦人が人中で羞恥という誤まった動機から、彼女の自然な要求を満足させることを自ら阻んでいること程に、私を憤懣させません。汽車旅行の際などに同乗の旅客中に一人でも必須な自然要求の満足を阻まれていはしまいかという考えから、ひどく気を揉むことがあります……

　裸体の美少年が便器に長く遠ざかっていた結果として、その腹部は排泄物で飽満しているということに想い到った時、いかに悪魔的な歓喜に私が魅せられるかは何人も想像できますまい。この想念が一たび私を刺衝すると、潮の如き欲情が忽ち血液中に漲って、私の四肢はわななきます。そうした腹部に触れながら、じっとそれを眺めても眺めても恐らく私は倦むことを知らないでしょう。熱情は煥発して嵐のような愛撫となるでしょう。そしてこの美少年は彼自身の肢体美を現わすために、即ち肉体の魅惑的な部分をより露わに見せるために色々な姿勢をとらねばなりません。こうして私の特殊な享楽は、しかし何と云っても終いに排便の行為を眺めることに竭きるのであります。もし少年の腸が十分飽満していないならば、馬鈴薯とか粗製のパンとか云ったような、多量の排泄物を生ずる食物を手当り次第に食べさせなくてはなりません。出来ることなら、なるべく排泄量を多量ならしめるように、二、三日の間は排便を堪えて貰うことでしょう。我慢に我慢したあげく辛抱ができなくなった要求が充される時、肛門から排泄物が猛然と出てくる——その場合の糞塊は十二分に固まっていて欲しい——のを凝っと眺めるのは、自分にとって実に名状すべからざる歓喜であると思われるのであります」（以上二例、アルベルト・モルから）

「不感性のヴィナス」——

アントワープの美術館にある、「不感性ヴィナス」（ルーベンス）について、シュテッケルは云う。

カタログの解説には、「匍いつくばっているヴィナス、キューピッド、うしろにいる森の神をよく見よ。森の神は舌を出して、からかっているようだ。この絵は〈ジュピターとアンティオーペ〉という名でよく知られているが、それはバッカスとシーレーノス、即ち酒と食物がなくてはヴィナスの愛は凍るとの意である」云々。しかし森の神には果実で充たされたツノがあるから解説は間違っている。重要なのは三者の姿勢だ。ヴィナスは匍いつくばっていて、キューピッドは疑いもなく排便のそれだ。この画面はA感覚的狂乱を表わしているものであって、森の神の舌は即ちアンニリンガス（肛門舐啜）を示唆している。この絵のヴィナスは正常な方法に対しては不感性なのだ。肛門性欲を完全に卒業してしまったということの出来る人は、恐らくないであろう。娼婦らは不能者のために指をAに差し込むことがあるし、又彼女らはアンニリンガスのサーヴィスに対して法外な報酬をねだってよい地位にいる。Vの方は駄目で、Aによってのみ満足を得る婦人もいる。

A感覚と「死」とのつながりは、その反面にA感覚と「ジョーカア」との結びつきを暗示する。希臘喜劇《アチツクコメディ》は少年愛を考慮に入れないでは語れないそうだが、『東海道中膝栗毛』の両主人公も、その初めは市井的念若の間柄だった。いまそれを吟味しようというのでない。先頃来日したマルセル・マルソー氏について、一言したい。

あの顔面を此世ならぬ真白に塗りたくって、両眼の周りに黒輪を入れ、鼻柱をも真黒黒助の三角にぬりつぶし、口辺を耳の辺りまでも裂けた三日月型に隈取るやり方は、もともと無言劇の道化の伝統であろう。しかもこれは、「骸骨」の効果を狙ったものでなかろうか？　椅子一つない空間の中に、身体の動きだけで「世界」を構築しようとするに当って、この古来からの最大最高の文明批評家「骸骨」を招待するのは、いかにも当を得ている。「笑い」はわれわれの理性の所産であって、共同体における警告及び緩和の役目がそこに委託されている。そう云ってよいならば、あの鼻のへっこんだ、大きな眼窩を二つならべた顰《しか》め面の「死」は、「存在者」一般に対する批評でなければならない。ハロウィーンの夜、教会の塔の鐘が十二時を報じ、大鎌を携えた指揮者が骨のかかとで墓石のおもてを叩くのを合図に、それぞれに地下から立現われて踊り狂う骸骨共こそ、最高のダンディであり、最大の道化団だと云わねばなるまい。合衆国の子供らが墓地から掘り起した髑髏《どくろ》に蠟燭を立ててお化け遊びをやるのも、ユーモリストとしての骸骨をよく知っているからに相違ない。

ピエロ、ボーイ、ギャルソン、太郎冠者、喝食、金剛等々とならべられる系列は、兵士、消防隊、ポリス等々と同様の「浣腸族」であって、彼らは各自の「臀部展示癖」を、お仕着せの裡に匿している。学校の生徒もそうである。彼らは、おどけによって、手品によって、曲芸によって、空威張りによって、あるいは玩具的幻想を手蔓にして、「辱かしめられたる少年性」の窒息からの脱出を企てる。そのことがいよいよ彼らをして窮地に追いやる。こうしておしまいには、彼らは、六月の夜の流星雨となって消滅する木星族彗星の運命を迎えなければならない。自らの人間人形化を企てるのが運動選手及び道化師であり、我身を類型化しようとするのがそのつどそのつどにおける俳優である。彼らが一種のA感覚的伝統を背景にしていることは云う迄もない。女性にその要素は無い。女優、女流選手、女秘書、ウェートレス、スチュワデス等々は、（女性が女性そのものである限りは）成立しない。女性は常に「子宮において」考える。だから女性における技術面は実はA感覚与件なのである。「美人」はV感覚的であるが、「美女」になると多少A感覚に傾く。「美女」と「美少年」は、だから縁戚関係にある。

だぶだぶズボンの、下ぶくれの頬っぺたをした西洋の太郎冠者が材木の一端につかまりながら、お臀を突き出した姿勢のまま製材会社の上空から下ってきて、その直下に廻転している丸鋸の歯をお尻の割目にそうて受けて、パリパリッと粉を上げる。ナイトクラブの白いボーイ服をまとうた大年増の西洋喝食は、踊子の脣の先から、麦藁の管を通して、自身の口中へ煙草の煙を浣腸されたり、パイを盛った大皿をお客様の禿頭の直上に落して、目も口も鼻も耳も見当のつかない、コプロラグニー的のっぺら入道に仕立てたりする。チャップリンにはこういう怖ろしさが見られない。彼は（ハリー・ラングドンのように）電線にひっかかった破れ凧、刈入れが終ったあとの田圃の鳥威し、尨犬《むくいぬ》が銜えて振廻している綿のはみ出た人形にまでも来ていない。それは彼が、（生理学的な）ユーモリストではあっても、（物理学的な）コメディアンではないことに依っている。云い換えると、彼はまだ「時間的」（風俗）であって、「空間的」（オブジェ）ではない。彼はついに、軟派にとどまっている。

L・SとH・L——

サイレント映画の末期に、A感覚と玩具との結びつきの好見本とも言いたい、純粋無類な、ヴォードビリアン上りの二人の米国喜劇俳優が前後して御目見えしたことがある。両者は共にパントマイムの面白さを武器にしている。曾て学習院男生徒間にコルセットをつけることが流行した。私の中学生の頃には、腰周りが特にひろく先の細まったズボンが全国を風靡していた。*Harry Langdon* はコルセットとだぶだぶズボン兼用のいでたちで立現われ、大兵の親方の小脇に軽々と抱き上げられて、両足をバタバタやりながらスパンクされたり、雀のようなつぶらな眼をパチクリ瞬たかせながら唐がらしを練って、自らの胸元に湿布したり、赤ん坊に扮したりするのがお得意であった。

Larry Semon は旅廻りの魔術師を父に持ち、サーカスの天才独唱少年であり、あとでは『ニューヨーク・ヘラルド・トリビューン』に漫画を描いていたのだと云う。彼は大抵、鼻がしらを黒い長三角に、両眼に黒い輪を描き入れた拵えで背広姿のまま登場し、スラップスティック喜劇の中心になって、バネ仕掛の人形のような運動を見せた。「あの長い耳をした男はゆうべ月から落ちてきたのだ」私が彼について『文藝春秋』にこう書いたところ、早速渋谷辺りの常設館の弁士がそれを利用した。

玉子男ハリーは、大砲だの機関銃だの国旗だのを好んで取扱ったが、鼠男ラリーには、お化け、墓地の十字架が決りもののように取入れられていた。「クリーチ・チューブ」の発明者クリージ教授が古墓地の近くに住んで幽霊を科学的に検出しようとつとめた次第を知って、私は、ラリー・シーモンを主役にそんなフィルムを作ったら、と思ってみたりした。ラリーは『暗黒街』に特別出演したのが終りで(1890~1928)、そのあとにハリーが現われた。ハリー・ラングドン(1884~1944)はパントマイムの名優で、アイオワの生れ、ヴォードビル畑、一九二〇年、セネット傘下で映画に入り、晩年までワキ役として活躍した。——これは先日、ルネ・クレール編輯の古典喜劇集のパンフレットの中で知ったのである。私は、あの両手をひろげて鍵形に差し上げ、右足を左足のうしろに「く」の字にまげる挨拶振りと、両の手のひらをパチパチ打ち払って、腰にあて、「ごらん、何ともないよ、ボク自身だってそれを笑っているんだよ」を思い合わせずにおられなかった。

第三章　高野六十那智八十

A感覚は、(V感覚と共に) P的消耗性の上に君臨している。A感覚はしかし (V感覚とは異って) 原則としては非対象的であって、別に伴侶など必要としない。ある人のインポテンツが、実は当人の意識しない「Aナイド」に依るものであった等が有り得るのである。例えば浣腸的緊迫感とか、第二括約筋に対する強制的伸長とかは、それがもたらせるイメージにおいて何の制限も持っていない。それは云わば、どことも突き止められない痒所、出そうで出ないクサメ、埒《らち》のあかない耳搔きにも似た「前快」的種々相として与えられる。児童及び婦人にあっては、この境地に対する了解が存するが、成年男性ではそれは抑圧されて、疼痛の魅惑、辛抱の妙味は、只一律な (あとは白々しいばかりの) 二秒間の発射に取り換えられている。「何人でも心の中では性犯罪人だ」というが、ありふれたスキャンダルにしても、連続女性殺害事件にしても、みんなが興味を覚えるのはV側に存して、決してP側にはないということが、そもそもPそのものの無内容性を表明している。こんな弱々しい棒には、それが誇張さるればされるだけ漫画味を増すばかりである。

以前私の周囲に、自らは武術部と琵琶歌の会を牛耳っているくせに、いったん少年云々になると、リムジーンの革張りクッションにそれを結び付けずにおられないという豪傑がいた。「一尻《けつ》二盗三娘四妻」が彼の口癖であり、標語でもあった。パリではしばしば走使いのメッセンジャーボーイが自動車内へ引きずり込まれるということを、南方翁の書翰中で知って、私は三十年前の、左頰に刀痕のある講道館氏を呼び起したのだった。プラネタリウムのアゼンスの星空の下における少年は、私は未だ知らない。しかしひと頃、映画館のスクリーンの月夜を前にした椅子席では、照り返しを受けた、まつげの長い白い顔が印象的であった。いまのE君など、あんな折に映写室の方からただようてくるフィルム接着剤のアセトンの鼻を衝く香気を、街頭に嗅ぎ付けるエグゾーストの匂いに結び付けようとしていたのかも知れない。自動車特有の、一種の厭世気分をそそる、生暖い香りは、戦前までは確かに残っていた。ガソリン抽出法の改良があって、あの自動車臭さはもうどこにも求められないが、その同じかおりは、一九二〇年頃にはアスファルト街上の無形のムード王として、(ヴェルレーヌ張りの巷の秋さめと結託して)「永遠の世紀末」を織り出していたものである。私は、『自動車濫用に中毒した二人の露出狂』と題した、ピカビアとツァラ御両所のフォートコラージュを見て、なるほど!　と感心した。老子の「三宝」は、「慈」と「倹」と「敢て天下の先とならず」とである。私には「三感覚」があった。(1)天体画の月世界。(2)映画フィルム。(3)飛行機のキャンヴァス。番外として(4)自動車上の少年。

物心がついて以来、私は戦争画が大好きであった。ちょうど日露戦争が終った時で、錦絵風に描かれた奉天開城だの、毒々しい色を使った木版画の、日本刀を振りかざした将校だの地雷火の破裂だのが見受けられたが、自分が惹き付けられたのは、泰西画伯の手に成る、写真のように細かなタッチの油絵だ。特に石版刷海戦場面の、燃えている軍艦のヴァーミリオンの炎と、アイヴォリーブラックの黒煙と、聖アンドリュー海軍旗の「ロシア青」の斜め十字とが素敵だった。そんな素晴らしい額縁を姫路市北郊の梅林の料亭の一室に見付けたことがあった。ひとりだけ部屋に居残って欄間を見上げながら、上部に黒い太いすじのついた黄色い煙突の感じがどうしたら自分の色鉛筆で表わされるかなと考え続けて、二、三回もうながされてやっと玄関先の俥に乗った憶えがある。でも、月世界の想像図は、(それには別に色はついていなかったが)もっと私を驚嘆させた。もしもあの頃、「お前はどこへ行ってみたいか?」と尋ねる者があったとしたら、私の“Anywhere out of the World”は「月世界」であった筈だ。

次にフィルムについては、その印画を言うわけでない。「フィルムとしてのフィルム」なのだ。しかも横文字が並んでいるタイトルの部分に、自分はシネマトグラフの本領を見るのが常であった。だから、エジソン標準型35ｍｍにきめる必要はない。たとえば『八十日間世界一周』の終りに出てくるソゥル・バス氏ディザインのタイトルバック。『十戒』における物々しげな前触れの更迭。

飛行機に関しては、今日ですらこの洛南の山里暮しに、炊事用石油焜炉にケロシンを補給しながら、イッシー・レー・ムリノーの野の片隅でプリミティヴな機体のタンクに給油している自分を想像する程だ、と云えば十分であろう。そんな折、表と裏を赤と青に塗り分けたライトプレーンや、市松模様に装った気球が眼前に泛んできて、私はまるで御歌会始めの披講のように、〽フランスの春の平野を久方の(光に濡れて飛んでみたけれ)とうたい出しそうになる。

自動車の歌が別にあった。それは、〽キネマの月巷に昇る春なれば云々。中学初年生の時、汽車通学の三宮駅プラットフォームで、そこにあったモーターサイクルに、級友の兄(中学二年生)が跨がったのを眼前にしたとたんに、私は少年とガソリン発動機との調和を初めて身に覚えた。赤色に塗られたインディアン号の頑丈な、西洋人向きサドルの上におかれた男の子のお臀と、打ちひろげられた両股のあいだに挟まれた太い吸入管や鍔つきの汽筩が、なにか痛々しくて、しかも大へんに好ましいつり合いを織り出していた。飛行機の場合、そんな機会はなかなか持つことが出来なかった。ついに映画『空行かば』に出喰わした。デスペレットな前線部隊のストーリーだった。その中に、チェック模様の上に鉄十字を配したリヒトホーヘン男爵の『タンゴ・サーカス団』が出てきて、この只中へ飛び込むスパッド戦闘機のヒューセルエージ(機胴)に、翅の生えた骸骨がいましも柩を破って飛び立とうとしている絵が描いてあった。こうして、美少年俳優バリー・ノートンを中心にして、「飛行機と少年」が客観化されたわけだ。

〈キネマの月云々は、あとを受けて、「君といっしょにぴかぴかしたロードスターを駆って、広いアスファルトの上を走りましょう」とするつもりだった。それがうまく嵌め込めないままになって終っている。

A感覚は往時では、(V感覚の小倉百人一首的サークルに対して)弓矢の道、能楽、茶の湯……とスペクトルの虹のように相連らなっている円環を展開していた。今日、A感覚は、色情的対象としてはもはや昔日のようでない。けれどもなお、V感覚の薔薇香的雰囲気(詩、音楽、風景等々)を超えて、こちらは、映写機だの、クラリネットだの、スポーツだのに結び付く傾向を保持している。A感覚そのものが、玩具的なもの、工作的なもの、遊戯的なもの(ヒューマン・スポート)の大本であることをかえりみれば、当り前の話である。しかもこの独立的、絶対的エロティシズムは、自己拡張に当って、(総てのエロティックなるものの例に倣って)あらゆる「瞞着」に訴えようとする。A感覚的ダイナミズムが、そのイメージにおいてV感覚程度の輪廓すらそなえていないのは、そのためである。(Sexの原型としての)Aexは、フェレンツィ博士のいわゆる「性器から遠ざかろうとするリビドー」であって、想像力を特徴として「途方もないもの」

に結び付く。A感覚的誘発は、（エロス的活動を促すところの一切の対象がそうであるように）何物にでも仮託されるが、V感覚の場合に較べると、日常見聞に馴れないものを選ぶ傾向がある。M・I君（井村雅光）は明石の錦城中学二年生であったが、ある午前、部屋をしめ切り蒲団の中で俯伏せになって、枕許にベンゾールの壜《びん》を置いて死んでいた。壜は二五〇CCで、その三分の一が残っていた。同君は二年ほど前から自動車の排気ガスの匂いが好きになり、其後薬局から買ったベンゾールを綿や制服の袖につけて蒸発させて吸っていた。その日は遅刻のために帰宅し、勉強すると云って部屋にこもっていたのだそうである。

A感覚はジュピター以前のサターンである。「ダダ」であって、白い、何も印刷されていない童話のページである。それが忽ち色硝子、殊に子供らが好む深紅色のガラスを通して眺めた外景に一変する。次の瞬間には、ガスの火光を受けたサーカスの天幕に映っている馬の影になる。浴槽に落っこちたゴム風船であり、少年が月夜の原ッぱで失くしたアートペーパーの三角帽子であり、暗夜に電車のポールの先から零れ落ちていた緑色の火花のしずくであり、ある夜、赤と緑の弾道を曳いて星空に駆け上ったまま行方知れずになっているロケットであり、糸でぶら下っている、煙草の丸罐の封だった錫板の月であり、あいている二階の窓を通していま一つの窓枠越しに見えていた月であり、夜半過ぎに湖畔の都会の上天を過ぎて行った小さな流星であり、桃星の周囲を人知れずに旋っている金色のスプートニクであり、土星の鍔の表面に落ちていた本体のかそけき陰翳でもある。これらは夫々に、「其処に夢が織出されるような生地」（シェイクスピア、テンペスト）として、やがて「吾人を取巻く規模広大なトーイランド」を開発するための足場となる。凡そP感覚の夢ほどに果敢なく、味気ないものはない。A感覚の夢はしかし決してそんなわけのものでない。この事実に気付いている幾人があろうか？　「便所は子供にとってある種の要求を満す道具に工夫される」（シュテッケル）これが、実に各種の文明利器発明の初段階なのである。「V感覚は一種のA感覚である」これを逆にして、「A感覚は時にV感覚でもあり得る」――ではあるが、A感覚は、それが「前快」の変容であるだけに、影響範囲の広大さはV感覚の場合とは比較にならない。A感覚は性的カードのエースである。V感覚の偉大さは世界中のあらゆる風景を自らの内部に収容してしまう程であるが、A感覚的卓越性は（単に風景のみならず）鉄橋、造船所、エアポート、サイクロトロン、原子炉、宇宙センター等々を取り込んでしまう点にある。女体を突きほぐして下部から窺うと、見えるものはメトロばかりであるに反し、少年をくり抜いてそこに眼を当てると、星々が燦いている。ヴァギナに胡瓜を差し込んで首を括るのはいささか性的名誉にかかわる事柄であるが、エイナスに胡瓜をおし込んで自殺するのは深淵への飛躍を意味する。胡瓜すなわちスプリングボードであるからだ。

　変換の機微――

例えば罐詰切りの赤く塗った柄がある。スタンプの把手、自転車のハンドルの両端の握りゴムでも差支えない。これらの品にA感覚的秘密が託され得るであろうことは、少しく敏感な者ならば直ぐに気が付く。そこでお父さんの葉巻函から一本取り出した錫箔包みのシガーに代表されることになる。玉子はA感覚的であるが、紫や赤や黄に染められたイースター・エッグになると、多少は図案化される。又、玉子は浴室用のシャボンに通じている。で、シャボンのままで都合が悪い時には、それは天上のお月様とすり換えられる。こうなれば怪しまれる懸念はない。すでにこの時には、先のシガーは魚雷に、あるいはツェペリン飛行船に変身している。現在ではキャップ付き鉛筆はロケットになって、月を衝こうとするでもあろう。もしも直腸内に光る金米糖が詰っていたならば、『ニルス・クリムの地下旅行』になる。

Qは、尻尾の生えた玉子である。この尻尾がもう一本、向って左側にも付いていたならば、それは八字髭の「校長さん」になる。こういうわけで、VかPかAかが(潜在的にもせよ)念頭にあるのでなかったら、ある外的な一事への集注及び展開など有り得ない。しかもこの三者は結局Aに統一される。総てA的ヴィジョンの形態化である。

コレクトマニア——

たとえば仏教の典籍を蒐める。これは西洋人間におけるギリシア古典への傾倒に相応する。「個人の苦悶はある特種な形式を愛することから出発して、抽象美の愛にまで到達しなければならぬ」（A・C・ベンソン『アーサー・ハミルトンの追憶』）にも、それは通じている。また、「彼らが自己の目標とすべきは実に純潔の理想であって、常態性欲に到達することであってはならない。彼らが精進すべき境地は肉欲的に有能なる人間の使命の果される場所ではなくして、聖者の使命の顕示さるべき場所である」（フェレェ）の下地にもなろうと云うものである。

英和辞書のページにPaederasty, sodomy, catamite, 等々を探るようなことが、やがて『神曲』地獄篇に名を連らねた古典人名の穿鑿にまで発展する。この種の偏好はあらゆる同性愛的記述には附きものである。モル、エリス、ヒルシュフェルトらの学的論文において特に歴史的叙述が光っているのは、そのせいである。林羅山は『徒然草』第四三段及び第四四段を取上げて、「これは東坡が季節を尋ねて風火洞に遊びし景気あるやうに覚え侍る」とやっている。西鶴は、神武帝が「此国、蜻蛉のとなめせる如し」と洩したのが秋津島根の初まりだとヨタを飛ばし、平賀源内は「牛若は天狗に絞められ、敦盛は一ノ谷の松原で熊谷に云々」と書いている。この敦盛的粉黛のいわれについて、私もひけらかしてみよう。

「凡彼御代（鳥羽院）以前ハ男眉ノ毛ヲ抜キ鬚ヲハサミ、金ヲ付ル事一切無之云々」（『海人藻芥』恵命院宣守撰）

「鳥羽院時、玉だ男色を重んず、故に堂上男子十六七歳に及べば眉毛を剃り、別に突墨を以て隻眉を造り、白粉を以て面顔を粧ひ、鉄漿もて歯牙を染め、臙脂を爪端

に伝け、専ら婦人の粧を為す云々」(『雍州府志』黒川道祐撰)

A感覚三羽烏──

大正の終り頃、西巣鴨新田の私の住いに近く、木立に囲まれて、たてに長い、塔のような三階建木造館があった。そこの住人は独身であったが、なんでも三十を過ぎてから絵を習ったのに、現に見られる通りの流行挿画家になったのだとの話であった。しかしこのT画伯の自作コレクションを見せて貰ったという人の話から推察したところでは、本人は「少年姿」が描きたさの余りに絵を習ったものらしかった。上野と浅草との中間に模型飛行機材料店があるが、そこの小僧さんに執心があって彼は友人を誘って何回も出掛けてその度にどっさり材料を買ったなどいう噂が、私の耳にも伝わってくるからであった。彼の彩色画群はつまり「少年愛百場面」なのである。若党とわかぎみの庭石の蔭の語らいとか、「月より他に知る者もなし」の各情景、不破万作が小笠原信濃守と駕籠の中での逢引とか、放課後の教室とか、土蔵の二階における番頭と丁稚とか、早朝の玄関先で新聞少年を抑え付けている時とか、あるいは向う鉢巻の左官の親方が、壁土をひっくり返し鏝を飛ばして、泣きわめく徒弟を梯子に縛り付けている処とか。

──昼日中の都大路を、先程から行ったり来たりしていたお忍び駕籠が、向うからやってきた別な駕籠と平行に密着してから、互いに離れて行った。陽が傾く頃おいに双方は再び接近してくっつき合い、再び別々に去ってしまった。これが、『犬つれづれ』下巻に見える不破万作のエピソードの一つである。戦国三美少年というのは、名越山三郎と浅香庄次郎と不破万作とを指す。山三郎は即ち名古屋山三のことで、彼は蒲生飛騨守氏郷のお小姓であった。庄次郎は奥州葛西大崎の木村伊勢守のペット。万作は関白羽柴秀次のナンバー・ワン。

T画伯が好んで描く少年少女の相貌は——向う鉢巻の暴行場面によっても察しられるように——号泣的で、歪められた丹花的口元に特徴があった。それに肢態全体の細やかな筆致は紛れもない春画のそれで、この一種アンファンティールな淫蕩味が、大正末期の若い世代の好尚に投じたのだと思われる。私は当時、近くの大日原の一隅にあった『日の出』便箋から、毎日のように彼の絵のついた封筒やレターペーパーが積出されているのを眼にとめていた。

T画伯の弟子だというI氏では、まるで動物の血がその血管を流れているのではないかと思われるような、一種狂乱的な人間群が、師匠よりもいっそうマニアックなタッチで取扱われていた。T氏が描く混血児めいた肉感的少年少女を以て、「思想なきギリシア」と呼んでいいものならば、I氏の世界は恰もソドム乃至フェニキアの末期的様相を想わせた。ひと頃、新聞の一頁大を占領して掲載されていた有田ドラッグの広告画としてお馴染のものであったから、思い出す人もあるだろう。先日、香里の成田不動へ出向いた時、拝殿前の休憩所の欄間に、私は久しぶりにI氏の画にお目にかかった。それは、平将門討伐に関する一連の歴史画である。

やはりその頃、少年間に人気があった挿画家に、海軍出のK氏があった。此処には宛ら写真版の緻密さで、海波、砲塔、ひらめく日章旗、将兵の制服のひだや臀部の膨らみ等々が取扱われていた。華宵、彦造、勝一の三画伯は、従来の少年雑誌におけるきわめて杜撰《ずさん》な表紙画及び挿絵を、精緻な線描に取替えた最初の三人だと云ってもよかろう。これらは、（夢二、青児、淳一が代表するVナイド的一連に対する）Aナイド的系列である。華宵はペデラスティの世界で、彦造及び勝一はソドミー的領土である。高畠と伊藤の号泣的なのに較べて、樺島は吶号的であり、伊藤に到っては殆んど夢魔《ナイトメアー》である。三者の絵は逸脱的であったが、講談社好みの表紙画にあるような、しんこ細工的児童では決してなかった。彼らの描く少年少女はそれぞれに生きていた！

Aは「ある一つ」（one）であり、またARTに通じ、“ATHENA”でもある。「花鳥風月」はV感覚的抽象であるが、それが抽象である限り、操り糸はA感覚的緊張だと云わねばならない。抽象作業とは、「幼少期における玩具」を復活しようとするもの、幼少年的多形倒錯の形態化を意味する。実物の真似が玩具なのではない。却って玩具の保持が即ち実物を生む所以である。「おもちゃ船艦」が作られるのでなく、実物軍艦そのものが玩具の敷衍《ふえん》なのだ。幼年側からこれを云えば、有形無形大小の抽象工作は「Aナイド」の成就であり、そのつどそのつどにおけるAコンプレックスの克服を意味する。だから、腹腔縦断面の模型にしても、臀筋配置図にしても、好ましい学友も、糊の効いたカラーをつけた紳士も、革臭い兵隊も、士官帽の船長さんも、香水臭い女の人も、総ては同じ方式に結び付けられる。しかしそれは、少年合唱団よりも少年管弦楽団を、オーケストラよりもブラスバンドの方を選ぼうとする傾向である。私は、宮中の儀式の時に皇后様の長い裾を捧持する同年輩の男児に、彼らの制服ゆえに憧れたことがある。しかし紫の天鵞絨《びろうど》服にメリヤスの靴下をつけた少年たちも、ついに白い羽根飾りの帽をかむった「三越少年音楽団員」には及ばなかった。幅広のWカラーの付いた子供服はよかったけれど、同じバンド付きならば、むしろ天鵞絨の猟銃服の方を選んだ。“Aex”において、人は夢み、意識し、抽象への志向を懐く。トリスタン・ツァラは「したい、したい、五色の小便を」と云ったが、われわれは五色とも七色とも云える無形の玉子を日夜生み続け、これら玉子の内部には有形無形の機械の胚種が蔵されていて、それぞれがやがてA感覚的立体万華鏡を打ちひろげる段取りになっている。蕪村の『妖怪図譜』というのに、眼も鼻も口も耳もなく、只お尻に爛々とした一ツ目玉を光らせた「ぬっぽり坊主」が描かれている。Vの上には、これが真夜中にOに変化して相手のPを噛み切ってしまうという怪談が伝わっているが、未だVが「眼」になったという話は聴かない。でも、子宮が下ってきて、大目玉になって外界を窺うというのは大いに有りそうだ。しかしこの場合は優生学に関係はあっても、文化に縁は無い。先に「衆妙の門は花もて飾るべし」と云ったが、それでは花がダブって、菊花とのあいだに相殺が起らないでもない。玉子の方が未だよかろうが、もっと物理学的なものがよい。ウェルナー・フォン・ブラウン氏の4Aロケットをもじって、3Aトライアングルにしよう。この三角形の三辺はそれぞれにAircraft, Astronomy, Anal-erotiqueである。

子供を取る猫男フリッツ・ハールマンは、法廷において、大抵の少年にその心得があった由を陳述している。「殊に当初のフリーデル（十二歳）など自ら薄化粧して迎えた程である」と。これは一つにドイツ的伝統だと考えられる。ドイツ女性は一般に“Hintere”の発音を嫌うというが、彼女らの本来的ヒップマニアがそこに証明されている。「四文字はAに憑かれている総ての人の語彙に属する」シュテッケルが云うのは、即ちPopoのことだ。またドイツ的「父」に、他のどの国の父よりも同性愛的空気が濃厚なのは、これを『エルケーニッヒ』の独唱の上に知るがよい。ラインに影を落している幾多の山上の古城は、英国の古い、大きな学校の伝統とは別な、いわゆる「独逸友情」をわれわれに覚えさせる。チャップリン的「キッド」などは、イートンカラーをつけた「小公子」の気品とは段違いである。美女も美少年も共に抑圧を条件として生れるものだからである。もともと民主的世界にあっては専制的電圧不足のために、ダイアモンドは作れない。

ヘンリーの『エロス』（後述）から十数年しか経っていない一八五六年に、「それは一種の精神的両性形成であるまいか」といち夙《はや》く感付いたのが、ドイツの法医学者カスペルである。そのあとを受けて、（十九世紀後半期に）この分野に関する研究で世に現われたものは殆んどドイツばかりである。また擁護運動があり、刑法にひっかかった人の社会的復帰を目的とする手段が夙くから講じられているのもドイツで、これが独墺性科学勃興のきっかけになった。アフリカ駐屯の仏兵のアルバイトでは、ドイツ人とスイス人が一番多く、イスタンブールの女衒仲間では、ドイツ並びにハンガリーの少年が最も歓迎されている。オーストリアの軍隊では、士官候補生や下士が兵卒のためにユラニズムを講義するとか。ゲーテのニコライ（註）に対する揶揄《やゆ》、プラーテン伯を向うに廻して、ハイネが「万年稚児」だの「尻男」だのと罵倒しているが如き。映画『五人の札つき娘』は懲戒のために頭を坊主刈りにされたが、これは却ってフリッツ好みに色上げしたようなものだ。私は子供の頃、あの縫付けバンドのある児童服の上になにか特別な魅力を覚えたことがある。その感銘は、後年に知ったフォン・シュトローハイムのプロシア軍人や、第一次大戦当時の一角鬼のようなツノ付きヘルメットや、ナチスの「鳶色」に共通したものであった。――さらに適当な例がある。それは、自分が曾て持っていた舶来品の玩具自動車だ。この座席には、「ベルリン青」の制服をつけた運転手が鉛細工のハンドルの輪を握っていた。このエナメル臭い「青」と、運転手の「赤い」頰っぺたとに関係がある或るものが、ドイツの上に考えられるようだ。なにもゼンマイ仕掛の自動車に限らない。アルマン会社製の玩具映写機に、バワリア製鉛筆に、殊に約六十種の色合いを網羅するという色鉛筆に、その或物は感じ取られる筈である。或物は、あの亀ノ子文字に、ドイツ観念哲学に、ドイツ音楽に、——勿論、ツェッペリン飛行船に、ハーゲンベック動物園に、カール・ツァイス光学機械に、ニュールンベルクの玩具群、おそらく今はソヴェトとアメリカとに二分されたであろうドイツ・ロケット技術にも繋っている。

臀見鬼人——

“Proktphantasmist”（臀部幻像家）これは、ゲーテが *Christoph Frederich Nicolai* (1733~1811) に対してつけた渾名である。それは一七九九年、ニコライが伯林《ベルリン》のアカデミーで行った講演にもとづいている。一七九七年に、フンボルト兄弟の所領であるテーゲル城に幽霊が出るという噂が立った。ニコライは、迷信啓蒙のために幽霊否定論を一席ぶったついでに、彼自身の体験を語った。「一七九一年に自分も視霊現象を経験したが、それはお臀に蛭をつけて血を吸わせることによって退散させ得た」と。この逸話がロマンティークの連中のあいだに猛烈な嘲笑を巻き起した。ゲーテも、ちょうど其頃書かれた場面（ファウスト第一部・ワルプルギスの夜）に、ニコライをお尻において捉えたわけである。

このケイス全体は私に依ると、一群の「いさらいの鬼見びと」と不世出の「いさらいの鬼見びと」とが、特定の「いさらいの鬼見びと」を嗤ったことに他ならない。

人間はその初めは両面を持ち、四臂四脚で、一身のうちに雌雄を具備していたと云う。これについては、奈良の興福寺にある六本腕をそなえた阿修羅像を思い合わすがよい。足の数もあのように増えて、顔が前後についているのだと想像してみると、そこには何かぞッとするような蠱惑《こわく》が覚えられる。阿修羅族の男性は醜で女性は端だとあるから、あの細やかな腰つきをした少年的姿態は、女性の理想を表わしているのだと解釈される。ソクラテス的プラトーンに依ると、そういう両面で、都合八本の手足のついた原型的人間が、たまたまゼウスの大神の怒りに触れて、たてに引裂かれた。その切痕がお臍《へそ》として残留し、顔面は互いに廻れ右をした。こうしてそこには別々な男女がおかれ、以来、互いに喪った半身を恋い慕うて、機会があれば元のように相手の内部へおし入ろうとしているのだと。ところで、こんな双方の愛の結実も、男でなかったら、女である。従って男女の営みも相伝えていつ終るとも見当が付かない。大哲人にはしかし手ぬかりはない。人間の原型を、なにも「両性族」に限っていないからだ。「男女一体《アンドローギン》」の他に、「男と男」「女と女」の組合せがあったと云う。そうしてみると、「男と女」のセットの方がむしろ第三の性にもなろう。第一性及び第二性は共に同性愛組によって担われ、一対二となって後者が優勢になる。これは、「異性愛とは原始A的郷愁に生まれる多岐性《マニフォールド》の特別な場合である」の一例でなかろうか？

「彼が真の意味における男性であるかどうかは、彼には同性愛に誘われた経験があるかどうかを問うことによって決められる」この云い方の中には、「同性愛的要素に欠けているような者はもともと田夫野人である」との意が含まれている。『田夫論』一巻（寛永年間刊）は、若衆狂いに産を傾けて命を捨てるのも別に惜しいとは思っていない連中が、夏の夕方に軟派の一隊に喧嘩を吹っかける。まあまあと止める者があって、双方は論議に入り、結局、前者は「不自然」の点で敗れるが、このためにこそ彼らは却って勝っている。何故なら、こちらは、既にウラニアのエロスに立っている。普通の快楽で満足するような徒輩ではないからである。あちらは、（『饗宴』中のパウサニアスの云い草ではないが）「学問や体育に対するあらゆる熱意と同時に、少年愛を以て恥ずべきこととする未開人」なのである。二本脚で立ち、且つ翼をそなえた鳥は生れながらのA派であって、そこでは何よりも糞づまりが惧れられている。二足無羽動物である人間だって、A感覚的に閉塞されていたならば明らかに文化的糞づまりだと云わねばならない。自身の臀部の美しさを鏡面に見入っているナルシスが解されないようなことで、また、アナクレオンの少年讃歌に何の反応もないような始末で、どうしてギャラントに、エレガンスに参加出来ようか。ナルシシズムはなるほど一つの自閉状態である。しかしこの楕円世界に立脚しない限り、いかなる抛物線も双曲線も成立しないのである。

男性的特質とは、なにも女性をして妊娠せしめることや、力の闘いの上にだけ懸ってはいない。そんなのはむしろ凡庸の道である。彼は一身にアクティヴとパッシィヴとを複合させて、精神的な単性生殖に従事する者でなければならない。であって初めて、「オス」ではなくて、「本当の男性」だということが出来る。西洋の法廷で同性愛事件の裁判があって、傍聴席では、さだめしスカートを穿いた男性が現われることだろうと待ちかまえていたところ、出て来たのは堂々としたカイゼル髭の偉丈夫であり、相手方も又有髯の壮漢だったという話がある。これは別に意外な話ではない。もしも女装者や女性化した男子が現われたりしたら、却って同性愛ではないとも云えるからだ。傍聴人が予想したのは実は「アンヴェルティ」（あべこべ型）なのだ。そうとでも決めない限り、一般人には同性愛が理解されぬらしい。しかしアンヴェルティは、男色家の中では特殊な例に過ぎない。

このアンヴェルティ的境地でありながら、それが「女形」にまで抽象化されると、やはりどうしても男性でなくては為し能わないアーティフィシャルな効果が織出される。「女形」こそ曾ては（東西を問わず）梨園《りえん》の誉れであったが、この人工女性の役をつとめる少年俳優が自然的女性（女優）に取り変えられたのを境界にして、漸く演劇の衰退が始まったのである。ところで鬘《かつら》下地のままの女形の妖異とか、女性表現を専門とする人形遣いのしなとかが、元々アンヴェルティ的な効果に属している限り、一般「俳優憧憬」の心理には必然的にAナイドが潜んでいる。しかしそれは何ら「小児性膠着」をも「神経症的退行」をも意味するものでない。それは「ゆがみ」でなくて、「曲率」である。

総じて、ペディスト、ソドミット、アンヴェルティを通じて、女性的牢獄からは解放された人々だと云うべきである。何故なら、世間の女道楽は「止めよう」と思いながら宿命のままに引きずられているのが大方なのに、こちらの三者は共に、「此道を止そう」など思っている者は一人も無いらしいからだ。彼らは、階級制度や社会的地位については極めて淡白である。「外色には振るということなし」と古い本にあるように、既にここでは（娼婦の場合と異って）主客ともに同志である。「動物並に異性を漁るよりも兵士や巡査を相手に満足する吾々の方が、遥かに高等な洗練された人間である。まして吾々の愛人が黒い毛皮帽に真赤な服、白いズボンの十六歳の軍楽隊員でも有り得るのみか、時にアンチノウスの不朽の美にさえ参与する資格があるとしたら、どうなのだ？」こんな云い草には確かに女性への反撥があるであろう。しかしより多く、「両性はなにも性行為の相手役として発達してきたのではない。単なる生物学的遺伝的な結果として、男であり女であるに過ぎない。であるならば、自分らが性の絶対化、人類の常態変化の途に携わって不可ないという理由はない」こういう点について、「将軍的」被告も、キャスバ住いの眼の周りの黒ずんだお兄さんも、共に信ずるところがあるかのようだ。一般同性愛者らは、同性愛に触れている作家詩人らに対しては極めて偏狭だと云うことを聞いている。彼らほど寛容性に欠けている者は他にはないだろうと云われているが、モルは、「そのことより先に、それら小説家詩人の書く所には杜撰なものが多く、出鱈目と無責任性が当事者をして激怒せしめる結局からであろう」と弁護している。

いわゆる『ウルフェンデン報告』に対する英国婦人らの批評の眼目は、「育児を中心とする家族生活の無視」にあった。こういうことは以前にもある。十三世紀前半期における巴里会議並にルアン会議は同性愛者に対して死刑を決めて、婦人を拒んでさえ嫌疑に触れた程であった。それにも拘らず衰えるきざしがなかったから、同世紀の終り頃にはアラン・ド・リイユという人が一書を出して、婦人が忘れられていることについて世人の注意を喚起しようとした。又、クローデルがジッドへの抗議の核心も、その「未来拒否」の点にあった。果してそうであろうか？　もしも中世騎士道を以て理想的なエロティシズムとなす風が本来的に男性の裡に存するとすれば、少年愛はそれを更に突きつめた境地なのだ。彼らは子孫を認めないペシミストであるのかも知れない。しかしシャートフが妻君のお産のために枕を借りに行った時の、先方のキリーロフの言葉ではないが、「目的が達せられた以上、子供など何になる！」彼らこそ、「復活の日には人々生むことをせずして悉く天使の如くなるべし」へ先廻りしようというのだ。

「人類の常態変化」――

スイスのハインリッヒ・ヘンリー、婦人服裁縫師であり小説家でもあった人が、一八三六年に『エロス』二巻を出した。傍題は「肉体と精神の性生活に現われた表面的特徴の非信憑性」(つまり表面的な特徴を捉えて、そのために余計なものだとか有害だとか云うことは許されない)

この著者と、ハノーヴァの法官ウルリヒスと、哲学者ショーペンハウエルの三者によって、(二千年振りに)復活されたギリシア人の「人間の両性具有」の概念が、クラフトエビング其他によって適用されて、同性愛現象に対する従来の「退化変質」が撤回、「単なる異常」に入れ換えられたのである。「人類の常態変化」はアムステルダムのアレトリノ（1908）に出ている。彼は『同性愛と退化変質』に於て、それは如何に極端な場合でも断じて病的ではない。飽くまでも非病的異常の埒内に存するものである。用語の正確な意味では病理学的異常の一種だと考えるべきで、黒人、蒙古人という意味の人種学的常態変化と看做してはならないと云っている。

一方、彼女らにあっても、なにも種の保存に携わるばかりが能であるまい。事実、「妊娠」を以て女性への侮辱だと見る風が、古来続いてきているのであって、「男色」に該当する意味の「女色」は当然考えらるべきである。けれども一般としての女性は、彼女らのエネルギーと時間を人間複製のために費いすぎている。恰もそれを除いて自分らの任務はないかのように。彼女らはいまだに「子宮に四肢が付いている状態」を脱し切れない。ヒップの存在学など彼女らにはまだまだ先の話である。彼女らの裡の倒錯的分子はセックスとして固定されてしまって、変換の自由を獲得するまでに到っていない。異性愛は、これに関与するいずれの側にとっても「不離密着」であって、決して不即不離ではないからである。従って彼女らが、「男性が女性を参考として自らの本来性について反省するような状態」（即ち、彼女らが、男性を対象とする自らの「存在」でなく、男性を台に我身の「存在学」を意識するような状態）に到達するには、将来を俟たなければならない。今日のところ、彼女らは只「賢《さか》しうして牛、売損う」魅力によってのみ男性を刺戟し、その限りにおいて文化に参加しているに過ぎない。男性はある事柄を「連続」から切り離して、意識し、測定し、位置づけることにかけては天才である。女性は恍惚者として、総てを「連続」として、全身的に、「子宮」的に、自身の中へ引き入れようとする。男性は「個」として三界無宿におかれ、任意の女性の上にマドンナを読み取ったり、あるいはパンドラの匣を諸悪の根源だと考えがちであるが、それは彼女らの知ったことでない。彼女らには、「誰がどれだけ自分を愛しているか？」だけが問題なのであって、あとは何も彼もが同じなのだ。それなればこそ彼女らはよく身をひらいて、（あるいは渋々と）男性的凸起の種々相を受け容れてくれる。「女は肉体と精神を区別することを知らない。それは女には肉体しかないからだ」（ボードレエル）

「男性の性的欲望というのは、恐怖と同じくすべて想像力によって生起するものであって、純正な意味では肉体的な衝動とは言いがたい。電車に乗ったり或は立ち止ったりしているそのわずかな間、いま眼にした女性の横顔や肢体を材料にして、あれこれ白昼夢的幻想を、少くとも数分間は頭の中で描くのが大抵の男性の共通の現象である……この種の性的想像力が、実は例外もないと云っていいほど、女性にあっては欠けているのだ。その意味で女性は決して好色ではない」（北原武夫）

両性間の葛藤もつまりは「部分」と「全体」との相剋である。マン・レイのレイヨグラフ、ピカビアの機械学的デッサン、アルプの木片細工、デュシャンのオブジェ・モビール、エルンストのコラージュ……こういう類いはもともと女性嫌悪から生れている。即ちそれらは、男性が鋏と糊で——あるいはダリの場合のように、インク入り玉子の殻や蝸牛《かたつむり》や火縄銃のタマを用いてさえも——でっち上げようとしている「抽象女性」に他ならない。こんな代物は、本物の女性にとっては煩わしいばかりだ。彼女らはもっと静かな、自然なものを好いている。彼女らにおける抽象工作も、だから見せかけである。彼女らはお化粧服飾に余念がないだけに、美術鑑賞にかけても大旨の男性を擢んでるものがある。「聖」を感知する能力にかけても甚だ敏感である。それにも拘らず、折角の経験乃至体得が規範にまで展開しない。いったい彼女自身が（堕落した）「規範」なのだから、止むを得ないことかも知れない。現今ではたとえばキュリー夫人のような人でさえ、客観的な仕事には只男性（夫君）を介してのみ参加し得るに過ぎないのである。イレーネ・ブレヒト嬢は、ゼンゲル博士と共に、気層上面のバウンドによる「ロケット極間飛行」の構想を練ったが、今はゼンゲル夫人におさまっている。即ち彼女らの協力というのは、依然として「男性を選ぶ場合のみの自由」の延長である。だから、いったんその努力が休止すると、女性は十五歳も五十歳も変りはないわけである。「女性には身だしなみ、男性には道徳」これは曾ての私の標語であったが、実は（愛の）倫理こそ女性には命賭けの題目であり、モラルは男性にとって只のたしなみであるのかも知れない。しかし、キュリー夫人とボル・ランジュウアン教授の場合などは、普通の愛人関係でない。それはむしろ同性愛的境地だと云うべきである。

男性は疾《と》っくに、いわゆる「エロス・ウラノスの道」を手に入れている。彼らは曾て失ったつばさをある程度に恢復して、神々の世界へ随時に飛翔している。プラトーン的エロスには、「美しき者を通しての創造」（エラステースはパイディカに拠ってロゴスを生む）の意がある。即ち年長者は年少者に芯を入れて霊感を吹き込む。しかし対女性の場合では芯は直ちに子宮に突き当ってしまうのである。「女性はやさしさを擦《こす》り合うために男性を選ぶ」（モーパッサン）ところで、クレタ島の青年貴族間に少年の掠奪結婚が許されていたのは、「男子たるものはその徳操を Paiderastia によって、年少者に伝うべきもの」であったからである。ドリス希臘では結婚前の男女は同じに見られていた。スパルタでもレスボスでも、同性愛が理想的に発達していたに拘らず、他地方に較べて遥かに両性の交際が自由であった。だから、パイディカ的なものを、別に「少年」の上に限定する要はないであろう。けれども注意しなければならぬのは、パイディカには愛人乃至恋人の義はあっても、妻及び夫人の概念は少しも含まれていなかったという一事である。そうだとしたら、「中世騎士道のパイディカは、それぞれのナイトの意中の貴婦人であった」と云えないこともない。即ち騎士らは、彼らの精神性において著しくペデイスト的であった。と云って私はJ・S・シモンズに倣って、「こんなギリシア的愛乃至騎士道的恋愛が、気高い行いと優美な友情以外の何物でもなかったと信ずべき多くの理由がある」など云うつもりはない。彼らの気高い行いと優雅な交りもエロスの裏打ちがあってこそ。南方翁の「浄の男道」にしても、火と煙の内包を俟って初めて信用される。それに、「浄」及び「精神性」とは何であろう？　多分、物体及び物質の最も精妙な部面を云うのであって、現今ではある種の低俗を修正する場合にのみ役立つ語彙であるように思われる。

「……私の特に気付いたのは、君が男色に関して殆んど触れていないことだ。しかしギリシア人におけるエロスの理想化と愛情のより純粋な、より熱烈な感覚はまずこの土壌の上で成長し、私の見るところではそこからして初めて異性愛へと移されたのであって、それ以前には性愛の繊細な高度な発展はむしろ妨げられていたのだ。古代ギリシア人が男子教育の根柢にあの情熱を置いていたということ、また彼らがこの古代的教育を有していた間は、性愛について全般的に疎隔的な考え方をしていたということは（馬鹿々々しい限りではあるが）本当であるように私には思われる。七〇頁七一頁とで君はこの問題に注意を向けねばならぬところだと私は思った。黄金時代の富める閑人のパトスであるエロスは男色であるという、君が『いささか奇矯なり』としているエロスについての見解によると、エロスにおけるアフロディテ的なるものは本質的なものでなくて、突発的であり偶然なものであり、友情が真の主体であるということになるが、この見解は私には頗る非ギリシア的に思われる。

しかし私の見るところでは、君はこの領域全体を故意に避けたらしいね。ヤーコブ・ブルクハルトも講義では一言もこれには触れていない」（ニイチェ、一八七六、五、二三、バーゼル発、エルヴィン・ローデ宛の書簡）

Eros Uranos――

元ハノーヴァ区裁判所の陪席判事だった、カール・ハインリッヒ・ウルリヒスが、一八六二年に、プラトーンの『饗宴』八章と九章に出ている神話に因んで、Uranismus, Uring, Urningin, Uranier, Uraniste, Uranian 等々を初めて使用した。大意「エロスを離れてアフロディテはない。しかしこの女神は二人で、年上のアフロディテは母がなくて生れたウラノスの娘なので、我々は彼女にウラニアという異名を与えた。年下のアフロディテはゼウスとディオネの娘で、パンデモス（万人向き）と名付ける。それで前者のエロスはウラノスでなければならず、後者のエロスはパンデモスと呼ばれる。パンデモスの愛は普通の人間を愛する愛であるが、ウラニアのエロスは人間のうちの女性的な面を選ばないで、只男性的な面を選ぶ。これは少年に対する愛である。それでこの愛によって鼓舞された者は男性に心を向けるのである」

「プラトニック・ラヴ」については、クラフトエビング其他二、三の学者は真向からその存在を否定している。モル博士はそう迄は云っていない。

同性愛者の中には、愛の一挿話として、性行為の意識した欲望がなくて、なにか曖昧に見えることが特徴であるような若干の人間がある。それは一つの変種である。そこには抱擁や接吻に対する欲望は存在するが、性器は何の役割も演じていない。このような種類ならば疑いもなく存在すると言明出来る、と彼は言う。時には愛情が精神面に限られていて、性交しようという気のない者がいる。これはその種の願望が彼の意識に上らないか、あるいは一定期間中の潜伏であって、いずれにしても永続するものだとは考えられないと。

いったいプラトーンが此種の愛について書いたのは、ソクラテスのために証しを立てるつもりだったからであろう、とモルはつけ加えている。ソクラテスが肉体の美しさを低く見ている箇所が数多く見られるのが、そうである。プラトーンの少年愛には非難が出て、彼を以て「賢明な好色家」だと見る向きもある。プラトーンによる修正のために、後世では肉欲の伴わないのは同性愛であれ異性愛であれ「プラトニック・ラヴ」を当てがうようになったのであろう云々。

「エロスは一つの美しい肉体から他の肉体への欲望をそそり、ついに一切の美しい肉体にまで駆り立てる。この多様な性欲から、欲望の的である肉体をイキイキさせるものへの欲望が起ってくる。それは心とそのいろいろな表現である。肉体的な愛に始まって、一人の対象から次の対象へとエロスの充足は上昇を続け、美しい仕事と遊びの愛を経、最後に知慧の愛に到達する。高次の文化への道は少年の真の愛情を通して開かれている。精神的生殖は肉体的生殖と全く同様にエロスの働きである。ポリスの真の秩序は愛の真の秩序と同様に、エロス的秩序である。エロスの文化を作る力は非抑圧的な昇華である」

　プラトーンの『ディオテーマ』に於ける主張は、（マルクーゼによると）ざっとこんな所らしい。

　女性の進出は当然として、男性側の品質低下に輪をかけた。彼らは一律な「背広《サックコート》」という囚人服に甘んじて、女性によって奪われた布地や截ち方や色柄を、新発売の、襟巻、ジャケット、ブレザーコゥト、靴下等々として逆輸入することの上にせめてもの活路を見出している。こういう索漠さを挽回するのは、一つにパイディカ的女性の責務でなければならない。今日の女性は多少ともパイディカ的である。タイトスカートやスラックス姿において、魅惑の焦点は前面から後部へ移行しつつある。私は其後フロイトの中に、注目すべき引用を見付けた。リルケの友人であり、ニイチェの愛人としても知られているザロメ女史（ウィーン学派アンドレァス博士夫人）は、彼女の論文『肛門的と性的と』において、「VはAの間借人にすぎない」と述べていると。彼女は1862～1937であるから、この言葉は少くとも二十世紀初頭における先見である。

「少年嗜好」及び「児童崇拝」は、ヒップナイドの形において男女に拘りなく存している。これは、年輩の紳士も、青年も、少年も、己が現身《うつしみ》に最も似ている者を常に求めているというのとはまた別な問題である。こちらは云わば相手の裡に「根源的自己」を読取ろうとするもの、そこに「失われたアンドローギン」を恢復しようとする普遍的なナルシシズムである。いわゆる「セックス」はA郷愁的連続多様性の特別な場合であって、「少年愛」はA的ノスタルジーの典型的なものと云えよう。A感覚的純粋さは、（V感覚的純粋が若い女性の担当であるように）普通幼少年によって担われている。背中から下りてきた曲面がいったん細まり、溝をまんなかにおいて双びの丘として膨らみ上っている辺りの魅惑は、「娘十八」でもなければ、ポマード臭い「若うど」でもない、それは十三、四歳の少年においてとどめをさしている。「春の雨いやしき降るに我が宿の若木の梅は未だ咲かなく」――このような微妙さをアンドローギン的可能性に見立てて、（自他のAコンプレックスを足場として）「故郷喪失」の代償を獲ようとする。あるいは背反する双曲線を重ねて、花に似た雌雄複合を開花させようと企てる。こんな能動形は、「受動形の裏返し」でなければならない。何故ならここでは主体がそのまま目的になっているからである。「世界じゅうの監獄を皆集めても、いつか一度は子供にいたずらをした大人全部を入れるには十分でないと信じる」（シュテッケル）その筈である。自らの模型として相手が選ばれているのである。この種の容疑者は全世界に現存する成人の数と匹敵する筈だ。

　昔、上野寛永寺の坊様のあいだに、天悦及び大悦の隠語があった。「天」は人と二であるから双方の喜悦（女色）を、「大」は人と一で、一方的満足（男色）を意味したという。でも、これは彼らが主として湯島天神前の顧客であったところからきているので、たとえそうでなかったにしても、大悦などとは常識的立場である。天悦とはむしろ自然性の意味に解すべきだ。何故かと云うと、Aテクニックは紅閨にあっても最勝の秘伝である。それが「一方的」だということはないからだ。（異性憧憬にそなえた応急策としてのPオナニーに反して）同性愛の場合にはPA両様のオナニーを招来する危険があるというのも、実はその点に存している。云い換えると、男性には常に「一人両役」の予想があるということである。この事実をかえりみてもこちらこそ天悦でなければならない。少くとも曾ての大悦が、戦後になって天悦に傾きつつあることだけは疑えない。PはVに負ける。そのVは（更にPVの連合軍も）Aには敵対することが出来ない。Vを裏返して、位相幾何学的にPが展開せられるが、その逆は不可能である。と云って、Vをどんなにひねくり廻してもAにならない。ところがAがあれば、Vを派出させ、それを反転してPを捻り出すことが出来る。（P＝V）＝A

ペディストは、フェレンツィのいわゆる神経症的女性逃避「対象的同性愛者」であって、彼らは女性の代りに、そこに同性の未成年者をおこうとする。それは当人の両性的本質の鏡像である。当人のアクティヴは実は当人のパッシィヴの先廻りであり、その受動性はまた能動性へのそなえになっている。そもそも攻撃的P感覚にとって、VもAもさして差異はないものである。しかし主体的A感覚は絶対的であって、此処にこそペデラスティの基地が存するのでなければならない。こういう受動性はすでに一介の「女役」を超えている。むしろ男性にして初めて成立するところの「男役」なのである。だから、シナでは「男色」と云えばパッシィヴの場合を指し、「男風」が即ちアクティヴである。では女性ではどうなるか？

競輪に女子選手が登場した当時、サドル上で急激に震動し揺らぐ豊満なお尻が、俄かにファンの数を増大させた。閨秀競輪家志願の数もそれに準じた。女流水泳家の練習振りを私は未だ見たことがないが、その情景は凡そ想像出来る。水着は以前はウール製だった。いまはナイロンなので、その赤、青、黒、白が柔軟硝子さながらに彼女らの濡れた臀部に密着している筈である。このようなAA′（AVのこと）効果によってあまねく男性を魅了する代りに、彼女らは、「大悦的天悦」から締出されているのであるまいか？　女性が、その肉体構造上において、アンドローギン的資格に欠けていることは否定出来ない。ドイツでは女子同性愛に対しては法律的に何らの拘束もないが、それは「婦人間での反自然行為は、ペデラスティほどには、どんな道徳的特に刑事的意味もない」と考えられているからである。たとい、「クンニリングスが、男の性器を他の肉体に抑しつけることと別に異るとは思われない。もしそれが病的なものならば、双方（ペデラスティもクンニリングスも）無罪にして然るべきと考える」こんなモルの弁護があったにしても、凹凸関係が男同士の場合のように女性間で行使出来ないことは、何と云っても争われないのだ。

でも彼女らにおけるこの事情は、少しもA感覚的不利を約束していない。文明世界におけるそれと同程度に原始的社会にも見られる少年嗜好は、Aノスタルジーに参加しようとする女性を決して締め出してはいない筈だ。前述した「拒絶されたことは一度もない」に参加する資格は何人も十分に備えている。けだしVの代理に、Aを使いたいという気持は、万人に存しているからだ。只男子同性愛はAナイドの直接的顕現であるという迄の話で、異性愛の場合にだって「男性間の相補性」が応用されることがあるのは、“Paedicatio mulierum”（女子鶏姦）という用語がそれを証している。

「――エドワルト・フォン・ハルトマンは彼の『無意識哲学』の中で、Vに依る性交を人間生来のものである本能の中に数えている。〝無意識〟の作用がVPを人間にうまい具合に適合させ、本能として人間の使用を促しているのだと言う。これでは、意識的にも無意識的にも生殖目的が満足方法に影響を与えているので、総てこの種の要素は同性愛的性交に対しては勿論あてはまらない。これはむしろ、同性愛者の感じる刺戟の大きさによって専ら選ばれるのである。生殖目的が欠けている場合、何か普通でない方法を考え出したということは、ハルトマンのいわゆる本能がVに拠る性交へ駆り立てる……そう言った願望があってさえ、なおそれを妨げようとするわけだが、そのことは、異性愛性交で妊娠を避けようとする場合に往々行われる類似の方法と同様に、別に怪しむに当らないのである」（モル）

「――自分の身体の中で一等快感のあった箇所が先方の色情帯として選ばれる」（シュテッケル）

それに相違ないが、A、P、あるいはクリトリスが選ばれていることについては、なにも幼年時における浣腸癖だの他者によるいたずらなどを予想するに当らないと思う。何故なら、物心ついて以来、毎日毎日の用便の度毎にその部位とは親しんできて、夙っくに他人ならぬ仲になっているからだ。

女子同性愛者間のA感覚利用について注意したのに、まずイタリアのマンテガッツァがあった。其後フロイトはその点を追究して、「口唇粘膜及び肛門粘膜に性的意義を与えよとの要求は神経病患者の特色である」とした。――ヒステリーでは、身体の性感帯とそれに隣接する粘膜部位は勃起に比較出来る過程の座となる、と彼は云うのだ。事はしかしそこにとどまっていないようである。バセドウ氏病研究で有名なポール・メービゥスに依ると、「吾々はみんなヒステリーである」――A感覚がわれわれの整頓癖や几帳面さに重大な影響があると云うのなら、それはまた女性本来の慎ましさとか、物事に対してタイディな点とかにも密接な関係を持つのでなければならない。そればかりでない。広くお化粧、服飾、マナー、教養等々に、即ち女性的特徴の第二次的な面にも繋りがある筈である。云わば青年男女のお洒落そのものが、無意識的な「A感覚関与」に他ならない。

主体的P感覚というのも、元々いえば「裏返したV感覚」である。男性側から彼女への架橋工作の裏には「受動の反転」という秘密がある。こうしてP感覚が元の鞘にまで逆戻りしようとしている一方では、鞘（V感覚）は、中身（P感覚）に取って代ろうとしている。即ちセックスの攻防戦であり、こんな営みはプラトーンの「基本三型」に統一されている。即ち男と女、女と女、男同士の三種である。繰返し述べるように、Aは胎児の原口腔から発生したもので、人体とは0からAに続いている腔腸動物的チューブであり、PもVも共にその付属品を出ない。少年を女性に見立てるのも、女性を少年の変種として解するのも、共にAナイドの両様の顕われである。VとPは、Aのメタモルフォーシスであり、従って同性愛的様相は勿論のこと、異性愛的千態万様も、ひっきょう「詩的同性愛」（少年愛）の散文化、実用化として解される。このような分岐は、しかし何が誘因なのであろう？　それはさしづめそれぞれの幼時の記憶作用だ、と云っておこう。彼らの周辺にあった老若男女の個々相にともなって、各自の嗜好の相違が生れている。「少女嗜好」は「少年癖」の弛緩したものだと云ったところで、だからと云って薔薇派が菊組に転向出来るわけのものでもない。大旨の記憶が、（たった昨日のそれですら）一種の錯覚として保存されているように、われわれの好みとは、めいめいが幼少時から自己の上に築いてきた偏見そのものに他ならないのである。

「ペディスト」が、だから基本である。「ソドミット」及び「交互型」は実用向きで、特種なものとして「アンヴェルティ」がある。これはしかし基本三粒子であって、A粒子運動方程式は更に複雑な荷電粒子の仮定を要請していることは云う迄もない。「少年愛者」「男色家」「女役」互いに主張を守って譲らないようだが、この次第は逆に、彼らが本質的には相互浸透して、いずれの型にも移行し得る融通性をそなえていることを示している。三者共に幼少年性倒錯を足場として、各自のウラニズムを展開するかのようであるからだ。では、ペディストにもソドミットにも、時にはアンヴェルティにさえも、女若ならびケ丘の艶隠者や「両道つかい」が案外に多く見受けられるのは何故か？　それは、「正規のセックスは同性愛の実用化である」ことにもとづいている。

一般幼少年者の内部には、彼らのAナイドの敷衍にもとづく「女性羨望」が存する。これは決してアンヴェルティ的なものでない。彼は文金高島田に装おうなど思わない。それは未だ日本武尊の女装への憧れ程度を出ない。従って彼らは、（アンヴェルティ乃至ウールニングのある者のように）たまたま風呂屋の浴槽中で窺い見た成人的ガランスを杏《あんず》の実に見立てたりなどしないのである。又、ピンポンの玉の上にガランスを連想するようなこともない。彼には杏の実はそれ自体であり、セルロイドの小球はそれみずからである。彼らは普通成人的Pに関しては、馬の腹部に見受けるような萎靡した状態のものしか知っていない。Pの固くならないことが大人的特徴だと思っている程である。たまたまファルスに接して、それが、父、兄、師、上級生等の表象となり得たところで、未だアーティフィシャル・ペニスめく異物を出ない。こんなものは、（Vの裏返しではなく）Aの裏返しとして彼らには解釈されている。先述の「児たちはあれを好かう」では、Pは未だ生理的玩具としてしか了解されていない。幼少年とは何よりも先に臀部の自画像画家なのである。天狗の面、玉子、罐詰切りの赤い把手、飛行船、魚雷、ロケット、錫巻きシガー等々は、その自画像の額縁に相当するものであって、それぞれの上にはA感覚的孤立と自己刺戟とが委託されている。此処では対人的「ペデラスティ」でさえもオートエロティシズムの代用なのである。

幼少年が感覚派である度合に応じて、女性は心情派である。彼女らがたとい運動家の股間や剣戟映画のふとももを仲介としたPナイドに陥ったところで、彼女らは別に、日時、場所、形状、テクニック等々を添書した「Pコレクション」まで作ろうという気にならないであろう。VとAとの違いであるが、同じA的受動性がまた、V派とA派とに分れる。即ちアンヴェルティ的「生理型」と、幼少年的「物理型」とに。

アンヴェルティ乃至ウールニングは、云わば人間本来の「両性的素因」が、彼らの第二次的性徴においても特に目立っているような例なのである。フェレンツィは先天的異常として、これを「主体的同性愛者」と名付けている。神経症的頽廃の傾向が著しく、彼らは相手の年齢ということには殆んど無関心である。兵士、工員、労働者を好むのはこの部類の人々である。――それに反してペディストは、フェレンツィの“Objekt-homoerotismus”の代表者である。彼らは、（少年を以て、決して女性の一種として見ないように）女性をも少年の変様として解そうとする。彼らは、福寿草の蕾にも似た少年的フィモーゼの上に、彼ら自身の幼少期を読み取ろうとする。彼らは、自らの少年姿を

「時間」の鏡面に恢復しようとするナルチストである。「――少年に対して性的魅惑を感ずることは、モルも云うように、倒錯形式の中では常態性欲に最も近いものである。何故なら少年を愛する男は、肉体的条件においても精神的状態に於いても、常態男子により近似しているからだ。常態により近ければ何故少年を愛するかという理由は、きわめて明白だ。即ち少年は婦人に似ているからである。学校で催される余興芝居を観て、誰しも少年がいかに容易に且つ巧みに婦人に扮し得るかを知っている」（エリス）――これはしかし外べの観察に過ぎない。彼らは女性の一種として少年を見るのではない。却って女性をも少年的枠組に嵌め込もうとする。では、何歳まで遡ろうと云うのか？　多分七歳くらい迄であろう。普通には、半ズボンがもはやロングパンツと取り換えられねばならなくなり、しかも当分はこのままでいいという時期、お月様と同じ「十三、七ツ」こそ、彼らを駆って、「一枚貝をあけるのに時間をかけるヒトデ」に赴かしめる。「大人の同性愛者なら少年を寵愛する道楽者などとは逆に、成熟し切らぬ男の臼《うす》などは相手にしないものだ」クラフトエビングは、はっきりと述べている。しかしモルは、この原則の決して一般化されないことを注意している。むしろこの場合は少年愛にくらべて、いっそう病的な異常がある、と彼は云う。たとえば西鶴の物語においても、比較的年長の歌舞伎若衆を扱ったものと、愛人らが年少者である武家物とでは、気品において格段の相違がある。この浮世草子の衆道にして、なお室町時代の「児物」の幽玄味とはくらぶべくもない。いったんこの立場を採った時、大旨のソドミットは、（彼らは少年愛卒業を以て任じていることであろうが）少年愛の手前における沈没である。

「もし、誘惑の影響下で女児がクリトリス自慰以外のものに到達するようなことがあれば、それは全く例外である」フロイトが述べている。「痛さと快感とを交々に自ら愉しむために大便をこらえる」「この機能の行使だけは自らの自由にしたいが為に、乳母がそうさせようとしても自身の直腸を空にすることを頑強に拒む」これらの事項は原則的には男児の領分である。フロイトのいわゆる「性器体制」は、「口唇体制」「肛門体制」のあとを継ぐもので、この段階では対象意識はあっても未だ自他のPしか知っていないのである。Pが携わるべき凹凸事情に対して並ならぬ好奇心が懐かれていることは、彼らの落書的テーマが何事の上にあるかをかえりみたらよい。しかもこの場合のPは、（Vの裏返しとしてのPではなく）「裏返されたA」としてのPである。一般として男児がA感覚の上に懐いているような好奇心は、女児に対して期待されない。漁船の後部の櫓杭の上に腰をかけたいなど思わない。女の子というものは、機関車の煙突の中へ砂利をほうり込むために陸橋上で待ちかまえたりなどはしない。盲腸炎で入院した友だちにあやかるためにわざと柿のたねを噛み込んだり、それが成功しなかったのでこんどは小石を呑んだりはしない。パイディカ側のそこはかとない青信号こそ、エラステースらをして心そぞろにならしめる。とは云いながら、「Aナイド」は蔽われた消息である。ナルシスが水中の影を己が姿だと気付かなかったように、大抵の幼少年者は自らの内部と外部とを連絡することが出来ない。そのために、いざとなった時に見られるのは、厳粛でも、好奇心でも、失笑でもない。実は当惑、恐怖、羞恥の系列である。これがまたペディスト側には、喩えようのない魅惑になる。もともとこちらが「臀見鬼人」であり、「樊噲《はんかい》」でもあるとしたら、何の抵抗もないならば張合いがない。そこで、相手をいっそ年長者に選ぼうという飛躍が生じる。それも平素は謹厳無類というような人物ほどいいという。

幼少年の内部には、いわゆる「エディポスコンプレックス」とそれに逆ろうものとが相闘っている。母系牢獄の幼ない囚人らは、「イデーの父」によって救出されんことを願っている。この事情は移して成年男性の問題でもある。何故なら、子供はそのままで大人だとは云えないが、大人はそのままで必ず「子供」を保存しているものだからである。即ち、大人とは「発育過度の子供」に過ぎない。「男性における永久に癒やされざるもの」とは、「永遠の父への復帰」にかかっている。ちょうど棘だらけのシャボテンの中身がベトベトのジェリーであるように、師父的な、いかめしい存在であればある程、その内容は柔軟無類だと見なしてよい。彼らも又自らを「永久の少年」に据えて、仮面の紳士の来訪を待ちかまえている。和辻哲郎は若い頃、推古期観音像の堂守をして一生を送りたいと思ったことがあるそうで、彼は仏像は四十歳をすぎないと本当に判らないと云っている。美少年も仏像に似ている。年を取るほどに判ってくるものを確かにそなえているのである。「散りかゝる花の下に狼が寝てゐる如し」西鶴が宮川町の蔭間《かげま》遊びについて云った言葉である。その大狼に追われて絶壁の端に立った。先方が大口をあけて飛びかかってきた間髪を狙って、先方の口の中へ飛び込んでお腹の中を抜けて、お尻から脱出した。「猿股を忘れた！」とうしろで聞えたとか。程経て狼から速達があった。「折があったらまた抜けてくれ」

狼は、身心的に対等者をそこに据えようとしたり、更に年長者に取り換えたりもするが、結局、自身を先方の体位にまで持って行かなければ収りがつかなくなる。つまり、「今にとしより腰かがみ、しわうちよつて眉白く、耳も聞えず目も見えず、鼻うちたらしなることを、我人いかでのがるべし、身も清らかに美しく、人のこひしと思ふとき、よの思ひ出になさけあれ」（若衆短歌）これをいまさらながらに奪回しようとするのである。云わば、少年性嬖部展示癖の本卦還りなのだ。永正元年（一五〇四）九月四日、細川政元の被官摂津守護代薬師寺与一は淀城で敗れて、切腹した。その辞世に、「冥途にはよき若衆の有ければ思立ちたる旅衣かな」——せっぱ詰ると、狼もこうならないわけに行かない。老少年とは雁来紅の異名だそうである。薬師寺与一は、白装束を自らの鮮血によってくれないに染めた雁来紅であった。「むべなるかな、年老いたるものも此みちにはまどふによりて、男色はおいをやぶると戦国の文にも見えたり」（よだれかけ巻六）「美男破老」（逸周書巻二）

「また麓に一つの柴の庵あり、すなはちこの山守が居る所なり、かしこに小童あり、時々来りてあひとぶらふ、もしつれ〴〵なる時は、これを友として遊びありく、か

れは十六歳われはむそぢ、その齢ことの外なれど、心を慰むことはこれ同じ」（方丈記）

「数年来の友達に、二年前、京都から鹿児島の田舎へ帰省後、農業を営んでいる若い男性がいる。其地では昔から慣習的風俗に少年愛が自然に残っている。少年の頃にはだれでも少年愛の体験をするらしい。（余りくわしく教えてくれない）今、友達は二十三歳の美しい少年的華奢を十分に持っている。友達は七十歳をこす老人を愛していると言います。未だ老人への思いが通じないで焦々するそうだけれど、老人の枯淡な中にある完全な人間への憧憬と共に性的情緒を持つのだそうで、一途に老人を念じているのだと言います。少年的青年が老人を念じるというのは一体どういうことでしょうか」（一女性読者からの書信）

こういう気持については、男性側よりもむしろ女性に了解があるであろう。彼女も、——児童と同様に——窺う者を身辺に持っている。「可怖者」「威嚇者」というのはもともと自身の弱味をカヴァーするためであること、お化けはおびやかされるの裏返しであること、従って何より先にお化け自身が一つの寂寥的存在だということ、更に「侵入者」は普通Pによって代表されているということ、これらは好箇の女性的了解対象であるように思われる。「おびやかす者」は、だから男性自身の影に過ぎない。「お尻抓《つね》り」は、つねられたい者から先に手を出すものである。「お尻捲《まく》り」は実は当人を目的としている。組敷くとは、自らねじ伏せられたいということの先走りで、「橋を架ける」は「橋を架けさせたい」を足場にしている。彼女らはたとい〽奈良の大仏さん云々のデカンショ節の詞には辟易《へきえき》しても、あのミケランジェロの『勝利』、若うどの脚下に踏みしだかれた老将軍めく裸形の男体女心については、「判るワ」ということでもあろう。

『ワルプルギスの夜』（ファウスト第一部）に集るお化けの中で、特に臀見鬼人と呼ばれている者は、この鷗外博士の訳語に拠る限りは覗く者の表象であろう。女湯覗き、婦人用トイレ窺いは男性行為の基本的形態であって、「天体覗き」「粒子物理学的極微窺い」の下地である。この素朴なV覗きはしかし、原始「A覗き」の変様に過ぎない。ザロメ女史に依ると、「VはAの間借人である」そもそもA覗きは、「一目逢いたい」「何某をここへ出せ」を下半身部において強引に行おうとするもの、「覗く者自身の客観化」を意味している。A部に対する最初の禁制が布かれて以来、Aそのものは、総ての子供らが、余所余所しい外界から特に自分自身を分離させることを学ぶに当っての台であった。そうだとすれば、「A覗き」は、かの全能者が自らを崇めるために、その身辺に無数の天使を作った関係と何処か似ていると言わなければならない。

幼少年というのは、「女性」よりもいっそう本質的な、根源的な「何か」である。彼らを狙う者は、鬼であり、天狗であり青髯であるからだ。「子供はエロティックな玩具」である。しかしその外に、彼らはフェヴァリットであり、宝であり、雛型であり、偶像でもある。鬼は総じて「子取り」であり、覆面怪人も、フランケンシユタインも、エルケーニッヒも、パイド・パイパーも、「ナマハゲ」も、山ン本五郎左衛門も、やすら殿も、例外なしに子供好きであって、それも男児の上に彼らの目標をおいているかのようである。但し赤外套の聖ニコラス（サンタ・クローズ）だけは例外だ。しかし、彼とても元を正せば現今のようなだらしない存在ではなかった筈である。「砂男」は子供を攫って、三日月まで連れて行って生き目を抉り取ると言うが、これは実は「虚空河童」ではなかったのであろうか？　ヘンリー・ジエームズの『ねじの廻転』の下男は未だ正式のお化けでない。彼は幽霊の分際のくせに子供たちを窺っている。これはしかし特例であって、総じて幽霊というものは、きわめて女々しい旋回状態におかれている。その限りで彼らは狐狸の下位に属している。お化け的品位は、そのウェットの度合を止揚するにつれて向上すると思われるのに、幽霊は却ってその逆方向に沈下することに彼らの本領を置いているかのようだ。で、もしも、二本の長いつのを生やし、全身緑ずくめの大魔王が、彼の王座に腰をおろしたまま、そのむくんだ顔を竜のように伸ばして、何かを覗き込んでいるようなことがあるとしたら、それが裸女の下腹部なんかであろう筈はない。どうしても後ろ向きに立っている彼のお小姓の、深紅色のシートレス・スラッカーズのあいだから突き出ている白桃でなければならぬ。いずれにしても彼らが、何か大願を、つまり非常に成就困難な、ついにその甲斐がないような、絶望的事項を狙っているということは云えそうだ。ところで、こういう至難な目標を持たないことにおいて絶対的なのは、只当世向きな、安易さであると私は考える。天使は単純で、只それだけのものであり、しかしこのやからは昔のサムライや現代の職業的軍人と同じように既に身売りしたものであって、彼らの身柄は保証されているのである。お化けはそうでない。その種類も多種多彩であって、より「存在学」的であり、種々の地獄相をわれわれに代って網羅してくれているように思われる。で、ある夜、夢裡に童子の告げがあって、一宇を建立したとあればきわめて殊勝であるが、(世俗的な)童女のさとしによってそれをやったと云えば、いささか格が落ちるのであるまいか? 嵐の暗夜に騎乗者を追ってくる魔王の対象の坊やを、嬢ちゃんに置き換えても同じことが云える。どうも女の児を狙うお化けは、もぐりだとは云えないまでも、貫禄が低下する。彼はつまりは軟派を出ないからだ。

——世継の若君がある日、急に腑ぬけになってしまった。両親、縁者、師匠らの心痛、典薬の手当の甲斐も見えず、宛ら蛭子に似たクニャクニャ状態のままに、夢うつつの数旬が過ぎた。ある日の午後、晴天が俄かに薄暗くなって、大屋根の上に当って鬨の声が起った。病室の障子が翳ったと思うと、荒々しい羽ばたきの音と共に何者かがどさりと室内へほうり込まれた。それと同時に声があって、「返すぞ! 魂は要らぬ。身体が所望じゃ」これはずっと前に、丸山薫君から聴かされた話だが、ためしにこの若様を姫君とおきかえてみよ。天狗株の暴落は請合いだ。『方丈記』著者の日野住いに、勤行の声をかき乱したのは門前に遊ぶ里わらべであった。勿論男の子である。もしも女のわらわだったとしたら、そんな長明は贋物に決っている。ジル・ド・レエの供物にしても、それが牝の小山羊だったりしたら、彼の黒弥撒は成立しない筈だ。

『あべこべに』の筆者のユイスマンが、ジル・ド・レエのサディズムに傾倒したというのは尤もな話である。先方こそ「あべこべ」の総本家、実説魔宮殿のあるじに他ならないからだ。この青髯のモデルを初めとして、臀見鬼人、天狗、河童、それに「カードとお菓子をどっさり持っている小父さん」も合わして――いずれも結局は桃狙いであって、そこに覚えられるスリルは、「お尻を取られる」ということの上に絞られる。

彼らだって、謡曲『鞍馬天狗』に倣って山伏姿に身を調えて、へあら痛はしや和上臈は……とやりたいのは山々であるが、これには背景が必要だ。でも自分らは互いに孤立状態にある。万事が不如意である。このために、さしづめ嚇しの一手しかないが、この事情がいっそう彼らを追いつめることになる。とどのつまり祈り伏せられ、猟犬に狩り出され、囮にひっかかって、あっけなく退治られてしまう。怪物共は総じて「淋しがり屋」で、従って酒呑みにならないわけに行かない。アル中だから、彼らは、護符、十字架、鶏鳴、教会の鐘の音にもおびえねばならぬことになる。彼らはその外的な変幻自在にも似げなく、真相はBugabooであり、鬼の面であり、案山子なのだ。伊吹大明神の申し子の伊吹ノ弥三郎は、手当り次第に近隣の牛を取って啖べていたところ、結局、彼が夜毎に通っていた娘の家で御馳走になり、七ツの甕の酒をあてがわれて、酔い伏したまま永久に出てこなかった。彼と大野木殿の息女とのあいだに生れたのが「酒呑童子」で、ケモノ共によって養育された万年稚児は、大明神から「とくこの所を出よ」と責め立てられ、湖水の上を飛んで叡山の東ノ峰まで逃げるが、先住の八王子という神から「けがらはしの鬼神や、ここをたちのけ！」こんどは大比叡に移って高さ三十余丈の大杉に化けたが、またもや山王権現を後楯とする伝教大師の「わがたつ杣に冥加あらせ給へ……」——大江山まで遁れたが、親ゆずりの大酒が祟って、とうとう源頼光の手にかかってしまった。

ところで、彼ら異形群に対して児童を守り、救済の手を差しのべる側も、やはり一種のP的異物群である。もともと子供に対して並ならぬ関心がなければそんな心づくしは出来ない。絹帽にフロックコートの紳士が、感化院を抜け出した非行少年のあとを跟けて、十一月の夜半の共同墓地に踏み込み、幽霊少年をまじえて一席をぶつなど、彼が本物でなければやれない芸当だ。

〽きょうは二十五日、おしりまくりがはやった。この唄の二十五日は天神様の縁日である。それに、〽天神様の細道じゃ、行きはよいよい帰りは怖いとは何事であろう？　菅原道真が習字の先生であること、梅鉢の紋章のこと、筑紫の果にあってなお天皇の御衣を取り出して懐しがったこと、あれこれ思い合わせて、疑わないわけに行かないのである。――「二人の子供が一羽のウグイスに脅かされている」(マックス・エルンスト)もしそうならば鳥を加えてもよいが、これは実はA派同士の競《せ》り合いかも知れぬのである。ともかく、「保護」「指導」「児童憲章」「少年鑑別所」「矯正施設」看板はいろいろあっても、児童を選び、狙う者である点ではみんなお化けに準じる。お地蔵さん、仮面の人、教師、監督者、後見役、小児科医、父兄、官憲等々、これら主として口髭のある、ワキガ臭い、煙草のヤニが染み込んだ一連は、心理的な河童族である。春の夜や狐の誘ふ上童《うへわらわ》(蕪村)

Y・K氏の三角形――

もし河童的誘拐者に、お医者のような純白の上ッ張りを着せたならばどうであろう? 途端に、麻酔薬と、ニッケルが光った医療器具と、リゾールとカンフルの匂いのする雰囲気がかもし出される。「Y・K氏三角形」を以て別名「DCBキーストーン」と呼ぶわけには、それぞれの頂点に、歯科医《デンティスト》、料理人《コック》、理髪師《バーバー》が鎮座していることに依っている。この三位一体の祭司の言を借りるならば、――Dは即ち彼の七ツ道具の代表として歯科用ドリルを右手に握り、われわれに対して恐るべき疼痛を加えようと待機している。Cは外べは甚だ温和しく見えるが、随時に「一服盛ってもよい」という権能を委任されている。Bは又、凶器所持免許証を持ち、これ

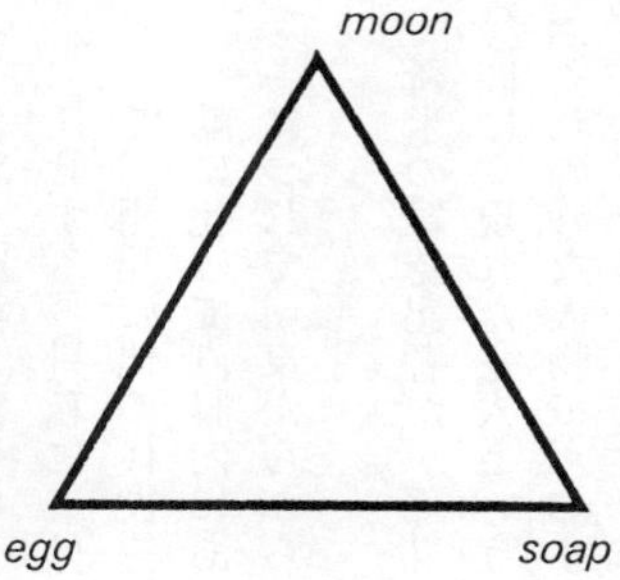

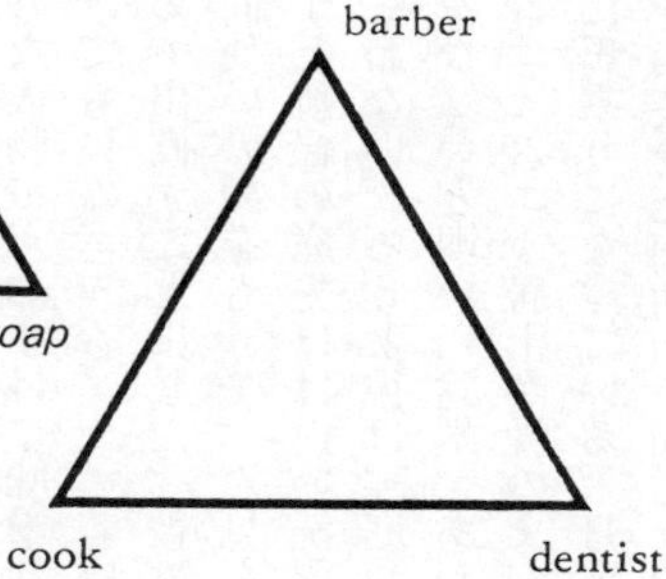

もいったん思い立ちさえすれば、その晩秋の枯葉に似たペラペラな、西洋剃刀の薄い刃で以て他者の喉元を一気に切断することが出来る。しかもわれわれ側としては、ひとたび治療椅子に腰をおろすか食卓につくか、あるいは大鏡を前に首の周りに白布を懸けられるかしたが最後、観念のまなこを閉じねばならないのである。なおこの剣呑至極な三者が、共に白装束とマスクの常用者であり、且つしょっちゅう「手を洗う」種族であることに思い到ると、どうも転業した河童族か、天狗系のぐれ者だと解されるふしがあり、その本質において(Lady Killer であるよりも先に) Kidnapperだとしないわけに行かない。和事師としては何しろ「坊主」及び「医者」という伝統的大物がひかえているのだから、いよいよ以て後者だと決めてよい。

Y・K君はもう一つ、「MSE三角形」を所持している。これの解説は諸氏にお任せする。只私に気付かれた点だけを言えば、Moon, Soap, Egg の三者は変換自在で、相互に他の代役を兼ねている。ムーンがシャボンであってもいい。お月様が石鹸に化けて直腸内にあって、身代りの玉子が、少年の吹き鳴らすトランペットの音につれて、東からふらふらと差昇っても一向に差支えがないのである。

新米の雑誌記者が、郊外の蘿洞先生邸を訪れたところ、散々に待たせてからやっと応接間に立現れた主人というのは、この陽気だというのに、垢じみたどてらを纏った、青ぶくれの妙な人物で、おまけに味噌汁臭いおくびを連発し、欠伸をまじえ、こちらが何を云いかけても只ムニャムニャ。若い記者は業を煮やして、増刊巻頭論文依頼の件については改めて出直すことにした。彼は玄関で靴の紐を結びながら、先刻取次に出た十七、八歳の小間使いの顔をもう一ぺん見ないことには腹の虫が承知しないのを、我身に覚えた。見廻すと新緑の庭先には白い洗濯物が竿にかかっているだけで、何の物音も人影もない。かまわないだろうと彼は、庭づたいに奥の方へ進んだ。開け放された窓があった。その内部をひょいと覗いた途端、あっけに取られて、其場に立ちつくしてしまった。今さっきのムニャムニャ居士が畳のまんなかに俯伏せに寝て、その背に先刻の美少女がうしろ向きに馬乗りになっている。丹前の裾が捲り上げられ、哀れなお尻が丸出しになっていた。その萎びた両曲面に向って、健康ではち切れそうな若い女の両手が、（それともふくよかな両手に持たれた二本の物差の竹篦《べら》であったか）ぴしゃぴしゃぴしゃぴしゃと眼にもとまらぬ迅速さで、力をこめて打ち続け、無愛想の見本のような、年齢不詳の青ぶくれ先生は、むむむむと初めて満足げな、さも嬉しそうな唸きを上げているのだった。

この『蘿洞先生の話』に思い合わせて、私にはひとりで吹き出される一事がある。いつか牛込横寺町の飯塚縄暖簾《なわのれん》の常連の一人である独身の老紳士が、あわてふためいて私の許へ転げ込んできた顚末だ。N先生は、その一時間ほど前に私の万年床の枕辺にあった王弼本の虫食い『老子』を、彼の布袋腹の懐ろに差し入れ、「なあに大丈夫！　先方は素人ですから、あなたとわたしの飲代くらいわけはない」と胸を叩いて、出て行ったのだった。「いま大変な目に遭った！」海象《セイウチ》のような白髭をなびかせながら、大柄な先生が、アパートの私の部屋のドアから、二度目によろけ込んできた。

「あの佐賀県人は何と云いましたかね、若松町の若い人は。居ましたよ。買ってくれましたがね、わたしが帰ろうとするといきなり前に立ちはだかって、通すまいとするのです。何をするのです！　とわたしは怒鳴りつけて突きのけたが、そんなことは平気らしいのです。この日中にあわてて戸じまりなんかしましてね。どうしても帰らせまいとする。この老人をつかまえてですよ。それからあなた格闘になりましてね。それ、袖がこんなに寸断《ちぎ》れてしもうた。いやどうも……」

先の話は潤一郎好みでもあろうが、まだまだ妥協的である。小間使いは白袴の明治少年におき換えて、下級生に寝わざをかけさせて悦に入っている柔道部の猛者か、あるいは竹刀でめちゃくちゃに叩かせている剣道師範の位置に、先生を据えるべきだ。いっそ屈強な書生をして、先生を前立腺マッサージに持って行かせるのが本筋である。N先生の場合はしかし違う。これは先生自身が、暴力的に、少年にされかかったのであるから。

サド侯爵の『ソドムの百二十日』というのは、(この1953年版475部限定版のうちの一冊を持っている澁澤龍彦氏に聴いたところでは)ルイ十四世治下の末期に、公爵、司教、法院長、徴税官、いずれも悪名の高い四名の老遊蕩児が、黒森地方の館で四十二人の男女と共に、百二十日間ぶッ通しの大饗宴を張る話である。パリに無事に帰ることが出来たのは、十二名だった。彼らの玩具の内訳は、互いの姻戚関係にある数名の婦人、それぞれに誘拐してきた八名の美少年と八名の美少女、下宿で不具の四名の老女、六人の料理女及び小間使い、私娼窟で経験を積んだ四名の女衒。なお巨大なPを持つところの八名の能動的ソドミットが招集されている。(黒森の城館における Koprophagie と合わして)この物語は注意すべきである。

ローマではポエニ戦役がカルタゴの悪習をもたらしたとあって、夙《はや》くから「ギリシア愛」の言葉があった。シーザーや初期の皇帝たちには独身者が多く、且つ婦人の堕落も甚しかった。ジュリアス・シーザーは若い頃、自らの肉体の美しさを自慢して、皮膚を滑らかにしておくために身体にある一本の毛でも抜き取らせたと。「あれは総ての男性の妻で、すべての女性の良人だ」父キュリオから云われている。彼は戦艦を持ってくるために派遣されたビチニアのニコメデス王の許に滞在を永びかせて、「ビチニアの后」などと呼ばれた。親戚すじのオウグスッスとのあいだにも、男色的陰口があった。オウグスッス、ティベリウス、カリグラ等。又、ネロ、ガルバ、オットー、ティトウス、ドミティアヌス、ネルヴァらに到ると、相承して互いに肉体交渉があったことが伝えられている。我国の戦国武将、歴代将軍、諸大名、宮廷人の中にも、そういう人物は相当にいる。藤堂藩出奔以前の松尾桃青の上にも疑念は多分に存する。こうして人間の罪障を感じ、髻《もとどり》を切って高野山に登ったところで、それはパッシィヴとアクティヴとの総本山である。「宗教上の禁欲とか苦行とかは、結局彼がどれくらい肉体を感じたかという度合と正比例している」（ワイルド）

　山若衆について南方翁が注目していた。山小屋に共住いして昼夜の助手をつとめる少年のことである。修験者が連れている「憑坐《ヨリマシ》」も、それに似た存在でなかろうか。南画風景の隠遁者や山人に配されている童子は、その最も純粋な形式だ。八歳の児は八歳の相手に、二十二歳では二十二歳の若者に愛着が起る。それが更に高年になると、こんどは益々年下の者に対して恋着が現われる。ところで小さい男児側に大人への執心が見られるということも非常に多い。由来、おぐなはおきなの引立て役であり、白髪人は天桃の額縁である。童子の盛りが数年間にあるように、老翁の命数も測りがたい。早春の白梅と、気温が下って日が短くなるにつれて開花を急ぐ黄菊との間の共鳴であろうか？「老年は男性的なものであり若者は女性的なものである」トーマス・マンが云っているような関係なのか？　否、両者が共通に、（比較的純粋に）Ａ感覚的裏打ちを保持していることに依っている。そもそも臀部の「不死鳥性」はその未生の点に存する。即ちVP的なmortalなものがそこには托されていない。ケルビムや菊慈童の秘密を解く鍵は其辺にありそうだ。童子と隠栖者は共に「両極的Ａ感覚規範」として、藐姑射《ハコヤ》を背負っている。われわれは次回には「死コンプレックス」を分析して、「衆妙の門」の上に鶴を舞わせねばならない。

三人、共寝をしたならば
一人は辛抱せにゃならぬ
だけども二人はお愉しみ！
それでは四人でなかろうか？
取り違えてはいけません
端の二人は同じだが
したり、されたり、まんなかの
お人は倍に数えます
（カリグラ帝に対する四世紀頃の諷刺詩）

「其年齢則上自二七歳一至二二十五一、是諸家通用之道也、雖レ然高野六十那智八十、禅家不レ論二年齢一」（文明十四、井尻又九郎忠助・若気勧進帳）

「六十になれど心は若やぎて、高野も今は恋の最中」（犬子集）
「八十になる年は恥かし、那智辺にさもこそ恋のはやるらめ」（鷹筑波集）
「男色の至つて面白きは年行きの若衆なり。高野六十那智八十といふ事をしらずや」（傾城禁短気二ノ巻）
「近年高野山に相勤め小姓廻しは致せしが、高野六十那智八十、きんかん頭の若衆にて……」（近松の浄瑠璃・薩摩歌）

「夜になると、お小姓のような黒い服を着せてさ。襟にも膝にも白い飾りをいっぱい付けて、部屋じゅうを歩き廻らせるのよ。それから毎日毎日姿を変えちゃ、あたしの写真をとるの。ソーファに凭らしてアリアドネにしたり、レダにしたり、ガニメドにしたり、四ツん這いにさせて女のネブカドネザルにしたり……」（春の目ざめ・二幕第七場）
――それは大賛成だが、俺ならば先ず真裸にしておろし立ての、底が光っている編上靴をはかせる。ナツメ色のお尻の谷間からは蠟燭の端を覗かせて、それを左右に振りながら床の上をお先払いに練り歩かせて、鏡に映して眺めたいものだ。
なんだかヒステリックな薄い靄《もや》が四辺に充ちおぼめいて、青い燈影が洩れているポーチの内部では実際に誰かがそんな遊びに耽っているような気がする晩に、（その頃、未だ十分にスイートでソフトなものだった神戸下町の夜景が見える窓枠に凭れて）このように吐露した旧制中学上級生がいた。

シナの小説に、雪中に埋めた少年死体のお尻を表面に覗かせ、おしりの穴に蠟燭を立てて燈をともす場面がある。この同じことをVの上にやろうとしたら、(たとい胎児のような逆さまの姿勢で埋めたところで)多少は位置がズレる筈だ。中世の教会では、めいめいのお尻を蠟燭台にした礼拝があったそうだ。黒弥撒になると、女のお尻を聖体台に使ったり、毒草を灼く烟の中で魔王の臀部にキッスしたりする。VもPも映像化へ誘うものを多分に持っているが、それにも増してヒップは、これを鏡面に反射させることをわれわれに煽り立てる。思うに、鏡に映っている造型美術的部位ほどに魅惑的なものはない。マゾヒズム、サディズム、及びフェティシズムの分類者であり卓越した臨床家でもあったクラフトエビングの報告に、次のようなものがあった。

ある朝、独身の三十過ぎの退役軍人が、彼の自室の姿見の前で、全裸のまま天井からぶら下っていた。縊死者の頭部には、ちょうど南阿の人力車夫が用いているような、水牛のツノがついた鬘《かつら》様のものがかぶさり、その下の顔面は物々しい隈取で彩られていたが、臀部から太股へかけてはべったりと白粉が塗りたくられているのだった。当局には解釈の糸口がてんで見付からなかった。

其頃、パリ警視庁顧問だったリヒァルト・フォン・クラフトエビングが招かれて、現場を詳細にしらべてから、彼は、「多分こうであろう。これ以外に考える途はない」と前置きして、自らの見解を述べた。曰く、当人は普段、我身をこのような異形に装って、威嚇的な上半身と、対蹠的に女体のように仕立てた真白い下半身とを、代る代る鏡面に反射させながら愉しむ習慣があった。ところが前夜の遊びが度を過して、一身両役のあるじを破局に導いた。即ち頭部に綱を巻きつけていたのは、自己拷問を窒息寸前にまで誘導してオルガスムを獲ることにあったのであろうが、そのさいちゅうに足場を踏み外した！　其後いま一つの類似事件が、他の精神病学者によって取上げられていた。これは西洋人好みの坐ったままの縊死である。彼は、フットボールの皮革の半分に目鼻の孔をくり抜いたものをマスクとして自身の顔面にゆわいつけ、裸体の胴部をコルセットで緊め上げて、右手に鞭を携え、芝居の台本の拷問箇所のページを傍えに披いて、やはり大鏡に向って坐して、頸に紐を巻きつけたまま事切れていた。二十歳を越したばかりの青年だが、これも一人遊びの失策である。

私は比較的最近に、短かいシャツをまとうた裸体少年の奇妙なうしろ姿の縊死現場写真を見せられた。註に曰く「一九三六年・七・一一日の午後そのカフェーの主人の届出があって刑事が出向いたところ、内側から鍵をかけた便所の内部で、十五歳のボーイ見習いが細紐を自身のPに巻きつけ、股倉を通してうしろに引いて、お尻の割目からPの先を覗かせてぶら下っていた。紐の残りは彼の背中を上り右肩をこえ、咽喉の周りを旋って、天井に近い壁の鉤につながっていた云々」やはり自身を女体に見立てようとしたのであろう。しかしPが強引にAの方へ引寄せられている点は両役を兼ねようとしたのだったのかも知れない。

以上、三つの例においてなお欠けている小道具があるとすれば、蠟燭か、浣腸器かであろう。もっともその蠟燭乃至イルリガートル的抽象が事件全体だとも云える。そうなると、本稿緒言の『痔の記憶』にしても、あんな羅列のままでよいわけだ。——ある夜、ある会合で気が付いたら、総ての椅子のお尻を載っける箇所だけが取外されていた。笠戸丸の水洗便所で見た、大きな、濡れた海綿のことも加える。ヒップ奇想曲は、「玉子の通路」「蜂蜜だらけのパーティー」「痔痲部隊の行進」「馬の見えない（透明馬）美女の馬術」から成る組曲である。

もし弓矢を携えた「花月」について云うならば、彼が清水寺の境内で寺男の肩に手を掛け、〽来し方より今の世まで絶えせぬものは恋といへる曲者、げに恋は曲者、くせものかな、身はさら、さらさら、さらり、恋こそ寝られねと当時の流行歌を唄う辺りは、彼が天狗に置いてけぼりをくってからは念者狂いの道程だったことを偲ばせる。セミプロの遍歴であり、当日の父子の対面は理想型との邂逅に他ならない。何故なら彼は、〽かやうに狂ひめぐりつつ心乱るゝこのささらを、今日を限りにさっと棄てて、〽あれなるおん僧につれまゐらせて仏道の修行に出づるのであるからだ。

堂本正樹氏（前出）などは、花月は飛子（とびこ）の初期形態でないかと云っている。山伏から山伏の手に渡り、今では清水寺の門前男がプロデューサーになって、たたき即ち客寄せの喝食になっているからで、「いったい地獄を捨てて本人に幸福があろうか、地獄とは幸福の別名でないか」と。

――ではあるが、A感覚は別にストーリーの強制を受けない。ついに地上的相互関係のデータを出ないVP両感覚は、その自由さにおいてA感覚とはくらべ物にならない。A感覚的固定は時にアンヴェルティへの陥穽《かんせい》を意味するが、より多く、それはセックス的円環切断のきっかけになる。A感覚自身への止揚素ですら、それは有り得る。幼年ガルガンチュワは、直腸を経て脳髄にまで昇って行くA感覚が天上楽園に届いていることを、彼の父に報告している。それは喩えば「天使的」なのだ。天使たちには地上的経験はないから、彼らに設計図やスケッチを描いてみせるわけに行かない。しかしπは、(円周率としては納得されないにしても)無限級数としてならば、天使らは直にそれを了解することであろう。

紅焔に包まれて坐す蝮《まむし》づらのエホバは、しかしソドムの町を焼いている。たまたまロトの許に泊った旅人姿の二天使を争ったことが、市民らには百年目であった。古代ユダではウラニズムに対する非常な嫌悪があった。それはイスエラルでは子孫を得ることが大事だったからで、そのため、オナンは精を地上に洩らして、排斥された。「人もし婦人と寝るごとく男と寝ることをせば是その二人憎むべき事をおこなうなり。二人とも必ず誅さるべし、その血は自己に帰せん」とエホバはモーゼに向って云っている。しかしながら、キリスト教に現に伝わっている「驢馬」は、イスラエルの重要なお祭が、曾てディオニュソスの儀式に準じて行われていたことを証している。また「割礼」は、キューベレー信徒間の羅切の支流を意味するものである。其後、新プラトニズムと原始キリスト教の混成であるノスチックになると、もう歴然と、我国密教における「一児《ちご》二山王」「児観世音」「児大師」を想わせる少年愛が見出される。

ヘリオガバリス——

ノスチック教理では、（ロゴスが肉になるのでなく）「肉体がロゴスに成る」と説かれる。「少年聖化」あるいは「天使礼讃」を、我身を台として遂行しようとしたのに、三世紀初期の羅馬皇帝ヘリオガバリスがある。

セヴェル家の十四歳の少年は、自らバールの神殿の大祭司として、その青い血管が葉脈のように透いて見えるみずみずしい肢体を、フェニキア風の豪華な祭司服に包み、金絲を刺繍した帯を締め、踝《くるぶし》から腰までぴったり覆うている金と緋色の穿き物をつけて、冠の宝石を燦めかせながらシンバルの音に合わせて踊ることによって、シリアの叛乱軍将兵を酔わせていたが、この翌年、豹と裸女が牽く車に乗って羅馬入りをするに及んで、自ら神として愛され、且つ崇拝されることを望むようになった。

彼が先にバール神の配偶として選んだパラスの女神は、いつのまにかカルタゴの「ウラニア」に取り替えられていた。これは一種のヴィナス信仰で、金星によって表象される。明方は男性であり、夕べには女性に変化する。彼は以前からネロの心酔者であったが、更にアッシリアのサルダナパロス王にあやかろうとして、両性具有を我身の上に具現しようとした。彼がエメサから持ってきて祭っていたバール神の陽物像の円錐形黒石が、その欲求に拍車をかけた。子供は自らの肉体の開孔部に何でも詰めたがるものだ。彼はアレキサンドリアから名医を招いて、自らの男性器を剪除《せんじょ》して、そこに受動部位を設けさせた。史家は少年皇帝について、「彼は身体じゅうのあらゆる穴によって情欲を満たそうとした」と伝えている。

彼は鬘《かつら》をつけ、眼の周りに隈を施し、頬を鉛粉でぼかして、つとめて陋巷をたずねて、馭者、荷揚人夫、力士、公衆浴場で見た逞ましい青年、時には異国の戦士にすら、我身を委ねようとした。こんな場合には自らを「女后」「奥方」等と呼ばせた。傍ら密偵を競技場へ派遣してOnon（巨大なPの所有者）を物色させている。とうとう近衛兵の叛乱が起った。彼は自らの首なしの裸胴体を引きずり廻され、石をつけてティベル河へ投げ込まれた。私は、彼がどんでん返しの天井から無量の花を落して陪食者たちを花々の香気で噎し殺したなどいうことよりも、むしろ、自ら「イクシオーンの車」と名付ける水中廻転輪を作り、これに寵愛者を縛り付けて、順々に水中から出たり没したりするのに興じたこと、又、酒を満たした運河に船を浮べて模擬海戦を演じさせたり、四頭立の象に牽かせた戦車を駆って、ローマの墓地をめちゃくちゃに荒したことに注意したい。（澁澤龍彦氏提供）

聖堂の騎士団――

英語の bugger は bulger の転化で、「ブルガリアの異端者に始まった弊風」を意味する。日本へは弘法大師が長安の都から持ち帰ったというような類いである。カルタゴからローマへポエニ戦役を仲介として輸入され、ノルマン人がイギリス宮廷に先ず伝えた。（マンテガッツァに依ると）フランスでは十字軍以後に弘まったという。」由来、トルコの宮殿には、ギリシア、セルビア、ブルガリア、ハンガリア等の各国人のお小姓が網羅されて、中には栄達を得て弊害をかもす者も少くなかったのである。トルコ人の数重なるキリスト教団に対する戦いの裏面には、キリスト教徒の少年を手に入れる目的があったと言われているくらいである。

「聖堂の騎士団」は、エルサレム神殿及び聖地巡礼者保護を目的に組織されたもので、十二世紀初めから十四世紀にかけて存続した。これがトルコ人から習ったのかどうか、男色に耽り、加えてノスチック教理と酒宴に明け暮れしているというので、ついに美男王フィリップ四世が、法皇クレメンス四世の要請があって断乎起って、その恐ろしき軍隊を解体してしまった。ところで当のクレメンス四世は、旅行には必ず美童を伴うことで評判があった。グレゴリウス七世の独身法制定（1073）以来、僧院における男色は殆んど公然の秘密になっていた。聖歌隊には去勢した美少年が使われるのが例であり、我国密教の児灌頂に似た「結婚式」がしばしば行なわれていた。たとえばシクスッス四世は、彼の枢機卿連名の下に、「夏期におけるペデラスティア」を願い出られて、許可したことがある。このカーヂナル中の一人が、他ならぬ後日のユリウス二世なのである。

ゲルマン法典はユスティニアン法を型にしたものであったが、ウラニズムに対する罰則は遥かに厳格で、西ゴート王アラリック二世の五〇六年に、ドイツにおける最初の同性愛者火刑が見られる。近代では、「プロイセン刑法第一四三条」があった。これにつ
いて伯林《ベルリン》大学の有志教授団が意見書を提出していたところ、普仏戦争が起り、翌一八七一年に独逸《ドイツ》帝国が誕生した。旧刑法は第一七五条として登場していた。一八九七年になって、ヒルシュフェルトを会長にした『科学的人道主義委員会』が結成され、『性の中間段階年報』が刊行されることになった。政府は先にプロシアから受け継いだ同性愛刑法に触れた者を鑑別する必要上、学者と医家を動員したのであったが、これは一つに当時の人口急減にそなえた独逸帝国の消極策であった。学者側の目的は、実は第一七五条の廃止の上にかかっていた。これが即ち独墺性科学勃興のきっかけである。

アメリカでは、例の『キンゼイ報告・男性篇』の発表を縁として、同性愛問題があらゆる集団生活において重視されるようになった。それがイギリスに波及した。『レディング獄舎の歌』というのは、オスカー・ワイルドの晩年における彼の詩の題名である。奇縁にもこのレディング大学総長ウルフェンデンを首班とした調査委員会は、——ハヴエロック・エリスの大著『性心理学研究』をブループリントとして——「成人間の同性

愛はこれを罰すべきではない」と主張する。

「——社会は性的問題について、たとえばそれによって児童らの利害の上に生じるであろう事に対しては、特に彼らを保護する義務を持っている。しかしそれ以上は、個人的道徳の問題であり、且つ趣味の問題であって、社会の関与すべき処では無い。しかもかかる個的な、趣味上の問題についての吾々イギリス人の法律は、往昔の未開状態の単なる名残であり、且つそれは理性に依ってではなく、徹頭徹尾、偏見によって支配されているものである。それは何ら知識や常識に基礎を置くのでなく、吾々の理解し得ないものを迫害しようとする本能に基礎を置くものである云々」（ロイス・ディキソン。1905. 4. 独立評論）

「——人間は、ある種の道義的感情さえ失わないならば、愛の名を冠して差支えない情緒を同性の上に覚えたところで、それがやましかろう筈はない。この愛情は友情の範囲を一歩超えたものであるが、肉体的欲望とは絶縁されたものである。エリザベス朝並びにジェームス朝にはこのような感情を涵養することが非常に流行したようだ。しかしアルカディアにおけるミューシドラスとピロクレスが囁き交したような言葉は、婦人に対しての外には用うべきでない云々」（サミュエル・T・コールリッジ。1833. 5. 14. 講演）

ローマ以来、変遷してきた各国の同性愛刑法も、しかし殆んど無力だったということを顧慮しなければならない。近代の例を採ると、フランスでは十六世紀後半期に、元パリ大学総長が一少年を負傷せしめた咎で、絞首焚殺。十七世紀には、「フランドルのシェリーニ」と呼ばれていた彫刻家デュケノイに対する同様の処刑があった。十八世紀後半にクレヴ広場における二名の火刑。革命数年前にカプシン派の一僧侶の焚殺。十九世紀には全くない。

イギリスでは一七三〇年に死刑があった。それも相手側の裂傷が外科医によって発見されたからである。モルに依ると、此種の行為が発覚するのは極めて稀であるし、その確証となると更に困難である。「幾度法網を潜っても、これこの通り青天白日の顔で通る」わけで、彼らをして法律的茶番の一役を担わせる以上を出ない。エリスは英国の例を挙げて、自分の知り得た限りでもこのことで警察にあげられた者は一人もなかったと。「もしもイギリスの法律が改正されたなら折角実行しても張合いがなく、その愉しみがなくなってしまう」ワイルド事件のあとでそんな豪語があったことを、エリスは報告している。それに又、この種の法令は、その意図とは別な新らしい犯罪を誘致する危険がある。ヒルシュフェルトの扱った一万人中で法律の犠牲になった者は殆んどないのに、脅喝強請に出合ったのは三千人を超えると言う。

『ウルフェンデン報告』は、イギリス全国民の四十パーセントが同性愛者だと云う。そこまで突きとめる必要はないが、たとえば世の男性の約二十パーセントに、「女性のみには頼っておられぬ」という気持が存することは疑えない。女の子のつまらなさは、要するに相手が相対的存在を出るものでなく、男児のような絶対性がそこに見られないという点に存する。「このような者に精魂を凝らすには当らない」ということを、最初の瞬間にこちらに感じさせてしまう。何事にせよV感覚の介入は、恰も抽象的な交響楽に独唱乃至合唱がまじっているような興ざめである。「変換」の契機は二十歳前後にあって、もしもこのチャンスを取り逃したならば、生涯を通して自然人のままで終るより他はない。「同性愛と天才云々」は、なにも同性愛が天才を造ると云うのではない。それは青春期の延長、それとも、「同性愛者の体質的特徴は、性衝動が文化的昇華の途を採るために特に適している」という迄のことであろう。ここでは若いお父さんが仕上るわけでなければ、世話女房への転落が起るわけでもないからだ。もし、カフカが描いている「処刑機械」やデュシャン的「オブジェ」を以て、それはナルシス的コンプレックスの所産だときめるような手合があるとすれば、私は、「一切の抽象工作はナルシシズムを核にして結実する。古典作品はいつだって最高の意味における小児性神経症の所産であった」と断言するに憚らない。それらは、「女性との接触不能」乃至「接触における不満」に醱酵したものである。女性的ナルシシズムが無害なのは、それが大旨敵本主義に出たものであるからだ。そこでは「全体」の裏打ちがあって、ともかく孤立が妨げられている。ところが、「あの連中は泥棒だってやりかねないと云われるよりも、お化粧が好きだと云われる方がもっと彼らを怒らせる」——彼らがピンセットで髯を抜いたり身体を剃ったりしているのは、彼らの好みに出ている。芸術家のナルシシズムも多少彼らのそれに似ている。でも、このナルシシズムは「擬球《スードスフィアー》」である。自閉的であってしかも双曲線的に開いている。

——女性側にもやはり、(男性側と同じ比率で)自らのV感覚的旋回を飽き足りなく思っている人があることに相違ない。たとえば同性ヌードの、(清純な乙女のそれであっても)なお何かしら騒々しいものであることに気付いている筈である。従って彼女は、Pの権化のような自然的男性をも、勿論好まないであろう。「女性を魅了するのはむしろ男性の精神である」(クラフトエビング)

と云って彼女らは、男性が数々の発明発見に赴くのを別に歓迎しているわけでない。むしろ彼女らは、発見、発明、男子同性愛の上に、「女性不要」を読み取っている。しかもそれを男性的落莫の証拠だと解することによってせめてもの腹癒せにしようとしているかのようだ。彼女らはしかし、なにもA感覚から締出しをくっているわけでない。A感覚が肉体のZ旗であることは、男女共に変りはない。原始Aリビドーへの渇仰は男子間に顕著であるという迄にすぎない。だから、当の女性をA感覚的額縁に嵌めようとする傾向が男性間に見られるように、V感覚からA感覚への鞍換えの気持が女性側にも存する。女性の上に「エンジェリックなもの」(天使的なもの)を認めようとする伝統、また女性自身が「アンファンティール」(子供らしさ)を利用しようとする動きは、女性中に存する「A感覚依存性」に由来する。

既に現代では、第一次大戦出征女性の虱除《しらみよ》けのイートンクロップを皮切りに、ショートパンツ、タイトスカート、スラックス、ズボン等々と四十年に亙って変遷展開してきたものは、むしろ最初からの女性的特権であったかのように取扱われている。彼女らの冷感症が非常口を突破して、赤い「ハート」が黒い「クラブ」に転換しかかっている。女性のキューロットやショーツやパンティー姿には、そうでない場合よりもわれわれの胸を打つ。これには一つにわれわれが幼少時における同年輩の男児の、寸の詰ったパンツの印象が手伝っている。少年を以て「旬《しゅん》もの」の女性に喩えてよいならば、今では女性が「永持ちのする少年」になりかかっている。アクセサリーとして少年的凸起をその内側に取付けた、「ゴム製コック付きパンティー」がやがて売出されるかも知れない。

彼女らはしかし、未だひともちになって「存在」中に没し、「存在学」的隆起などは別に見当らない。レスビアンにしてもそれは鞘同士の斬合いであり、女殺し油地獄であり、架空の感覚を出ないものである。ではあるが、この一律的平坦の中にあってなお際立っているもの、即ち容姿端麗、マナー、教養等々は、決して「純粋」なV感覚的条件に生れているものでない。それは、いったん抽象化されて、芸術にも科学にも形而上学にも成り得るところの「抽象的V感覚」に拠っている。それは「想像力をも働かせ得る女性」を意味する。即ちA感覚に他ならない。こんな意味のA感覚は、（恍惚ではなく）「前快」的な苦痛である。「ハイカラーなものは総て非快感的である」など云うつもりはないが、しかし、「一切の調子の高いもの、ダンディなものは、より多く疼痛に属する」

　自ら女装で通したというアベ・ド・ショワジー（十八世紀）は、彼の回想録で曰く、「美は普通、女の分け前であるから、もし男が何らかの美の特質を持っていると信じた場合、彼がこの美を女の服装によって益々高めようとするのは当然である」と。これは床屋の哲学である。何故ならここに取上げられている美は贋物の美であるからだ。誰しも真の初恋の相手は男の児であった。胸ときめく青葉隠れの家は、（女の子ではなく）同年輩の級友の住いだった一事に思い当るがよい。「もし女が何らかの特質を持っていると信じた場合、彼女がこの美をイデーとしての少年姿によって高めようとするのは当然である」と云い直さるべきである。そもそも女性における化粧及び服装が、美が女への分け前でないことを示している。彼女らが好んで穿いている肌色のストッキングは、明らかに少年的素肌の真似である。更に近来流行の「ヒップアップガードル」は、少年性筋骨質臀部の追求であって、ここには「妊娠意識の排除」という目的が含まれている。しかし少年らが半ズボンの下に肉色の沓下をはくというのは、先ず考えられないのである。

　男装女性並びに少年的女性の魅力は、A項の導入によって性への偏倚が修正されている点に出ている。それはPara-Sexというよりも、むしろSex 0, Sex ∞の状態である。どんな女性も本来的に彼女の内部に存する少年的因子に頼るのでなければ、「愛人」乃至

「恋人」になることは出来なかった。エロティシズムとしてのセックス、美としての美女等は、いずれも「存在学」的なA感覚の担当である。お化粧というものが既に、女性における一般的傾向としての「美少年志望」を暗示している。古い絵巻物を見ても、宮廷を初め貴顕高僧の集りの傍には必ず童子が侍っている。上流社会における宴席、歌会、学問討議の場に女性は当らない。いったいお化粧とは、大寺の童舞の上で知らされた少年における粉黛の効果におどろいて、その真似をしようとしたのが初まりである。漸く女性が美的対象として公けに登場するのは元禄以後であり、これと軌を同じうして美少年の軟弱化、庶民的堕落が始まるのである。現代における若い女性らの急激な少年化の傾向は、女性が再び自らの上に少年美を取戻し、回復しようとしている一つのあらわれのように受取られる。少年はそのお母さんに似ているのであろうか？　否、お母さんの方にもともと少年的部分があったのである。

ある時、倫敦《ロンドン》の英国学士院の若手連中のあいだに、「東西の書典に曾て見ざる淫法一つだにありや？」が論議されていた席上へ、青年南方熊楠が顔を出した。ちょうどよかった、彼は両脚のあるエンサイクロペジアだから、早速たずねてみよう。こうなって南方は即座に、「女子が蠟師父《ハリカタ》を以て男子の後庭を犯すことなし」と答えた。いかにも！　それればかりか女子が男子にペデラスティを強いることもある筈なしと、一同を感服させてしまった。ところが其後、南方は、バートン訳『千夜一夜』の中に次のような箇所を見付けた。久しく別れていた女が一地方の王となり、曾ての男が流浪してやってきたのを弄ぼうとして、自ら男装をして云い逼る場面だった。「ふーむ、天下あらざる所なし！」と今度はご本人が唸ってしまった。でも先の彼の回答は、Aナイドというものが万人における蔽われた真相だということを、知っていたからではないのか？　しかも東西に聴かない例としてそれを挙げたのは、同じヒップマニアでも男と女とでは相異るだろうと気付いたからでないのだろうか？　男装女性の魅力は、それがオーントロギッシュな点に出ている。女装男子が大旨厭わしいのは未だオーンティシュを出るものではないからだ。ゲーテは夙に喝破している。「自然界を見廻しても雄性の方が美しい肉体を持っている。此処に根拠がある。同性愛は人類と共に古い」と。女子同性愛の場合はそれに準じると云うべきである。本来的なV感覚であってなお抽象を俟って、驚くべき効果に到達することが有り得るからだ。「女性中にひらめく永遠」とは、このV感覚のA化の瞬間を指すのでなければならない。

『初恋』（ツルゲーネフ）の小主人公は、ある晩遅く木立越しの窓のカーテンに、（自分が毎日のように遊びに行く）お隣りのお嬢さんの影と、自分のお父さんの影とが、相ならんで映っているのを見た。他の時、眼前を乗馬服のお父さんが急ぎ足に通ったので、何事だろうとついて行くと、物置小屋の内部に女の人の泣き声が聞え、覗いてみると、お父さんが鞭を振り上げてそこに膝まずいているお嬢さんを打ち据えているのだった。ところで万一にも、ある晩どこかのカーテンに映っていたのが、自分の学校友だちとお父さんの影法師であったらどうであろうか？　またお父さんが四ツ匍いになって、その大きなお臀を、自分の級友の、よく聞き取れないボーイソプラノの雲雀調の罵倒と共に靴で蹴られていたとすれば……。

アフロディテ・ウラニア――

彼女らの物の云い振り、身のこなし、唄のうたい方、くっきり割目を見せたショートパンツも、透くほどに薄いスラックスも、V的ではなくて、甚だA的である。このような彼女らにとっては、今やPV交渉など「トリスタンとイゾルデの道」であって、それは中世趣味の名残だと解されているのかも知れない。一般男性にとってA的受容は、あるいは女性の感覚でもあろうが、女性に取ってのA感覚は確かに男の感覚だと云えよう。そこでは代償行為にすぎなかった彼女らのオナニーが漸く独立して、多岐に展開しようとしている。つまり彼女らのメカニズムである服飾、化粧、マナーの限界を突破した新事態である。それは「自らのお尻をいとおしむ女性」であるが、しかしV感覚への関連を持たない場合のそれである。女性服装史において、胴部を引緊めるやり方は明らかに臀部の強調であって、これは少年的効果を狙ったものだと言わねばならない。孌童《れんどう》志願は、アラムの舞姫、ギリシアの笛吹き女《ヘタイラ》、タイス、「サッフォー」における方式である。それらは、男性にとって好ましからぬすべての点を女性から取り除こうとする所に生れていた。我国でも真間の手児奈とか、うはらの乙女とかは、著しく美少年的である。「Vとは水増ししたA」であって、女性とは「万人向きの少年」を云い、V感覚とは「実用化されたA感覚」に他ならない。V的A感覚とA感覚との結合は相乗して新規のプラスになる。その社会的地位がきわめて低かった女性の中から、特に取り上げられて珍重されてきた「美女」とは、一種のエルムアフロディトであり、アンドロジェノイドである。更に古来からの知的な、卓越した女性は総てオナニストかレスビアンであったと、私は断言するに憚らない。「すべての改革者は独身であった」このエドワード・ムーアのコトバは、歴史に残る彼及び彼女らがオナニスト乃至同性愛者であったことを証している。何故なら、ウイルヘルム・フォン・フンボルトについて、スプランゲルという著者が書いているように、「この特異性を持たずして、人は人性の道徳的最高位に達することは出来ない」からである。

「VはAの間借人である」というザロメ女史の言葉を俟つ迄もなく、「V型」とは実は「A型の変種」なのである。それは彼女らの相貌が概して童顔であることを顧ればよい。曾て口中香錠『ゼム』の広告があった。それは、たてに長い菱形の、性別不明の美しい顔であった。月じるし鉛筆の三日月の顔がやはりその系統である。これはヒップナイドがオートエロティシズムに包括されている状態である。「美少女」とは美少年に範を採った仮象なのだ。彫刻絵画において女性表現のためにより多く少年肢態が研究されてきたという事実が、それを証する。「永遠の女性」とは美童に女の衣裳を着せたものに他ならず、美童はその範を天使及び天童の上に採っている。Das ewig Weibliche zieht uns hinan＝Das ewig Knabenliche zieht uns hinan.

ユスティニアン法典――

四世紀のローマに初めて見られる反対は、専ら年少者保護の上に絞られていた。やがて擡頭してきたキリスト教的感情が利用されて、コンスタンティン、テオドシウス、ヴァレンティアの諸帝は「火刑」を規定。ついでユスティニアン帝は「斬罪」を決めた。その理由は、「かくの如き不自然なる淫行に耽った都市は、その住民諸共に滅亡したことが聖書に明記されているからである」

この斬罪は実際は「羅切」であった。厳重な刑法はしかし常習者にだけ適用され、一時的な犯罪は課刑されないのが普通であった。ユスティニアン法典中の一条令は以来三百年間を通して、この部面に関する全欧州の法令並びに輿論の基礎となった。現行のフランス法では成年者間の同意的行為は処罰されない。但し次の三種は不可

――

一、行為が公衆の前、あるいは他の目撃可能性の十分なる場所にて行われたる場合。

二、どのような程度にせよ、暴行あるいは同意の欠如した場合。

三、一方が丁年未満か、あるいは有効なる同意を与える能力の無い場合。

ベルギー、イタリア、スペイン、ポルトガル、ルーマニア、日本、南米諸国の法規はナポレオン法典と同じか、それに類似したものである。（即ち犯罪ではなく、

一種の不道徳とみなされる）別に法規がない国々では、告訴側が強硬な場合には短期禁錮が課せられるが、よりしばしば知事の裁決で処理される習いである。

旧独逸連邦中、バワリア、ハノーヴァなどでは、単純な行為は刑法的処罰から除外されていたが、プロシア法典が新ドイツ帝国に適用されてからは、犯罪と定められた。しかし、この第一七五条は論争及び実施的困難を惹起した。というのは、いわゆる「反自然的淫行」（widernatürliche Unzucht）に対しては、同性愛的行為中の只「常態性交」に類似したそれでなければ、当て嵌められなくなったからである。

イギリスでは、私的な行為でも一八八五年以降は犯罪を構成することになった。「公然と、もしくは隠密の間に他の男子と何らかの猥褻行為（Gross indecency）を行い、または他の男子とある男子との何らかの猥褻行為遂行の仲介当事者となり、又は該仲介によりて手数料を収得し、もしくは収得せんと試みたる男子は犯罪を構成すべし、而してこれが為に有罪となれる者は、法廷の審理に随い労役を伴う、もしくはこれを伴わざる二ケ年を超えざる禁錮に処せらるることあるべし」

エリスは、この中の「もしくは隠密の間に」を除いたらよかろうと言う。そもそもある行為が猥褻であり得るのは、その行為者乃至それを他から見る者が猥褻だと考える場合に限られている。成年男子同士がある種の行為を「隠密の間に」行うとしたら、何ら猥褻行為がおこなわれるわけでない。しかし当事者の一人があとになって該行為を発表する場合に到って、初めて猥褻なるものが生じてくる。それは常態性交の場合と更に変りはない。即ち行為者同士が隠密を守る限り些の猥褻も起り得ないが、これを濫りに公的に発表する時は猥褻である。故に、「そのような発表が行為そのものを犯罪化せしめる」との解釈は、どうあっても賞讃出来ない。それのみならず男子間の行為とはなにも性交に限られていない。手淫を犯罪とする刑法はどこの国にも無い。従ってそれが相互的に行われたからと言って犯罪だと見なさねばならぬ理由はない。けだし保証すべき主要点は、少年少女への誘惑がないようにすることだ。これはまたナポレオン法典の根本精神でもある云々。

該行為の率については、常習並に時々の関与者は全同性愛者中の約二十五％（エリス）ドイツでは八％以内（ヒルシュフェルト）。エリスは、自分の観察範囲が狭かった為に顕著な形式が目について高率となったが、実際は英米でもドイツと大差あるまい、と云っている。

オスカー・ワイルド事件――

彼が、クインスベリ侯爵第三子アルフレッド・ダグラス（当時二十歳）宛に送った、My dear own boy……に始まる手紙が、たまたま第三者の手に渡った。ワイルドが曾て、一、二度逢ったことのあるウードという男が、ダグラスから貰った上衣のポケットにその四葉を見付け、これをたねにアメリカ行きの旅費を強要したのだった。これが元になって、世上に噂が立った。サヴォイ・ホテルの一室で、ご両人が現場を見付かって追い出された云々が流布され、加えて、『僧と小坊主』『緑色のカーネーション』と題した露骨な諷刺小説が現われたりした。父の詰問に対して、ダグラスが却って嘲笑的言辞で酬いたということがあった。この態度には、彼の母に対する父の仕打という事情が大いに手伝っていたのであるが、侯爵は、これにはてっきりワイルドの後押しがあるものと思い込んでしまった。ワイルドは又、倫敦《ロンドン》中に醜聞のたねを蒔き散らすのは結局侯爵その人の大仰な騒ぎ方にあるとして、起訴に及んだ。彼はお家芸の機知と諧謔とによって、先方側の弁護士エドワード・カーソンをしばしば窮地に追い込んだが、侯爵が手を廻して検察官や刑事に依頼して集めた材料が、次第にワイルドを不利に導いた。ダグラスは当時パリにいたので、召喚に及ばずとのことで裁判は進められていたが、ついにワイルドは敗訴した。ところがこの三日目に、彼は、改めて猥褻罪として起訴されることになった。というのは、証人として呼ばれた市井の少年らの口から、ワイルドが彼らを度々ホテルへ伴うたことが洩れたからである。彼らは、この唯美主義の驍将に対して「オスカー」と呼び馴染むような仲間であった。こうして『ドリアン・グレイ』の作者は、レディング獄舎で二年間の苦役に就くことになった。

この裁判は、一八九五年四月三日から五日に亙った。出獄後のワイルドは全く落魄して、一九〇〇年の晩秋、偽名で泊っていたパリのパッサージュ・デ・ボーザールの安宿の一室で世を去った。四十六歳。パリに冷たい雨が降り注いでいた当夜、この裏通りの小さなホテルの玄関には、ワイルドが好んだ色彩、『緑色の研究・ペンとペンシルと毒薬』の著者にふさわしい緑色の門燈が点っていた。曾てパリにおける或る一団は緑色の蝶ネクタイを以て目じるしにしていたと言う。ローマでは彼らのことを「緑衣の人々」と呼んだ。このことは『神曲』地獄篇にも取り入れられている。

追加

現存せる児灌頂記――

弘児聖教秘伝私一巻（恵心述大永四年写）

児灌頂私記一巻（宝徳二年写・大永四年伝写）

児灌頂私記一巻（足利時代写）

児灌頂式（文明五年写）

児灌頂次第一巻（文政元年写）

原本は湮滅《いんめつ》、異本五種のうち二部は叡山文庫に、二部は坂本の実蔵坊と明徳院に、一部はやはり滋賀県柏原の成菩提院にある。叡山文庫天海蔵の写本四十八葉を私の知人が写真に撮ってゆっくり判読しようとした。後半部からおしまいにかけて、肝腎の箇所に焦げ痕が出来ている。それより先に、てんで辿れなくなって彼は投げ出してしまった。結局、先に今春聴著『稚児』に引用されていた部分しか判らなかったのである。私も天海蔵写本のうつしを見たことがある。「稚児」の二字が呪文のような奇怪な一字で書いてあった。それ以外には、仮初にも取組んでみようなどいう気は起らなかった。で、さしづめ今氏の小冊子のパラフレーズに拠って、サンプルをでっち上げるより他はない。

「最初は稚児にとりたて剃髪いたさせ、まづ卿名《キミナ》と申候て三位中将あるいは宰相などの名をつけ、四度の加行と申候て護摩あひすみ、そののち授者、瑜祇、秘密と申す三個の灌頂修行いたさせ、次に四十以上にて阿闍梨職灌頂まで年序次第に従ひ相勤め申候」——この堂上家子弟に対する配慮が、世が下るにつれて紊れ、三塔十六谷のそれぞれの僧房は、常人の息子をも稚児としてたくわえるようになった。美少年が諸方に求められ、未だ幼年のうちに買い取ってしまうこともあったと言う。上のなす事は下これを学ぶことになって、堂衆輩も水干姿の小人を引き連れるようになった。延暦寺の春分の延年舞は、「稚児さだめ」と云われ、この行事によって日吉山王の神輿と満山の稚児の位列が定まる。高野山の春秋の問答講（稚児論議）と合わして、言わば稚児の才色コンクールであった。

古来「山門方」と呼ばれた掟は、次のようなことを云う。——山門の稚児は心遣いを第一とし、みめ形を次とする。朝は早く起き、楊枝、手水、髪を結うてやらねばならない。人の見ている所でたしなめることは不可。先ず櫛四五まいで撫で、後ろへ揃え、櫛で仮に結び、そのまま化粧させる。額口に八文字を描き、粉黛を施し、徐ろに髪を撫で下げて平元結でむすぶ。それからきのう読んだ経文の復習である。そのあとは手習い。児に筆を持たせ、手本を傍におき、手を取って教える。児が自ら筆を駆使することが出来るようになって、真行草に移る。硯の塵、禿筆などは見苦しいことである。稚児の部屋に武者絵などはふさわしくない。読物としては和歌、草紙、狂言綺語、物語等々。また香炉、香箱、香合、短冊、懐紙などいつも客人の来るべき用意を怠ってはならない。また、嗜みとして鏡、楊枝は身を離してはいけない。戸の開閉の荒いのも不可。障子の開けたてにうしろざまに閉めるのもはしたない。戸を閉める時少し開けがけにするのは見苦しいことである。戸の溝、畳のへり、炉の縁を踏むのは慎しまねばならない。人の居る前に立つなど最も心すべきことである。分けても稚児の心得ねばならぬことは、どんなに寒い時でも囲炉裡の縁六寸より近く寄ることは禁じられる。まして火に手を翳《かざ》すなどは許されない。同様に如何に暑い時でも出仕の扇遣いは見苦しい。衣裳を乱すことは慮外である。まして大遊《おおぐるい》、賭物、勝負事、力業などは為すべきでない。履物をここかしこに脱ぎ棄てることは注意すべきである。歩行にはなるべく腰を動かさずに、脚ばかりで歩くよう。裾をほらほらさせて踵の辺りまで露わして歩くのは見っともないことである。稚児を持つほどの者は、どんなに暑い晩でも衣服を脱ぐことを許してはならない。一つ服の時も大口袴をつける。児としては人の物を欲しがるようであってはならない。人に物を請われて惜しむことは更に情けない次第である。如何に近くでも他の僧の許へ行ってはならない。左右なくて人の部屋へ行くことも慎しむべきである。人の所持品に手をつけてはならない。懐紙は絶やしてはならない。人に請われた時に持合せがないのは稚児の嗜みとは云えない。しかし僧としては稚児に紙を請うてはならない。稚児はまた人の手習双紙などに物を書いてはならない。少時でも乱れた所に居てはならぬ。片膝を立てたり、手枕などして臥してはならない。人の見ていない時でさえかいつくろっていなければならない。人の居る前で私語するのは礼儀でない。人の顔など指したりするのは、はしたない事である。高声に笑うことも慎しまなければならぬ。僧の貧富善悪など批評しては不可い。また稚児のうしろ姿など口にするのは、僧として見苦しいことである。化粧するとて髪の端など手摑みにするのは尾籠である。このような立居振舞の荒ッぽい僧には、かりそめにも会わないことである。稚児の身として、いわれなく僧に想いを懸けることも亦あるまじい事である。いずれとしても僧として狎々しく、稚児の態として見苦しいことは注意しなければならぬ。稚児は僧に身を恥てこそ清く、僧は稚児に身を恥てこそ浄いので、そこに和合がある。稚児に善悪なく、只師に善悪があると知らなければならない。この故に、師匠同行は稚児をたしなまなければならない。夏は夏、冬は冬にしたがって稚児の辛苦を思いやる振舞があるのである。従って稚児の悪いのは師匠同行の僻事である。人の見る時には何気なしにもてなし、人の無い所で師匠同行は稚児をいとしがらねばならない。何事につけても師匠同行は稚児よりもなお辛い。

これら掟は多くは口伝として、十六谷三千僧房に伝承されている。天海蔵『聖教秘伝』には次のような、伝写した僧の添書が見られる——

「されば稚児《ちご》は菩提山王の垂迹なり。故に一児《ちご》二山王《さんわう》といふなり。稚児は山王七社の振舞を為すべし。稚児は十一より十七まで山王七社となるなり。その故山上には十七まで稚児をば置くなり。この故なり。是また三如来四菩薩の振舞なり。是また七位門なり。天の七星、地の七草、山王七社、稚児の七位門なり。稚児は本地、山王は垂迹なり。故に一児二山王なり。是を以て稚児を持つ者は早く仏果菩提を証す。善く稚児を持つは斯の如く、悪く稚児を持つは魔道の種因と成るべし。稚児は聖《ひじり》の為なり。稚児なくんば聖あるべからず。聖なくして稚児あるべからず。是の本をよく知りて稚児を持つべし。此を知らずして稚児を持たん輩は山王大師の御罰を蒙るべし。されば稚児の相伝は天竺霊山にては金毘羅神より釈迦如来に伝へ、唐土にては天台大師、神僧胡僧より御相伝あり。日本にては伝教大師、山王よりこれを伝へ給ふ。三国の相承の様かくの如し。是れ極大秘事なり。是は慈恵大師までは口伝なり。恵心先徳、末代の為に斯様に註し給ふなり。可秘可秘。稚児も僧も是を本と為して振舞ふべし。この伝は稚児なりと雖も見すべからず。是を以てただ授くべし。聖教はただ相承一人あるべし。自門他門に秘すべし。このこと肝心なり」

稚児灌頂は屏風を立てめぐらし、蔀格子の四方に注連縄を張り、堂椽の外廻りには結界が施される。観世音菩薩の曼荼羅を左右に山王大師を祭り、壇上には香水を入れた宝瓶、花、閼迦《あか》、五股鈴、柄香炉等々が型の如くに配置され、左の机上には、櫛箱、油壺、眉筆、元結箱、お歯黒つぎ、五倍子箱、お歯黒、爪切小刀、楊枝、鏡などがおき並べられ、右の机には天冠、稚児装束など。夕座から取り行われるが、阿闍梨法師は稚児に四種の印明を授けて、終ってからお化粧をさせ、眉を作り、装束を着せ、天冠を戴かせ、自ら礼盤を下りて稚児を礼拝して――

「汝、今日より以降は本名の下に丸といふ字を加えて××丸と称すべし。この灌頂はこれ観音の大慈悲の灌頂なり。汝ただ慈悲ありて一切衆生を度せよ。若し慈悲なくんば十万の三世諸仏、殊には観世音菩薩、別しては山王大師の御罰を蒙るべきものなり。なんぢの身は深位の薩埵、往古の如来なり。故にこの界に来つて一切衆生を度す。観ぜよ、汝が心月輪の中、本有具足の阿字あり。今この灌頂を授くるとき、阿字出てまさに汝は観世音菩薩となるなり。観音は慈悲をもつて観音となすなり。唯、願ふらくは汝、慈悲ありて一切衆生を教へよ。この願は六波羅蜜の中の具度の行、四弘誓願のなかに煩悩無辺誓願断の願なり。かやうの誓願にあはせて仏菩薩の内証あひかなひ来世に得脱すべし云々」

結願の夜の「隠処の作法」は取分け厳しい口伝になっている。――大講堂の庭の鐘が初夜を報じた頃おい、稚児は湯あみを済ませ、華やかな小袖に綸子の帯（これは女性の場合とは逆に結び目を左脇に廻す）をしめて、奥の寝所へ導かれる。そこに用意された丁字を口に入れ、湯呑茶碗の湯を一口飲み、楊枝を使って口を濯ぐ。附添いの童は手燭を吹き消し、手さぐりに稚児の手に小菊紙を渡して、静かに去る。そこで、大和絵の衝立障子をへだてて三尺の向う、師の坊が静かに息んでいる衾の方へにじり寄って、小袖を脱いで添い臥すが、僧がこちらの帯の結び目に手をかけるのを心得て、稚児は自らうるわしく帯を解かねばならない。帯の置き場所を先方に知られないようにする。稚児もまた僧の帯に手をかけるが、僧は会釈して、稚児が強いて解こうとするのを我とうるわしく解く。解いた帯を稚児に知らせるのは見苦しい事とされる。こうして僧の左手が稚児の腰の辺りより入れられると、稚児は心得て腰を少しく浮かせ、徐ろに手をあげて手枕にする。それで稚児の緑の髪は〇〇〇（三字不明）の頸のほどに置くのである。稚児の右手をば身に添えて寧ろ〇〇（二字不明）に置く。左手は僧の背中の程に置き、僧は右手を稚児の背より少し下に置くわけである。初めての夜に稚児の背より下へ手を廻すのは尾籠な振舞いである。まして稚児が僧の脚に足をかけるなど有るべからざることだが、馴れてからならばそれも苦しくない。僧が稚児の背を指す時は、稚児は背を向ける。中指と無名指で臍の辺りを指す時は、稚児は前へ向く。これらの作法は予め知っておかねばならない。——ところでこれより先に、稚児は湯浴みをして、先ず自身の法性花を清浄に洗い、柔らかな紙を揉んで拭い、香油乃至唾を指頭に塗って法性花をよく慣らせ、あとで頭指（人さしゆび）と中指と、次に頭指と中指と無名指とで誘導しておかねばならないとある。これはしかし、灌頂前の十七箇日の加行の中に入れるべきでなかろうか？　結願当夜の話だとすれば、どうも間に合わないようだ。更に「聖に会う少し前に、左右の腹わたを掴んで身を縒《よじ》るべし」これはウォーミングアップだから、このままでよい。

それから（約四千字削除）こうして無明火が萎えしぼんだ時に、本有具足の八葉蓮華に譬えられた、稚児の無垢清浄な法性花は開かれる。それは仏性の開顕にも等しい我性の開眼とでも言うことが出来る。

なお、この稚児灌頂に当って、「指取十の秘事」が別に伝えられている。教授阿闍梨の伝授で、要点を挙げると次のようなことである。

第一の指取り儀。頭指、中指の二つ取らば只今会はんと思ふ心なり。

第二――。大指（親ゆび）、小指二つ取るは口吸はんと思ふ心なり。

第三――。無名指、大指二つ取るは戒を破る心なり。

第四――。中指一つ取るは人に忍ぶ心なり。

第五――。中指、無名指二つ取るは身にて嫌ふ心なり。

第六――。大指○○（不明）は母にあへと悪口する心なり。

第七――。小指一つ取るは我より下人と思ふなり。何の指をも浅く取るは今より後に会ふことあるべからずと思ふ心なり。何をもさかさまに取ることはなれなれしき心なり。ま○○（二字不明）取ることは恐るる心なりと心得べし。

第八――。大指、頭指、中指、無名指、小指、五つを組み合掌すれば二世までと深く契る心なり。
第九――。稚児の〇〇〇（三字不明）と取ること、なれなれしきことなり。
第十――。稚児〇〇〇〇（四字不明）を五つながら取ることあり。こは世常の法師何と〇〇〇〇〇（五字不明）させることなり。稚児を下人ほどに思ふたる法師〇〇〇〇（四字不明）なり。能く能く心得べきことなり。
さて稚児として終夜、僧のもとに寝ることはあるべからざる事とされている。寝入って後の不覚のためである。僧側もまたあながちに稚児をとどめるのは不覚とされる。まして稚児は寝たる態をゆめゆめ人に見せてはならない。余りに眠い時は人目の無い所で少時休むようにしなければならないが、それも仰臥してはならない。仰臥は男女淫行の態であるからだ。またうつ伏して寝てもならない。かいつくろうて寝るのが、山門の稚児行状とされている。

解題

Ⅰに収めた三編は『稲垣足穂大全Ⅲ』（昭和44　現代思潮社）に準じたが、それぞれの初出を以下に示す。〔　〕内は発表時のタイトル。

澄江堂河童談義　「作家」（昭28・1）
A感覚とV感覚　「群像」（昭29・7〜9）
異物と滑翔　〔異物と空中滑走〕「群像」（昭30・10）

Ⅱに収めた『少年愛の美学』は昭和48年刊の角川文庫版に準じたが、以下に示したように増補改訂され、発表された。

「ヒップ・ナイドに就いて」（「作家」昭33・4）
「増補　HIP-NEID」（同　昭34・4、5）
「少年愛の形而上学」（同　昭35・2〜4）
「Principia Pædophilia」（同　昭36・1〜3、6〜8）

『少年愛の美学』（昭43　徳間書店）
『増補改訂　少年愛の美学』（昭48　角川文庫）

※現在では不適切とされる表現が本文中に使われておりますが、原文のままとしています。

（編集部）

解説　「未生」への憧れ

安藤礼二

稲垣足穂は「少年愛」の形而上学を説き、「A感覚」の抽象化を説いた。

厳密に考えれば、足穂の「少年愛」は、成熟した男性同士の「同性愛」を意味しない。足穂のいう「少年愛」とは、「同性愛」のみならず「異性愛」をも含め、「性」(sex)の分化以前、つまりあらゆる「性」の源泉にして、さらに「性」そのものを乗り越えていくことを意図したものだった。形而上学(メタ・フィジックス)とは、自然界に存在するあらゆるものを探究する学(フィジックス)をさらに超越していくもの(メタ)である。自然界に存在するものを否定するのではない。自然界に存在するものを土台として、さらなる彼方を目指すのだ。具体的に存在するものを否定するのではない。具体的に存在するものを土台として、その彼方、つまりは「抽象」の極を目指すのだ。

だからこそ、足穂の考察の焦点には、P(ペニス＝男性器)でもV(ヴァギナ＝女性器)でもなく、A(アヌス＝肛門)が位置づけられているのである。消化したものを排泄する汚れに塗れた地上の小さな一つの器官、「肉体中の最も敏感な、最も恥かしい、最もやさしい、最も奇妙な、最も含蓄的な」その箇所こそが、超越の世界、清浄なるイデアの世界への入口になるのだ。

本巻に収録された、「A感覚とV感覚」(I)と『少年愛の美学』(Ⅱ)は、そうした足穂の「少年愛」の諸相を知るための恰好の入門の書にして、いわば、究極の書でもある。そのなかでも特に、まずは『少年愛の美学』の第二章、足穂の考える「少年愛」の原理を余すところなくまとめた「A感覚の抽象化」を中心として、足穂「少年愛」の基本構造と、それが孕みもつ思想的かつ表現的な可能性について、簡単に概説してみたい。

足穂にとって人間の身体とは、「OからAに到る円筒」、あるいは、「OからAへ突き抜けの円筒」である。O(口)からA(肛門)へと到る一本の管(チューブ)。栄養物を外部から獲得し、内部に取り入れて消化・吸収し、その残滓をふたたび外部へと排泄する、生命の根源的かつ原初的な活動である。だからこそ、Aに集約される諸感覚こそが、VとPの分化に先立つ「原始性」にして「原型性」をもっているのだ。一本の管にして「円筒」は、身体の表面であったはずの外壁としての皮膚をいつの間にか身体の内部へと折り畳み、内的な襞にすることで形づくられる。そういった意味で、円筒としての身体は、外部であるとともに内部であり、内部であるとともに外部である。

外部と内部を通底させる一本の管によって、消化器官(口)と排泄器官(肛門)が、身体の内側と外側が、「円筒」の両端として——さらにいえば、いつの間にか両者の関係がそっくりそのまま反転してしまうという意味で、「メビウスの環」であるとともに

「クラインの壺」のように――一つにつながり合うとともに、無限の「外」へとひらかれている。Vは内的な袋小路であり、Pは外部につけ加えられた余計な器官に過ぎないのに対して、円筒の出口であるAは「無底」なのである。それだけではない。円筒は、大地と大空をもその「空虚」によって一つにつなぐ。円筒としての身体は、宇宙をそのなかに映す機械、宇宙の遥かな消息（「宇宙的郷愁」）をいまここに伝えてくれる、足穂が熱愛した天体望遠鏡そのものであるとともに、「物質と精神がいまだ分離しない頃の飛行機」（以下、この一連の節では「異物と滑翔」で用いられた比喩を借りる）であり、原初の「鳥」である。A感覚には翼があるのだ。「円筒」としての身体は、機械であるとともに精神である。そこから未知の新たな生命の「卵」を生み、そのなかに外部の異物、小さなすべすべした「もの」（オブジェ）をすっぽりとおさめることができる。A感覚は、「卵」（有機物）と「もの」（無機物）との間をつなぐ架け橋でもある。

それゆえに、A感覚をもつのは人間だけに限られない。足穂の「少年愛」は、人間以前にして人間以降、脱人間的にして非人間的、純粋物質にして純粋精神の領域にまで拡大される。この地上に生み落とされた生命である限り、外部の環境と内部の環境は一つにつながり合い、一つに循環し合う。つまり、O（口）とA（肛門）の結合、そこから生起するA感覚は、生命の基本構造そのものに結びついている。足穂の「少年愛」、そして「A感覚」の導きの糸になったのは、生物学に革命を起こした進化論を学び、やがて心理学へと転身し、精神分析学を確立したフロイトである。

フロイトは、栄養物の摂取やその排泄をも含めて、生命のもつ——あるいは、もたざるを得ない——広義の性的な欲望であると定義した。そうであるのなら、思春期になって、男性器と女性器に性の役割が分化され、特化される以前の幼児もまた性的な欲望をもっている。母親の乳房から栄養を補給する「口」の時代（「口唇期」）の性的な欲望、排泄をコントロールし、排泄物自体と戯れる「肛門」の時代（「肛門期」）の性的な欲望。そうした段階を経て、人間は男性と女性に分かれる。幼児のもつ性的な欲望は、そもそも「多形」であり、無限に分化する可能性をもっている。「性」の倒錯者たちは、幼児のもつそうした「多形」の欲望が、なんらかの理由で、それぞれの成長段階に固着してしまった者たちだったのだ（フロイト『性欲論三篇』より抽出）。

そういった意味で、「倒錯」とは異常ではない。幼児のもつ潜在的で無限の性的欲望が具体的に顕在化した、その可能性のうちの一つなのである。幼児のもつ性的な欲望は無限であり、そもそも、「多形倒錯」としてしか可能にならない。あるいは、「多形倒錯」としてのみ存在している。足穂が、自身の「少年愛」を位置づけるのは、そうした幼児のもつ性器分化以前の「多形倒錯」の場であり、同時に、その場は、生命進化の「諸可能性の台」そのものでもあった。父でもなく母でもなく、未だ生まれてきていない未知なる存在、「未生」の子供。男性（P）でもなく女性（V）でもなく、固体、液体、気体、電磁波を問わず「あらゆる異物を待ちかまえている」円筒の一方の出口たる「肛門」（A）。そうした「先験的エロティシズム」の場に生起するのが、足穂の考える

「少年愛」だった。だからこそ、足穂は、「少年愛」の真髄を「幼な心」の完成と記したのだ。男性よりも女性、女性よりも少年、美少年と美少女の区別を無化してしまう「幼少年」なのである。「幼少年」こそが女性の原型（イデア）であり、男性の原型（イデア）となる。

天使的なもの（「エンジェリックなもの」）にして子供らしさ（「アンファンティール」）をもったもの（この形容は、『少年愛の美学』の第三章「高野六十那智八十」より）。同時に、身体的かつ精神的な「多形倒錯」の可能性を、極限まで展開した者たち――少年殺戮者である「青髯」のジル・ド・レエや少年嗜食者である「肉屋」のフリッツ・ハールマン――まで。両性具有の天使にして怪物。それが足穂の「少年愛」の特権的な対象となった。フロイトが、生命のもつ根源的な欲動を、生＝性（エロス）への傾きのみならず死（タナトス）への傾きとしても考察したように、「A感覚」もまた生＝性の方向（有機物の方向）のみならず死の方向（無機物の方向）にまでもひらかれている。生と死が一つに入り混じった「多形倒錯」の実例として、足穂は、一方では、口唇と肛門が一体化したイソギンチャクを、またもう一方では、「未生」の存在そのものを形態化したかのような謎の微笑みを浮かべる両性具有の仏たち――その代表が、足穂が、これもまた生涯こだわることになる未来仏たる弥勒である――をあげている。

足穂の「少年愛」は、その特権的な対象として、イソギンチャク――あるいは口唇と肛門が一体化した原初の生命体である原腔動物――と弥勒――人間を乗り越えて未来の未知なる存在になる可能性を秘めたもの――の両極をもつものであった。遠い過去と遠い未来が、A感覚と通じていまここで出会う。未来仏とは「死」そのものの形象化であると同時に「生＝性」そのものの形象化でもあった。弥勒菩薩の像は、さらには、さまざまな観音や如来の像は、「現世を離れてまで」色情的であった。

イデアは、現実の「円筒」としての身体に受肉する。そのとき、「円筒」としての身体は、イソギンチャクと弥勒が一つに融合したような身体、「その初めは両面を持ち、四臂四脚で、一身のうちに雌雄を具備していた」という人間の原型、六本腕をそなえた興福寺の阿修羅像や、プラトンがソクラテスの口を借りて『饗宴』で説いた両性具有の「都合八本の手足のついた」原型的人間に変身を遂げるであろう。ただし、その変身の可能性に満ちた身体は、同時に、具体的なAをもつことで、一つの個体として、大地から屹立している。無限であるとともに個。個であるとともに無限。抽象的な無限は具体的な個に孕まれ、それぞれ無限を孕んだ無数の虚空の円筒は互いに交響し合い、宇宙的な音楽を奏でている。

少年愛とは「未生」のものへの憧れであり、自ら「未生」のものたらんと意志することであった。

＊

少年は、幼児から大人になる「一瞬」の間にしか可能にならない。その一瞬に「永遠」が閃き、「永遠」が宿る。足穂は、「A感覚とV感覚」（Ⅰ）と『少年愛の美学』（Ⅱ）を通して、有名と無名を問わず、過去と現在を問わず、無数の人々の言葉の断片を互いに響き合わせる。そのなかでも、足穂が、「A感覚」をもつ同好の士として、あるいは先達として、繰り返しその名をあげるのが、江戸川乱歩と南方熊楠である。

乱歩への共感は、「A感覚とV感覚」（Ⅰ）の冒頭に収められた「澄江堂河童談義」のなかに記された一節が最も詳しく、また最も切実である。乱歩も足穂も、幼年期の「記憶」にこだわる。乱歩が記す、幼年期に感じた宇宙的な恐怖と畏怖。病気になり、昼間ひとりで寝かされていたとき、まだ幼かった乱歩は、あらゆるものの向こう側に潜む「物ノ怪」の気配を感じていた。それだけでなく……。

> 一人で寝ている折の、そういう恐怖と織りまざって、いま一つ、怕さはそれほどでもないけれど、奥底の知れぬ、一種甘美な慄きに襲われることがあった。それは床にいて自分の、両方の腿の内側と内側が触れ合うのに奇異な快感があったということだ。その擽ったいような、総毛立つような、それでいてひどく懐しいような感触は、その感覚自体が、たとえば天体のように遥かなものを象徴するかに覚えられた。それは大人の言葉で云うならば、カントの物自爾、ショーペンハウエルの意志、ライプニッツの単子にも相応するであろうと。

足穂と乱歩のA感覚的共感は、こうした「宇宙的郷愁」とでも称すべき、遥か彼方のものへの「甘美な慄き」に象徴される。それでは熊楠に関しては……。残念ながら、本巻を通して足穂は、熊楠の少年愛について正面から論じてくれてはいない。足穂の熊楠論として最もまとまったものは、江戸川乱歩の親友にして『本朝男色考』の著者である岩田準一に宛てて熊楠が送った、「男色」をめぐる膨大な書簡について論じたものである（「『南方熊楠児談義《ちごだんぎ》』はしがき」、「南方学の密教的な貌」など）。足穂は、熊楠の「少年愛」の核心に、言葉にすることのできない「秘密」（ミステリー）の体験を位置づける。足穂が、絶えず引用する熊楠の言葉は、次のようなものである――。

プラトンは、ちょっとしたギリシアの母を犯したり、妹を強姦したり、ガニメデスの肛門を掘ったり、アフロジテに夜這いしたり、そんな卑猥な伝説ある諸神を、心底から崇《あが》めし人にあらず。しかれども、秘密儀 mystery を讃して秘密儀なるかな、秘密儀なるかな、といえり。秘密とてむりに物をかくすということにあらざるべく、すなわち何の教にも顕密の二事ありて、言語文章論議もて言いあらわし伝え化し得ぬところを、在来の威厳によって不言不筆、たちまちにして頭から足の底まで感化忘るる能わざらしむるものをいいしなるべし。

熊楠のこの文章は、柳田國男の手によって識者に配布された神社合祀に反対する意見書、「南方二書」のなかに見出されるものである。熊楠が「秘密」（神秘）を体験したのは奥深い森のなか、しかもその最も下層に存在する極微の生命体、動物の相（単一のアメーバ）と植物の相（複数の菌類の胞子）を繰り返す「粘菌」の生態の観察を通じてだった。

極大の宇宙と極小の宇宙。畏怖と神秘。望遠鏡と顕微鏡。稲垣足穂の「少年愛」を媒介として、江戸川乱歩の「少年愛」と南方熊楠の「少年愛」が響き合う。そこにこそ、近代日本文学史のみならず近代日本思想史においても特異な、そして最も創造的な、一つの系譜が形づくられていく。

（批評家）

少年愛《しょうねんあい》の美学《びがく》　A感覚《かんかく》とV感覚《かんかく》

二〇一七年二月一〇日　初版印刷
二〇一七年二月二〇日　初版発行

著　者　稲垣足穂《いながきたるほ》
発行者　小野寺優
発行所　株式会社河出書房新社
〒一五一-〇〇五一
東京都渋谷区千駄ヶ谷二-三二-二
電話〇三-三四〇四-八六一一（編集）
〇三-三四〇四-一二〇一（営業）
http://www.kawade.co.jp/

ロゴ・表紙デザイン　粟津潔
本文フォーマット　佐々木暁
印刷・製本　凸版印刷株式会社

Printed in Japan　ISBN978-4-309-41514-7

琉璃玉の耳輪

津原泰水　尾崎翠〔原案〕　41229-0

３人の娘を探して下さい。手掛かりは、琉璃玉の耳輪を嵌めています——女探偵・岡田明子のもとへ迷い込んだ、奇妙な依頼。原案・尾崎翠、小説・津原泰水。幻の探偵小説がついに刊行！

11　eleven

津原泰水　41284-9

単行本刊行時、各メディアで話題沸騰＆ジャンルを超えた絶賛の声が相次いだ、津原泰水の最高傑作が遂に待望の文庫化！　第２回Twitter文学賞受賞作！

新・書を捨てよ、町へ出よう

寺山修司　40803-3

書物狂いの青年期に歌人として鮮烈なデビューを飾り、古今東西の書物に精通した著者が言葉と思想の再生のためにあえて時代と自己に向けて放った普遍的なアジテーション。エッセイスト・寺山修司の代表作。

幻想図書館

寺山修司　40806-4

ユートピアとしての書斎の読書を拒絶し、都市を、地球を疾駆しながら蒐集した奇妙な書物の数々。「髪に関する面白大全」「娼婦に関する暗黒画報」「眠られぬ夜の拷問博物誌」など、著者独特の奇妙な読書案内。

青少年のための自殺学入門

寺山修司　40809-5

死の音楽、死神占い、自殺機械の作り方、動機の立て方、場所の選び方等々、死と真面目に戯れ、方法化し、充分に生きるために死についての確固たる思想を身につけることを提唱する寺山版《自殺マニュアル》。

夏至祭

長野まゆみ　40415-8

ぼくはどうしても失くした羅針盤を探し出したいのさ——。半夏生の夜まで、あと二週間、集会はその夜に開かれるのに、会場の入口を見つけるための羅針盤を落としてしまった——。好評の文庫オリジナル。

コドモノクニ

長野まゆみ　40919-1

きっとあしたはもっといいことがある、みんながそう信じていた時代の子どもの日常です（長野まゆみ）。——二十一世紀になるまであと三十一年。その年、マボちゃんは十一歳。懐かしさあふれる連作小説集。

夜啼く鳥は夢を見た

長野まゆみ　40371-7

子供たちが沈んでいる、と云われる美しい沼のほとりに建つ一軒の家。そこで祖母と二人きりで暮らしている従兄の草一を、紅於と頬白鳥の兄弟が訪れる。沼の底へ消えた少年たちの愛を描く水紅色の物語。

螺子式少年

長野まゆみ　40447-9

行方不明の野茨を探して、百合彦と葡萄丸は《仔犬座サーカス団》を訪ねた。そこには野茨そっくりの少年はいたが……。近未来世界にくり広げられる、サスペンス・ファンタジーの傑作。

日影丈吉傑作館

日影丈吉　41411-9

幻想、ミステリ、都市小説、台湾植民地もの…と、類い稀なユニークな作風で異彩を放った独自な作家の傑作決定版。「吉備津の釜」「東天紅」「ひこばえ」「泥汽車」など全13篇。

日影丈吉　幻影の城館

日影丈吉　41452-2

異色の幻想・ミステリ作家の傑作短編集。「変身」「匂う女」「異邦の人」「歩く木」「ふかい穴」「崩壊」「蟻の道」「冥府の犬」など、多様な読み味の全十一篇。

白骨の処女

森下雨村　41456-0

乱歩世代の最後の大物の、気宇壮大な代表作。謎が謎を呼び、クロフツ風のアリバイ吟味が楽しめる、戦前に発表されたまま埋もれていた、雨村探偵小説の最高傑作の初文庫化。

恋の罪

マルキ・ド・サド　澁澤龍彦〔訳〕　46046-8

ヴァンセンヌ獄中で書かれた処女作「末期の対話」をはじめ、五十篇にのぼる中・短篇の中から精選されたサドの短篇傑作集。短篇作家としてのサドの魅力をあますところなく伝える十三篇を収録。

悪徳の栄え　上・下

マルキ・ド・サド　澁澤龍彦〔訳〕　46077-2 46078-9

美徳を信じたがゆえに身を滅ぼす妹ジュスティーヌと対をなす姉ジュリエットの物語。悪徳を信じ、さまざまな背徳の行為を実践する悪女の遍歴を通じて、悪の哲学を高らかに宣言するサドの長篇幻想奇譚!!

O嬢の物語

ポーリーヌ・レアージュ　澁澤龍彦〔訳〕　46105-2

女主人公の魂の告白を通して、自己の肉体の遍歴を回想したこの物語は、人間性の奥底にひそむ非合理な衝動をえぐりだした真に恐れるべき恋愛小説の傑作として多くの批評家に激賞された。ドゥー・マゴ賞受賞！

サド侯爵　あるいは城と牢獄

澁澤龍彦　40725-8

有名な「サド裁判」でサドの重要性を訴え、翻訳も数多くなし、『サド侯爵夫人』の三島由紀夫とも交友があった著者のエッセイ集。監禁の意味するもの、サドの論理といった哲学的考察や訪問記を収めた好著。

エロティシズム　上・下

澁澤龍彦〔編〕　40583-4 40584-1

三十名に及ぶ錚々たる論客が、あらゆる分野の知を駆使して徹底的に挑んだ野心的なエロティシズム論集。澁澤自らが「書斎のエロティシズム」と呼んだ本書は、快い知的興奮に満ちた名著である。

快楽の館

アラン・ロブ=グリエ　若林真〔訳〕　46318-6

英国領香港の青い館〈ヴィラ・ブルー〉で催されるパーティ。麻薬取引や人身売買の話が飛び交い、ストリップやＳＭショーが行われる夢と幻覚の世界。独自の意識小説を確立した、ロブ＝グリエの代表作。

著訳者名の後の数字はISBNコードです。頭に「978-4-309」を付け、お近くの書店にてご注文下さい。